文春文庫

まぐさ桶の犬

若竹七海

文藝春秋

目次

登場人物

葉村　晶	……	探偵
奥山香苗	……	葉村の隣人
北原瑛子	……	香苗の娘
乾　巖	……	魁星学園元理事長。通称·カンゲン先生
稲本和子	……	調査対象者
稲本賀津彦	……	和子の夫
稲本カナ	……	賀津彦の母
稲本亜紀	……	和子の娘。魁星学園理事。故人
乾　聡哲	……	魁星学園創立者。故人
乾　匡勝	……	魁星学園現理事長
乾　則祐	……	魁星学園事務局次長
米倉伸枝	……	カンゲン邸の管理人
〈仙人〉	……	〈西新宿八龍界ビルヂング〉オーナー
高橋　基	……	〈WH リゾート開発〉社員
砂永、花谷	……	〈稲本高級別荘地〉住民
大友竹市、章子、治朗	……	香苗の親族
磯谷　亘	……	ミステリ作家。故人
磯谷世奈	……	亘の娘
茂木春菜	……	世奈の従妹
遠藤秀靖	……	アートプロデューサー
富山泰之	……	ミステリ書店〈MURDER BEAR BOOKSHOP〉店長
郡司翔一	……	警察官
吉住	……	西新宿署の捜査員
望月	……	山梨県富士五湖署の捜査員
桜井　肇	……	〈東都総合リサーチ〉調査部デスク

まぐさ桶の犬

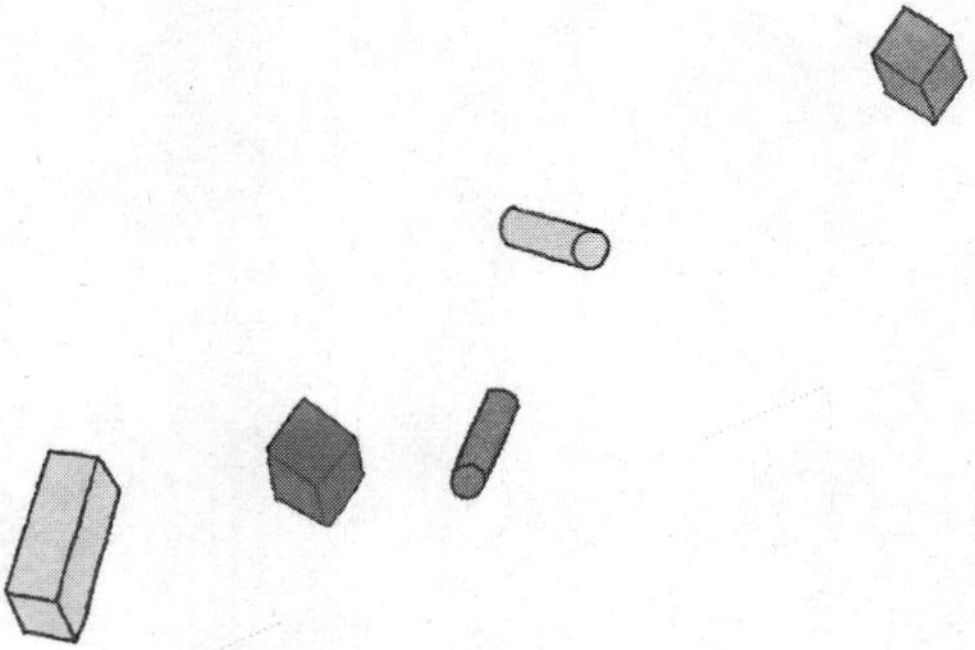

だから秣桶《まぐさおけ》の犬みたいに

（イソップ物語より〝自分に不必要な物は他人にも使わせない〟の意）

妹を殺したんです

ロス・マクドナルド『さむけ』小笠原豊樹訳

back sonar

……危なっかしい道を運転しながら考え込んでいたせいで、背後から急速に近づいてくるエンジン音に気づくのが遅れた。気づいたときには遅かった。バックミラーをのぞくヒマもなかった。

衝撃があって、車が前にとばされ、わたし自身も危うくハンドルに叩きつけられそうになった。ガードレールもない山道のことだ、毒ガエルはそのまま右側の崖めがけて突き進みかけた。

半ば反射的にハンドルを左に切った。崖を回避して、バックミラーをのぞいた。相手の車のヘッドライトが光り、車種もわからない。わかっているのは相手に止まる様子はなく、再びぐんぐん近づきつつあることだけだ。

今度の衝撃は左後方からやってきた。車は右にそれた。ブレーキを踏んだが遅かった。茶色くなった杉の葉が舞い上がり、ガクンと身体が前方に落ち込んだ。道脇に生えた杉の木と杉の木の隙間をすり抜け、車は崖に滑り込んでいく。落ちる……悲鳴をあげる寸前、タイヤがなにか堅いものを踏んで車体がはねあがり、シートベルトがするっとはずれ、エアバッグが作動した。その激しい衝撃で意識が飛んだ。

クラクションがえんえんと鳴り続けていた。やかましさで我に返った。気絶していたのはほんの数秒だったのだろう。目を開けた。わたしはエアバッグに抱きつくような格好で、ひびの入ったフロントグラス越しの、杉の木、断崖に芽吹く緑、そのはるか彼方に流れる川というライトに浮かび上がる絶景を眺めていた。感覚がなくなるほど冷たい風が頬を打ち、腹を圧迫され苦しいのに気絶もできず、一方で身動きをすると車体がきしみをあげ、ぱらぱらと土や小石が落ちてきて、車がさらに傾き、万有引力に従って下へ下へとずり落ちている気配がする。

鼻からボタボタと血を垂らしながら考えた。いったいどこのどいつだ、わたしを殺そうとしているのは……。

心当たりは、ありすぎるほどあった。

1

春が来た。降り続いた雨があがり、穏やかに晴れた空の下、駐車場を横切っていると、すぐ近くでウグイスが鳴いた。先代が植えたケヤキやヤマモモ、桜などが立派に育ち上がり、鎮守の森のようになってしまった村松《むらまつ》さんちの庭に、毎年やってくる個体……あるいはその子孫だろうか。道にせり出した桜の老木の大枝の上で、ひどすぎる鳴き声をたてている。

ウグイスがまた鳴いた。音程はさらに狂っていた。噴き出しかけたら立て続けにクシャミが出た。近くにひとけはなかったが、ここ三年で身に染みついた習性が出て、自分でもあきれるほどすばやくマスクをつけた。

この数日、荒れ模様の天気のなかで、羽鳥《はとり》さんちのだだっ広いガレージでひとり、本の整理をしていた。先頃、高齢者施設に入った羽鳥さんちのご主人は物持ちがよく、保存がいい加減で、ガレージに詰め込まれた段ボール箱内の蔵書の大部分がパルプに先祖返りしつつある中間小説雑誌だった。ハヤカワ・ポケット・ミステリや白水Uブックス、世界推理小説全集なども少しは発掘できたが、どれもカビだらけ。頼まれたのは本の買い取りでも、作業内容はほぼ紙ゴミの片づけ。やりがいがないにもほどがある。

それでも、休みなく働いた甲斐あってガレージはきれいさっぱり片づいた。本の処分を依頼してきた羽鳥さんの娘さん――隣駅で開業する歯科医――は、気持ち程度の買い取り価格に納得し、お礼に歯のクリーニングをサービスすると言い出した。歯医者のドリル音をタダで堪能できるなんて身に余る光栄だ。ありがたく辞退した。

そんなわけで、元がとれたとは到底いえない仕事だったが、気分良く早めに終えることができた。今日あとすることといえば、三時間ほど店番し、すんだら部屋に戻って熱い湯にどっぷりつかり、冷凍庫のひき肉、残り野菜のホウレンソウ、タマネギ、ニンジン、マイタケなどで作ったカレーに杏《あんず》のチャツネと煮卵を添えた夕餉ののち、先月出たばかりのピーター・トレメインの新刊ともども布団にぶっ倒れる――それだけだ。

わずかな収穫を抱えて店に戻った。二階で物音がした。心臓が跳ね上がった。

わたしは葉村晶《はむらあきら》という。国籍・日本、性別・女。吉祥寺の住宅街、古い二階建てモルタル造りのアパートを改装したミステリ専門書店〈MURDER BEAR BOOKSHOP〉のアルバイト店員にして、同店のオーナーのひとり富山泰之《とやまやすゆき》が「(ミステリ専門書店に)探偵社がついてたら面白いかと」公安委員会に届け出までして始めた〈白熊探偵社〉における、ただひとりの調査員である。

二十代からフリーの調査員として働いていたが、懇意にしていた探偵調査所が店じまいをしたタイミングでいまの場所に本屋を移転することになった富山と出くわし、しばらく店を手伝ってくれと頼まれ、気分転換にと引き受けた。当時、ニューヨークでもロンドンでも老舗のミステリ専門書店が次々に閉店していた。オーナーふたりが趣味で始めた〈MURDER BEAR BOOKSHOP〉も長続きしないだろうし、ほとんど依頼のない〈白熊探偵社〉も、もちろんなくなる。それまでは本屋のバイトとして日銭を稼ぎ、いずれ本格的にフリーの調査員に復帰すればいいや、とのんきにかまえていたのだった。ところが、ある調査依頼をきっかけに、わたしは住まいと家財の大半を失った。次の部屋が見つかるまでのつもりで物置になっていた本屋の二階の空き部屋に転がり込んだところ、気を利かせた富山が部屋の風呂を勝手にリフォームし、請求書をこちらに回してよこした。おかげで引越費用が消え、部屋から出るに出られなくなった。さらに、もうひとりのオーナー・土橋保《どばしたもつ》が定年退職してフリーランスの文筆業を始め、富山も出版した本があたって二人とも忙しくなり、本屋の経営がわたしに丸投げされたのだった。

　自分の食い扶持《ぶち》を自分で稼ぎ出す必要に迫られ、しかし売れ行きは少しずつ下がり、調査の依頼はなく、知り合いの調査会社〈東都総合リサーチ〉から下請け仕事を回してもらううちにコロナ禍が始まり、やがて下請け仕事すらなくなり、通販をメインに細々と書店を続け、顔なじみになった近所の住民たちからの雑多な頼まれごとを引き受けて生き延びること丸三年……要するにわたしは、ここで働き始めて十年以上たち、五十代に突入してなお「ミステリ専門書店のアルバイト店員」にして「客の来ない探偵社で、調査活動休業を余儀なくされている調査員」という立場のまだ。

　そんなていたらくでも、どっこい生きている。「ある調査依頼」の際、わたしは自室の前で待ち伏せされ、包丁を振り回されたのだが、気がつけば必死に我が身を守っていた。家族もペットも推しもいないし、国民年金保険料は払い続けているが、不動産も株も金も宝石も持っていない。体力も記憶力も眼も歯も衰えつつあり、生きていく情熱などなにもない。それでも、わたしはまだ、刺されて死にたいとは思っていなかった。

今もだ。

階段の下にたてかけてあったホウキを握りしめ、人の気配にむかって声をかけた。階段の上に姿を現したのは、ものすごくふっくらした、どことなく見覚えのある女性だった。ハイブランドのスカーフ、裏地がめだつスプリングコートにベージュのパンプス、妊娠していようがいまいがおなかをしっかり守れそうなバッグ。髪は漆黒に染められ、マスクの上の眉毛は昨今の金の価格の如く、急激に上向いていた。

おそらく同年代だろうが、わたしとの共通点はそれくらい。なのにどうして見覚えがあるのだろうと思ったら、女性がこちらを見下ろして、口を開いた。

「葉村さんですね。わたくし、奥山香苗《おくやまかなえ》の娘でキタハラエイコと申します。いつも母がお世話になっております。ちょっとお時間よろしいでしょうか。ご相談がございまして」

階段上の床がギイギイと鳴った。わたしはへどもどと挨拶を返しながら、ホウキをそっと元の位置に戻した。

奥山香苗は〈MURDER BEAR BOOKSHOP〉のはす向かいにある古いお屋敷に、一人で暮らしているご近所さんだ。コロナ禍が始まったばかりの頃、買い物帰りの彼女が自宅まで数メートルのところで動けなくなっているのに気づいて救急車を呼んだ。軽い心筋梗塞だったそうで、翌日には退院してきた香苗が店にお礼に来て、親しく行き来するようになった。

といっても、あちらは庭に蔵までお持ちの奥様、こちらは近所の商店の住み込みのバイト。そのぶん気軽なのだろう。「そろそろクロちゃんが葉村さんとおさんぽしたいみたいなの」だの、「杏が頃合いなんだけど、収穫して半分持っていきません？」だの、「姿良く苔《こけ》のついた灯籠《とうろう》に紅葉の枝がぶつかりそうなの」だの、なにかと頼まれごとをする。先月も庭中に生えだしたフキノトウの収穫をまかされ、大量のお裾分《すそわ》けをもらった。フキ味噌だけでは食べきれず、しらすと一緒にパスタにしたら、ほろ苦さがなんともいえない絶品に仕上がった。

思い出してつばを飲み込みながら、二階のサロンの鍵を開け、キタハラエイコ——名刺によれば北原瑛子——を通し、空気を入れ換えてソファを勧めた。

「母は歳をとって我が強くなりまして、葉村さんにもご迷惑をおかけしているんじゃないでしょうか。わたくし結婚して福岡に暮らしておりまして、帰省もままなりませんで」

瑛子はコートを脱ぎながら愚痴をこぼし始めた。相づちを打つヒマもない勢いだ。

「三年ぶりに帰ってきて、驚きました。リモートの画面では以前と変わらず暮らしているようでしたけど、実際には家の中、ひどい荒れようなんですもの。浴室はぬるぬる、冷蔵庫は賞味期限の切れた食べ物でぱんぱん、廊下にはミネラルウォーターの箱だのドッグフードだの積み上がって。葉村さんもあきれてらしたんじゃありません？」

「こんなご時世ですから、わたしはたいていお庭先で失礼してますので……」

「うちの母、昔は日に三回の拭き掃除があたりまえって考えのひとだったんです。わたくしの部屋にもずかずか入ってきて、カーテンレールの上とか指でなぞって『ほら、埃がこんなに。年頃の娘がこんなことでいいと思ってるの』って掃除を始めちゃう。それがいまじゃ『埃じゃひとは死にません』ってゴミ屋敷さながらの家に平気で暮らしてるんですから。あきれちゃうわ」

「はあ、友人の親も年取ってきたらそんなだって聞いてますよ、でも……」

除菌シートを添えた缶コーヒーを出しながら、会話を転がそうと試みたが、瑛子はこちらの話など聞いていなかった。

「母、心臓をやりましたでしょ。ほぼ同時にパンデミックが始まっちゃって実家に来られなくなりましたから、夫と相談して、ヘルパーさんの事務所と自費で契約したんです。なのに母ったら、勝手に契約解除しちゃったんですよっ」

瑛子はふんまんやるかたない、という顔つきで吐き捨てた。

「お金がもったいない、って言うんですよ。アンタたちに遺すお金がなくなるって、こっちのためだみたいなこと言って、ホントはヘルパーさんに『おばあちゃん』と呼ばれたのが気に入らなかっただけ。記憶や認知がどんどん怪しくなってきてんのに、言い訳だけは上手になってくんだから。買い物だってクレジットカードですればいいのに、退院の翌日に銀行に行くんですよ。古い人間だから、ものを捨てないしっ」

瑛子は除菌シートで缶をごしごし拭きながら言った。

「一昨日も、冷蔵庫を消毒したんですけどね。いつのかわからないフキ味噌とか、山椒の葉の佃煮とか、干し杏とか、わんさと出てきて大変でした。処分しようとすると、アンタは食べ物を粗末にするって、梅干しの大ビンひったくって怒鳴るんだもの。冷蔵庫につっこんで、期限が切れて傷み切るまで放っといてるだけのくせに、捨てないってだけで食べ物を大切にしてる気なんだから。あきれません？」

それはお母様に頼まれて去年わたしが漬けた梅干し、とは言い出せずに口ごもっていると、北原瑛子は突然、口調を変えた。

「実は母、けさになって急に、母の父方の叔母の三十三回忌の法要に呼ばれていると言い出したんです。母って身近な人間にはワガママを通すくせに、親戚にはいい顔をしたがるものだから、これまでにもいろいろとありまして」

瑛子はため息をつくと、その故ミツキ叔母のつれあい、身内には〈国分寺の叔父様〉と呼ばれている義理の大叔父はいいひとで、香苗の父親が死んだときには特に世話になったのだ、と言った。祖父が亡くなるとすぐ、やれ金を貸していた、預けていた、あの掛け軸は自分に遺すと言っていた、と親戚が群がってきたのだった。〈国分寺の叔父様〉が間に立ってくれなかったら、家族の手元には遺産どころか借金が残ることになっていただろう。

その恩ある叔父様が愛妻の三十三回忌法要を催すなら、こんなご時世であっても母が顔を出すと言い出したのは当然だと瑛子も思ったのだが、よくよく聞いてみると法要の主催は叔父様ではなくて、香苗の従兄でオオトモタケイチという男だった。

「祖父は八人兄弟なんです。その長兄の息子だから本家と呼ばれていますけど、これがとんでもないひとでしてね。親や祖父からの遺産を独り占めして食いつぶし、台湾だかフィリピンだかからお茶の輸入を始めて失敗し、何年も雲隠れして、戻ってきたら両手の小指がなくなっていたんですって」

瑛子はコーヒーをすすって、なにしろ、と声をひそめた。

「祖父が死んだ直後、まだ身内が病院で祖父にとりすがって泣いている間に、本家ときたら軽トラックで祖父の家に乗り付けて、祖父が丹精した庭から石だの松だのを持っていっちゃったんです。葬儀のため自宅に戻った家族は、庭が穴だらけになっているのを見て腰を抜かしました」

コロナ禍の直前には、金を貸してくれと香苗の家に押しかけてきたこともあった。

「母もはっきり断ればいいのに、自分のできることならお助けしますけど、なんてやんわりごまかしたんですね。それで、強く押せばなんとかなると思ったのか、次には不動産屋を連れてきて、じゃあ土地を処分して金を作れと。断り続けても帰らないし、実印はどこだと探し回るし、くわえタバコで家の中をうろうろしながら『この家はどのくらいの時間で燃え落ちるかな』なんて言い出すし、しまいには、帰ってほしけりゃ契約しろと叫びながら屋根に上って放尿したっていうんですからあきれるわ。ご近所が見とがめて警察を呼んでくれたんで、事なきを得ましたけどね」

「あ、ありましたね、そんなことが」

「あら。通報してくださったの葉村さんでした？　その節はお世話になりました」

瑛子は警察や弁護士に相談し、不動産は母から自分に名義変更、〈柊警備SS〉と契約してホームセキュリティーを入れた。もちろん本家にも厳重に抗議したが、親戚中に「香苗に警察沙汰にされた」と触れ回られたという。

その後、本家との音信はしばらく途絶えていたのが、ここに来ていきなりミツキ叔母の三十三回忌法要である。しかも、本家タケイチの娘であるショウコから「香苗さんも来てください」と何度も電話がかかってきたという。

「首相がちっちゃいマスクつけて緊急事態宣言をした直後くらいに、自宅療養中だった本家の奥さんのサチコさんが急に亡くなったんです。仲が悪かったとはいえつきあいでお香典をお送りしたそうなんですが、ショウコさんはそのことを持ち出して、会ってお礼が言いたいと父が言っている、食事会だけでも来てほしいと。そこまで言われたんで母もしぶしぶ出席の返事をしたそうなんですけど、もうね、絶対なにか思惑があるんですよ。そもそも〈国分寺の叔父様〉にお子さんがいなくて、叔父様は退院してきたばかりといったって、嫁側の本家が法要を営むというのもおかしな話じゃありません？」

法要には他にも、以前も借金を申し込んできた従弟の息子やら、旅行の餞別《せんべつ》をねだる

伯母さんやら、奥山家にある美術品を処分しろとうるさい甥やらが出席予定だそうで、

「母も母なんですよ。わたくしたちには強情で、嫌となったらてこでも動かないくせに、親戚には甘い顔をして、何度もせっつかれてから相談してきて。結局わたくしが悪者になってお断りの返事をするはめになるんです。親戚連中と顔を合わせたら、また同じことの繰り返しだわ。『高齢の怪我人につき今回の出席は遠慮させていただきます』って花でも贈ればいいと言ったんですけど、叔父様が入院なさっていたことも知らずに失礼しちゃったんだから、法要はともかくお食事会には出ないと義理がたたないとごねて、どうしても行くつもりなんですよ。頭にくるわ」

瑛子の怒濤《どとう》のおしゃべりをぼんやり聞き流していたわたしは我に返った。

「待ってください。香苗さん、ケガを?」

「あら、言いませんでしたっけ。一昨日、梅干しの大ビンをわたくしから取り上げたはずみに、そのビンを右足の上に落としましてね。二日たっても痛みが引かないというので、けさ病院に連れて行ったら小指の骨にひびが」

「それはまた……」

「まったくねえ。どうせなら大腿骨《だいたいこつ》でも折ってくれたらよかったのに」

瑛子はさばさばと言った。

「そしたら長期入院になるし、退院してもしばらくは施設で暮らすことになるし、食事会にも出ずにすみますから。だけど、足の小指ってビミョーすぎません？　親戚に取り

囲まれても逃げられないのに、ドタキャンするには軽症だし」

他の高齢の親戚は遠慮するだろう、そしたら母も行く気なくすだろう、とあちこち連絡してみたが、大部分の親戚が出席予定だった、と瑛子はうっとうしそうに言った。

「もうすぐ五類に移行して、コロナも季節性インフルエンザと同じ扱いになるんだから安心して参加できるよねって、年寄り連中、口を揃えるんです。ウイルスが消えてなくなるわけじゃないのに意味わかんないけど、そうとわかったら母も引き下がらなくて。関節リウマチのせいで手が痛くて松葉杖は使えないっていうから急遽、福祉用具の業者さんから車椅子を借りたんですけど、今からじゃヘルパーの手配は間に合わないでしょ。でも、わたくしは今晩八時過ぎの羽田発のフライトで福岡に帰ります。絶対に」

その件で母親と相当やりあったのか、瑛子はぐっと口を引き結んだ。

「というわけで、付き添いが必要になったわけですけど、誰でもいいというわけにもね え。信頼できて、親戚から母を守ってくださる方じゃないと。そんな都合のいいボディーガードみたいなひとなどいるわけない、だからあきらめてよ、と言ったら母、心当たりがあると申しましてね。ジャン=クロードもなついているし、本屋さんで探偵さんだし、信頼できるって。わたくしとしてはそう聞かされてもまだちょっと不安だったんですけど、不審者に気づいて通報してくださったわけだから……いま何時かしら。まあ、もう四時すぎていますわね。法要後のお食事会は六時からなんです」

北原瑛子はそう言って、わたしをじっと見た。

……はい？

2

住宅街の中の道を抜けていくと、突然それは現れた。

茅葺《かやぶ》きの大きな屋根、黒々とした梁《はり》が白い壁と好対照の、英国風のクラシックな建物だ。マッチ箱みたいな三階建て住宅ばかりの住宅街にあって、その建物は異彩を放っていた。ナサニエル・ホーソーンの『七破風《しちはふ》の屋敷』とは、こんな建物だったのかもしれない。あれは英国ではなくニュー・イングランドの呪われた建物だったわけだが。

しかし近づくにつれ、その異界じみた魅力は半減した。車止めの奥に見える正面入口はガラスの自動扉だった。扉の前のカーペットは赤い化繊《かせん》製。公民館や図書館の入口でよく見かける鍵付きの傘立て。〈レストラン commeline〉の看板は最後のｅが欠け落ちている。きわめつけは車寄せの手前に立っている誘導員だ。反射板のついたオレンジ色のベストを着て、誘導用のライトを手に、白髪頭に手をやってぼんやりしている。工事現場の警備員じゃないんだから、とわたしは軽くクラクションを鳴らしながら思った。

オレンジ色の誘導員はようやくこちらに気づき、移動しながら雑にライトを振った。そのヘタな誘導にとまどいながらも、わたしは〈MURDER BEAR BOOKSHOP〉の商用車であるワゴン車を車寄せに滑り込ませ、正面玄関前でハンドブレーキを引いて建物の外時計を見た。五時四十二分。六時の開始にじゅうぶん間に合った。

「思ったより立派なレストランですこと」

奥山香苗の声がエンジンを切って静かになった車内に響き渡った。

「普通の住宅しか見えないようなところだから、ちょっと心配になってたんですけど。いったいここ、どこなのかしら」

「多磨霊園の近くですよ」

「近所じゃないの。ずいぶんかかったからよほどの田舎かと思った。葉村さんったら、私が怪我人だからってそんなに安全運転でなくてもよかったのよ」

いささかムッとした。

北原瑛子に「葉村さんなら安心して母をお任せできます」と持ち上げられ、「もちろん、料金はお支払いいたします。ボディガード代ってことでいかがかしら。対象者がうちの母なら一時間五千円くらいが相場よね。往復と会の出席とあわせて四時間、となると二万でよろしいですわね」と決めつけられ、送金方法を聞かれたあげく、「断る？なら母に直接」と引きずられるようにして奥山家に出向いたのだが、紫色のスーツを着込んだ香苗が分厚く包帯が巻かれた右足をひきずりながら現れるや、タクシーが到着。北原瑛子は玄関先に用意していたスーツケースとともに驚くべき素早さで乗り込み、

「それじゃお母さん、またね。お大事に。じゃ葉村さん、これ」

まくしたてて去っていったのだった。押しつけられた万札を見下ろし、わたしは声も

出なかった。

こうなってはしかし、しかたがない。急いで部屋に戻り、顔を洗って着替え、〈MURDER BEAR BOOKSHOP〉の営業用のワゴン車を駐車場から出し、香苗と車椅子を積み込み、出発。

と思ったら、香苗はお手洗いに行ってくるわとごつい古い鍵を開けて家に戻り、セキュリティーをセットしたか葉村さん見てきてくださる、薬を忘れたわ、なんだか寒いわね、もう一回お手洗いに行ってくるわ、あらマスクの替え忘れた……この間、クロははしゃぎまくるわ、置いていかれることがわかって悲しげな遠吠えをあげるわで、出発は遅れに遅れた。その間、ワゴン車は奥山邸の前に停めっぱなしとなり、駐車場の隣に最近できたドーナッツ屋の行列に並ぶ女の子たちや、近くに停めた軽トラックの運転手たちから、何度となくガンを飛ばされた。

平日の夕方のことで、多摩の道路はどこも混んでいた。おまけに香苗が食事会のレストラン名を書いたメモをなくし、車をコンビニの駐車場に入れなくてはならなくなった。「最近忘れっぽいからなんでもメモするようにしているの」という香苗のバッグから山のようにメモが出てきて収拾がつかなくなったのだ。

そんな騒ぎのなか、吉祥寺からここまで裏道をフルに使ってこの時間に間に合わせたのだ。羽鳥さんちの片づけで疲労した空腹の身で、だ。到着を遅らせた張本人に責められる筋合いないわ。

「いま、車椅子おろしますから待っててください」

シートベルトを外しつつ、バックミラーをのぞくと、香苗はおうようにうなずいた。

「始まる前にお手洗いに寄ってくださる？　席は準備されているから、会場に入るのが遅れても大丈夫よ。ところで葉村さん、そのパンツスーツ、ビジネス用じゃありません？　いえ、よくお似合いですけどね、あらたまった席にはどうかしら。私の若い頃には女の正装はスカートにパンプスと決まっていたものよ。いいわねえ、最近のひとたちは、自由で」

後部ドアを開けて車椅子を下ろし、鼻息荒く広げていると、若者向けのボディローションの臭いをぷんぷんさせた背の高い中年男が正面玄関から飛び出してきた。ダブルのスーツに幅広い金色のネクタイ。茶色に染めた髪の毛。手入れの悪いイタリア製の靴は、そもそも足が大きい上に先が尖っているから、やたらと長く見える。

「香苗叔母ちゃん。車椅子に乗ってても元気そうに見えるねえ。昔から全然変わらない」

「お久しぶり、ジローさん」

奥山香苗はすましかえって挨拶した。親戚にはいい顔をしたがる、と瑛子がこぼしていたのを思い出した。わたしに対するときとは声のトーンがまるで違っている。

「久しぶりなのはオレのせいじゃないよ。ケータイ着信拒否にするなんて、ひどくない？」

「あら、ごめんなさい。きっと瑛子がやったんだわ」

車椅子に腰を下ろした香苗は顔を赤らめ、ハンドバッグをまっすぐに膝に載せた。

「瑛子ちゃんは叔母ちゃんをちょっとなめてるよね。叔母ちゃんにだって判断力ってものがあるんだから、自分の財産をどうするか決められるはずなのに、ボケ老人みたいに扱ってさ。今日、瑛子ちゃんは？　福岡に帰った？　ふーん」

ジローさんはわたしを一瞥《いちべつ》して鼻を鳴らした。

例の誘導員がのそのそと近寄ってきて、お車の鍵をお預かりします、と言った。老人性のシミが浮き上がったその手は細かく震えていた。一瞬、キーを渡すのをためらったが、そのすきにジローさんに車椅子のハンドルを奪われそうになったので慌ててワゴン車のキーを渡し、代わりに下足札みたいなプラスティックのカードを受け取って車椅子を取り返し、建物内に入った。ジローさんは甘い臭いを盛大に漂わせながらついてきた。

「叔母ちゃん、いいときにオレに会ったよ。実は最近、中村芙蓉《ふよう》会のコレクターと知り合ったんだよ。おばちゃんちに何点かあったよね。小谷野珠杏《こやのじゅあん》とか村上マウルとか。金だけは持ってるヤツだから気前よく支払ってくれると思うよ。よかったら何点か預けてみない？　売れないかもしれないけどタダでクリーニングしてあげるから」

二重になっている自動ドアが背後で閉まり、同時に外界の騒音が消えた。

外から見るよりも店内は天井が高く、そのぶん広々として見えた。シャンデリアは一部が消えたまま、絨毯《じゅうたん》はあちこちほころび、タイルは欠け、壁には得体の知れないシミが浮き出ているが、ウェイティングバーは五十代以上の客で満席だった。右手にはエレベーターホールとトイレがあり、エレベーターのすぐ脇に飾られたプレートには、『大友家食事会会場・三階アイリスの間』と書かれてあった。

あとで知ったが、この店はローストビーフを売りにしているらしい。絨毯の上を車椅子で進んでいくと、どこからともなく肉の焼けるおいしそうなにおいが漂ってきた。しかしこれにジローさんの発する臭いが加わって、鼻の奥がムズムズした。花粉症も四月に入ってようやく落ち着いてきたというのに。

「死んだ叔父ちゃんは芸術に造詣《ぞうけい》が深かったけど、瑛子ちゃんにはそんな気配まったくないじゃん。いまのうちに適正価格で手放すのも芸術のため、世のため人のためだよ。それに、叔母ちゃんのお父さんが嫁入り道具に二十四金のおりん持たせたって親戚中で有名だけど、手放すなら金の値段があがってる今でしょ。売ったお金で海外旅行なんてどう？　なんだったらオレがアテンドする……あ」

まくしたてながら後ろ向きに歩いていたジローさんはひとにぶつかり、振り向いてギクッとしたように足を止めた。

目的地である多機能トイレの前には歩行器、車椅子、歩行器、歩行器と長蛇の列ができていた。ジローさんがぶつかったのは列の最後尾、ステンレス製の歩行器を変形した指で握り、両耳に補聴器をつけた、黒縁メガネの白髪の男性だった。

何度も背骨を圧迫骨折したらしく、背中がぐっと曲がってそのぶんウエストが大きくなり、ズボンと上着はすぐにそれとわかる別の生地のもの。上着の肩には抜けた白髪とふけが散り、縫い目は曲がった背骨に押されて緩んでいるのだが、顎《あご》掛けしたマスクからはみ出た顔が知性を感じさせるせいか、全体的には様になっている。胸ポケットにえんじ色の太い万年筆をさしていて、初めて会う相手のはずが、どこか記憶を刺激した。もっとも北原瑛子のとき同様、ここには香苗の親族が大勢きているはずで、うち何割かは血縁者だろうから、見覚えがあるように感じても不思議ではないのだが。

「やあ、誰かと思えばジローくんじゃないか」

男性は突拍子もない大声で叫ぶように言った。唾液の飛沫を浴びたジローさんは蒼ざめて後ずさり、もごもごと答えた。

「お久しぶりです、国分寺の叔父さん……」

「なんだよ幽霊でも見たような顔をして。食事会に来てくれたんだから、私がピンピンしてるのも知ってただろうに」

「は、はあ、もちろんです。でも、おひとりで歩けるほどお元気になられたとは思ってなくて。入院中に学園の理事を解任されたと聞きましたし」

「元気だよ。ケガと手術で回復まで半年以上かかった九十近いジジイにしちゃあ、頭も身体もね。家内のところに行くのも時間の問題と思ってたんだが、これこの通り」

男性……〈国分寺の叔父様〉は歩行器を持ち上げて、おろして見せた。ジローさんの顔はますます血の気を失い、白茶けて見えた。

「あー、ええと、叔父様は主役でしょう？　こんなところにいていいんですか」

「なに、主役はタケイチくんだ。今回はなにからなにまで彼が、というよりあそこんちの娘が手配してくれてね。こっちはにぎやかしに呼ばれただけだ。ミツキの三十三回忌、ホントは去年だったんだが、コロナ禍で親戚は呼べなかったし。こうしてみんなの元気そうな顔を拝めて嬉しいよ」

「それは……よかった」

「そういえばジローくん、ホームに何度も連絡くれたそうじゃないか。そんなに私の生死が気になったかね」

男性はいたずらっ子のような笑顔を見せた。ジローさんはゴクリと唾を飲み込んだ。

「叔父さんは大物ですからいろんな噂が飛び交ってまして、つい。そんなことより、今度、快気祝いに一杯いきましょう。うちの画廊でどうです？　最近はパーティー会場としても貸し出してるんですよ。近所の店に頼んでケータリングして、酒も頼んで、女の子だってそろえられますから」

「もはや睡眠欲しか残っていない老いぼれになに言ってんだよ。それとも、酔いつぶして全財産をきみに遺す遺書にサインさせようって腹かな」

「ま、まさか。やだな叔父さん」

「冗談だよ。国分寺の家に帰った折りには連絡するから遊びに来なさい。一杯いくのはそのときにしよう。それで思い出したんだが、入院中に、きみ、うちに来なかったか。うちっていうのはホームじゃなくて国分寺のほうだけど」

「国分寺のお宅に？　いえ、行ってませんが」

ジローさんはワイシャツの襟に指を差し込みながら答えた。

「おや、そうかい。ノブエがきみを見かけたと言っていたんだがね」

「ヨネクラが？　それはなにかの間違いじゃないですか」

ジローさんの声が急にふてぶてしくなり、逆に叔父様の目が臆したように泳いだ。

「そうかい。だったらノブエの勘違いだろう。それならよかった。きみ以前、うちの絵画貸してくれって言ってただろう。村上マウルの小品とか、イシイヤスケの壺の絵とか。あそこらへんは私が死んだら学園の所有物になるからね」

「えっ、あっ、……そうなんですか」

「きみは子どもの頃から楽天家だから。親戚のジジイなら許してくれると、勝手に絵画を持ち出してやしないか気になってたんだ。いまそんなマネをしたら訴えられるぞ。いまの学園の顧問弁護士先生は厳しいから、民事じゃ済まなくなるかもしれない。ねえ香苗さん、ご無沙汰でした。こちらは瑛子ちゃん……じゃないよね」

「叔父様こそお元気そうで」

香苗がしおらしく答え、「娘が付き添いに雇ってくれたご近所の本屋さんで探偵さん」とわたしを紹介した。ジローさんの顔色はさらに白くなり、中座の詫びらしきものをもごもごとつぶやきながらトイレの列から離れていった。叔父様は奇怪な生命体でも見るようにわたしを眺めたが、なにも言わずに変形した指を震わせながらマスクをかけ直し、次に話し出したときは別人のように落ち着いた口調になっていた。

「ジローくんもいい加減落ち着かないとなあ。才能がないわけじゃないのに、奥さんの稼ぎで遊んで暮らすうちに、キャンバスに向き合うのがバカバカしくなったんだな。おまけに意外と人好きがするから、奥さんの代理で画廊の経営をやることになっても、それなりにやっていけてしまう。成功体験が人生を歪《ゆが》める、いい例だ」

「昔からオオトモの家には、各世代に必ずひとりは常識外れなのが現れるって死んだ父が言ってました。ジローさんの上はさしずめ本家でしょうかしらね」

香苗が微苦笑を含んで言うと、叔父様は小声になった。

「本家ときたら、さっそくやらかした。車寄せに誘導員がいただろう。勤続六十年の名物男なんだそうだが、彼の誘導がわかりづらくてショウコちゃんが急ブレーキを踏んじゃったんだ。怒った本家は車を降りて誘導員の胸ぐらを摑んだあげくに突き飛ばした。その暴力沙汰を撮影していた客がいて、警察を呼ぶと騒ぎになった。店が仲裁してなんとかおさまったんだけどね」

「あら、まあ」

「最近、本家ますます妙なんだそうだ。真夜中に大声出したり、真冬にパンツ一枚で出かけようとしたり。ショウコちゃんが医者に診せようとしても断固拒否だけどね」

「昔から病院は嫌いでしたよね。なにがあっても絶対に行かないってサチコさんこぼしてらしたわ。そんなことより叔父様、お加減がお悪かったなんて存じ上げずに失礼しました。ケガと手術って、いったいどうなさったの？」

叔父様は、よくぞ聞いてくれました、と言わんばかりに身を乗り出した。

「去年の秋、国分寺で転んで大腿骨を骨折したんだよ。吉原《よしわら》病院で人工関節を入れる手術をしたんだが、直後に肺塞栓を起こしてね。ようやく治って歩行訓練のためにリハビリ病院に転院したんだが、また調子が悪くなって、今度は胆のうを摘出したんだ。レントゲンと胆石持ってきたけど、見る？」

幸いそのとき店のスタッフがやってきて、三階の多機能トイレを案内された。わたしは叔父様に会釈をすると、うむを言わさず香苗と車椅子をエレベーターに押し込んだ。

アイリスの間はエレベーターの対面にあった。入口に真っ白いクロスをかけられた小さなテーブルがあり、手書きの文字で「受付」とあった。メガネをかけた中年男が行列に対応していて、わたしたちも並んだ。

「まあ、受付やってるのフミカズだわ。大丈夫かしら。あの子、守銭奴の霊に取り憑かれてる。さっきも政府のプロジェクトだかなんだかで確実に値上がりする土地がある、購入資金を貸してくれないかって国分寺に泣きついてたわ」

列に並んでいた女性がそう言いつつ、がっちゃん、がっちゃん、と昭和のアニメに登場するロボットみたいな音を立てて歩行器ごとこちらに向き直った。ワンピースにカーディガン、レッグウォーマーなど全身黒ずくめだが、歩行器にもマフラーにも帽子にも黒猫の編みぐるみがぶらさがっていた。いいわねえ、最近の年寄りは、自由で。

「あら、ノリコさん。ご無沙汰してます」

香苗が頭を下げ、ノリコさんは手を振った。

「ご無沙汰なんて気にすることないわ。時間なんてものは気の持ちようで伸び縮みするのですからね。宇宙は私たちの心の中に存在していて、同時に私たちを取り囲んでいる。指南者様はそうおっしゃっておられるのよ。いい機会だから、ゆっくり教えてあげるわね。席は並べてもらいましょう」

受付の順番がまわってきた。どこに誰が座るかはすでに決まっていた。フミカズと呼ばれたメガネ男はノリコさんの抗議に肩をすくめた。

「香苗さんの席を誰が決めたか？　本家に決まってるじゃないか。オレに言うなよ」

「私、できれば出入口の近くがいいんだけど。車椅子で移動するとめだってしまうから」

香苗が恥ずかしげに申し出た。フミカズは再度肩をすくめて、

「だから自分に言われてもね。会費をお願いします」

フミカズは香苗が黒いバッグから出した香典袋と会費を受け取った。会費はその場で封筒から出され、確認されたうえ、隣の漆塗りの盆に入れられた。香典袋のほうはフミカズがジャケットのポケットに入れた。我が目を疑うほどさりげなかった。

アイリスの間に入った。

入口と平行に長いテーブルが二本並んでおり、三十ほどの席が用意されていた。白の

テーブルクロスが敷かれ、白い食器のセットがそれぞれに用意されていた。法要後のお食事であることを意識してか、花飾りは緑と白と紫で統一されている。

すでに八割の席が埋まっていた。香苗に気づいたらしい初老の女性が小走りにやってきた。白いものがまざった髪を後ろで結び、古いウールの喪服を着て、びっくりするほど化粧が濃い。すでに一杯きこしめしたのか、赤ワインらしき液体の入ったグラスを持つ手が震えていた。

「香苗さん、いらしてくださってありがとうございます。ショウコです」

それほどの距離でもないのに、ショウコは息を切らしていた。近くに寄ると、ファンデーションの下の肌が一部青黒く変色しているのが見えた。

お辞儀のはずみかグラスが傾いた。わたしはとっさに車椅子ごと下がった。赤ワインは香苗の膝をかすめて床に流れ落ちた。

「まあ、ごめんなさい。かかりませんでした?」

ショウコが大声をあげた。香苗が手を振った。

「ギリギリで大丈夫だったわ。葉村さんのおかげね」

「あ、でもスカートにシミが」

「ついてないわよ」

「香苗さん、目が悪いから見えないんですね。拭きましょう。バッグお預かりします」

ショウコは車椅子のハンドルに手を伸ばし、譲らないわたしを戸惑ったように見た。

男が近づいてきた。

「娘の不始末をお許しいただきたい」

男はわたしと車椅子の間に割って入りながら、そう言った。男には小指がなかった。香苗の家の屋根から放尿していたのはどうやらコイツに間違いない。

あらためてつくづくと本家を見た。生白い顔の冴えない男だった。喪服は借り着のようにブカブカで、左顔面が時々けいれんを起こしていた。だがその笑顔はハエを前にしたクモ、うさぎを前にしたワニ、子ブタを前にしたオオカミを連想させた。あくまでハンドルを離さずにいると、突然、本家はわたしの腕を殴りつけてきた。びっくりして手を離すと、本家は車椅子を乱暴に動かした。床に落ちた香苗のバッグをショウコがさっと拾い、車椅子は奥へ向かった。わたしは慌ててあとを追いかけた。

アイリスの間のいちばん奥には大きな正方形の窓があった。時間帯によっては庭の緑が目に飛び込んでくるはずだ。その窓を背にして、テーブルと直角になるように「お誕生日席」が設けられていた。席には女性の写真と蘭の花が飾られ、そのかたわらに〈国分寺の叔父様〉が座っていた。

ショウコが香苗の膝にナプキンをかけた。本家はごつい銀色のライターを取り出し、タバコに火をつけると、長々と挨拶をした。叔父様と亡くなったそのつれあいとのなれそめについて話しているようだったが、エピソードはあっちに飛びこっちに流れ、結局はこれが言いたかったのであろう、大友の本家である自分が叔父様や家財その他の面倒をみるのが順当だとアピールし始めたところで、立ち上がった叔父様が声を張り上げて「献杯」と叫び、みんなが和して食事会が始まった。

前菜はタケノコとスナップエンドウのサラダだった。グリンピースのポタージュ。鯛とハッサクのカルパッチョ。新じゃがとミニキャロットを添えたローストビーフ。これにおかわり自由のバター・トーストか丸パンが付いて、デザートは柚子のシャーベット、チョコレートケーキ、イチゴのタルトの盛り合わせ。コーヒー。ブランデー。

薔薇色の肉や黄金色のトーストを他人が飲み食いしているのを見守って四時間二万。はっきり言って安すぎた。そうでなくても空腹だったのだ。わたしは壁を背にして立ち、マスクの下でよだれをすすっては、ときどきスマホで外部と連絡をとるなどして気を紛らせた。

何度も電話して呼びつけたわりに、本家もショウコも香苗にはあまり話しかけていなかった。ショウコにいたっては、食事が始まると同時に席を外し、戻ってきてもわざとのように香苗に背を向けていた。肉料理の前にわたしが車椅子を押して香苗をお手洗いに連れていったのだが、気にしていないようだった。

「なんだったのかしら、最初のアレは」

香苗は化粧室で鏡を見ながらそう言った。わたしは小声で尋ねた。

「バッグの中味は？　なくなっているものはありませんか？」

「さっき、心配になって確かめたの」

香苗もささやくように言った。

「ショウコちゃんがどさくさまぎれにバッグを持って行ったものね。でもすぐに戻ってきたし、瑛子にしつこく言われたんで、最近では現金を持ち歩くのをやめてカードにしたのよ。これだと餞別だの小遣いだのねだられてもその場はしのげていいわね」

　このまま無事に終わるかと思ったが、香苗を食事会に連れ戻した途端にビール片手にフミカズがやってきた。ポケットが香典袋形に出っ張っているのに気づいていないらしく、ショウコを追いやって香苗の隣に座り込み、政府のプロジェクトの候補地だとかいう山梨の土地の購入資金の話を始めた。しばらくするとジローさんが絵画の話を蒸し返しに訪れ、続いて伯母さんのひとりが七月のプロバンス・ツアーに申し込みたいんだが旅行代金が高くなって、香苗さんとこはいいわよね、死んだご主人が遺してくれた貯金はもちろん蔵に骨董品がたくさん、と愚痴をこぼしにやってきた。

　この伯母さんはジローさんを追い払って腰をおろすと以後、頑として香苗の隣席を譲らず、愚痴は餞別をせしめるか食事会が終わるまで続きそうだったが、レストラン側が促しても本家はスマホをいじるばかりで無視。結局、終了予定時刻を三十分以上すぎ、業を煮やした〈国分寺の叔父様〉が本家を差し置いて〆の挨拶を始めたのだった。

「皆様ご存じの通り、私の祖父・乾聡哲《いぬいそうてつ》は〈魁星《かいせい》学園〉を創立した、人格的にも学者としても非常に優れた人物でした」

　叔父様が話し出すとアイリスの間は静まりかえり、本家の貧乏ゆすりの音が響いた。

「その座右の銘は『該博深遠《がいはくしんえん》』『尊尚親愛《そんしょうしんあい》』『形影一如《けいえいいちにょ》』で、なかでも祖父は『形影一如』を大切にしていました。これは、その人の心の善悪がそのまま行動に表れること、心と行動がぴったりあっているという意味で、まさに教育者の鑑《かがみ》たるわが祖父にふさわしい言葉だったと言えるでしょう。同時にこの言葉には、夫婦がむつまじくいつも一緒にいるという意味もあります。自分もいずれまもなく妻ミツキのもとに向かう日を迎えます。再会したあかつきには、三十三年間の空白を埋めるべく、『形影一如』を実行したいと思っております」

　スピーチが終わって、拍手が起こった。三々五々椅子を引く人間も現れた。本家は座ったままだったが、これを逃すと帰れそうもない。

　香苗がちらとこちらを見た。以心伝心。わたしは失礼いたしますと車椅子を強引に動かし、餞別伯母さんをぶっちぎり、出入口近辺のお年寄りがもたつく間に部屋を抜け出し、エレベーターに飛び込んだ。一階で「下足札」をスタッフに渡すと同時に多機能トイレに香苗を入れ、終わると同時に玄関を目指した。レストランの客が出ていったところでガラスの自動ドアが開いており、車寄せの奥に暗い駐車場が見えた。高級外車の濃紺のバンを迂回しつつ〈MURDER BEAR BOOKSHOP〉のワゴン車が移動を始めている。誘導員が車寄せまで回してくれているのだろう。よし、これで帰れる……。

「香苗さんたら帰っちゃうの。ゆっくり話もできなかったのに」

　ロビーのソファをよけようと車椅子を大回りさせているところへ、がっちゃん、がっ

ちゃんとノリコさんが追いすがってきた。こちらの返事も聞かずに大声で、

「タケイチ、前からどうかしてたけど、サチコさん亡くなってからますますおかしくなってるわねえ。ほら、サチコさんって、ショウコちゃんが自室でうたた寝してる間に亡くなったじゃない？　タケイチはそれでショウコちゃんを責め立ててさ。見たでしょ、ショウコちゃんの顔。きっと手をあげてんだわよ。自分だってサチコさんの闘病中にやらかして、入ってたくせに」

「入ってたって？」

「ほら、例の手口でまた失敗したのよ。逮捕も起訴も五回目だったから実刑になっちゃったの。知らなかった？　香苗さんったら最近、つきあい悪いものねえ」

香苗は車椅子の肘置きをぎゅっとつかみ、ショウコちゃん、そんなこと言ってなかったわ、とつぶやいた。ノリコさんはロビーのソファに腰を下ろして大笑いした。

「あのコは父親には逆らわないわよ。なにやらかしたって、年取ったからニンチが、って父親をかばうくらいだもの。本家って、ショウコちゃんには遠慮も会釈もないのにね」

わたしにもだ、と出口に向かってじわじわと車椅子を押しながら思った。車椅子のハンドルを握ったままだったら手首をやられていただろう。

「タケイチったら上で電話に向かってアンタの悪口怒鳴り散らしてたわよ、香苗さん。捕まらないうちに早く帰れば？　二十四金のおりんとか、蔵の中の骨董とか、本家に巻き上げられたら指南者様に寄進できなくなるもの」

だったら早く帰らせろと喉まででかかったとき、ちん、と音がしてエレベーターのドアが開いた。真っ赤な顔をした本家が走り出てきてこちらに気づき、玄関ドアの前に立ちはだかりながらわめいた。

「おい。こら香苗。てめえなにしやがった、あ？　なにしてくれたんだ」

車椅子ごと後ずさりした瞬間だった。〈MURDER BEAR BOOKSHOP〉の白いワゴン車が自動ドアを突き破り、ガラスを散乱させながら建物内に飛び込んできた。

3

事故はネットニュースの注目度ランキング上位に入った。

高齢ドライバーによる事故など毎日のように耳にするが、事故を起こしたのが勤続六十年、そのヘタすぎる誘導や車の移動が店の名物になっているカー・ボーイ「ギンちゃん」で、はねられたのがそのギンちゃんに暴力をふるっていた客で、その客主催の食事会参加者の車を移動中の出来事だったのだから、他人事ならそりゃ面白かろう。ワゴン車はボンネットに本家を乗せたままロビーを直進し、レストランの入口に突っ込んで壁を破壊、ようやく停車した。粉々に壊れたガラスの自動ドア、折れ曲がった金属の柱、フロント部分が大破した車、高級ウイスキーが並んだ無傷のウェイティングバー。絵にもなっていた。

「事故の原因は、車を正面玄関に回す途中で誘導員が脳溢血を起こし、ブレーキとアクセルを踏み間違えたことだったと聞いてます。こんなの予見不能で避けようがなかったですよね」

後から思えばあの誘導員の手は震え、頭に手をやっていた。すでになんらかの異常が起きていたのかもしれない。しかしそれを通りすがりの人間に察知しろというのは無理——と、わたしは〈MURDER BEAR BOOKSHOP〉の富山泰之店長に力説した。

「誘導員は七十五歳だったそうじゃないですか。葉村さんも、そんな後期高齢者によく車のキーを預けましたね」

富山は電話の向こうで疑り深そうに言った。誘導員にキーを預けるのをためらったことを思い出し、ひやっとした。

「しかたないじゃないですか。そういうシステムだったんだから。あの誘導員は長年の名物男で、きわどい仕事ぶりでファンも多かったそうだし。それに」

富山さんだって来月七十三歳でしょ、大差ないですよ、と言いかけ、すんでのところで言葉を飲み込んだ。

「それに、えー、依頼主はちゃんと守れましたからね。香苗さんはかすり傷ひとつ負ってません。香苗さんはね」

突進してきたワゴン車を目にしたとき、わたしはとっさに車椅子のハンドルを振り回し、力一杯回転させた。車椅子は香苗を乗せたままエレベーターのほうへ進んで止まった。ワゴン車はわたしの背後をギリギリで通過したが、わたしもさすがに慌てていたようだ。車椅子のハンドルを手ばなすと同時に前のめりに転び、顔面から床に倒れて額を強打。あとで見たら昭和のギャグ漫画みたいなたんこぶができていた。

しかし、この程度ですんだのは幸運だった。もし外に出て車を待っていたら、わたしも香苗もワゴン車に撥ね飛ばされていたかもしれない。駆けつけた救助隊はつぶれた運転席から誘導員を救出した。彼は意識不明の重体、本家も腰椎を骨折する重傷を負った。

「まあ、いいでしょう。今回はしかたなかったということにしましょう」

富山はもったいぶって言った。

「あのワゴン車は走行距離十万八千キロの中古を譲り受けて五年たってますから、葉村さんに持ち出されて壊されても怒ったりはしませんが、〈MURDER BEAR BOOKSHOP〉の車です。探偵社の仕事に流用したことは、書類上うまく体裁を整えといてくださいよ」

「もしもし、わたしが壊したわけでは」

「ホントは探偵社の仕事だったんですから探偵社用の車を使うべきだったんですよ。もっとも、潰れたのがあっちだったらもっとずっとショックでしたけどね」

富山が言っているのは、アマゾンの毒ガエルを思わせるけばけばしい緑色をした小型の外車のことだ。車道楽の富山はあるとき、自家用車は三台まで、これ以上増やしたら離婚と奥さんに叱られたため、この毒ガエルを〈白熊探偵社〉の社用車ということにして帳尻を合わせたのだ。

ボディガードの仕事に使うべきは毒ガエルだったというのは、だから正しいのだが、小型すぎて車椅子や足の悪い老女は乗せられない。わたしとしては、どうせ壊れるならこっちに壊れて欲しかったのだが。なんせコイツが新車だったのはバブル以前の話。シートは堅く、やたら目立って尾行にも張り込みにも使えないし、コロナ禍以降、富山が店舗にあまり来なくなってほったらかし。節約のため駐車場を解約し、店舗の敷地の奥にねじこむように停めてあるのだが、月に一度は走らせなくてはならず、毎度出し入れに苦労する。もっと地味な車に買い換えて欲しいと頼んでいるのだが、富山は逆にエグいハデさが気に入っているらしく、絶対に首を縦に振らない。

富山は、保険会社には連絡した、おそらく近いうち新しい車を買うことになるだろう、そのへんのことは自分に任せてくれ、明日午前中には代車が届くことになっているから、と嬉しそうに付け加えた。こちらからは、奥山香苗の「ボディガード料」を娘の北原瑛子から受け取り済みだと報告した。

「ボディガード料というのは初めて聞きますが、いくらなんです?」

「今回の場合は二万円でした」

「稼働何時間で?」

「そうですね、帰宅したのは十一時をすぎてからでしたから、七時間程度ですか」

「夜中までかかって二万とは意外と安いんですね」

ボディガードというのは、探偵をヘルパー代わりに使うために北原瑛子が考えついた言い草だから当然だ。

「もともとは食事会の付き添いに過ぎなかったので、順当ですよ。その時点ではあんなことやこんなことが起こるとは予測できませんでしたからね。先方もその対応については報酬外と考えているようで。あらかじめきちんと契約を交わしておくべきでした」

「つまりはクライアントにしてやられたわけだ。ただ働きとは、葉村さんもヤキがまわりましたね」

そういう言い方はどうかと思う。相手はご近所さんで、コロナ禍で収入のない時期もよくしてもらっていた。ご年配の怪我人なのだし、じゃああとは自力で帰ってくださいね、家に着いたらそっちの対応もよろしく、なんてわけにいかないではないか。

いつものことだが、富山はわたしの抗議など聞いていなかった。

「だけど、留守の間に窃盗団が家財道具を洗いざらい持ち逃げするのを未然に防いだのは葉村さんじゃないですか。普通なら感謝して、ご褒美をはずむんじゃないんですか」

「お手柄というほどでも。わたしは奥山さんが契約しているセキュリティー会社に、留守宅に気をつけたほうがいいですよと伝えただけで」

このセキュリティー会社こと〈柊警備SS〉には知り合いがいる。その彼女を通じて注意喚起したものの、人手不足の〈柊警備SS〉が人員のやり繰りをつけてようやくパトロールに出向いたとき、すでに窃盗団は蔵から古道具を持ち出し、軽トラックに積み込み終えていた。彼らは警備員の問いかけに、家主の依頼で荷物の片づけをしていると言い張ったらしいが、なにしろ時刻は夜八時。警備員はすぐに警察を呼び、盗みに入っていた連中は軽トラックを置いて逃げ出した。

レストランでの事故対応を終えてタクシーで戻ると、奥山邸の周辺はパトランプで赤く照らされ、野次馬でごった返していた。わたしは疲労と驚きで貧血を起こしかけた香苗の代わりに、駆けつけた捜査員に事情を説明するなどまたしても対応に追われた。犯行の最中、窃盗団からもらった骨をかじってご満悦だったクロが、香苗に怒られて庭のどこかに隠れたのを探すことまでしたのだ。部屋に戻って買い置きのレトルトのお粥でなんとか腹を満たし、そのままベッドにぶっ倒れたが、翌日は昼すぎまで起きあがることもできなかった。だからまあ正直な話、ご褒美はともかく残業手当は期待していたのだが、瑛子からはなんの連絡もないままだ。

「ま、探偵社の収入は最初からあてにしていませんけどね」

富山はさっさと話題を変えた。

「本屋の売り上げは戻ってきてますし。先月の〈いまさら青春ミステリ・フェア〉だって、評判よかったじゃないですか。栗本薫の『ぼくら』シリーズとか、小峰元とか樋口有介とか辻真先とか、昭和平成の青春ミステリがあんなに売れるとは思わなかった。青春時代が夢なんて、あとからほのぼの思う世代に受けたからですかね。そうだ。それで思い出したんですが、イソガイセンセーのお別れの会、どうなりました？」

「は？　イソガイセンセーって？」

「磯谷亘《わたる》先生ですよ。日本ミステリ界に最近亡くなった磯谷先生は他にいないでしょう。大丈夫ですか、葉村さん。ヤキがまわったどころかボケてきたんじゃないですか」

「磯谷先生ならもちろん存じてますが、お別れの会ってなんですか」

「だから先週末、先生の娘さんから電話で相談されたんですよ。家族葬で慌ただしく済ませるしかなくて、お世話になった人たちにご挨拶できなかったのが気になっていた、そろそろお別れの会を開きたいとね。なので〈磯谷亘お別れの会事務局〉をうちで引き受けることにしたって、言いましたよね」

　ボケてきたのはどっちだ。

「なんっにも聞いてません。まったくの初耳です」

「あれ。そうですか。でも葉村さん、磯谷先生が亡くなったのが二〇二〇年の五月頭、世の中がいちばんコロナでキリキリしていた時期ってことくらいは知ってましたよね」

「ええ、ホームページ上で追悼フェアをやりましたから」

　それも一から十までわたしがやったのだ。富山は八百字の追悼文を書いただけ。しかもそれだけ書くのに設定した〆切りを勝手に二週間も延ばした。

「だったらお葬式は家族葬に間違いないし、来月にはコロナが五類に移行するのも当然知っているわけだし、そろそろお別れ会がありそうだな、あるな、あるにちがいないな、くらいのこと思いつきそうなものですけどね。葉村さん、探偵なんだし」

探偵関係ないわ。わたしは歯ぎしりしかけたが、この上司の面《つら》の皮は千枚張りだ。文句を言ってもお別れ会がなくなるわけでもなく、降って湧いたこの新たな仕事から逃げ出せるわけでもない。わたしのエナメル質がすり切れるだけだ。ヘタしたら象牙質も。

気のせいか、左上の糸切り歯付近がずーんとしてきた。話を進めるしかない。

「ではお聞きしますけど、事務局の仕事の内容は具体的にはどこまでですか。会場は決まっているんですか。招待客の人数は。日時は。会費の設定は」

「私に聞いてどうするんですか。それ決めるのが葉村さんの仕事ですよ。事務局の作業は〈MURDER BEAR BOOKSHOP〉として引き受けたんで、磯谷先生の娘さんにはちゃんとイベント料を請求するんです。それなりの金額になるんですからね」

しっかりしてくださいよ、と富山はため息をついた。

「磯谷先生の娘さんときちんと打ち合わせしてください。連絡先はわかってますね。知らない？　じゃあ後で送りますから。よろしく」

翌日、代車が届いた。前のと同じメーカーの白いワゴン車だったが、試しに走らせてみると、いまひとつしっくりこなかった。村上春樹じゃあるまいし、つぶれたワゴン車とわたしは親密でもなんでもなかったが、どうにも落ち着かない。窓をおろそうとすると一拍おいてから動き出す癖、車内に染みついてしまった古本の臭い、折れたサイドミラーにぐるぐる巻きにしていた透明テープの反射、どれも代車にはないものだ。あたりまえだが。

試走ついでに中央線沿線の新古書店をまわり、磯谷亘の本を何冊か手に入れた。

磯谷亘は一九七四年、R大学在学中に、死体を発見しがちな大学生とジャズ好き刑事のコンビが事件の謎を追う青春ミステリ『グリッサンドで三重密室』を書いて、E賞を受賞。「本格推理小説界に若々しい旋風を起こし」注目を浴びた。続編『スネア・ドラムの二重誘拐』『一重まぶたのブロック・コード』で〈ジャズ・ミステリ三部作〉を完成させるが、直後に筆を折って卒業し、大手商社に就職した。五十歳すぎてから会社勤めのかたわら再び作品を発表し始め、六十八歳で亡くなるまで年に三作のペースで長篇を刊行していた。

デビュー当時の三部作はその大胆なトリックと軽やかな文体でミステリマニアの間でも高い人気を誇っていたが、後年の作品はあまり評価されてこなかった。商社時代の駐在経験を生かした、北アフリカを舞台にした冒険小説テイストの作品が多く、物珍しさもあってよく読まれていたが、「どれも同じ話」などと揶揄《やゆ》されることもあったようだ。

ただ、十年ほど前になるか、与党政治家の井上天来《いのうえたかゆき》が幹事長に就任した際のインタビューで愛読書として磯谷亘の本をあげたのをきっかけに、その名は一般にも知られるようになった。後期作にも『ハルマッタンの亡者』のような、サハラの乾燥しきった風＝ハルマッタンをトリックに利用した壮大な謎解きミステリもあってマニアが飛びつき、出版された二〇一六年の秋にはうちの店で磯谷亘のミニ講演会が開かれた。そのとき店頭に並べた『ハルマッタンの亡者』のサイン本をはじめ、店にあった磯谷の本は三年前の追悼フェアの際にほぼ売り尽くしてしまった。亡くなった当初、初期三部作などが復刊されたが、いまではそれも版元品切だ。お別れの会を開くなら、店舗にも磯谷亘コーナーを設ける必要がある。本をたくさん集めておかなくてはならない。

収穫を携えて本屋に戻った。

コロナ禍にあって〈MURDER BEAR BOOKSHOP〉はたびたび休業をよぎなくされた。もともと店の収入の柱となっていたのは作家や評論家を招いてサロンで催すイベントと、それに関連した書籍の販売だったが、イベントは開きづらくなり、開けても客数を減らすしかなかった。書籍の売り上げは予想以上に落ち込んだ。イベント後にわいわいミステリ談議をして、そのテンションで店に寄り、本棚を眺め、ついつい本を買う——という消費行動がなくなってしまったからだ。

そんななか、店を支えてくれたのは、通信販売で本を買ってくれる常連客と、ご近所さんたちだった。もともとは金土日の午後のみの営業だったが、コロナ禍が始まってからは、することもないから本でも読むか、というご近所さんのためにほぼ毎日開店するようになった。いまでも可能なかぎり、短時間であっても店を開けるようにしている。

入口扉のラブスン錠を開けて、店舗内に入った。収穫を置き、電気を入れ、パソコンをチェックした。磯谷亘の娘・世奈《せな》からまだ返信はなかった。連絡しなかった間に〈お別れの会事務局〉は誰か他に頼んだのかもしれない。それならそれで、わたしとしてはむしろありがたい。

いったん自室に戻ってたんこぶの絆創膏を取り替え、カレーの残りをショートパスタと混ぜ、カボチャとブロッコリー、チーズをのせて焼いたもので遅い昼をすませた。店周りの掃除をし、天気予報を確認して、安売りの文庫本を詰めたワゴン三台を店頭に出した。ワゴンには宝探しさながら、見る人が見れば驚く文庫をしのばせることになっていて、今回はマージェリー・アリンガムの『反逆者の財布』を入れた。カバーがなく、破れた頁をテープで補強してある代物だが、三冊二百円なら大安売りだ。

願わくばSNSで自慢してくれるひとの手に渡りますように、と祈りながらCLOSEの札を裏返し、〈MURDER BEAR BOOKSHOP〉をオープンした。

すると、それを待っていたかのように奥山香苗が現れた。包帯を巻いた足のかかとを地面につけ、両手にノルディック・ウォーク用のステッキを握っている。笑顔のクロを従えて危なげなくステッキを操り、石段を下りると道を渡ってきて軽く頭を下げた。

「一昨日はお世話様でした。疲れたでしょう、葉村さん。ごめんなさいね」

「いえ、仕事でしたから」

わたしはそっけなく答えた。

この様子から察するに、香苗には最初から車椅子も、もちろんボディガードも必要なかったのだ。福岡に帰る娘を引き留めたくて、車椅子に乗ってでもハイエナ並みの親戚が大勢やってくる食事会に出ると言い張っただけのこと。そうまで言えば残ってくれるかと思った娘はご近所の探偵を強引に雇って母親にあてがい、とっとと帰宅してしまった。あてが外れた香苗は意地でも車椅子と探偵を使わざるを得なかった、というわけだ。

親娘のもめごとに巻き込まれたわたしこそいい面の皮だが、たんこぶは香苗のせいではない。その後の展開においては、そもそも香苗こそ被害者だ。

わたしは寄っていかないかと香苗を誘い、壁際に常設してあるベンチに彼女を座らせ、紙コップにペットボトルの茶を注いで渡した。クロはおとなしくベンチの脇にうずくまり、前足に顎をのせた。この犬はサンポと言うと喜んで跳ね回るのに、実際に歩き始めると二十メートルいかないうちに動かなくなるのだった。

「それで、ご本家さんたちのお加減はいかがですか」

事故の後パニックになり、父親にとりすがって泣き叫ぶだけのショウコに代わり、しばらくの間、わたしと香苗とで事情聴取に応対した。おかげで本家の名前は大友竹市、ショウコは章子と表記することを知った。およそ役に立ちそうもない知識だったが。

「本家は腰椎の他にあばらも数本折れていて当分入院ですって。いずれは手術をすることにもなるみたい。病院は嫌いだ、早く退院させろって、怒鳴り散らしているそうだから元気なんでしょうね。でも、退院できたらすぐ刑務所に戻ることになるんですって」

「戻るってことは、もしや仮釈中だったんですか」

香苗はお茶を口に含みながら小さくうなずいた。

名物誘導員ギンちゃんが暴行を受けている映像はネット上に流され、その後の事情を含め、本家は盛大に叩かれることとなった。おかげで本来なら従業員が運転ミスで客をはねた〈レストランcommeline〉のほうが本家に入院費や損害賠償を支払わねばならないはずが、事故が起きたのはこの暴行の結果とも見えるからレストラン側はかなり強気で、落ち度は本家にある、治療費は裁判でコチラの責任が立証されてから、と言い張っているそうだ。

「本家って自分を狡猾で悪賢いと思い込んでるみたいなんだけど、実際は行き当たりばったりだし、案外おめでたいの。いまは仮釈中なんだから犯罪には手を染めないでおこうって、普通のひとなら計算して行動するところをしない。ていうか、できないのよね。ウチの件だって、本人にしてみればあくどく考えたうえでやったことなんでしょうけど、やっぱりヌケてたとしか言いようがないわね。葉村さんのおかげで事なきを得たわけだけど、それがなくてもすぐに捕まっていたんじゃないかしら」

「かもしれませんね」

あたりさわりなく答えると、香苗はさらに眉を下げた。

「葉村さんには今回、本当に助けていただいたんだと瑛子にも言ったんですけど、あの子、なんのお礼もしていないんですって？　申し訳なかったわ」

香苗はお茶を飲み干すとマスクを付け直し、それでね、と言葉を継いだ。

「その代わりってわけじゃないんだけど、さっき〈国分寺の叔父様〉が電話をよこしたの。あのとき私、葉村さんのことを本屋さんで探偵さんだって紹介したでしょ。それで叔父様、葉村さんのこと少し調べてみたんですって。だから、葉村さんにはふだんからよくしてもらってるし、今回、あなたに守ってもらったおかげで事故にも盗難にもあわずに済んだって宣伝しておいたわよ。叔父様、感銘を受けたみたいで、ぜひ葉村さんに連絡をとってほしいんですって」

これ叔父様の電話番号、と香苗はメモをよこした。

4

環八を南下して世田谷区に入った。

敷地から出すのに手間はかかったが、アマゾンの毒ガエルは軽快に走った。昨夜の激しい雷雨のおかげで街路樹は芽吹き、街ゆくひとの歩みも軽やかに見える。

昨日は本屋の売り上げがよかった。ピーター・トレメインの新刊は楽しめた。来月の食費の心配はなく、三年ぶりに依頼人候補が現れ、たんこぶの痛みは治まった。春はすばらしい。

と、思った途端にクシャミが出た。アレジオンを飲み忘れたのだ。マスクの中が洪水となったが、そういえばこの車にはティッシュボックスを取りつけていなかった。以前、生活感が出るからやめてくれ、と富山に言われたのだ。富山にとってこの毒ガエルはものすごくスタイリッシュな存在らしい。

助手席のバッグから手探りでティッシュを取り出し、マスクの下に手を突っ込んで拭きながら東京農大を通りすぎた。馬事公苑《ばじこうえん》を横目に見ながら進み、弦巻《つるまき》五丁目交差点で信号待ちの間に薬をペットボトルの水で流し込み、病院やマンションが多いエリアへとハンドルを切った。

所有型介護サービス付き高齢者住宅〈グランローズ・ハイライフ馬事公苑〉は、中でもひときわ目を引いた。忍び返しのついた分厚い塀。塀の際に等間隔でそびえるケヤキ。塀と歩道の間に流れる人工の川。なにも知らなければこれはお堀で、見え隠れしている巨大な建物はお城と勘違いしかねない。もしくはホワイトカラー犯罪者用の刑務所か。

周囲を二周して、ようやく来館者用の門を見つけた。カエルの鼻先を突っ込み、窓から身を乗り出して、インターフォンに来意を告げた。番小屋から警備員が現れ、こちらをじろっと眺め回すと、クリップボードを差し出してきた。

ボード上には書類が載っていて、この高級な施設をなんと心得る、入るというなら入れてもやるが、あれやるなこれもやるな一時間で帰れ、従わないと訴えるからな、ともったいぶった文章で書いてあった。こちらも負けじと気取って、たぶん三日経ったらわたし自身にも読めない字でサインしてやったが、警備員は気にもとめずに無線でどこかに連絡すると、門を開けた。ご丁寧に、先端がヤリのように尖った鉄製の柵になっている門だった。

このまま行くと先に跳ね橋があるかも、と思ったが、期待は裏切られた。広い敷地にアスファルトの私道がぐるぐると続き、ようやくうっすら緑になりかけた芝生と、ワークブーツを履き、脚立を担いでうろうろしている庭師らしい男の姿が見えるだけだ。

道はやがて地下に降《くだ》って駐車場に行き着いた。だだっ広く、天井や壁に排気ガスでベトベトになった埃が付着している、つまらない駐車場だ。ただし停められていたのは、どんなトンマにもひと目で高級車だとわかるエンブレムのついた外車ばかりだった。例の食事会が開かれた〈レストラン commeline〉でも見かけたのと同じ濃紺のバンが数台、ピカピカに磨かれて並んでいた。隅のスペースに入れると、毒ガエルのエンジンは気兼ねしたようにひっそりと停止した。

地下から階段で一階のフロントまであがった。制服姿のスタッフが待ち受けていた。高い費用や技術を費やして手に入れたであろうアンドロイドのような顔。高級なパンプスと腕時計を身につけ、かすかにパフュームを漂わせている。世で言うところの介護施設のスタッフにはまったく見えなかった。

先導されて奥へ進んだ。

ラウンジは広く、クリスマスツリーを逆さにしたようなシャンデリアがいくつもぶら下がっていた。壁には油絵、棚には生花を生けた花瓶やスポットライトを浴びたオブジェ、大小様々な置き時計、低い書棚には革装の洋書。猫足、革張り、素朴な粗い布張りなど様々な種類のソファセットがあちこちに配置され、アクリル板で仕切られていた。

これに介護スタッフと笑顔を交わす車椅子の高齢者を足せば、値段や規程がダニの糞なみに細かな字で印刷された有料老人ホームのチラシにまんま使えそうな眺めだが、目につく居住者は仏頂面でシャンパンを飲み、株価に目をこらし、あるいはケータイで誰かを怒鳴りつけていた。怒り心頭の年寄りの顔は真っ赤で、いまにも脳の血管が切れるんじゃないかと心配になった。

「国分寺の叔父様はお金持ちなのよ。それに著名人でもあるの」

昨日、奥山香苗はありがたく思えと言わんばかりに付け加えたものだった。

「国分寺におじいさまから受け継がれたお屋敷があって、かつては叔父様そちらにお住まいだったんですけどね。コロナの直前だったかしら、世田谷の介護付きシルバーマンションに移られたの。病気やリハビリでタイヘンだったそうだから、プロに面倒をみてもらったほうが間違いがなくていいわよね」

そういうゆとりある暮らしぶりの人物なら懇意にしている弁護士のひとりやふたりいるし、調査会社を紹介してもらえる。食事会前のジローさんとの会話でもそう匂わせていた。なにも親戚の近所の「本屋さんで探偵さん」に仕事を依頼しなくてもいいはずだ。

そう言うと香苗は首をかしげて、「かもしれないけど、なにしろ叔父様お金持ちで著名人だから」と繰り返した。それが、すべての奇行の言い訳になるかのように。

くわしい話は直接聞いた方がいいわ、と香苗にせっつかれ、教えられた世田谷の部屋付き固定電話の番号にかけてみた。電話をとった〈国分寺の叔父様〉は穏やかな応対ながらこちらの質問にはいっさい答えず、会う場所（現在暮らしている施設のラウンジ）、会う時間（明日の朝九時）を一方的に伝えてきた。

仕事を引き受けるかどうか、まだ決めたわけではない、と言うと、叔父様は面食らったように黙った。選ぶ権利が零細探偵社の調査員にもあるとは思ってもいなかったのだろう。探偵と依頼人は対等、依頼を引き受けたら労働の対価として金はもらうがあんたの使用人になるつもりはない、と啖呵《たんか》を切りたくなったが、「金持ちで著名人」の高齢男性に言ってもおそらくムダだ。対等という言葉の意味がガラスの天井裏にまで届いているのなら、この国はもう少しマシな国になっている。

「頼みたいのは人捜しです」

ややあって叔父様は言った。

「それ以上のことは電話では言えません。近くに香苗さんがいるでしょうしね」

推察通り、目をらんらんと輝かせた香苗がこちらを見ていた。委細は会ってから、を了解せざるを得なかった。

ラウンジの奥に個室風のスペースがあった。そこまでわたしを案内すると、アンドロイド美人は終了時間を念押しするまでもなく立ち去った。大量生産のスーツを着た探偵でも、書類にサインしたんだからわかってるよね、というわけだ。

スペースとラウンジを仕切るアクリル板越しに内部をのぞいた。高級空気清浄機が静かに稼働し始めた。

叔父様はスペースのいちばん奥にある一人掛けのソファに座っていた。ネルの無地シヤツにえんじ色のニットタイ、インクしみの残るグリーンのベスト、ツイードのジャケット。ジャケットの胸ポケットには、食事会でも目にした万年筆。イギリスの知識階級を意識した装いだが、背中にあてがわれたハート形の低反発クッションがその印象を台無しにしている。かたわらにはステンレスの歩行器が出番を待っていた。

彼が金持ちだというのは誇張でもなんでもなく、ただの事実だ。〈グランローズ・ハイライフ馬事公苑〉の販売価格は目下、いちばん安くて三億二千万。別途入居金が必要で、それが二億。修繕積立金、施設管理費、駐車代といった一般的な管理費が月に約二十万。シルバーマンションならではのライフサービス費や食事代が月約六十万。暮らしているだけで年間一千万円ほどが消えていく計算だ。介護が必要になったら状況に応じてさらに上乗せされるらしい。いったいなにをすればこんなところで老後を過ごせるのだろう。悪魔に魂を売るとか？　わたしの魂にそこまで高値をつけてくれる悪魔がいるとも思えないが。

背後でラウンジの時計がいっせいに鳴り出した。九時になったのだ。

歩み寄って挨拶した。彼は黒縁メガネごしにこちらを見上げ、うなずいた。

「ご足労いただいたのだから、立ち上がってお迎えするのが礼儀だが、それが一騒ぎでしてね。このままで失礼させていただきますよ。おかけください」

入って右側の長椅子の端に、距離をとって腰かけた。ローテーブルのちょうどその場所に名刺と鍵が一本、それに茶封筒があった。肩書きのない白い名刺には〈乾巌〉の二文字と、香苗から教えられたのと同じ、部屋付きの固定電話番号のみが印刷されていた。

「読めますかな」

叔父様は楽しそうに尋ねてきた。読めないふりをしてあげてもよかったのだが、高齢者相手に長話をして飛沫を浴びせる危険は避けたい。

「いぬい・げん——とお読みするんですね」

「ほう。よくわかりましたね。これまで一発でこの名前を読めたひとには会ったことがない。いぬい・いわおというのがいちばん多いかな。教師時代はカンゲン先生と呼ばれておりました。発音しやすかったんでしょうね」

楽しげに言いかけて、カンゲン先生は苦笑した。

「あ、そうか。下調べをしてきましたか。探偵さんでしかもミステリ専門の本屋さんならそれが当然ですね。となると」

「先生のエッセイ集も拝読しております」

乾巖氏は私立・魁星学園の創始者・乾聡哲の孫にあたり、理事として学園の運営に携わるかたわら、学園附属の国分寺高校で国語の教師として教鞭をとっていたが、その後系列のイギリス校に移り、のちに校長も務めた。イギリス校はケンブリッジ近くに建つ全寮制の中高一貫校で、官僚や商社員、マスコミ駐在員の子弟が多く在籍していた。カンゲン校長は名物教師で「魁星附属のチップス先生」と呼ばれていた——と、当時のことを綴ったエッセイにご自分で書いている。

カンゲン夫婦の間に子どもはないが、その仲のよさは知れ渡っていた。ふたりはイギリス生活を満喫していたが、渡英から十五年後、愛妻がガンを発症したのを機に職を辞して帰国した。この妻が旧姓・大友ミツキ、竹市の父・大友松吉《まつきち》の八人兄弟の末妹にあたる。半年ほどの闘病ののち妻が他界すると先生は教職に戻らず、早めのリタイアを宣言して学園から手を引いた。しかし二年後、学園の運営をめぐって内紛が起きたのを機に担がれて、理事長兼学長に就任。以後、八十歳まで理事長職と学長を兼任した。

文筆家としても名高く、一九九五年にはこれまでに寄稿してきたエッセイをまとめ、『カム川に吹く風』として上梓。これは評判になって版を重ね、映画化もされた。その後も『フィッツウイリアムにて』『えんじ色の万年筆』等、十冊以上の著書を世に送り出している。

エッセイの題材の大部分は学園生活と夫婦の微笑ましい暮らしなのだが、先生はミステリもお好きと見えて、エディンバラでイアン・ランキンのサイン会に並んだとか、イースト・アングリアの古本屋でアガサ・クリスティーの『もの言えぬ証人』のブッククラブ版を見つけた、などというミステリマニアックなエピソードもしばしば登場する。それで、うちの本屋にも先生の書籍を置いていたし、わたしも読んでいた。食事会で先生の顔と万年筆を見たとき、記憶にひっかかったのはそのためだ。

「そうですか、ボクのエッセイを。そりゃあ嬉しいですな、葉村さん」

先生はメガネを軽く持ち上げてわたしの名刺を眺め、目尻に笑いじわを寄せた。

「ボクのエッセイを読んだ人間など、いえ、エッセイのタイトルを聞いたことのある人間だって、いまやめったにいませんからね。ふた昔近くも前の本だということもあるが、そもそもみんな本なんて読まない。ここで暮らしているひとたちは特にそうだ。彼らは実生活で役に立つことしかしない。実生活とはすなわち、金に結びつくこと。いまだに昔の部下を呼びつけて、ひそひそと悪だくみをしているじいさんが何人もいるが、彼らにとっちゃ、文芸作品に心躍らせるなど時間の無駄なんだな。ボクの祖父〈魁星学園〉創立者の乾聡哲は」

先生は姿勢を正した。

「教養を重視していました。座右の銘の一つ『該博深遠』は教養を深めることによって人間性に厚みが増す、ということです。平和な時代、平和な国に生きる我々は、読書や学びに割く時間をたっぷり持ち合わせている。それをムダにすることは命をムダにしていることに他ならない。聡哲はよくそう言っていました。ですが」

先生はゴツゴツと変形した指を震わせてラウンジを示した。

「外の書棚に洋書が並んでいたでしょう。ここで暮らし始めてすぐに、革装のディケンズを見つけて懐かしくなりましてね。『荒涼館』でも読み直すかと本に指をかけたら、二十冊いっぺんに引き出されてきた。ボンドで張り合わされていたんですよ。SNSの普及以降、ひとは中味よりも見栄えを重視するようになった。新しいものに飛びつきたがる若い人はしかたないとして、年を経て賢くなったはずの老人の施設にあれは恥知らずだ。と、他の住人に話したことがありますが、きょとんとされました。そもそも」

激しかけて、先生は照れたように笑った。

「いかんね。歳をとると、すぐ話題が本筋を外れてしまう。これでは最近なにかとおかしくなったと噂の竹市くんを笑えないな。彼の話は聞いただろうか」

「仮釈放中だったことでしたら、香苗さんからちらっと」

「竹市くんは、妻より三十歳年上の長兄の息子なんですが、まさに実利主義の権化ですね。妻の死後、バブル景気の末期でしたが、国分寺の家の敷地の一部を学園に寄贈して老朽化した図書館を建て直すことにしたんだが、竹市くんはその話をどこかで聞きつけたらしくて、あのあたりの土地はこれからもっと値が上がる、うまく転がせば大もうけできるのに図書館なんか建ててどうするんだと言ってきましてね。しばらくは毎日のように、考え直せと電話がかかってきましたっけ。耳を貸さずにいると、そのうち、どうしてもなにか作りたいなら博物館にしとけ、アジア地域にコネがあるから動植物の蒐集や運送には手を貸してやれると言い出したりして」

先生はやれやれと言わんばかりに首を振り、わたしはおそるおそる言い出した。

「それってもしや……」

「彼にはよく連絡がつかなくなる時期がありましてね。台湾だかフィリピンだかでお茶の輸入業を始めようとして失敗し、再び姿を現したときには小指がなくなっていた。博物館の件は丁重に断ったが、だったら植物園はどうかと言ってきて往生しました。あれだけ敷地が広いんだから温室のひとつやふたつ建てられるだろうってね」

「……それはまた」

「学園内の植物園で理事長の甥に大麻の栽培なんかされた日には大スキャンダルでしょうな。理事全員のクビが飛びます」

カンゲン先生は面白そうに笑った。

「最近では竹市くん、真夜中に徘徊したり短気を起こして暴力をふるったりすることが増えたという話ですが、その頃からすでに奇行が多かったですからねえ。今回の件も娘さんのいうように老齢による認知症が原因かもしれませんが、どうでしょうか」

薬物使用の後遺症かも、と言いたいらしい。わたしはあたりさわりなく答えた。

「竹市さんは病院嫌いで医者にいきたがらなかったと聞きました。聞きかじりですが、認知症とひとことで言ってもその種類は多岐にわたっていて、確定診断には脳の生検が必要だそうですね。患者が生きているうちに脳をスライスして顕微鏡で見ることはできませんから、例えばアルツハイマーと診断されたとしても、それが正しいかどうか生きているうちはわからない。しかも竹市さんの場合、医師にかかっていないのだから、老人性のものではない認知障害という可能性もあるかもしれませんね」

「誤解しないでください」

先生はわたしをまっすぐに見た。

「大友竹市は面倒な男ですが、ボクにとっては義理の甥だし、妻の実家の本家でもある。

原因が加齢だろうと薬物だろうと、脳機能に問題が起きているなら、健常者と同じように扱われるべきなのか、疑問もあります。しかし、だからと言って、他人様に暴力をふるったり、親戚とはいえ無断で家財道具を持ち出して許されるわけがない。ボクは竹市くんの収監に反対しているわけではありません」

「はあ」

「竹市くんが香苗さんの留守宅に窃盗団を送り込んだ件については、あなたが気づいて警備会社に連絡をとったと聞いています。どこでどうして気づいたんですか」

わたしは困惑した。気づいたと言えるほどはっきりした兆候をつかんでいたわけではない。空腹の腹立ちまぎれにあれこれ考えていたらこんな結論になっちゃった、というのが正しい。

瑛子の話では、大友章子は香苗に食事会に出席してほしいと何度も連絡をとってきた。実際に香苗が現れるとすごい勢いでとんできて、本家ともども香苗をフォローしようとやっきになった。車椅子を奪うため、わたしを殴ろうとしたほどだ。しかもどうやらそのとき香苗のバッグをとった。しかし、のちに香苗が確かめても、バッグからなくなっているものには気づかなかった。

さらに、その騒ぎが落ち着くと、本家も章子も香苗に関心を示さなくなった。章子にいたっては香苗から顔を背けていたほどだ。

そこで瑛子の話を思い出した。瑛子の祖父が死んだとき、本家が無人の自宅にいち早く軽トラックを乗り付けて、庭木や庭石を運び出したという話だ。同じことを香苗の留守宅でもやるだろうかと考えた。香苗の家にはみんなが欲しがる絵画や骨董品、梅の木や灯籠もある。二十四金のおりんだってあるかもしれない。家自体が古いため鍵その他の設備も古く、バールかなにかでこじ開ければ蔵にも家にも簡単に入れる。家を無人にしてしまえば、それらがぶんどり放題となるわけだ。ただし〈柊警備SS〉のホームセキュリティーにも入っているから、うっかりすると警報音が鳴り響いてしまう。親戚のふりなどしてごまかすこともできるが、警備が駆けつけてくるのも面倒だし、「本家が屋根から」事件の際にも、気づいて通報したうざいご近所――わたしのことだが――がいるので、セキュリティーを解除して静かに事を済ませたいはずだ。

香苗のハンドバッグが持ち去られた理由がこれだったとすると、すべてのつじつまがあう。メモ魔の香苗ならセキュリティーのパスコードをメモってバッグに入れているだろうと、親戚なら察しがつくだろうし、目も悪いからたくさんあるうちのメモ一枚を盗られても気づかない。家を出るとき、近くに軽トラックが停まっていたことも思い出した。

「その時点では、ご本家が香苗さんの家を襲わせる確証はありませんでした。相手が親戚で、自分には食事会というアリバイがあるとはいえ、普通の人間ならそんなことしないでしょう。でも念のため、警備会社に連絡しておいたほうがいいんじゃないかと思ったわけです」

妄想は現実となった。本家には知り合いの留守宅に軽トラックを乗り付けて、一切合《いっさいがっ》切《さい》持ち去ってしまう、ノリコさんの言う「例の手口」での前科が何件もあった。持ち去られたものの中には、被害者にとって公にしたくないものや、なにをおいても取り戻したいものがある場合も多く、それを盾に被害届を取り下げさせることも珍しくなかったそうだ。今回もその手で香苗や瑛子を黙らせるつもりだったのかもしれない。逮捕された窃盗団のひとりはいわゆる闇バイトで、仕事の開始時間や手順に至るまで本家から指示を受けたと供述しているそうだ。

「ミツキの三十三回忌の法要をやろうという本家の申し出は嬉しかったんだ」

ややあって、カンゲン先生が苦笑交じりに言った。

「昨年の四月に法要は済ませたが誰も呼べなかったし食事会もできなかった。本当はミツキをよく知る友人や教え子たちとテーブルを囲み、ミツキの好物の英国風ローストビーフを食べて昔話に花を咲かせたかった。それが一部でも実現できればいいと思った。でもまさか、窃盗のアリバイ作りに利用されるとはね」

「きっと奥様は人気があったんですね」

先生はいぶかしげにわたしを見た。

「なぜそう思うんです？」

「亡くなられた時期からいって、本家の奥様のサチコさんも、娘さんに送られただけのさみしい葬儀だったでしょう。ご本家が親族を集めようと思ったら、あらためてサチコさんのお別れ会を開くのが順当だったはず。でも」

わたしは言葉を切った。

先生は変形した両手の指先をたがいにふれあわせ、黙っていた。長い間うなっていた空気清浄機がやがて静かになった。それを見計らったように、先生は口を開いた。

「あらためて葉村さんにお願いします。人を探してもらいたい」

どうやら試験にパスしたらしい。わたしはICレコーダーを取り出し、スイッチを入れてテーブルに載せた。先生は眉を寄せたが特に反対はせず、そのまま続けた。

「探し人の名前はイナモト・ワコ、稲に本、平和の和の子どもと書きます。現在は八十歳前後じゃないかな。山梨の、富士山の近くの出身だと聞いた記憶があるが、最後に顔を合わせたのはずいぶん前のことでね。それほど親しかったわけでもないし、自信はない。ただ半年前のことになるか、入院する直前に彼女から留守電が入っていた」

「ここの部屋の固定電話にですか」

「そう」

「こちらから折り返しは」

「しなかった。入院前で慌ただしかったし、その関係で連絡も多かったからね。そのときかけてきた番号を確認すればよかったんだが、それもしなかった」

「用件についてお聞きになっていますか」

「それを知りたいんだ。最近の彼女については知らないが、ボクの自宅の書斎には当時の資料が山ほどあるので、それを確認してもらえればいろんなことがわかると思うが」

「当時の資料とは、魁星学園についての資料ですか」

「もちろんだ」

強く言ってから、先生はマスクの下で苦笑したらしい。目が三日月形に細くなった。

「説明不足でしたね。稲本くんは国分寺校で保健室の先生……いまで言う養護教諭として働いていた。保健婦と看護婦、両方の国家資格を持っていた優秀な女性でしたよ。ボクは校長代理の職にあったから、彼女は部下だったことになります。といっても、ボクは学園の創立者の孫としてそれなりの肩書きをつけられていただけで、直接には業務報告ひとつ受けた覚えはありませんがね。ボクが突然イギリス校に異動になったのが一九七四年の夏、稲本くんはたぶんその前後に辞めたんだが、当時は慌ただしかった。学園関係者、父母会、卒業生、在校生、先生方と、入れ代わり立ち代わり大勢が別れの挨拶にみえて、だから、彼女がどんな理由で辞めたのかはおろか、挨拶があったかどうかすら忘れてしまっている」

ただ、覚えていることもある、と先生は続けた。

「あの頃、稲本くんは三十歳前後で独身だった。少子高齢社会のいまなら三十歳は若者の範疇《はんちゅう》だが、それでもまだ結婚しないのかと詰め寄ってくる親や親戚はいるだろう。昭和の結婚圧力たるや、そんなもんじゃなかったからね。それなりの年齢になっても結婚していない男女は、特に女性は、欠陥品のように扱われたものだ。世間がそうだから生徒たちだって残酷で、オールドミスとかいかず後家とか平気で陰口をたたいていた。本人の耳にも入ったに違いないが、稲本くんは平然としていたよ。学校は仕事場と割り切っていたみたいだな。それでも、いつだったか家内がちらっと言ったんだ。稲本先生にはお付き合いされている方がいらっしゃるんじゃないかしら、近々おめでたいことがおありかもしれないわ、と」

無意識に妻を真似したのか、カンゲン先生は急にかわいらしい口調になった。

「いつの話でしょう」

「さあ。家内があんなことを言い出したのは、仲人を頼まれると思ったからでしょうな。校長の奥さんが病気がちだったこともあって、ボクら夫婦は学園内ですでに何度か媒酌人をつとめていました。家内はそのたび帯や留め袖を新調してましたっけ。稲本くんの話に続けて新宿の紀伊國屋ビルの呉服屋に素敵な宝尽くしの帯が入ったと言われ、やれやれと思ったのを覚えている。が、それがいつだったかまでは」

「稲本先生におめでたいことがあるかも、と奥様がおっしゃった根拠については覚えていらっしゃいますか。例えば、どなたかと親密なご様子を見かけたとか」

「どうしてそんなことを?」

先生はややトゲのある口調になった。

「先生のところにかけてきた電話で稲本と名乗られたとしても、ご結婚などで名字が変わっているかもしれないと思ったものですから」

「ああ。そうかもしれないが、本人はあくまで稲本としか名乗っていなかったよ。まあ、こういう場合、こちらの知る姓を名乗るのが普通だろうけどね」

先生は首を振って、話を変えた。

「そこに鍵がありますね。国分寺の家の書斎の鍵です。家はいま姪が管理してくれていますが、書斎は施錠してある。ノブエはきれい好きでしてね。ほっておくといろいろゴミに出してしまうだろうから、安全のために。別に、見られて困るようなものはないんだが」

カンゲン先生は言葉を濁し、ややあって続けた。

「で、こちらの依頼だが、どうだろう。引き受けてもらえるだろうか。自分はこのとおり病後で動きも頭も鈍くなったし、書斎の資料探しすら難しくてね。本屋さんなら紙資料を粗末に扱ったりしないだろうから、ぜひあなたに頼みたいんだ」

断る理由は思いつけなかった。古い記憶が頼りの人捜しだが、資料を掘り起こせば稲本和子についても多くの情報が集まる。探し当てるのはそれほど難しくない。

調査の仕事は実に三年ぶりだ。腕が鳴る一方、ご無沙汰過ぎて不安もある。とはいえこの程度の調査ならリハビリにはもってこいではないか。

引き受けることにして、条件を伝えた。報酬、経費の算出方法、進捗状況を任意の方法——先生の場合は電話で報告すること、人手やってが必要になったら付き合いのある大手の調査会社〈東都総合リサーチ〉に頼むこと、その際の契約方法なども説明した。先生はすべてを了承し、あらかじめ用意されていた封筒や名刺を示した。

「ボクへの連絡は昨日と同じ、こちらの部屋の固定電話の番号にお願いします」

先生は苦笑いをしながら変形した指を見せた。

「ヘバーデン結節ですよ。もともと不器用なこともあって、タッチパネルの扱いが難しくてね。それと、その封筒は着手金です。確認してください」

茶封筒には新東和銀行の帯封がしてある札束がひとつ入っていた。帯封を見るのは久しぶりだ。ゼロの数を数えるのも嫌いではないが、現金の重みをわが手に感じるほうがずっと楽しい。わたしの感性は、新たな技術がいくら開発されてもびくともせず、時代遅れのままなのだ。

先生は契約書にサインをし、こちらは現金の預かり証を書いた。書斎の資料のおおその位置などを聞き、手を触れて欲しくない場所についても確認した。鍵までかけているわりに先生は頓着せず、見られるところは全部見てよい、とつい最近までつけていたという五年日記のありかまで教えてくれた。

「書斎にかぎらず、必要があれば家は自由に見てください。資料を持ち出すのは歓迎しないが、機材は好きに使っていいですよ」

「わかりました」

ことによると、歩き回らずとも書斎だけで調査が片づいてしまうかもしれない。思わず顔がゆるんだ。労少なくして謝礼のとりはぐれはなし。なかなかいい仕事じゃないか。

と思ったら、最後に先生が言った。

「表向き、ボクはあなたが働いているミステリ専門書店に、自分のミステリ関係のエッセイを集めて再編集し、出版したいと持ちかけたことにしておきます。本になっていないエッセイが書斎に多数あるから、好きに出入りして探してもらうことにした、とも。ノブエにも、担当の編集者が書斎を見に行くからよろしく、と言っておきますので」

「は？　それはいったい」

あげかけた腰を思わず下ろすと、先生はけろりと付け加えた。

「ボクが稲本くんを探していることは、魁星学園関係者には絶対に知られたくない。香苗さんをはじめ親戚たちにもね。そこは間違いのないよう願いますよ」

5

国分寺崖線《がいせん》を越える、狭くて急な坂道はコンクリート舗装で、滑り止めの溝が細かく刻まれていた。振動に揺れながら登り切る寸前、金具がきちんとはまっていなかったのか、毒ガエルのシートベルトがするっとはずれた。それに気をとられて、周囲の景色に気づいたのは、カンゲン邸前の小さな二十四時間駐車場でイタリア車の隣にカエルを停め、歩き出してからだった。

子どもの頃、父方の祖母の家の周囲には武蔵野が武蔵野だった頃の雑木林が残っていた。場所によっては昼なお暗く、タヌキや野ネズミ、フクロウもよく見かけた。木枯らしに舞いあげられる乾いた落ち葉の音、踏みつけたどんぐりの割れる感触。青葉の頃の緑のにおい、老いた竹の腐臭、虫の羽音、蟬《せみ》の声。雑木林は天空を覆い、台風の前の夕暮れどきには大きくざわめき、世界を闇に変えた。

時が経ち、世界の果てまで続いているほど深かった雑木林はブルドーザーにつぶされ、分割されて、跡地には住宅がにょきにょき建った。いまでは武蔵野の面影など、公共施設や村松さんちのような個人宅にわずかに残るのみだ。

先生の屋敷は崖の際に広がる雑木林の手前にあった。林は崖の上下に広がっていた。マップによれば、魁星学園大学附属国分寺校の図書館の敷地にそのまま連なっているらしい。図書館とおぼしき白く四角い建物の頭部分が、遠く木々の間からわずかにのぞけていた。若者たちのかけ声が風に乗って聞こえてくる。

このあたりは公共交通機関の空白地帯にあたり、便はよくないが、あの建物までがもとは先生の家の敷地だったと考えるとなにしろ広大で、途方もない財産であることは大友竹市でなくても想像がついた。持つ者と持たざる者、世の中は不均等で不公平だが、おかげでまだここに武蔵野がある。竹市の言うがままに転がされていたら、この眺めはとっくの昔に消えていた。

石造りの門柱の右側に民芸文字で〈乾巌〉と彫り出された木製の表札があり、その下に〈米倉伸枝〉と書かれたガムテープが貼られたインターフォンがあった。ブザーを押した。なんの音もしない。気配もない。壊れているのかもしれない。

門の扉は開け放たれていた。奥に古い木造のお屋敷が見えた。昭和の文豪の住居で現在は記念館になってます、受付で絵はがきとクリアファイル売ってます、と言われてもすんなり納得できそうなたたずまいだ。木の格子と曇りガラスが組み合わさった、古めかしくも大きな扉。千鳥《ちどり》破風屋根。軒下から垂れ下がった鎖樋《くさりとい》が北風に揺れている。ドアの左には君子蘭《くんしらん》の鉢が三つ、右側には備前焼の大きな壺が置いてあった。

このところの雨続きのおかげか、土はしっとりと落ち着いていた。その地面にうっすらとホウキの目が残っていた。門から屋敷まで、平たい石をタイルのように組み合わせ、中央に黒い玉砂利を敷きつめた敷石を歩いた。玉砂利の隙間に茶色くなった松の葉が落ちていたが、雑草も、埃や雨の痕も見えない。管理をしている姪のノブエこと米倉伸枝というひとはずいぶん手まめできれい好き、というより相当な癇性なのだろう。

紬《つむぎ》の着物をびしっと着付け、帯にハタキをさしているキツネ顔の女性を思い浮かべた。自分が閉め出されている書斎に「担当編集者」が自由に出入りするとなったらいい気持ちはしないに決まっているが、さて。どう攻略するか。稲本和子の捜索について誰にも、親族にも知られたくないというなら、伸枝とは友好関係を築いておくにしくはない。

ドア横のブザーに手を伸ばした途端、オレンジの香りに包まれた。振り向くと女性が立っていた。わたしとは同世代だろうか。小柄で背中が丸く髪をピンクのゴムで結わえ、口のない猫風キャラクターを配した黄色いトレーナーを着てマイクロファイバーの雑巾を持ち、ズボンに膝当てをしていた。

彼女は手をトレーナーの下に突っ込み、おなかをボリボリかきながら言った。

「センセから電話があった。聞いてると思うけど留守番の伸枝です。葉村さんでしょ」

「……よろしくお願いします」

必要以上に深くお辞儀をして、家に入った。家の中にもオレンジの香りが漂い、下駄箱もあがりがまちも奥へ続く廊下もつやっぽく輝いていた。生活の臭いもまるで感じない。手術台のような清潔さだ。

「どうぞ」

伸枝が玄関脇の下駄箱からスリッパを出してくれた。妙にふかふかすると思ったら、裏に埃取り用のモップがついていた。探偵として、本屋のバイトとして、ご近所の便利屋として、いろんな使われ方をしてきた人生五十年。掃除道具にされたのは初めてだ。

スリッパで床を拭きながら伸枝についていった。廊下は長く、等間隔にガラスの電灯がぶら下がっていたが、点灯していなかった。灯りがあれば壁にかかった額が浮き上がって見えただろう。額もまた几帳面に同じ間隔で並んでいた。

額の中味は写真だった。どの写真にも同じ老人と子どもと思われるふたりが写っていた。波打ち際をよちよち歩く男の子に、手のひらにのせたなにかを見せている老人。老人と雑木林を歩く男の子。一緒に本を読むふたり。そっくりな顔で破顔するふたり。威儀を正して椅子に座る老人とその傍らに立つ男の子。老人の手は男の子の肩を抱き、男の子の手は老人の膝に添えられていた。そして、ふたりとも同じ方向を見ていた。

仲枝は立ち止まり、手にした雑巾で額をさっと拭いて歩き続けた。

「お掃除の途中だったんですか」

先をいく仲枝の背中に話しかけると、彼女は振り返り、こちらを見た。

「カンゲン先生にお目にかかってきました。仲枝さんはきれい好きだとおっしゃってましたよ」

仲枝は顔をゆがめると、返事もせずに前を向いた。

廊下から広間へ出た。右手に窓があった。木枠の大きな窓だ。カーテンが開けはなたれ、隅から隅まで透明な窓を通して、庭と、崖下へとなだらかに続く雑木林が見えた。庭木は一メートルほどの高さに切りそろえられ、太陽光がさんさんと降り注いでいる。窓の近くにはレトロな長椅子二つに一人掛けのソファが四つ、コーヒーテーブルがペルシャ絨毯の上に置かれていた。西側の壁の下の方が書棚になっていて、革装の洋書が並んでいた。本屋で働く者としてタイトルが気になるところだったが、書棚の上の絵画に目を奪われてしまった。

それは畳三枚分はあろうかという巨大な肖像画だった。厳しい目つきで遠くを見据える老年の男。真っ白い髪といい、エラの張った顎といい、知的な広い額といい、カンゲン先生によく似ていた。絵の下に〈魁星学園創立者・乾聡哲〉と書かれたプレートがあった。廊下の写真の老人と同じ人物だ。金属製のプレートの脇には小さな額があり、癖のある字で「該博深遠」「尊尚親愛」「形影一如」と書かれていた。食事会の終盤、先生が語っていた創立者の座右の銘らしかった。

わたしたちの足音はスリッパ裏のモップに消されていた。あたりは静かだった。窓の外で鳥の羽ばたきが聞こえ、背の高い柱時計が時を刻んでいた。仲枝はまた立ち止まり、スリッパで木の床をこすった。木材はいい。こすればこするほど努力にこたえて美しくなる。現在のフローリング材ならとっくにはげちょろけているところだ。

広間を通り過ぎ、再び廊下に入ってすぐ、左手に扉が現れた。仲枝は立ち止まり、顎をしゃくった。ここが書斎らしい。

ショルダーバッグから預かった鍵を取り出した。〈MURDER BEAR BOOKSHOP〉入口のものと同じ、ラブスン錠に使われる鍵だ。

ラブスン錠は高価で、日本では出回っておらず、ピッキングが難しい。うちの店のものは富山がわざわざアメリカから取り寄せたのだ。ピッキングを恐れていたからではない。ローレンス・ブロックの小説に出てきた錠だからだ。個人商店を狙うような窃盗犯はピッキングなんてまどろっこしい手は使わない。ドアとレジをバールでこじ開け、現金をさらっていく。ドロボウ除けが必要なら、閉店後ドアのところに〈電子マネー・二次元コード決済・クレジットカードONLY　現金は使用できません〉と書いた札をかけておけばいい。うちの店はそうしている。

こんな高価な錠を部屋に使うなんて、金持ちのすることはわからない、と鍵を差し込みながらわたしは思った。玄関の錠はふたつあったが、どちらもスタンダードな差し込み錠だった。カンゲン先生には書斎を守らなければならない理由があったのかもしれない。学園内にスパイが暗躍していたとか。先生が理事長職についたのは学園の内紛が原因だったそうだから、ないとはいえない。

書斎のドアを引き開けた。背後で仲枝がアッと言った。

部屋の中から北風が吹きつけてきて、紙が音を立てながら書斎を舞った。窓側にこちらをむいて座るように配置されたデスクがあったが、その右側の窓が大きく開いていた。そこから誰かがあたふたと外へ飛び出し、走り去った。

足下に落ちていた抽斗《ひきだし》を踏みつけそうになりながら、窓に寄った。窓は押して開けるタイプのもので、掛け金部分の周囲にガムテープが雑に貼られ、ガラスが割られていた。身を乗り出した。玄関と反対側、建物の西側の角を曲がろうとする人影がちらっと見えた。地面にガラスの破片が散らばっている。通報するよう仲枝に叫び、スリッパとショルダーバッグを放り捨て、窓の下の書棚をよじ登り、ガラスに気をつけながら外へ飛び降りた。

北側の地面はまだじゅうぶん湿っていて、大きな靴跡がはっきりと残っていた。靴跡は屋敷の南側、崖側の雑木林へと入っていった。木々の間、斜めの崖を転がるように駆けていく後ろ姿が遠くに見えた。マスクを外してパンツのポケットに突っ込みながら、後を追った。吹きつける風の中、甘い臭いを嗅いだように思った。

雑木林の地面には落ち葉や枯れ葉が溜まっていた。あちこちにぬかるみがあり、根が盛り上がっていた。足の下でなにかが砕け、かかとに食い込んだ。腐りかけた落ち葉が特有の臭いをたてた。ときどき木の幹に手をかけて倒れないようにバランスをとった。自分の荒い息を意識した。

逃げる相手はわたし以上にもたついていて、紺のPコートの肩が激しく上下しているのが見えるまで接近できた。相手も振り向いた。顔のほとんどが黒いマスクに覆われていた。一瞬、目が合った。よし、これなら追いつける……！

と、思った瞬間、足が滑った。両手を振り回して踏みとどまろうとしたが、足は崖下へさらに滑り、わたしはお尻を強打しながら仰向けにひっくり返っていた。

ややあって体を起こし、座り込んで相手の行く先をスマホの画面越しに追った。カンゲン邸と図書館の境目なのだろう、樹木の間に高くて白い金網フェンスが見えた。フェンスの一部が少し傾いているところをみると、敵はこのフェンスを乗り越え、図書館側に降り立ったようだ。金網の隙間から図書館の林の中を早足でいく人影が見えたが、さっきまで追っていた紺のPコートかどうか、遠くてよくわからなかった。

息と動悸が落ち着くまで待って体中の枯れ葉を振り落とし、よろよろと屋敷に戻った。仲枝は竹ボウキで土をはいていたが、その手を止め、わたしを眺め回して顔をゆがめた。

「ひどい格好」

「警察は？」

「呼んでない」

「通報してと言ったのに」

「アンタが捕まえるのかと思って。逃げられたんだ」

探偵のくせに、と続くかと身構えたが、考えてみれば仲枝はわたしが探偵であることを知らないのだ。わたしはマスクを付け直し、仲枝に近づいた。

「とにかく、カンゲン先生には知らせないと」

「もう知らせた。放っておいていいと言ってた」

「通報しなくていいって？　冗談でしょ。窓ガラスを割られて侵入されたのに」

「窓はすぐに業者が直しに来る」

「ずいぶん手慣れてるけど、そんなにしょっちゅう侵入されてるの？」

「これで二度目」

仲枝は鼻をこすって顔をゆがめ、ふたたび地面を掃き始めた。

「前はいつよ」

「去年の終わり頃」

「去年もこんなことが……え、ちょっと待って」

わたしは目をむいた。仲枝の掃除で侵入者の靴跡がみるみるうちに消されていく。

「まさか、裏手からここまで、もう靴跡消しちゃったの？」

「きれいにしないとね。アンタも。でないと家にはあげられない」

仲枝に言われて裸足になり、外の洗い場で足と汚れた靴下と手を洗った。念入りに検分されて、ようやく再び家にあげてもらえることになった。子どもの頃、雑木林で遊んで祖母の家に戻ると、鼻にしわを寄せた祖母に足を見せろと言われたものだ。五十を過ぎて、同じことの繰り返し。人類の進歩には限界があるに違いない。

仲枝が蒸しタオルを作ってきてくれたので、それで顔と髪、スーツを拭いて人間らしい風体になると、書斎に戻った。仲枝は書斎の前の廊下に立って部屋の中を眺めながら、うずうずしたように床を足先でこすっていた。窓の外のガラス片は拾われ、靴跡も消されていたが、書斎の内部は手つかずのままで、吹き飛ばされた紙が床に散乱していた。拾い上げながら仲枝に尋ねた。

「入らないの？」

「入らないように言われてる」

「先生から？」

「そう」

「なんで」

「きれいにしちゃうから」

仲枝はそう言って顔をゆがめ、床をこすりながら去って行った。なくなったものがないか確認したかったのだが、あの調子では聞いてもムダだろう。

書斎のドアを開けたまま、ショルダーバッグから着替えを入れたジップロックを出して靴下を履き替え、洗った靴下を別の保存袋に入れ、モップスリッパをはいた。足の裏がところどころヒリヒリしている。おかしなもので、打ったお尻はさほど痛くないのに、転んだときに食いしばってしまったのか、歯がズキズキし始めていた。

ドア脇の電灯のスイッチを入れた。灯りはつかなかった。薄暗いなかで、あらためて書斎を見回した。

こぢんまりした書斎だった。いや、ものが多すぎて狭く見えているだけかもしれない。さっき侵入者が出入りした窓というものがなかったら、書庫か納戸としか思えない。

その窓を背にして置かれた机の上には、パソコンとコピー機、スキャナーが載っていて、合間に電子辞書や薬、ｉＰａｄや八ミリカメラなどが置いてあった。壁には書棚が造りつけられ、本がぎっしり。例の日記は先生から聞いていたのとは違って、東側の棚に並んでいた。扉付きの棚もあったが、紙資料に押し出されて扉は半開きのままだ。空いたスペースにもさまざまな什器《じゅうき》が置かれていたが、そのすべてに洋書和書美術書を問わず、ありとあらゆる紙資料が突っ込まれていた。孫の手や酉《とり》の市の熊手、テニスラケットやカメラの機材ものぞいていた。

これがカンゲン先生の脳内か。

この家の他の場所のインテリアは、そのほとんどが祖父・聡哲から受け継いだものだろう。それに対してこの書斎は、いかにも先生のプライベート空間らしい。先生の興味のあるもの、趣味、思い入れが詰め込まれている。

外の廊下には祖父と先生の写真だけしかなかったが、ここには教え子たちと撮った記念写真が何枚もあった。なにより同じ女性の写真が多かった。ツタの絡まるレンガ造りの建物を背景にしたもの、テニスに興じているもの、骨董市で真剣な顔つきで皿を見ているもの。大口を開け、鼻にしわを寄せて天真爛漫に笑っているもの。短い髪、ほぼパンツ姿でスニーカー。小さなピアスをしているほかは化粧気もない。構図も光量も、場合によってはピントさえあっていない写真だったが、女性は実に生き生きとして見えた。彼女がミツキだろう。

壁には他にも写真のパネルか額に入った絵画が飾られていたらしく、壁紙が長方形に白く焼け残っていた。その痕跡にそぐわない大きさの正方形の絵が一点、雑にかけられていた。茶色と緑と黒のふてぶてしいタッチの絵だった。調べれば誰の絵だかすぐにわかるし、そうでなくても先日の食事会で耳にしたことを思い起こせば、どういう類いの絵画か想像はついた。とはいえ、今回のわたしの仕事は侵入盗《しんにゅうとう》の手がかりを得ることではない。

部屋中の写真を撮ってから、机の周辺を片づけ、先生の依頼にとりかかった。

書斎は雑然としているようである程度は分類されていて、おかげで目的のものはすぐに見つかった。几帳面な文字で〈魁星学園教職員全名簿〉と書かれた紙のファイルボックス。茶色く変色した冊子が、昭和三十三（一九五八）年のものから昭和四十九（一九七四）年のものまで、途中、何冊か抜けはあるが、十四、五冊入っていた。おそらく先生が学園で働き始めてからイギリス校へ異動になるまでのものだろう。

部屋の中央の低い書棚の上に一九七四年の名簿を取り出して、めくった。ガリ版刷り、古き良き昭和の名簿。個人情報が癖のある字で並んでいる。

読み慣れてきたところで、目的の名前を見つけた。

稲本和子。国分寺高校職員。一九四四（昭和十九）年十月六日生まれ。山梨県鳴沢《なるさわ》村と、府中市のアパート〈メゾン・ド・ハッピー〉二〇二号室の住所と電話番号が記載されていた。郵便番号が三桁で、市外局番は四桁というあたり、時代を感じさせる。

写真を撮り、地図を確認した。稲本和子のアパートがあったのは国分寺街道の東側、東京農工大の南側あたり、幸町四丁目だ。英語だかフランス語だかハッキリしろよ、と言いたくなるアパート名は町名から来たらしいが、このアパートはすでにない。地図上の同じ住所は現在〈ファルコンズマンション幸町〉になっている。

他の書棚も開けてみた。卒業アルバムを見つけた。一九七四年のものはなかったが、その前年、七三年のものがあった。最後のほうの頁には、教員や生徒だけではなく事務スタッフの顔写真も並んでいて、稲本和子の白黒写真もあった。白衣を着て髪の毛をきっちりまとめた女性がひな人形めいた顔を向けている。その写真も撮った。

これだけ押さえれば稲本和子の情報を追うのはさほど難しくないだろう。旧知の同業者〈東都総合リサーチ〉の桜井肇《さくらいはじめ》に頼んで、住民票の行き先をたどってもらおう。ストーカー規制法その他の事情で以前より公的機関から個人情報を引き出すのはかなり難しくなっているが、蛇《じゃ》の道は蛇《へび》。桜井なら結果を出してくれる。

すぐに連絡を、とスマホを持ち直した瞬間、人の気配に気づいた。書斎の窓の向こう側に立つ作業着姿の男と目が合った。背筋が冷たくなった。なぜ彼の気配に気づかなかったのだろう。稲本和子について調べていることは、誰にも知られてはならないのに。

老眼鏡を外してマスクを付け直し、さりげなさを装って会釈をした。どうも、と彼は大声で愛想よく言い、肩から脚立をおろしてのぼった。作業着の胸のあたりに〈追川工務店〉と刺繍されていた。

「窓ガラスが割れたって聞いたんだけどねえ」

「そこですね」

割れた窓ガラスを示すと追川工務店は脚立を移動させ、割れた箇所を調べながらブツブツ言った。

「前のときとおんなじだ。ガムテープを貼って、金槌かなにかで外からたたき割ったんだねえ。だけど強くたたきすぎて散らばってる。ガムテープの意味ないわ」

彼は脚立から飛び降りると、なにかをとってくるとつぶやきながら立ち去った。わたしは窓側からさっきまで自分がいた場所を確かめた。大丈夫。どんな資料を見ていたか、追川工務店にはわからなかったはずだ。

一九七四年の名簿や卒業アルバムの他の頁も撮影して棚に戻した。さっきの追いかけっこの後遺症なのか、動くのがつらい。アルバムを持ち上げただけで二の腕がだるくなった。背筋はまだ冷たく、手足も冷えていた。

コロナ禍で引きこもりがちになってから、いわゆる冷え性になった。本屋の仕事は意外と肉体労働だから筋肉量が落ちたとは思えない。ことによると更年期のせいかもしれない。そもそも女性ホルモンが潤沢とは考えにくい体質のおかげなのか、噂に聞くほどひどい目にはあっていないが、まれに寝込むほどの体調悪化に見舞われる。

全身だるいし、さっさと帰って昼寝しようか。続きは桜井の結果を待ってからということにして。

誘惑に駆られかけ、自分に呆れた。三年ぶりにまともな調査にありつけたというのに。しかも調査は始まったばかり……いや、まだ始まってもいないのに。

稲本和子の情報はいくらあっても困らないし、もう少し掘ってみなくては。なんならカンゲン先生のミステリ関連の原稿をまとめて〈MURDER BEAR BOOKSHOP〉からホントに出版したっていいのだ。ミステリにまつわる新資料が見つかれば、富山も反対しないだろう。

東側の棚の五年日記を見ることにした。くっつきあったビニールカバーをメリメリはがし、『一九七三年〜一九七七年』とある巻を苦労して取り出した。縁の部分は変色し、加齢臭に似た古本の臭いが鼻をついた。五行のスペースに先生の几帳面な文字で書き込みがあった。七四年は特に、記述が多くて文字が密集していた。

『七月六日　学園長に呼ばれてイギリス校行きの打診。かねて渡英を希望していたものの許されなかったのに突然の命で驚く。イギリス校では現代国語、古文、漢文を担当せよとのこと。英語教師なら他にもいるそうだ。ミツキに知らせると彼女も喜び、さっそくホームズ、アガサ女史、スティーヴンスン、モームを引っ張り出した由。派遣予定の荻野くん、父君が病気のため残留を希望と聞いた。見舞いを贈るようミツキに指示。』

二の腕をもみながら、にやりとした。これなら調べているところを見られても、ミステリ関連の記述を探してました、との言い訳が立つ。この頁に付箋を付け、稲本和子の記述を求めて前後に頁を繰った。あまりにさりげなくて見落とすところだった。

『六月十一日　ミツキ成城に呼びつけられ掃除させられた由。オヤジに電話して釘を刺す。オヤジ不機嫌に「アレがオレの言うことなどきくか」。放課後ヤスダ、浜嶋サッカー中にぶつかり合って流血。保健室のイナモトくん、ふたりとも石頭で心配なしとのこと。イギリス行き決定の荻野くん、支度が大変とグチるが嬉しそう。渡英はこちらが先に希望を出したが外れた。学園長は政治的な思惑を示唆。どうせオヤジの差し金だろう。』

『六月二十八日　成城から電話。「ゲンさんもグルなんでしょ。よってたかってわたくしをバカにして」とヒステリー。夜の蝶ならオヤジをうまくコントロールしてくれると

ぎて笑えず。』

期待して再婚に賛成したのだが。午後理科室で実験中にボヤ。３Ｆの植原、サカイら煙を吸う。イナモトくんと吉原病院へ連れて行く。夜オヤジから呼び出し。犬も食わないものは自分も食わんと断る。ジョイス・ポーター「ドーヴァー６／逆襲」読了。下品す

『七月十八日　荻野くんに父君の容態を尋ねたが口ごもる。よほど悪いのか。事務局長からイナモトくん胃潰瘍で退職して実家に戻る、代理を探せとの指示。自分で探せないのか。あちこちに電話、世田谷校の教諭を回してもらう手配がなんとかすむ。午後ＯＢ会会長、ＰＴＡ歴代会長ら来訪。遅くまで対応、帰宅すると餞別にハムが届いたとミツキ。竹市くんが持ってきたそうだ。食料庫を空にしている最中なのに。「死の競歩」やめられぬ。』

エッセイよりもこの日記のほうが面白い。立ったまま読みふけり、夢中で写真を撮っていると不意に廊下が明るくなった。驚いて手が滑り、あらぬかたを撮影してしまった。

伸枝がこちらをのぞきこんで言った。

「停電直ったから」

「あ、電気つかなかったのは停電だったから？　もしや、さっきの泥棒のせいで……」

「ゆうべの落雷ですよ」

いつのまにか戻ってきていた追川工務店が陽気に言った。

「それで、このあたり一帯の電気が停まっちまって。復旧までずいぶんかかったねえ」

戸口脇のスイッチを押した。今度は天井のシーリングライトがついた。ブーンという、鈍い音がライトから聞こえてきた。蛍光灯も年代物のようだ。黒ずみや羽アリの死骸や機械が見える。

少し考えて、日記に戻った。八月十日、カンゲン先生夫妻は大勢に見送られ、羽田空港からロンドン・ヒースロー空港に向け出発している。それ以降の記述はほぼすべてがイギリス生活についてだが、慣れない暮らしの合間にも古本屋で買ってきたペーパバックや、知り合いの日本人と交換した本の話がところどころに出てくる。〈私家版・乾巖ミステリエッセイ選集〉を出すなら、この日記も抜粋して収録すべきだ。

他方、先生が奥さんから聞いたという「稲本さんに近々おめでたいことがおありかも」は日記に記載しなかったのか出てこないし、「胃潰瘍で退職」以降、国分寺校の養護教諭の話もない。それどころか、「オヤジと成城」の話すら見あたらなかった。

一九七四年。世界はいまほど狭くない。日本からの直行便もまだないはずで、イギリスは地の果てだ。情報も届かなかっただろうし、渡英後、先生の興味が日本の雑事から離れても不思議はない。

あらためて七四年から七七年までの日記を時間軸に沿って読み直した。そこには、次第にイギリス暮らしに慣れていくさまが綴られていた。イギリス校の同僚、上司、授業や生徒たちについて。住まいにペンキを塗り、妻と骨董市や観光地をめぐり、休みの日にロンドンに行き大英博物館を見学、*84, Charing Cross Road* を手に古本屋を巡る。

柱時計が十二回鳴って我に返った。

窓ガラスはすでに直っていて、追川工務店は姿を消していた。どこからともなくいい匂いが漂ってきて、おなかが鳴った。杏ジャムとクリームチーズを塗ったトーストにコーヒーという朝食をとったきり、そういえば飲まず食わず。立ったまま読み続けていたから腰がだるくなっている。

メガネを外して眉の上を押しながら廊下に出て、書斎に鍵をかけた。このあたりに飲食店か、せめてコンビニはあるだろうかと考えながら後ろ手で腰をたたいていると、仲枝が現れた。

「お昼どうぞ」

「……いいんですか」

「どうぞと言った」

仲枝について書斎の斜め前の階段を数段降りた。そこがキッチンだった。カウンターには水の入ったコップと皿が二人分あった。皿にはブロッコリー、カリフラワー、ニンジンといった温野菜、刻んだレタスと白飯が盛られ、チリとチーズがどっさりかかって湯気をたてていた。

熱々のチリでチーズを溶かしながら食べた。チリはピリッと辛く、ご飯と馴染んだ。

勢いよく食べてしまってから水を飲んで、ようやく仲枝に言った。

「びっくりするほどおいしかったんだけど、これ仲枝さんが？」

仲枝は食べ終わり、顔をゆがめた。

「チリは冷蔵庫の野菜を片づけるのにいい。ネギ、ニンニク、タマネギ、ニンジン、パプリカ、キャベツ、大根、白菜、葉野菜、ジャガイモ、サツマイモ。セロリもカブも葉っぱごと、キャベツは芯も全部。キノコもいろいろ、豆が数種類。もちろんトマト缶、赤ワイン。水は入れない。肉は牛すじを細かくしてる」

「へえ、牛すじ。時間かかりそう」

「下ゆで時間もあわせると五時間煮込んだ」

「すごい。だからとろっとしてるんだ。甘みがあるのは野菜たっぷりのおかげ？」

「それもあるけど、隠し味に塩麹《こうじ》と」

仲枝が不意に言葉を切った。戸口に男が立って、こちらを見ていた。

6

頭の大きな男だった。小柄で細身だからよけいにそう見えた。福助めいた外見を自分でも承知していて、仕立てのいいスーツに高級な靴、腕時計でわかりやすく武装しているからだろうか。三十はすぎているだろうに、子どもが背伸びしているみたいだった。

「ノリスケ、土足」

仲枝が呟いた。男はこれ見よがしに高級バイクのキーをもてあそびながら、つるんとした童顔をしかめた。

「別にいいだろ、仲枝。どうせ後を拭いて歩くんだから。で、誰コイツ」

顎をしゃくられた。わたしはスツールを降りて名刺を差し出した。

「乾巖先生からミステリエッセイ集編纂のご依頼を受け、書斎を拝見しております」

福助、もといノリスケは〈MURDER BEAR BOOKSHOP〉の名刺を眺めた。

「聞いたことない本屋だな。どうせ自費出版だろ、いまどき叔父貴のエッセイなんか売れるわけないんだから」

バカにしながらもチタン製の名刺入れを出し、下げ渡すようにして一枚くれた。サザエさんのいとこみたいな名前も字面《じづら》では〈乾則祐〉、三国志にでも出てきそうだ。〈魁星学園事務局次長〉の肩書きと、事務局の連絡先が記されている。

「そういえば叔父貴、昔ロンドンの高級百貨店で自著を革装にしたと話してたっけ。あのひと、インクのシミがついた服平気で着て歩くくせに、趣味には金を惜しまないからな。あんたんとこもアレだろ。出版したら大きな本屋にも並びますとか言って、年寄りに自叙伝書かせんだろ。でもって、偉いひとから巻頭言《かんとうげん》もらって、活字に凝って高級紙に印刷、金で箔押し、箱入り、限定版でナンバー入れましょう、と次々に経費上乗せして高額請求するんだ。ほとんど詐欺だな、本出す詐欺」

頭の大きさは伊達ではないらしい。目が回るほどのスピードでまくしたてられ、わたしは感心した。

「なるほど、そういう商売があるんですね。思いつきませんでした」

「おい、バカにすんじゃねえぞ。オレはこう見えて学園の広報担当なんだ」

福助は得意げになった。

「叔父貴は趣味となると無邪気だからな。うちの学園の理事長を二十年以上も務めて、その間、天下りの受け入れは年にひとりだけで押し切ったすご腕なのにさ。あっさり陥落して、学園事務局と理事会とで六人も引き受けるはめになった兄貴とは大違い……って、そんなことはどうでもいいわ。ともかく、叔父貴が日記を自費出版したってかまわない。好きなだけ凝って贅沢な本にすればいいさ。けど、あんまり無体な請求すんなよ。引退したとはいえ、叔父貴のバックには魁星学園がついてんだ」

じゃあな、と手を振って福助は出ていった。

「めったに来ないくせに、来たら来たで壊したり汚したり」

ぶつぶつ言いながら後を追う伸枝に、それとなくついていくと、福助はさっきの広間の窓から外に出て、大きな頭を持て余すように振りながら門のほうへ歩み去った。やがて近所迷惑な排気音が沸き起こったと思ったら、すごいスピードで遠ざかっていった。

伸枝はリビングで四つん這いになって、汚れた床を磨き始めた。

食事の礼を言って書斎に戻り、日記の続きを調べた。とりあえずイギリス生活には目を通し、付箋を付けた。ミステリ関連の記述は多かったが、十五年後の一九九〇年、妻の具合が悪くなり、日本に一時帰国して吉原病院にかかった結果、大腸ガンが見つかった経緯がつづられていた。日記の記述はたんたんとしていて、かえって胸に迫ってきた。だがその頃になると、疲れ目がひどくなっていた。立ちっぱなしでふくらはぎもむくみ始めた。そろそろ限界だ。一日の仕事としては十分だろう。

付箋を付けた頁のコピーをとり、書棚を片づけた。といっても突っ込まれていた雑紙を取り出してそろえただけだが。もとは几帳面に整理されていたのに、主の老いとともに増えていく資料やものが片づけられず、手近なところに突っ込まれていく——そんな過程が部屋のあちこちに見てとれる。とはいえそれがカンゲン先生の個性というか、味わいになっている。

柱時計が三回鳴った。窓を閉め、書斎を出て鍵をかけた。伸枝が庭を掃いていた。ランチの礼を言い、今日は帰るがまた来ると告げた。伸枝はうなずき、わたしはカンゲン邸を後にした。

二十四時間駐車場から他の車は消えていた。ストレッチをして毒ガエルに乗り込み、〈東都総合リサーチ〉の桜井肇に電話をかけた。

東都は新宿に本社のある調査会社だ。桜井とはわたしが調査員の仕事を始めた頃からの付き合いで、彼に頼まれれば応援に行くし、手助けが必要なときはお願いする。とはいえあちらは大手、こちらは零細。窓口が桜井でなかったら、わたしなどとっくの昔に門前払いにされていた。やれ不倫だ不正だと、人間界の肥《こえ》だめをのぞき込むような仕事を長年しているのに、桜井は人がいい。彼の裏切りでわたしがひどい目にあったのをいまだに申し訳なく思っているらしく、たいていの頼みは聞いてくれる。

カンゲン先生の名前は伏せて、仕事内容を説明した。桜井は現在、調査部門のデスクを務めている。調査員を配置し、指示を与えて動かす立場だ。

コロナ禍で人々は出歩かなくなり、尾行や張り込みよりもパソコンの前に座っておこなう仕事が増えた。しかしそれだと、なにもプロに大金はたかなくても個人でできる。ネット上の調査を請け負う個人営業のリサーチャーが増えて、東都の現在の顧客は企業ばかりだと、以前、自慢とも愚痴ともつかない口調でもらしていた。五十過ぎたし腰痛持ちだし、外まわりなんかもうごめんだな、とよく言うが、実は現場主義なのだ。

稲本和子の現在の居所はすぐに調べる、時代のついた情報収集は大変なんだけどさ、と彼はまんざらでもなさそうに言った。

「半日もらえるか。明日の午前中には報告入れて請求書送るよ」

「助かる。ありがとう。言うまでもないけど、くれぐれも」

「魁星学園関係者には知られないように、な。わかってるよ。だけど、いまはあそこも落ち着いてるんじゃないのかね」

「魁星にくわしいの？　まさか顧客じゃないでしょうね」

「十年くらい前だけど、大手の塾から魁星の内部調査を依頼されたことがあったんでね」

「へえ。どういうこと？」

思わず身を乗り出した。カンゲン先生の略歴くらいは押さえてあったが、魁星学園についてはなにも知らない。桜井がくわしいならもっけの幸い、聞いておきたい。

「ちょうどその頃、前の理事長が引退して、従弟があとを継いだんだ。前の理事長は創始者の三男の長男で、エッセイ集も出してるインテリだったんだけどさ。ほら、カンゲン先生って評判のエッセイストがいただろ。前理事長ってそいつだよ」

「そうなんだ」

わたしは曖昧に答えた。桜井は気にせずに、

「そのカンゲン先生が仕切ってた頃の魁星は完璧な布陣だったんだけど、世代交代したら、ほれ、いろいろとね」

「なにがあったの」

「まあ落ち着けよ。話は六十年前、魁星学園の創立者・乾聡哲が死んだ頃に遡《さかのぼ》る」

桜井は嬉々として話し出した。他人に講釈を垂れるのが大好きなのだ。

「乾聡哲は小さな私塾を一代で大学にし、目黒と国分寺に中高の附属校二校、イギリスやカナダにも系列校を作った偉人だわ。巨星が落ちると同族企業はもめるよね」

聡哲には離婚した先妻との間に二人、後妻との間に一人、計三人の息子がいた。

「先妻は官僚の家からもらい、後妻は別の学校の理事長の娘、聡哲の結婚は計算ずくだ

ったんだろうな。なんつったか、おたがいに尊敬し合い愛し合うとかいう四字熟語を座右の銘にしてたわりに、家庭は冷え冷えしてたって話だ」

しかしそれと学園の経営は別問題だったらしく、長男を後継とする遺言状があったため、まずは順当に長男があとを継いだが、ほどなくして病いがちになり、

「次にその長男のひとり息子が継いだんだけど、これが画に描いたような三代目で。大した能力もないのに祖父聡哲の愛弟子たちを煙たがり、自力で改革をしたがった。運動部の発展に金を注ぎ込み、いっときは体育会系の学生引き連れて学園内を練り歩いてたんだけど、よりにもよってスポーツ賭博にはまったんだよ。そいで借金こさえて、目黒校の敷地の一部を暴力団がらみのデベロッパーに持ってかれた」

騒動には政治家の名が見え隠れし、週刊誌に書かれ、国会でもとりあげられた。

「三代目は理事会の全会一致でクビになり、後任には理事の一人で文科省、当時は文部省だっけ、あそこから出た元官僚がついたんだけど、この四代目は金がらみのスキャンダルであえなく沈没。五代目を誰にするかでまたもめた。七〇年代中頃の話だ」

へえ、とわたしは思った。ちょうどカンゲン先生がイギリス校への異動を命じられた頃になる。

と思ったら、案の定、先生の話になった。

「五代目候補が、さっき言った三男の長男、通称カンゲン先生。教育者として地道に働き、同僚や生徒、生徒の親からの信頼も厚い。創立者がいちばん目をかけていたようで、

遺言で国分寺の家は彼に譲られた。けど、そういう人物ほど身近なサリエリに妬まれるもんだよな」

「たとえば？」

人間関係をメモしながら合いの手を入れた。

「実の父親、つまり創立者の三男の乾寛治《かんじ》。悪賢く、いばりんぼで、女にだらしない。長男次男は先妻の息子、彼は後妻の息子なんだが、この後妻、山梨の富士菊女子高等学校って名門校の理事長の娘でプライドが高い。ゴッドマザー面《づら》で理事会の上座に座り、気に入らない理事を追い出した。それにのって寛治も酒池肉林、泣きを見た人間数知れず。昼メロだったらさぞや面白かっただろうな」

桜井は楽しそうに笑った。

「寛治は息子の評判を利用していたが、カンゲン先生が五代目理事長として期待されるようになってイギリスに追い払った。四十近くも年の離れた銀座の元ホステスと再婚していたんだが、この女が糸を引いたという説もある。ギリシャ悲劇みたいだろ」

「昼メロじゃなかったの？」

「寛治はだけど、理事長の後任選びでもめてるさなかにも女性問題を起こし、メディアにかぎつけられたんだ。事態をおさめるためにゴッドマザーの手下を五代目に就任させた。ほとぼりが冷めたら寛治が六代目に就任する予定だったんだろうけど、その間にゴッドマザーが急死したんだ」

唯一の後ろ盾を失った寛治は学園を追放され、数年後に亡くなったが死因は公にされていない。急性アルコール中毒とも、失明を苦にした自殺とも言われている。

結局、六代目理事長には創立者の次男・智《さとる》がなった。このひとはただのお飾りで、学園の運営は理事会の共和制となり、しばらくは大過なくすぎたが、やがて魁星学園大学に国際経済学部という新たな学部を新設する話が持ち上がった。

「ぶち上げたのは、まだ二十代だった次男の長男、現理事長の乾匡勝《まさかつ》だよ。六代目は結婚が遅かったこともあって、匡勝が生まれたのが六十六歳、次男の……則祐だったかな、彼が生まれたのは八十歳すぎてからだ。それについては諸説あってさ」

桜井は声をひそめて、

「そもそも智が理事長の候補に挙がらなかったのは、いわゆるゲージツカだったからだ。下手な絵を描きながら世界を放浪し、川崎の工場を買い取って、愛人らしき男と一緒に暮らしてた。でも、長男次男の母方は官僚を輩出してきた家柄で、魁星学園を牛耳るためにはぜひとも血筋がほしい。智を遠縁の娘と結婚させたわけだけど、一度も一緒に暮らしてはいない。こんな夫婦が自然と子宝に恵まれた、なんて誰も思わないよな」

「自然じゃないなら人工授精とか？」

わたしは毒ガエルの運転席でもぞもぞと腰を動かした。歳をとると、なにに対しても反応速度が遅くなる。やけに二の腕が重だるく、腰が辛いのは、羽鳥さんちのガレージ整理が原因かも、とようやく気がついた。あれから四日か。筋肉痛の発生が翌日になり、年をとったとむくれていた三十代が懐かしい。

「おめでたいこと言うなよ女探偵」

桜井はますます楽しそうに話を続けた。

「次男の女房が愛人の子を産んだとか、遠縁から赤ん坊をもらってきたとか、諸説あるんだけどさ。要は匡勝も則祐も創立者の孫とは思われていないわけ。だけど彼らは母方の親戚つながりで文部省の官僚方面には顔が利く。匡勝はそれを利用して実績をあげるつもりで学部新設に動いたんだろうけど、慌てすぎたな。父親にも話を通さずマスコミに発表したから、みんなが聞いてないよと言いだして騒ぎになった。責任をとるという名目で智は親戚の反対を押し切り、理事長を辞職した」

またぞろ後任争いが勃発、七代目に誰がなって反対派の工作により失脚して、八代目がどうの九代目がバブル景気にどうした——桜井の話はまだ続いていた。相づちを打ちながら、わたしは半分眠りかけていた。駐車場は西向きで、フロントグラスを陽光が温め、学校帰りの子どもたちが笑い声をあげながら走っていき、遠くで犬が吠え……。

「で、カンゲン先生が十一代目の理事長に就任したわけ。一九九三年のことだよ」

わたしははっと目を覚まし、へえ、と言った。桜井は不満げに舌打ちをした。

「なんだよ葉村、寝てたんじゃないだろうな」

「まさか。興味深く聞いておりますとも」

手元のメモを見て驚いた。いつのまにか乾家の家系図ができていた。ほんとに興味深く聞いていたわけだ。

「あー、それで十一代目の評判は？」

「創立者以来の名理事長として学園の歴史に名を残した。後期高齢者になってさすがにボケたとも言われてるけど、悪口がその程度だなんて長期政権にしては珍しいよな。惜しむらくは子どもがおらず、後継者も育てられなかったことで、理事長は結局、先生にとっては甥……とか叔父貴とか呼び合っているが、血筋上は従弟にあたる……乾匡勝が引き継いだ。失敗から学び、理事会に味方を増やして万全の態勢だったそうだけど、そんな政治的なことばっかりやってたから統制がとれなくなって、ろくでもないことが表沙汰になっちまった。少子化で大学はどこも経営は厳しいんだから、理事のスキャンダルなんか御法度《ごはっと》だろうに」

「なにそれ」

「鈍いなあ。言ったろ。依頼主は大手の塾だったって」

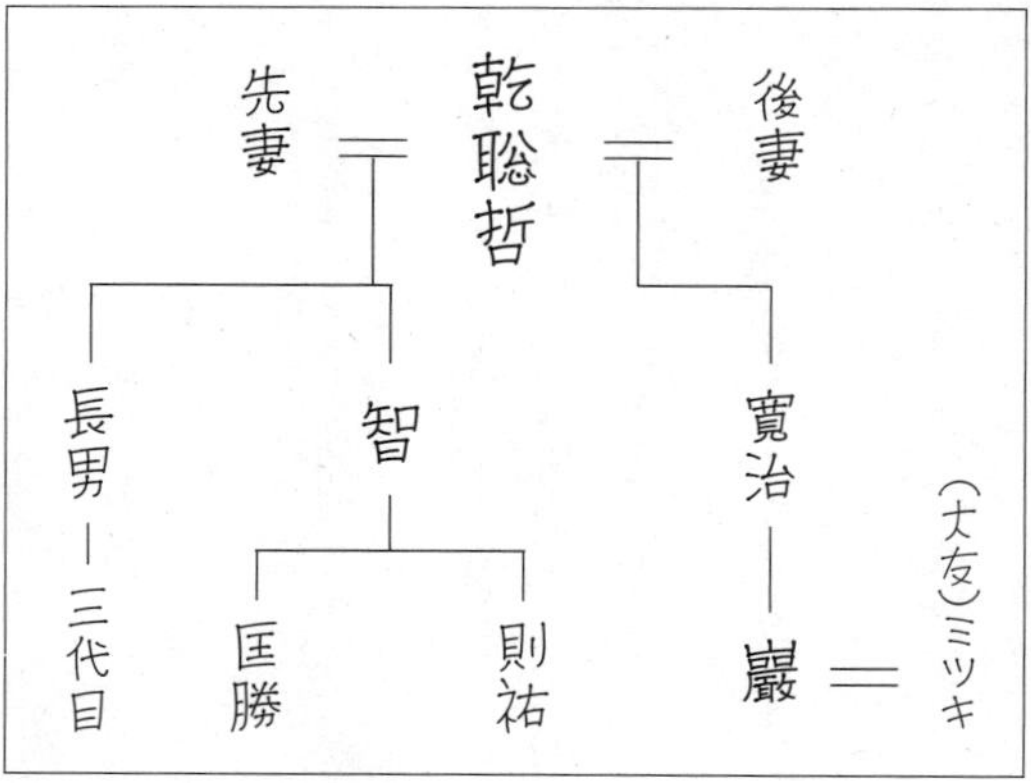

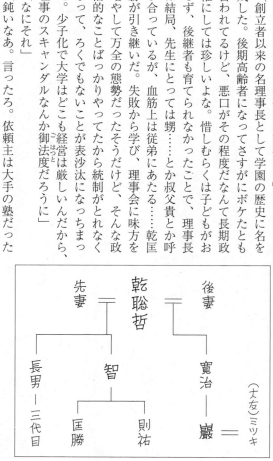

わたしはようやく目を覚ましてうなずいた。

「なるほど。彼らなら魁星の入試問題や内情に通じてて、パンツのゴムのゆるい男が誰なのか知りたいでしょうね」

「あれ、葉村覚えてないんだな。去年の秋頃、その関係のニュースがあったろ」

電話の向こうで誰かが桜井を呼ぶのが聞こえた。桜井は早口に言った。

「悪い、切るわ。調べ物は引き受けたから。じゃあな」

やれやれ、これで帰れる。カエルのエンジンをかけようとキーに手を伸ばしかけたが、最後の話が気になって、検索エンジンを立ち上げた。

昨年、二〇二二年十月。魁星学園の理事が新宿の大手書店〈金銀堂〉本店で万引きを働いたとして逮捕された。理事は西新宿署に勾留されたが、翌日、留置所内で意識不明となっているところを発見され、搬送先の病院で死亡が確認された。理事には糖尿病の持病があり、検査でコロナ陽性であったことが判明した。

桜井に、覚えていないと見透かされたわけだ。パンツのゴムがゆるかったその理事は女で、名前は稲本亜紀《いなもとあき》となっていた。

7

稲本和子。稲本亜紀。

稲本は珍しい名字ではないが、ありふれてもいない。

稲本和子について検索した。同姓同名は何人か見つかったが、年齢からして別人の可能性が高い。これを「わこ」と読むのも珍しい。

昭和十九年生まれ、魁星学園国分寺校、養護教諭、山梨県鳴沢村、しまいには〈メゾン・ド・ハッピー〉まで入れ込んで検索したが、それらしいヒットはなかった。ITを活用するお年寄りが増えたとはいえ、その割合はまだ低い。名字が変わっていればさらに見つけにくい。

しかたがない、稲本亜紀からせめてみるかと思ったら、視界がぼやけてきた。電気代の高騰で節電に励んでいたら乱視が進んだのだ。コロナ禍前に作った老眼鏡もあわなくなってきた。そのためスマホの画面での長時間の検索は厳しい。

遠くの緑を見た。目にしみた。

歳をとることにいまさらなんの感慨もないが、QOLのための必要経費がこんなに増大してくるとは思ってもみなかった。いまのところ生活習慣病とは縁がないが、保湿剤や日焼け止めの量が増えたのを皮切りに、目薬、皮膚炎、湿布薬の消費が激しくなった。痛む膝をかばうためのサポーター、歩きやすい靴に動きやすい服、ヘアマニキュアから白髪染め。いずれ補聴器や入れ歯、場合によっては人工関節なんてものまで必要になるかもしれないが、わたしはその費用を捻出できるんだろうか。

先のことを考えていても仕方がない。ともかく早く戻ろうと、カエルを転がして北大通りに出た。東に向かって小金井市を通過したところで、スマホに着信があった。見慣れない番号だったが鳴り止まない。カンゲン先生関係の急ぎの用かもしれないので、道沿いのコンビニの駐車場に入り、電話に出た。

「そちら、富山さんとこの本屋さんのひと？　間違いない？」

聞き取りにくい女の声が早口に言った。

「ええ、はい。〈MURDER BEAR BOOKSHOP〉の葉村で……」

「連絡遅くなりました。磯谷です。磯谷亘の娘」

舌打ちしそうになった。磯谷亘お別れの会、これも現在進行中だったのだ。

「ああ、ご連絡ありがとうございま……」

「さっそくだけど、直接お会いできません？　電話で話すの苦手なのよ」

展開が早すぎる。わたしは喉をつまらせそうになりながら答えた。

「もちろんお会いしたいと思っておりますが、今日はちょっ……」

「よかった。場所はそうね、吉祥寺パルコのスタバでいいわ。いま四時すぎね。おたくも吉祥寺なんだから四時半までには来られるわよね。よろしく」

言うだけ言うと、電話は切れた。慌ててかけ直したが、もう電源を切ったのかつながらない。思わず歯がみしたら、左上の歯がズキンと痛んで飛び上がりそうになった。舌で触れると、歯茎になにかできていた。口内炎か。それとも歯周病だろうか。

気にはなったが、いまはそれどころではない。ここから吉祥寺パルコまで直線距離ならすぐだが、この時間、吉祥寺近辺は混む。駐車場も行列ができて、停めるだけで時間もお金もかかる。店に戻って車を置き、徒歩で向かいたいが、そうなると四時半には間に合わない。

北大通りから北上して仙川と玉川上水を渡り、五日市街道に入った。街道沿いの有料駐車場が空いていた。ここは穴場で停めっぱぐれはないが、一時間千二百円と高く、現金しか使えず、どこの施設とも提携していない。絶対磯谷世奈に請求してやるぞと思いながらサンロードを移動し、ダイヤ街に曲がって裏口からパルコに入り、エレベーターに飛び込んだ。

四時半ちょうどに店に着いた。

勝利感を覚えながら、店内を見回した。老若男女を問わずお一人様が多かった。みな眠そうな顔でスマホをいじっているばかりで、立ち尽くすわたしに視線をむけるひともない。磯谷世奈のSNSを呼び出したが、年甲斐もなく加工されている写真ばかりで、自称アラフォーという以外、実像がさっぱりわからない。

四十がらみの女性に目をつけた。真っ赤なジャケットを着て岩波文庫を思い切り遠ざけて読んでいる。いかにも磯谷亘の娘らしいと近寄りかけたら、手前のテーブルに座っていたカップルの女が突然、わたしのジャケットの裾をつかんだ。

「ねえ、富山さんとこの本屋のひと？　あれ、まだ飲み物買ってないの？」

探偵として人を見る目に多少は自信があったのだが、ハズレてばっかりだ。三年のブランクの影響は予想以上に大きい。

名刺を交換した。女が片手で突きつけてきたのは『磯谷世奈　上武生命保険会社代理店株式会社ユキテテ　営業』とある名刺で、角が折れていた。髪を後ろで結び、白いマスクと特徴的な黒縁のメガネをかけたグレーのスーツ姿。いかにも営業らしいスタイルだが、眉にファンデを載せているにもかかわらず、若く見えた。

連れの男は世奈より年下だろう。紺のスーツにレジメンタルタイを締め、こちらは縁なしのメガネをかけていた。スマホの画面から目も上げずによこした名刺によれば遠藤《えんどう》秀靖《ひでやす》、三行にわたってカタカナが並ぶ長い肩書きの持ち主だった。アートプロデューサーとあるからデザイン関係の、たぶんフリーの仕事なのだろうが、詳しく聞く気はしなかった。肩書きは単語の途中で切れて、次の行へまたいでいる。まともな印刷屋がこんなレイアウトにするとは思えない。自分で作ったのならセンスがなさすぎる。お堅い社会人、といういでたちも板に付いていない。

コーヒーを買って戻った。その間も遠藤はスマホに釘付けだった。世奈はそっぽを向いていた。しかたなく、こちらから口火を切った。

「一昨日はじめて富山から磯谷先生のお別れの会の話を聞いて、すごく驚きま……」

「そもそも富山さんにお願いしたのが間違いだったんです」

世奈は斜め上に視線を向けたまま、鼻にかかった声で、早口でさえぎった。

「大学生の頃、出版業界に憧れてたんです。父に話したら、知り合いだった富山さんに連絡してくれて」

富山泰之は定年退職して土橋保と一緒に〈MURDER BEAR BOOKSHOP〉を始めるまで、大手出版社の編集者だった。

「しばらくバイトで使ってもらったんですが、忙しすぎて。やめるとも言わずに一週間で逃げちゃって、すごく迷惑かけたみたい」

「それはまた……」

「ま、昔のことですけど。先週その富山さんにあ、その、電話もらったんです」

世奈は付け加え、黒縁メガネを持ち上げた。

「コロナで葬式に友だちとか呼べなかったひとが、よく〈お別れの会〉ってやりますよね。五月五日は父の命日だし、その頃にはコロナも解禁みたいだし、うちもそういうのやったほうがいいのかなってあ、その、言ってるところに、タイミングよく。それでお別れの会をお願いしたんですけど、連絡がなかったんで友人の遠藤に相談したんです」

「なるほど、こちらお友だちでしたか」

遠藤はようやくスマホから目を離し、身を乗り出してわたしをにらみつけた。

「しゃしゃり出るのはどうかと思ったよ、オレも。ハ……いや、世奈とは友だちだけど磯谷先生とは会ったこともないし。でも話を聞いたら、その富山ってひと、磯谷亘先生のお別れの会を本屋の二階でやろうなんて言ったそうじゃない」

「そう聞いてますが」

「聞いてますが？　葉村さん、アンタそれでいいと思ってるわけ？」

遠藤はマスクを押さえて天を仰いだ。爬虫類が重力を使って獲物を飲み込もうとしているときのように、三角の顎と長い首がむき出しになった。

「磯谷先生は有名作家でファンも大勢いる。そのお別れ会なんだから、格式ある会場でやるのが常識だよね。帝国ホテルとまではいかなくてもさ、先生がR賞を受賞された池袋のホテルとか、お気に入りだった目黒ポーラー會舘とか、いいとこたくさんあるじゃない。それが本屋の二階って。ネットで見たけど狭いし古いただの空き部屋じゃないか。あんなとこに政治家先生とか恥ずかしくて呼べないだろうが」

わたしはマスクのかげで笑いをかみ殺した。確かに、うちのサロンはご近所からもらった家具を並べているだけのただの空き部屋だ。

「おっしゃることはわかりますが、会場を借りるとなったら経費もかなりかかります。当初のお話では、磯谷先生の親しい人たちだけをお招きしたいということでしたので、富山としても無償で提供できる空き部……うちの二階をオススメしたのだと思いますが、そうですね、もし世奈さんが盛大になさりたいというのであれば」

「そういうことじゃないんだよ。わかってないね」

遠藤はイライラとこちらの話を遮った。わたしはちらりと世奈を見た。電話ではあれだけ傍若無人だったのに、居心地悪そうにうつむいて、紙のストローを噛んでいる。

「磯谷先生は有名作家なんだからさ。言われなくても有名な作家にふさわしい会にすべきだって言ってんだよ。磯谷亘のファンは井上天来先生をはじめ、政界や財界にも多かったし、作家や出版社の社長も招待するだろ。外国人の友人も多いだろうしさ。会費を取ってあんな部屋が会場って、先生の顔に泥を塗ることになるんだよ。わかってんの?」

わたしはこっそり嘆息した。

磯谷亘はそう連呼されるほど有名だったわけではない。ブランクも長かったし、なにかの賞の選考委員を務めていたわけでも、作家の団体の役員に名を連ねていたわけでもないから、業界内での交流もかぎられていたはずだ。読者が大勢いても、彼らが会場を埋め尽くすほど集まるかどうかは別問題。〈MURDER BEAR BOOKSHOP〉で磯谷亘の講演会を開いたとき、平日の夜六時からだったということもあるが、定員二十人の枠が埋まったのは開場ギリギリだった。

と、磯谷亘の娘を傷つけず、どう伝えたらいいものか。思案していると、遠藤がメガネ越しにこちらを見下ろし、嘲《あざけ》るように言った。

「あら、びびっちゃった? 自分たちじゃやれないってことに気づいたかなあ。実はオレ〈天運機堂《てんうんき》〉って広告代理店の松前社長にかわいがってもらってんだけど、社長、磯谷先生のファンでさ。話をしたら驚いて、自分んとこでケツ持つから盛大にって言ってくれてんだ。目黒ポーラー會舘なら押さえてやるよとも。悪くない話だろ」

遠藤は世奈の脇腹をひじで小突き、世奈は無言で体をずらした。遠藤は気にせずに、さらに勢いよく言いつのった。

「最初にお願いしたのは富山さんだけど、連絡はよこさないわ、適当なお別れ会でお茶を濁そうとするわ、ひどすぎる。そっちから手を引いてくれるのが筋で、それをね」

「事情はわかりました」

息継ぎに割り込んだ。早い話、遠藤は〈MURDER BEAR BOOKSHOP〉を磯谷亘のお別れの会から追い出して、自分が仕切りたいのだ。そうとわかれば話はとっとと終わらせたい。

「おっしゃるとおり、うちでそういった盛大な会の主催は難しそうですね。それが磯谷世奈さんのご希望で、遠藤さんが責任を持って引き継いでくださるなら、こちらは手を引かせていただきます」

遠藤は鳩が豆鉄砲を食ったように目を丸くした。

「え、マジ？」

「有名な磯谷先生のお別れの会に不備があったらそれこそ大変ですから。うちのような小所帯では、招待客を選んで、招待状を印刷して発送するだけでもパンクしかねません。ちゃんとした広告代理店がバックについてくださるなら、そのほうがいいと思いますよ」

「やだな、アンタまさか自分で宛名書くつもりだったのかよ」

目的を達成して安心したらしい。遠藤はあからさまに笑い出した。

「ネット印刷使ったことないの？　リスト送るだけで印刷も発送もやってくれるって。てか、いまどき招待状なんて、ＳＤＧｓに逆行してる。案内くらい一斉メールで済むじゃんか」

送り先のメールアドレスがそろってりゃそうだけど、とわたしは思った。磯谷亘の世代なら、手紙、年賀状、名刺などの紙資料があふれかえり、相手によって連絡方法が様々で、招待客リストの作成だけで何週間もかかる。かといって告知だけでは招待人数の把握ができない。命日の五月五日にあわせて開催するなら準備期間は一ヶ月を切っている。磯谷世奈はなにを考えていたのだろう。

それとも遠藤の言うように、話を持ち出せば黙っていても富山が盛大に催してくれると期待していたのか。だとしたら相当に富山をなめている。うちの店長の辞書に「気を利かす」という言葉はない。いや、あるにはあるが、これまでの経験上、富山が気を利かせるとかえって周囲に甚大な被害をもたらす。

「まったく。招待くらいのことオオゴトにして。昭和かよ」

まだ笑っている遠藤を無視して、真っ向から世奈に確認することにした。

「では、こちらの遠藤さんがお父様のお別れの会の仕切りを引き継がれるということで、世奈さんもよろしいんですね」

磯谷世奈は噛んでいたストローを口から出し、めんどくさそうに言った。

「はいはい」

はいはひとつだけ、と死んだ祖母によく言われたな、と思いながらスマホを出した。

「では恐れ入りますが、その旨、直接富山にお話しください。いま、つなぎますので」

「なんで。ヤだよ。電話苦手って言ったじゃん」

間髪入れずに世奈が言った。

「じゃあFaceTimeか、もしくは」

「だからヤだって。直で断ってやったんだから義理はすんだじゃん。もう帰る」

磯谷世奈はきっぱり言って立ち上がり、コートを羽織った。遠藤は慌てて自分も立ち上がり、つっかえながらわたしに言った。

「えーと、ではこれで。今後は口出し無用ってことで。よろしく」

飲み終わったカップもそのままに、そそくさと出ていくふたりを見送った。テーブルその他を片づけ、ほどよい温度になったコーヒーをすすりながら、いまの顚末《てんまつ》をざっとまとめて富山に送り、駐車場に戻った。途中、富山から着信があった。電話が苦手な営業と違い、老眼世代は直接話すほうがラクなのだ。

開口一番、富山は言った。

「メール読みましたよ。葉村さん、いったいなにをしでかしたんですか」

「送った通りですよ。いきなり磯谷先生の娘さんから呼びつけられて、先生のお別れの会は友人に任せるから手を引いて欲しいと言われたんで了承しました。以上です」

「先生の娘さんから？　本当に？」

「そう言うだろうと思って、富山さんに直接断ってと頼んだんですけどね、逃げられました。富山さんこそ、彼女になんかしでかしたことがあるんじゃないですか」

「バイトの話ですか」

富山はしょっぱそうな口調になった。

「あれもう二十五年近く前の話ですよ。世奈さんはまだ二十歳の大学生で、出版業界に就職希望っていうから、勉強させるつもりでいろいろやらせたんですがね。一週間でこなくなって、自宅に電話したら、当時ご健在だった世奈さんのお母さんが出られて、娘を殺す気かと怒られましたっけ」

富山のことだ、相手の体調も考えず、次から次へと仕事を押しつけたに違いない。

「磯谷先生はその頃、まだ海外にいらしたんですか」

「世奈さんの大学の都合でご家族は帰国して、本人は単身赴任でしたよ。バイトの件も国際電話で頼まれて、こちらも張り切りすぎたところはありましたが、だけど、それがいまも尾を引いているなら、そもそもお別れの会について相談を持ちかけてきたりしないと思ったんですけどねえ。お世話になった方たちだけでこぢんまりとした会を持ちたいと言ってたのになあ。そういえば、気まぐれなとこありましたね。結局、出版業界への就職もやめちゃったし」

それはアンタのせいだろ。

「ご納得いただけないなら、今回の会談の音声データを送っておきますよ」

「盗聴してたんですか。さすが探偵」

「盗聴って。勝手に録音しましたけど、文句を言われる筋合いはないですね。あちらもこちらを無断で撮ってましたから」

世奈の特徴的な黒縁のメガネは縁にスマホ連動カメラを内蔵している。以前わたしも使ったことがあった。

「へえ。世奈さんもなんでそんなことするかなあ。葉村さんなんか撮ったってしょうがないのに」

「話の内容を押さえておきたかったんじゃないですか。あちらはこちらがお別れの会の企画運営をあきらめないだろうと踏んで、最初からずいぶんケンカ腰でしたので」

「だけど、お別れの会を他でやることにしたんだったら、うちの店まで出向いて頭下げるべきじゃないですか。そもそも向こうから相談してきたっていうのに」

「あれ？　あちらは富山さんから連絡がきたって言ってましたよ」

「そんなわけないですよ。今回連絡があるまで、磯谷先生の娘さん個人の連絡先なんて知りませんでしたからね。なんなんだろ。いきなり呼びつけて盗撮するだなんて」

「珍しくありませんよ、そういうの、いまどき」

「イヤな世の中だなあ」

調査員の仕事をしていてなんだが、それには同感だ。街中に防犯カメラや監視カメラ、ドライブレコーダーがあふれ、リモートもあたりまえになり、誰しもが無断で撮られていることが日常になってしまった昨今。ジョージ・オーウェルの予想より四十年近く遅かったとはいえ、わたしたちは完全なる監視下に置かれている。

問題は、わたしたちを見張っているのがビッグ・ブラザーだけでなく、わたしたち自身でもあることだ。誰かをこっそり映像におさめると、あるいはその映像を見ると、それだけのことで相手を支配できたような快感を確実に覚えてしまう。わたし自身もそうだ。気をつけないと、まわりまわって自分が自分を束縛する独裁者になりかねない。

「それにしても、咄嗟《とっさ》に話を録音するなんてすごい。葉村さんって探偵なんですねえ、やっぱり。一応は」

富山は失礼極まりないお褒めの言葉をよこし、わたしはため息を押し殺した。

「最近、記憶力に自信がなくなってきたので、ややこしい話になりそうなときには即座にICレコーダーのスイッチ入れる癖をつけたんです。意外と役に立ちますよ、この癖」

「もう？」

「もうって？」

「そういうの、認知症になりかけのひとがやるんですよね。早くないですか」

駐車場にたどり着き、時計を見た。一時間を四分すぎていた。機械は律儀に二時間分の駐車代金を請求してきた。

8

この日〈MURDER BEAR BOOKSHOP〉は夕方六時をすぎて開店した。

日は少しずつ伸びているが、四月初めの夕暮れどきはまだ寒い。今日も風が強く、村松さんちの桜の老木が枝を大きく揺らしていた。ワゴンをのぞき込むひともなく、みな前のめりに歩きすぎていく。いつのまにか店に居着いてしまった愛想のない猫がぼそぼその毛を逆立て、震えながら店に飛び込んできた。

猫にせっつかれて暖房を入れ、店のパソコンを開いた。何冊か注文が来ていた。本を探し出して梱包し、宛名を貼りつけた。〈いまさら青春ミステリ・フェア〉の本だが、いまだに注文が来る。次回もこれくらい売れる企画だといいのだが。

早手回しに集めてしまった磯谷亘の本が目についた。お別れの会に二階を使うことはなくなったのだからもう必要ないが、せっかく集めたのだ。役に立てたい。

眺めているうちにひらめいた。磯谷亘と言えば〈ジャズ・ミステリ三部作〉だ。それにちなんで〈音楽ミステリ・フェア〉はどうだろう。間口が広いからいろいろ集められる。『砂の器』から由良《ゆら》三郎《さぶろう》まで。奥泉光《おくいずみひかる》からシリル・ヘアーまで。鮎川哲也から『こびと殺人事件』まで。『ピアノ・ソナタ』から『ジャズ・エチカ』まで。捕物帖にはよく三味線のお師匠さんが出てくるし。仁木《にき》悦子《えつこ》は音楽大学の学生だし。芦辺《あしべ》拓《たく》の奥さんはピアニストだし。

八時をすぎても客はひとりも来なかった。閉店準備を始めると、奥山香苗から電話がかかってきた。〈国分寺の叔父様〉の依頼内容を知りたくて、うずうずしているのが伝わってくる。ヘタな対応をすれば、「叔父様に探偵を紹介した」と触れ回りかねない。

しかしまあ、こちらも駆け出しではない。契約が正式に交わされるまでは絶対に誰にも言わないでほしい、とくどいほど念を押して〈乾巖先生ミステリエッセイ選集〉出版計画について打ち明け、昔の原稿を持っているはずの人物の連絡先を調べて欲しいと頼まれたなどとごまかし、出版のための情報収集と称して、逆に先生のひととなりについて尋ねてみた。

「そりゃもう紳士だわね。しかも実は情熱的」

香苗は言下に断定した。

「ミツキ叔母様と叔父様はホントに仲がよかったの。乾と大友じゃ、格にも経済的にも雲泥の差があるのね。叔母は頭がよかったけど大学には行けなかったし、見た目も性格も男の子みたいなひとで、昔ながらのお嫁さんになれるとは本人も思ってなかった。それで結婚を躊躇《ちゅうちょ》したんだけど叔父様に押し切られたんだそうよ。そこがきみの素敵なところだって、叔母の部屋の下に立って一晩中、かき口説《くど》いたんですって」

「その叔母様とは、ずいぶん前に死別されたんでしたよね」

「そう、あれはえーと……いやだ三十年以上になるわ。昨日のことみたいなのに。歳はとりたくないわね」

「先生はその頃まだ五十代半ばでしょう。再婚の話とか出なかったんですか」

「あったんじゃないかしら。叔母が死んでしばらくして魁星学園の理事長になられたんだから、その気になれば後妻候補が市を成したと思うわよ。だけど、こっちは亡妻の身内だし、くわしい話は知りません。愛妻との思い出を綴ったエッセイがベストセラーになってたし、学園の内紛が週刊誌ネタになってたこともあったし、ひどい噂も流れるしで、案外再婚しづらかったのかも」

「ひどい噂、ですか」

「瑛子に聞いたんだけどね。実は娘は魁星なの。エスカレーター式に大学まで行かせたのよ。親の白髪が増えるほどの額の授業料を支払って受験戦争から逃したんだから、おっとり育ってくれると思ってたのに、なんであんなキツい性格になっちゃったんだろ。こないだもね」

ひとしきり愚痴を聞いてから、「ひどい噂」に話を戻した。

「そうそう昔、娘から聞いたんだけど、叔父様が理事長になられた頃に学内に怪文書が出回ったことがあったんですって。叔父様がイギリスに行ったのは、不倫相手の同僚を妊娠させてしまったのから逃げ出すためだった、というような内容だったそうよ」

それはまた。

「噂が出たからには、それに近いようなことがあったんですか」

「葉村さんたら恐ろしいこと言うわね。あの時分、いろんな連中が火のないところに煙を立ててたのよ。ずいぶん前のことだけど、叔父様のご親戚が理事長だった頃、目黒校の土地の一部をとられることがあったそうなのね。同じ手でまた学園の土地をかすめ取ろうと考えついた輩《やから》がいたとしても不思議じゃない。だけど残念ね」

「なにがです？」

「叔父様にはお子さんがいらっしゃらなかったから。不倫相手が妊娠したという噂が本当で、外にでも子どもがいたんだったらねえ。叔父様は生みの母親とは早くに死に別れたでしょ。ミツキ叔母様が生きてらした頃に、大友から養子をとる話が持ち上がったこともあったのよ。でも、やめて正解。男兄弟が他にいる子を養子にするとしたら、あのジローさんになってたはずだもの。あのひと、昨日もうちに電話をよこしたのよ」

「中村芙蓉会の絵のことですか。ジローさん画廊を経営されているんですよね」

「本人じゃなくて奥さんがね。でも二年前に奥さんが体調を崩して、ジローさんが画廊の面倒もみなくちゃならなくなって。だからって、ウチの絵なんか狙わなくてもいいのに。小谷野珠杏を貸してくれって何度も頼まれたけど、貸したら最後、戻ってきそうもないんだもの」

どさくさ紛れにジローさんの正式名を聞き出した。大友治朗と書くそうだ。

香苗に頼まれた買い物を引き受けて、通話を終えた。店じまいの前に大友治朗を調べてみた。絵画展で賞をとったことがあり、画家としてウィキペディアに項目があった。ただしその書かれかたはいまひとつ。芸術家に対してその技術ばかり褒めるのは好意的とは言いがたい。

ついでに中村芙蓉会を調べた。一九二〇年代、中村芙蓉という金持ちのサロンに集った若手芸術家たちの集団で、話に出てきた小谷野珠杏や村上マウルが有名らしい。絵画の画像もあり、そのなかにはカンゲン先生の書斎の壁にかかっていた茶色と緑と黒のふてぶてしいタッチの絵もあった。村上マウルの代表作『飛べコウモリ』という一連の作品のうちの一点らしい。どこらへんがコウモリなんだか、さっぱりわからないが。

気づくと空腹で目が回りかけていた。パソコンを閉じ、備蓄のチョコバーを手早くかじり、レンジで湯たんぽを温め、毛布にくるんで猫のベッドに入れ、レジを空にした。店の電源を落とし、〈現金は使えません〉札を出してノブにかけ、鍵を閉めた。近くのコンビニまで急ぎ、商品を投函した。

部屋に戻ってブリの照り焼き、大根おろし、のらぼう菜となめこの味噌汁、湯豆腐に冷凍の麦ごはんで晩ご飯を整え、よく噛んで食べた。ときどき上顎の左側、糸切り歯のあたりがずきんとする。栄養不足だろうか。

コロナ禍の間、店の仕事かご近所の手助けだけで暮らしていた。こんなご隠居みたいな食事で十分だったが、今日は物足りない。途中でごはんを温め直し、卵をかけて醤油麹《こうじ》をのせた。ようやく満足できた。

報酬の前払金があることだし、明日は肉だ、肉を食ってやると思いながらお風呂の準備をし、パソコンを立ち上げた。魁星学園の元理事・稲本亜紀について検索した。

稲本亜紀は一九七五年一月八日、山梨県生まれ。山梨県下の私立富士菊女子高等学校を卒業後、教愛大学文学部英文学科に入学。三年生のとき、ケンブリッジの聖アガサ・カレッジに留学。以後、約十年にわたってイギリスで研究生活を送る。帰国後、教愛大

学文学部英文学科図書館学非常勤講師、特別講師を経て、二〇一三年魁星学園大学文学部図書館運営顧問。二〇一七年同図書館運営会議議長。二〇二〇年魁星学園理事。

　稲本和子も山梨の出身だ。やはり、ふたりにはつながりがあるのかもしれないと思ったが、亜紀の身内の話は出てこない。稲本和子の名前もない。

　富士菊女子高等学校を調べてみた。カンゲン先生の祖母はこの学校の理事長の娘だと桜井が言っていた。地元で名高い全寮制のお嬢様学校らしく、入学金授業料寮費、いずれもお高い。進学した教愛大、十年にわたる留学、どれをとってもぶっといスネにかじりついていないと厳しそうだ。

　富士菊のホームページに「卒業生に聞く」というコーナーがあった。亜紀が魁星の理事に就任したときのインタビュー動画が残っていた。短い髪、整っていない眉、丸っこい鼻、ふっくらした頬に飛び散ったソバカス。メガネの奥のキラキラした目。

　カンゲン先生の書斎の卒業アルバムで見つけた稲本和子の写真を呼び出して、亜紀と並べた。白衣姿の和子のおひな様みたいな顔立ちとはあまり似ていない。名字が同じなのは偶然で、やはり赤の他人なのだろうか。

　気を取り直して動画の続きを追った。

　亜紀は恰幅のいい体を前のめりにし、時折メガネを持ち上げながら大学図書館の存在意義について熱く語っていた。印象としては生真面目で学究肌。読書や勉強が大好きで、そのまんま大人になった少女、といったところだろうか。

だが、二〇二二年十月に起きた事件について書かれた、雑誌「週刊アクア」の記事を読むと、彼女の印象は一変する。

その日、稲本亜紀は新宿の大手書店〈金銀堂〉の入口で警備員に引き留められた。カバンをあらためると、中から未精算の洋書 *THE CLASSIC BRITISH MYSTERY THEATRE* が出てきた。

亜紀は自分が入れたのではないと主張したが、一万四八〇〇円もする洋書が持ち物に紛れ込んでいたのに気づかぬはずはない。言い争いの末、彼女は逃げようとし、警備員は通報。亜紀は駆けつけた西新宿署員に逮捕・勾留された。

勾留の際におこなった新型コロナの検査では陰性だったが、そのときすでに発症していたのかもしれない。翌朝、意識を失っているところを発見され、搬送先の病院で死亡が確認された。糖尿病という基礎疾患が命取りになったのだろう。警視庁は「留置場の管理体制に不備があったとみて調査中」とのコメントを発表している。

記事はこれで終わり。続報もいっさいなかった。ついでに「留置場の管理体制の調査」についての記事を探してみたが、こちらも見あたらなかった。

なんだかモヤモヤした。記事の出るのが早すぎるのだ。万引きが十月九日、亜紀はその翌日死んだ。コロナ絡みのニュースのためかその翌日の朝刊にベタ記事として掲載されたが、記事の真下に「週刊アクア」の広告が『有名私立学園の女理事のアヤシすぎる行状とその死』というあおりとともに出ていた。

事件は万引きだ。よりによってコロナで死亡するようなことがなければ、こんなにすぐには新聞記事にならなかっただろう。万引きは商店の経営を圧迫する悪質な犯罪だ。教育機関の人間のしたことだし、いずれメディアにもとりあげられただろうが、間髪入れず記事が出た。まるで「勾留中にコロナで死んだってアンタ、死んだ理事は万引きするようなヤツだったんだし、気にしなくていいんじゃね?」と宣伝しているみたいだ。

だけど、そもそも亜紀が本当に万引きを働いたのか、その検証がまったくなされていない。反論するまもなく死んでしまったからだ。記事にその方面への配慮はない。

現時点で入手できた情報に基づいての話だが、稲本亜紀の専門は図書館の運営だ。運営会議の議長を務め、理事になったくらいだから、図書館に関することなら、例えば本の購入費の使い道を左右できるくらいの権力は持っていただろう。魁星学園の外部から中途採用されたにしては出世している。

それをうっとうしく思う勢力は、亜紀を排除したかったはずだ。万引きの罪を着せて警察に勾留させ、犯罪者に仕立て上げ、マスコミに取り上げさせて、社会的に抹殺する。その後、亜紀が無実を証明しても、元の地位に戻るのは困難だったはずだ。

ところが亜紀は死んでしまった。ある意味では殺されたも同然だ。焦った「勢力」は「気にしなくていい」という結論になるような記事を大急ぎで公表させた……。

お風呂が沸いたと音楽が鳴った。入ってゆっくり温まったあと、今度は魁星学園を調べた。警察やマスコミを動かせるとなると、かなりの大物が見込まれる。調べるべきは現理事長の乾匡勝だろう。

情報は洪水の如くにあふれ出てきたが、その大半はビジネス雑誌や新聞の提灯記事だった。ＳＮＳには黒バックに腕組みをするジャケット姿の理事長、というような、お寿司かハンバーガーみたいな撮り方をした宣材写真とともに、学園の宣伝が書き込まれていた。自ら歩いて校内を案内する動画では、自慢の設備や図書館の蔵書、理事長室に飾られた絵画などを紹介し、『学食に震災被災地から取り寄せた食材を使った新しい定食登場』ではこれを食し、『バドミントン部が全国大会優勝へ』では部員と一緒に記念写真におさまり、『学園改革についての特別シンポジウム開催』という記事では、息子で事務局長の勝和《かつかず》が熱弁を振るう姿に目を細め……。

違った。学園ではなく、匡勝理事長本人を宣伝しているのだ。しかもこういった記事が現れるのはわりに最近、稲本亜紀が死んだ去年の秋以降だ。

ふーん。

もちろん、理事だった亜紀の万引きで魁星学園についた悪い印象を払拭するため、理事長自ら出張って気張って頑張っていた、とも受け取れるが。

あらためて匡勝の宣材写真を眺めた。しっかりメイクしていたが、アクの強さは隠し切れていない。肩幅の広いがっちりした体格。三白眼《さんぱくがん》。坊主頭。下顎はエラが張り、唇は分厚い。悪そうだと思うか、頼もしいと思うかは見る人次第だろう。弟の則祐とは目のあたりがそっくりだが、創立者・乾聡哲の肖像とは似ていない。この兄弟は創立者の血を引いていないのではないかという桜井の話が思い出された。

すでに乾聡哲の崇拝者やシンパは年老い、鬼籍に入った。匡勝は自分の息のかかった理事を増やし、学内を制圧した。とはいえ実際そうではないのに、乾聡哲の子孫として権力を振るってきたとすれば、敵とまではいかなくともアンチは少なくないはずだ。

匡勝理事長が直接亜紀の件に関与したかはともかく、関与を匂わす噂くらいは出回ったのではないか……。

窓がガタガタ鳴って、我に返った。風がますます強くなっていた。木々がざわめき、自転車が倒れたらしいけたたましい物音がした。今日の南風はいささか凶暴だ。

カーテンをしっかり閉めて、肩までふとんに潜り込み、さらに調べた。稲本亜紀の死について、魁星学園事務局からは「当学園理事・稲本亜紀の死去につきまして」という文書が発表されていたが、万引きだの勾留だのには一切触れていない事務的な内容だった。理事長や学長からのコメントは見あたらない。

学内の裏サイトを探し、潜り込めたもののうちいくつかで当時の書き込みを読んだ。ただの憂《う》さ晴らしから正当な抗議まで、稲本亜紀についての噂。稲本亜紀が担当していた図書館学はAをとるのが難しいという話。授業中の雑談で「日本の大学も入学のハードルを下げ、そのかわりきちんと教養を身につけなければ卒業できないようにすべきだ」と言っていたという話。理事会では「経済的余裕のある家庭の子女の枠を作って寄付金を集める一方、給付型奨学金制度を作ってはどうか」と発言していたこと。

調べても調べても、亜紀のマジメさが伝わってくるばかりだ。

稲本亜紀を擁護する意見もいくつか目にしたが、一方、理事長の関与についての書き込みはほとんど出てこなかった。あんなマジメなおばちゃん（亜紀のことだ）が万引きなんて、ホントは理事長にはめられたんじゃないの、とやゆするような意見があっただけだ。それも結局、だったら面白いという、程度の低いものにすぎなかった。

どんなにマジメな人間でも魔が差すことはある。コロナに感染して具合が悪かった亜紀は無意識に欲しかった本をカバンに入れてしまった。警備に見とがめられ、我に返り、逃れようとして墓穴を掘ったとしても不思議ではない。となると、理事長による陰謀などなかったということになる。いや待て、そもそもわたしが受けた依頼は稲本和子を探すことで、本来、理事長はどうでもいい、和子と亜紀だって無関係かもしれず、だとしたら疲労を回復するべき夜更けに無意味な調べ物をしていることに……。


はっと目が覚めた。スマートフォンが滑り落ち、ベッドの下に転がった。

時刻は八時をすぎていた。枕元のライトがつけっぱなしで、その光を避けるように寝ていたらしく首が凝っていた。目を悪くしてまで節電していたのに、なにやってんだか。

痛みをこらえながらゆっくり首をまわした。なんとか動かせるようになって、ようやくスマホを拾い上げた。〈東都総合リサーチ〉の桜井肇からメールが入っていた。稲本和子の住民票の記録だった。生まれた一九四四年から一九七〇年までは山梨県鳴沢村、そこから七五年までは東京都府中市幸町で、その年の暮れに鳴沢村に戻り、一九九〇年に山梨県富士河口湖町に移転。

少なくともまだ生きてはいるらしい。現在は富士河口湖町在住ということになる。今年七十九歳と高齢だし、住所はそのままに施設に入所している可能性はあるが。

データをスクロールした。思わず、えっ、と声が出た。同時に着信音が鳴り出した。桜井からだった。

「送ったヤツ、見た?」

「こんなに早く調べがつくとは思わなかった。さすが桜井さん、日本一」

「入手経路は聞くなよ。あちこちに迷惑かかるからな。ヘタしたらオレのクビも飛ぶし」

桜井は照れたように早口で言ったが、それどころではない。

「ところで、送ってもらったデータによれば、稲本和子は一九七五年に結婚・出産していることになってるんだけど」

「戸籍謄本で確かめた。間違いないよ。結婚相手は稲本賀津彦《かつひこ》」

「稲本? 親戚かなにか?」

「賀津彦の従前戸籍は山梨県鳴沢村稲本、稲本護《まもる》。和子のほうの従前戸籍も山梨県鳴沢村稲本で、稲本猛《たけし》とあるね。護と猛は兄弟だから、賀津彦と和子は従兄妹同士だな」

「その結婚相手が亡くなったのは?」

「死んでない。少なくとも戸籍上はね。賀津彦のほうは結婚後一度も住民票を移動してないから、書類上はずっと同じ鳴沢村稲本に住んでいることになっている」

住所も稲本か。明治になって名字をこしらえるときに、みんな同じ集落名にしてしまい、親戚でもないのに隣近所が同じ名字、なんてことは昭和の頃まではよく耳にすることだったが、

「じゃあこの夫婦、和子さんが富士河口湖町に転居した一九九〇年以降、別居してたってこと？」

「そうだな。でも和子が女児を出産した一九七五年には、賀津彦と同じ鳴沢村稲本に住んでいた。書類上は十五年間、鳴沢村で夫婦一緒に生活していたことになる」

そして、生まれた女の子は亜紀と名づけられた。

「葉村のことだからもう調べたと思うけど、稲本亜紀は魁星学園の」

「パンツのゴムのゆるい理事ね」

「そう」

簡単に判明したので拍子抜けした。稲本亜紀はやはり稲本和子の娘だったのだ。

先生の妻ミツキが「近々おめでたいことが」と言っていたのは和子の妊娠に気づいたから、と考えると納得できる。亜紀が生まれたのは一九七五年の一月だから、カンゲン夫婦が渡英を打診された前年の七月には妊娠三ヶ月か四ヶ月、気づく人は気づく頃合いだ。

一方で、不倫相手の同僚がカンゲン先生の子どもを妊娠したという噂もあったから亜

紀がカンゲン先生の娘である可能性も出てくる。稲本和子が妊娠したのは逆算して一九七四年の三月か四月頃、和子は国分寺校で働いていたから、亜紀の父親がカンゲン先生でもおかしくはない。

「ところで亜紀の万引き事件のことだけど。ずいぶんすばやく雑誌記事になったのね」

「オレの勘だけど、あれにはなんか学園の裏事情が嚙んでたと思うよ」

桜井は思わせぶりな口調になった。

「やっぱり」

「有名大学の女理事が万引きして捕まって勾留中にコロナで死んだなんて、『週刊アクア』みたいな下品なオヤジ雑誌が喜びそうなネタだけどさ。稲本亜紀の経歴がやたら詳しく書かれていたのは、誰か学園の人間が資料を出したとしか思えない。ことによると万引きして捕まるまでは想定内だったのかもしれないな。実はさ」

桜井は早口になった。

「言ったとおり、うちは十年くらい前にある大手の塾からの依頼で魁星学園大学の穴を探してた。金、酒、女……教育機関のお偉いさんだからって煩悩と無縁なわけじゃないからな。本人は清廉潔白でも、家族が、って場合もあるし。葉村と話して気になったんで当時の報告書をひっくり返してみたら、どうやら稲本亜紀はアンチ理事長派と近かったみたいだな」

「え、ホントに？　やっぱりいたんだ、アンチ理事長派」

「そりゃいるだろうよ。大学の運営ってのもきれいごとじゃないんだろうけど、今の理事長は金をかき集めることしか考えてないから。理想に燃える教職員にとっちゃ、古典的な悪役だよ」

「すると、そのグループの解体をもくろんで、理事長が亜紀をはめた……？」

「さすがにそこまでは言い切れないよ」

桜井は苦笑した。

「陰謀は諸刃の剣《つるぎ》だからな。陰謀を企てたことがバレたら、企てたほうにも相応のしっぺ返しがあるもんだ。亜紀が理事長をなにかで追い詰めてたならともかく、そうでなければ、いまが我が世の理事長が無茶なマネしないだろ」

「追い詰めるって、例えば」

「そりゃ理事長のスキャンダルを握ったとか、味方を作ってクーデター寸前だったとか。まあ、味方を作ることはできたかもしれないけど」

「どうして？」

「金だよ。稲本亜紀が死んだときに住んでいたのは本人名義の目黒駅前の高級分譲マンションだし、母親の和子が住んでいる河口湖のマンションもすげえ名前だぞ」

メールを見た。マンション名〈マニフィークパレ・フジヤマ〉。直訳すると、富士山の豪華な宮殿……？

「いかにもバブル期のリゾートマンションらしいネーミングだよな。いまは値崩れして数百万が相場だろうけど、和子が引っ越した一九九〇年にはけっこうしたんじゃないか。でも、そういや不思議だな」

「なにが?」

「いや、アクアの記事に亜紀の金の話は出てなかったな、と思って。大学の理事を務めるような女に反感持ちまくるオヤジがターゲットの雑誌だろ。そのうえ金持ちなら、ますます万引きなんて許せんってことになる。なんで書かなかったんだろうなあ。アクアなんて三流だし、そこまで知らなかったのかも。あの雑誌、先月廃刊になったしな」

とりあえずこれまでの調査の請求書を送るが、もう少し稲本和子の周囲を掘ってみるよ、と桜井は言った。和子の結婚や出産についても。わかったらまた連絡する。

感謝と讃辞を浴びせて電話を切り、名刺にあったカンゲン先生の部屋付き固定電話の番号にかけた。先生は七回目のコールで出た。少し息を切らしていた。

書斎を調べて稲本和子についての情報を入手し、現在の住所と思われるものがわかったと報告した。彼女が魁星学園国分寺校を辞めた直後の一九七五年一月に結婚、女児を出産していたことも。

先生は話が終わるまで黙って聞き、ややあって言った。

「驚きました。こんなに早く調べがつくとは思いませんでしたよ」

先生の口調はごく自然だった。例の「ひどい噂」が本当なら先生は稲本和子と関係があったことになり、言葉通りなら相手の妊娠や出産をたったいま知ったことになるが、どちらにしろそんな気配は感じられない。とはいえ、相手は長年組織の長を務めてきた人物。胆力も演技力もあるはずだ。

稲本亜紀について聞いてみたかったが、いまのところ依頼とはあまり関係がない。聞くとなると「ひどい噂」に抵触する。逡巡していると、先生は続けた。

「それで、葉村さんはこれからどうするんですか」

「それを確認したくてご連絡差し上げました。書類上の事実と現実が同じとはかぎりませんから、富士河口湖町まで行って稲本和子さんが生きているかどうかを確かめたいと思います。それで本人にお会いできた暁には、先生についてお話ししても……?」

「もちろんです。稲本さんと会えたら乾巖が連絡して欲しがっていると伝えてください。それでこの依頼は終了です」

「わかりました。ええと、もうひとつだけ」

いまにも電話を切りそうな気配を察して、急いで声をあげた。

「昨日のご自宅への侵入についてです。仲枝さんから連絡がいったと思いますが」

「聞きました。書斎の窓を割られたそうですね」

カンゲン先生は、ふふ、と笑った。

「通報しなくていいと仲枝さんにおっしゃったそうですが、本当にかまわないんですか。なんでしたら、わたしのほうから警察に話を通せますが」

わたしも黙って逃げられたわけではない。林に残っていた靴跡の写真や逃げていく侵入者の後ろ姿の画像は押さえてある。手ぶれがひどいが参考にはなる。なにより証言もできる。一瞬、目が合った、その相手が誰だったのか。

そう切り出す前に、先生はそっけなく言った。

「通報しても調書をとられて終わりです。なにも盗まれていないようだし放っておいてください」

いや、犯人は捕まえられる。書斎に残っていた甘い臭いは若者向けのボディローションのものだった。ジローさん……大友治朗が食事会のときつけていたあのローションだ。特徴的な靴跡も、大友治朗のはいていたイタリア製の靴のそれを思わせた。

食事会の始まる前、大友治朗はカンゲン先生の健在ぶりを知り、先生が近々国分寺の家に戻ること、先生の死後、絵画が学園のものになること、さらにわたしが探偵と聞いて焦っていた。

先生がケガと病気で入院していた間に、彼は無断であの書斎にあった絵画を持ち出したのだ。高齢の先生が生還することはないとタカをくっていたのかもしれない。絵画はとっくに中村芙蓉会コレクターに渡っているに違いない。書斎の壁には額の跡が残されていた。『飛べコウモリ』と題するシリーズの絵画が一点だけあったが、あれもホンモノかどうか。技術的に優れた画家なら模写などお手のものだろう。鑑定すればもちろん、すぐにバレてしまうだろうが。

おそらく先生も治朗さんのしたことに気づいているのだろう。気づいてかばっている。

大友治朗は先生にとっては親戚だ。香苗の話では養子にする可能性もあった。警察沙汰がしのびないのはわかる。それでも、もう一押しすることにした。

「ですが、ガラスを割っての不法侵入です。危険じゃないでしょうか」

「ご心配には及びません。追川工務店が来たでしょう？　彼も昔の教え子のひとりでね、あの屋敷のことはよく知っていてすぐに直してもらえますから」

電話が切れた。やれやれ、と耳を離そうとした瞬間、なにかが聞こえた。ものすごくかすかだが、聞き馴染みのある「カチッ」という音だった。わたしたちは現在、ジョージ・オーウェルが予言した社会に住んでいるのだという話を思い出した。

どうやらカンゲン先生にも監視の目が向けられているようだった。

9

通話の直後、〈MURDER BEAR BOOKSHOP〉のもうひとりのオーナー・土橋保から連絡があった。調査の仕事ででかけると伝えると、店番にきてくれることになった。介護真っ最中の土橋は人並み以上にコロナを恐れ、この三年、店にはほとんど来なかった。長らく店を手伝えなかったとすまながっているのにつけこみ、本屋の代車のワゴンを使わせてほしいと頼むと、あっさり許可をくれた。

日焼け止めを塗りたくり、探偵道具一式と濃いコーヒーを入れた水筒をリュックに詰めた。ご近所さんから草むしりのお礼にもらった革ジャンのポケットに予備のアレジオンとティッシュを放り込み、昨夜の風で木っ葉まみれになった代車に乗り込んで三鷹に出た。通りがかりのパン屋で朝ご飯とミルフィーユ菓子五個入り包みを三つ買った。

　ホットドッグをかじりながらバス通りを南下した。左上の歯茎にできた腫れ物が気になって、運転しながらつい舌で触れてしまう。さわっても痛くはないのだが、ビタミン剤を飲んでいるのに引っ込む気配はまるでない。パンに挟まっていたウインナーは弾力があり、うっかり左側で嚙んだら激痛に襲われ、ハンドルを切り損ないかけた。どこかで口内炎の薬を買ったほうがいいかもしれない。

　食べ終えて、アレジオンを飲んだ。東八道路を越え、甲州街道に出て、調布で中央高速に乗った。代車のワゴンはすなおで運転しやすく、幅寄せしてくる大型トレーラーから軽やかに逃れた。道路は埃っぽく、空気は花粉を含んで濁っていた。ビール工場やら競馬場やらをすぎてさらに西へと進むと、山と緑に囲まれた。シャワーのような春の雨が降ってきて、すぐにやんだ。道は黒くなり、車はつややかに光った。

　トイレを借りに談合坂サービスエリアに寄ってはじめて、今日が土曜日だと気がついた。ゴールデンウィークも近く、青空が広がっている。クレープやパン、揚げ物の香りが空気に満ちている。活気ある呼び込み、子どもたちの笑い声、親たちの投げやりな叱り声。暑くなく寒くもなく、ほどよい気温。キャンプに出かけますと大宣伝しているような、楽しげな車がそこらじゅうに停まっている。

運転を続け、富士吉田線に入った。花咲《はなさき》トンネルを抜け、山の桜をめでながら進んで、リニア実験線の下を通った。コロナ禍の前にはこんな遠出も珍しくなかった。久しぶりのドライブにどこか高揚していたのは、富士山の偉容のためだけではないだろう。

富士急ハイランドの巨大ジェットコースターを左に見ながら進むと、早くも富士吉田インターチェンジが見えてきた。この車でどこまでも走り続けたいと思いながら、中央道を下りた。街中《まちなか》を走り、白い雲みたいなほうとうの店が目印の東恋路《ひがしこいじ》の交差点で時計を見た。十一時前だった。家を出たのは九時過ぎ、調布インターからは寄り道の時間も入れて一時間半。案外に近かった。

富士パノラマラインを進み、ナビの指示を受けて勝山《かつやま》交差点で右折した。イタリア料理店や蕎麦屋、企業の保養所、有料老人ホームの看板を見ながら河口湖に向かって北上し、途中で左折して森の中へ入った。

舗装されているがアップダウンが激しく、曲がりくねった細い道だった。毒ガエルなら途中で息が止まっていたかもしれないが、代車のワゴンはよく走った。しばらくすると左手に、掘り返されたばかりの黒土の畝《うね》が並ぶ畑と富士山が見えてきた。さらに進んでいくと、それまでうっそうとしていた森が突如として開け、建物が現れた。三階建ての低いマンションが数棟、少しずつ角度を変えて並んでいる。同時にナビが目的地に着いたことを知らせてきた。

ナビを切った。車内が静まりかえった。建物群の入口に着いた。〈マニフィークパレ・フジヤマ〉と刻まれた銘板があった。

車を停めて、周囲を見回した。

ずいぶん開けっぴろげな宮殿だ。マンション群を取り囲む塀もなく、入口にも門などない。私有地であることを示すのは、きれいに刈り込まれた下生えだけ。管理棟も奥の方にあるらしい。誰が入ってきてもノーチェックだ。〈グランローズ・ハイライフ馬事公苑〉の警備員なら目を回すかもしれない。

入口近くのスペースに代車を入れた。日差しはあるが、標高が高い場所だけあって少し肌寒かった。後部座席に投げていた革ジャンを着て、バッグと菓子折を持ち、稲本和子が住んでいるはずのC棟三〇一に向かった。

パレにはエレベーターがなく、昔の団地のように一棟が階段で三つに区切られた造りで、階段の入口には部屋番号だけで名札のない郵便受けが六個と、後付けしたらしい宅配ボックスがあり、その脇の隙間に埃まみれのベビーカーがねじこまれていた。建物のなかからかすかに子どもの笑い声が聞こえてくる。

三階まであがった。C棟はさっき走ってきた道路に面しており、三〇一なら富士山ビューを楽しめそうだ。一部屋数百万なら、ちょっと頑張ればわたしにも買える。来た道にはコンビニもスーパーもあったし、終《つい》の棲家としてはいい物件かもしれない。とはいえ足腰が弱ってきたら、三階までのぼるのもキツい。買い物を部屋まで持ち上げるのだって大変だ。娘に死なれた高齢の和子はどうやって生活しているのだろう。

三〇一のドア脇に〈稲本〉と几帳面な文字で書かれた小さな表札があった。呼び鈴に手を伸ばしかけて、新聞受けにピンクの紙がはさまっているのに気がついた。失敬して開いてみた。『郵便を預かっておりますので管理棟までお越し下さい　大野』というメモだった。四月七日と昨日の日付が書かれている。

留守か。

念のためチャイムを鳴らし、新聞受けから中をのぞいた。かすかに消臭剤の臭いがした。暗かったが、三和土《たたき》に埃っぽい自転車と靴が見えた。その周囲にピンク色らしき紙がちらばっている。大野という管理人がメモを入れたのは昨日が初めてではなかったようだ。いったいいつから留守なんだろう。

管理棟へ向かった。敷地内の掃き掃除をするおばちゃんと行きあった。堂々たる身体に薄いフリースと藍染めの袖なしをまとい、手編みの帽子をかぶり、長靴を履いている。せっせと働いているようで、ワゴン車が入ってきたことも、その運転手であるわたしがC棟に足を運んだことにも、ちゃんと気づいていたらしい。声をかけると、驚いたように顔をあげたその反応がいかにもわざとらしくて、うっかり笑いそうになった。

稲本和子さんを訪ねてきたと言うと、おばちゃんから警戒のこわばりがとれた。「わこ」とちゃんと発音できたのがよかったのかもしれない。自分はここの管理人と名乗り、ひとのよさそうな丸顔にポケットから取り出したマスクをつけながら、よかった、とけたたましく言った。

「お知り合いがいらしてくれて助かりました。実はここしばらくお見かけしないんですよ、稲本さん。ケータイもつながらないし、連絡くださいと毎日のようにメモを入れているんですけど、音沙汰なくて。出かけられているだけならいいんですけどね。去年、娘さんを亡くされてから元気ないんですよ。ムリもないけど、心配なんですけど」

「いつから見かけないんでしょうか」

「けさ、うちのとも話していたんだけど。あのね、ここの五階に大浴場があるんですけど」

おばちゃんは「けど」を連発しながら背後の建物を示した。どうやらこれが管理棟らしい。五階建てでファサードはガラス張り、のぞき込むと右奥にエレベーターが二基見えた。二階から四階までは個別の部屋になっているようだ。この棟でなら、歳をとっても暮らしていけそうだ。年金がもらえて、富士山が噴火しなければの話だが。

「見晴らしもすばらしくて、富士山を眺めながらお湯に浸かれるんですよ。お風呂掃除は意外と面倒だし、光熱費や水道代もかかるでしょ。この町の水道代は安いんで有名だけど、管理費に大浴場の経費が込みなんで、入らないと損なんです。だから皆さんここをお使いで、それが安否確認になっているんですけどね。稲本さんも毎日のようにいらしてたし、だから毎日のように顔をあわせてたんですけど、最後はまだ三月のうち……水曜か木曜だったと思うんだけど」

カレンダーを見た。「けど」おばちゃんの記憶が確かなら三月二十九日か三十日。今日が四月八日だから、不在も十日ほどになるわけだ。

「ここの方たちには、長期に留守にするときには必ず知らせてとお願いしてましてね。そういう点、稲本さんいつもはちゃんとしてるんだけど」

「どうしたんでしょう。鳴沢村のご実家にでも行かれてるのかしら」

わけ知り顔に呟いてみせると、おばちゃんは前のめりになった。

「そうそう、稲本さんは鳴沢村にご親戚がいるんですよね。もしかしてそちらのご連絡先、ご存じだったりします？　お身内と連絡取れるとありがたいんだけど。実は警察の知り合いに交通事故に巻き込まれてないか聞いてみたんですよ。そんな事故はないっていうので、それほど心配しなくてもいいかなと思ってたんですけど、娘さんのことがあるから。ご親族があちらに引き留めてらっしゃるなら、こちらも安心なんですけど」

「わたしが知っているのは、古い集落の住所だけですが」

稲本と言うと、おばちゃんは首を振った。

「あれは集落じゃないですよ。鳴沢村のあのあたりは樹海と山に囲まれてますから、溶岩だらけで昔は住めたものじゃなかったんです。戦後になって〈稲本不動産〉って地元の会社が〈稲本高級別荘地〉として開拓して、それで地名が稲本になったんです。もとは地名もなにもなかったそうですから」

集落の名前から名字ができたのだろうと思っていたら、その反対だったのだ。

「その不動産会社は和子さんの親御さんが……？」

「アタシ地元の人間じゃないんですけど」

おばちゃんは埼玉出身で、夫が定年退職後にここの管理人に雇用され、夫婦で移り住んできたんですけど、と言った。

「だからくわしくないんですけど、噂じゃ第一期の別荘がすぐに完売して儲かったので、開拓地を広げて第二期、第三期と売り続けるはずが、稲本不動産の社長が死んじゃったんですね。大酒飲みだったから誰も驚かなかったそうですけど」

ワンマン社長の急死で蓋を開けたら、会社はかなりの放漫経営だった。口座は空っぽ、借り入れは未返済、建設会社への未払い、二重帳簿に脱税。おまけに、

「社長が死んだ頃、営業を委託していた販売業者が客からの預かり金持って逃げちゃったんですって。おまけに、いざというときのために社長、会社を受取人にした生命保険に入っていると言っていたのに入っていなかったんですって」

けどおばちゃんは内緒話の声音《こわね》で言った。くわしくないと断ったわりに、実に、

「おくわしいですね」

「アタシも稲本さんに聞いたんですけど。稲本さんの父親は社長の弟で、戦争から戻って東京で働いて結婚して、稲本さんが生まれたそうなんですけどね。稲本さんが中学を卒業して、寮のある看護学校に入った頃に、兄である社長の命で別荘地の管理を任されることになったとか。稲本さんの母親は山の中の暮らしになじめなくて逃げちゃって、それっきり音信不通なんですって。そのうち社長が急死して、でも稲本さんのお父様で

は会社を持ちこたえさせられなくて。会社がつぶれてすぐ亡くなったらしいですけど」

この近くには大きなショッピングセンターもあるし、畑もパチンコ屋もレストランもある。山登りはもちろん、湖上スポーツや釣りだって盛んだ。とはいえ都会に比べたら娯楽は少ない。風呂上がりのおしゃべりが最大のエンターテインメントとなってしまい、様々な情報が「けど」おばちゃんのもとに集まっている……とみた。

「それで稲本不動産は、そのまま倒産したんですか」

「稲本さんの義理の伯母さん……社長の奥さんってひとが別荘地の管理会社残して、あとはなにもかも手放したって稲本さん言ってましたけど。キツいひとで、おまえの顔は見たくないから別荘地に立ち入るなって言われて、従兄の賀津彦さんが手引きしてくれなきゃ位牌に線香もあげられなかったって……あ、そうだ」

おばちゃんはポンと手を打った。

「大月《おおつき》市の老人ホームにその伯母さんが入所してるんだっけ。御年九十七だけど、別荘地の権利をどうしても手放さないって、稲本さんこぼしてましたっけ。なんでもね、最近になって開発業者が稲本別荘地の奥の土地を譲って欲しいと言ってきたそうなんです。バブルの頃にも同じような話が持ち上がったけど、そのときも伯母さんがイヤがって売り損ねて負の遺産になってたのがようやく売れるって息子さん……賀津彦さんが喜んだのに、まだごねてるんですって」

おばちゃんは眉間《みけん》をぐりぐりこすって、首をかしげた。

「老人ホームにいるんだから山奥の土地の権利なんて、とっとと息子に譲って処分してもらえばいいのにねえ。いつだったか稲本さん、言ってました。『ああいうひとのことを〈秣桶《まぐさおけ》の犬〉って言うのよ』って」

「秣桶の犬……?」

「ええ、なんでもね」

牛の群れがおなかをすかせて牛舎に帰ってきて秣を食べようとしたら、秣桶に犬がいて、食べるのをジャマする。犬だから秣なんか食べないのに居座り、牛にごはんを食べさせまいと吠え続ける。

そこで、自分には役に立たないが、誰かがそれでいい思いをするのは絶対にイヤだ、とその「役に立たないもの」を手放さずに意地悪や嫌がらせをし続けるひとを「秣桶の犬」と呼ぶのだそうだ。

「へえ。はじめて知りました」

「アタシも教えてもらうまで聞いたこともなかったですけど」

笑みを交わしたとき、遠くでサイレンが聞こえた。腕時計に目を落とした。十二時。けどおばちゃんのおなかが時報に刺激されたように鳴り出し、彼女は目を瞬いた。

「それで、どうされます? 鳴沢の稲本に行かれますか」

「そうしてみようと思います」

遅まきながら〈MURDER BEAR BOOKSHOP〉の名刺を渡し、ある作家の本を出すのに稲本さんに寄稿を頼みたいのだ、と説明した。さんざん親しげに振る舞っておいてこれでは怪しまれるかと思ったが、けどおばちゃんは納得したようで名刺を受け取り、最近の稲本和子の写真はないかと尋ねると、去年ビーズ教室で撮ったという写真のデータをくれた。カンゲン先生の書斎で見つけた写真よりはもちろん老けているが、感じの良い歳の取り方をした稲本和子が、大野さんその他数人と赤や青のビーズで作ったネイティヴ・アメリカン調の腕輪をこちらに見せ、リラックスした笑みを浮かべていた。

「いい写真ですね。そうだ、稲本さんの車は？」

「去年の夏頃だったかしら。自損事故を起こしたとかで運転はやめられましたけど。車も処分したんでしょうね、いつのまにか敷地内からなくなってましたけどね」

稲本さんに会ったら管理人が連絡をほしがっていたと伝えてくれと頼まれ、豪華な宮殿をあとにした。どうせだからと来た道を戻らずに直進し、河口湖畔に出た。よく晴れて雲ひとつなく、富士山はその輪郭までスッキリとよく見えた。湖面にはわずかなさざ波があるだけで逆さ富士も美しい。

この光景を楽しみながらランチとしゃれこみたかったが、観光地のにぎわいはとっくに戻っており、道の駅の駐車場には入場待ちの車列ができていた。朝が遅かったので、まださほど空腹ではない。ここから稲本まではそう遠くないはずだ。

けどおばちゃんから聞き込んだ内容をまとめ、車を出した。主要道路から山に入る側へとハンドルを切ると、車が減って走りやすくなった。木陰が涼しく感じられる。

標識に従って開けた道を通り、三角形の空き地の脇を通ってまた森の中へ入った。いったん坂を下り、ゆるやかにまたのぼった。いつのまにか道は山道になり、うねうねと曲がり、視界も空も木々に隠されて、ナビなしでは東西南北もわからなくなってきた。ガードレールが設置されている場所もあれば、ない場所もあった。傾いた標識や、折れたばかりらしい杉の木も見えた。

これだから樹海というのだなと思った瞬間、電柱に〈鳴沢村稲本〉の住所表示が現れ、目の前が開けた。広々とした土地があって、ジープやでっかい４ＷＤなど富士山ナンバーの車が数台停まっていた。この駐車場を抜けて奥へと続く白砂利の道の脇には、粗大ゴミが投げ捨てられている。

代車を転回して停めた。エンジンを切った。

車から降りて、周囲を見回した。風雪にさらされた木製の看板があった。〈稲本高級別荘地〉とかろうじて読めた。

高級ねえ……。

入口脇に古いプレハブ小屋があった。小屋の前からは奥へ、緩やかな上り坂が続いている。赤っぽい土がむき出しになった道で、周囲は草と枯れ草でぼうぼうだ。風よけの灌木は育ちすぎ、埃をかぶり、立ち枯れ、蔓草《つるくさ》にまとわりつかれて窒息しかけている。

虫の羽音が聞こえた。草や緑の間から家が見えた。廃屋と、廃屋寸前の家々。屋根が抜け落ちているものや、窓枠が錆びているもの、崩れ落ちてしまっている家もある。その合間には空き地もあって赤っぽい溶岩が転がっていた。

周囲に目を配りながら大股に進んだ。振り返ると背後の木々の間から富士山の山頂が見え隠れしていた。風が吹いてきて土埃を舞いあげた。枯れ草の塊《かたまり》が転がりながらわたしを追い抜いていった。七軒目の家の軒にぶら下げられた〈HANAYA〉という木彫りの表札が揺れて、きいきい鳴った。

震えが出た。腰に手をやり、ここにベルトがあって拳銃か、せめて鞭《むち》でもあればと思いつつ、その〈HANAYA〉家になにげなく目をやった。

その家のドアの脇にある埃まみれの網戸を通して、影が見えた。影はむくむくと起き上がると手を伸ばし、からからと網戸を引き開けた。血の気のないむくんだ顔、ざんばら髪、色あせたどてらを肌着の上にはおっているが、はいているのは黄色の染みがついた紙おむつだけだ。

影は起き上がった。むき出しの足をふらつかせながら、よたよたとやってくる。

うわー。

後ずさった。すると背後から声がした。

「アンタぁ。こっちが先じゃあ」

振り向くと、くずれかけ寸前の家の窓から老婆が顔をのぞかせていた。頬がこけ、髪は逆立っている。骨そのものみたいな手でゆっくりと招くようにしている。わたしは視線をさまよわせた。気づけばあっちの窓にもこっちの窓にも青白い顔がはりついて、こちらを見ていた。

青白い顔のひとりが手を窓にかけた。その手は遠目にも赤く染まっていた。

風がひときわ強く吹いてきた。生暖かい風が。その風に舞い上がった埃が落ち着くと、ひとりの男が目の前に現れた。眉間に深い皺《しわ》を寄せ、分厚いエプロンをして、筋肉りゅうりゅうたる腕は傷だらけで、細長い刃物を逆手に握っている。

悲鳴は喉の奥につまった。

10

「なんだよアンタ、ヘルパーさんじゃないんか」

HANAYA のおじいさんはつまらなそうに言った。

「変だと思ったんだ。ヘルパーだったら革ジャンなんか着てのしのし歩いてきたりしないものな」

道の先の家々は出入口付近の廃屋とは違い、意外と手入れが行き届いていた。坂のいちばん奥の家は大きく、古くてわずかに歪んでおり、入口脇には〈管理棟〉の看板があった。ガラスのはまった木枠の引き戸を開けるとコンクリートの土間で、テーブルと椅子が並べられていた。小さなキッチンセットがあり、大きな鍋やら食器やらが棚の上に置いてある。住民たちの集会所として使われているらしい。土間の奥には上下にガラスがはまった障子があり、その向こう側が管理人＝稲本賀津彦のプライベート・スペースなのだろう。

わたしは住民たちと一緒に土間の椅子に腰かけていた。HANAYA――漢字にすると花谷《はなや》さん、寝癖で髪が逆立っていたシゲさん、他に七十代くらいの女性がふたり、六十代と思われる男性の計五人。他にも数人がこの別荘地に住んでいるという。

メキシコ系アメリカ人の悪役俳優ダニー・トレホそっくりに見えた六十代男は砂《す》永賢《ながけん》吾《ご》といい、定年後に趣味ではじめた彫刻にのめり込み、神奈川の自宅を出て、アトリエとして安く買った別荘で一人暮らしをしているそうだ。握っていた刃物は彫刻用のノミで、できあがった作品は河口湖畔の〈道の駅〉に置いているとか。ふたりの女性はそれぞれの家に住みながら共同で染色や機織《はたお》りに取り組んでいて、冬の間、屋内に引っ込んでいたから顔色が悪く、手が赤く染まっていたのもたんなる仕事柄だった。

「そう思ったんだったら、紙パンツ一丁でのこのこ出てくるなよ。ヘルパーさんなら慣れているかもしれないけどさ。普通の女性相手だぞ。失礼だろう」

その砂永はガスコンロで湯を沸かしながら言った。花谷は諭《さと》されてぶんむくれた。

「うるさいわ。もう着替えてきたんだから文句なかろ。紙パンツもおニューにしたぞ。どうだ。見たいかアンタ」

丁重にお断りをし、三鷹で買ってきた菓子折をひとつ、お茶請けにと砂永に手渡した。

砂永は礼を言って受け取ると、包装を丁寧にはがしながら苦笑した。

「困ったもんだよなあ。稲本に入ってきたひとが最初に出くわすのは花谷さんなんだよ。なのに、ここの品格をひとりで下げてくれちゃってさ」

「そんなこと言うなら次からは生まれたままの姿で客人を出迎えるぞ。でもって、ここから先、衣類の着用は禁止だと脅してやる」

「ああいえばこう言う。長生きするよ」

「ああ、してやる。めったにはくたばらないから、そう思え」

女性陣が大笑いした。上がりきっていた血圧がようやく正常値に戻った気がして、わたしは切り出した。

「それじゃ皆さん、こちらにお住まいなんですね」

全員が答えかけたのをさえぎって、花谷が言った。

「そう。別荘地と言ったところで、退職して、亭主に死に別れて、子どもに迷惑かけたくなくてといろいろだが、いま、ここにいるのはローンを払い終えて定住している連中ばっかりだ。わずかな年金から管理費をとられてはいるがね。それなのにここんとこ、管理費は全然還元されておらん。けしからん話だ。だからケアマネにヘルパーを頼んだのに、ヘルパー会社が忙しくて契約できないと言いよった。こっちにはヘルプしてもらう権利がある。だろ？　今日こそ来てくれたのかと思ったのに」

花谷の恨みがましい目つきを無視して訊いた。

「管理費って誰に払っているんですか」

「もちろん〈有限会社稲本高級別荘地管理〉にだよ。金は毎月きっちり引き落とされとるはずだ。冬の間は近所のＡＴＭに行くのも難儀だから、確かめたわけじゃないがね」

七十代女性ふたりがこもごも言った。

「稲本さんがこの管理棟に住み込んで、別荘地全般の管理をしてくださってるんですよ」

「ほぼひとりでなさるから、隅々まで行き届くわけにはいきませんけどね」

「プロパンガスや不凍液の手配とか、草むしりとか壊れた道の補修とか、たいていのことはやってくださいます。重機も使えて、砂利も運んできて駐車場や私道を整備するし、土木工事もお手の物なんですよ」

「ご自分では難しい場合は大工さんを紹介してくれたり、村の補助が下りるように役場と交渉してくれたり」

「玄関脇にキイロスズメバチが巣を作ったときには、すぐ駆除業者を呼んでくれたし」

「働き者だよ、彼は」

口をそろえて褒め称える様子が、なんだか不自然に思えた。

「稲本さん、というのは稲本賀津彦さんのことですよね」

賀津彦の妻・和子を訪ねてきた東京の専門書店の人間だと自己紹介し、〈MURDER BEAR BOOKSHOP〉の名刺を砂永に渡した。実は和子さんにお願いしたい原稿がありまして。富士河口湖町のマンションにうかがったら、しばらくお留守だそうでして。こちらに来ているのではとマンションの管理人さんに教えられたものですから。

住民たちは顔を見合わせた。砂永が当惑げに顎をかいた。

「管理人の奥さん……なら、しばらくはこっちには来てないです。たぶん。ていうか……なあ？」

「あの管理人、結婚してたんかね。生涯独身みたいなこと言ってたがなあ」

「奥さんの名前、ワコって言いました？」

染織家の片割れが赤い手でお茶碗を包みながら、首をかしげた。

「はい。平和の和に、子どもの子です。ふたりは一九七五年に入籍しています」

女性ふたりは額を寄せて、ヒソヒソと話し出した。

「あの看護師さんのことかしら」

「ワコちゃんって呼んでいるのは聞いたことがあるけど。ご夫婦だったの？」

わたしが意味をとらえかねているのに砂永が気づき、顎をかくのをやめて言った。

「ここにはワコちゃんと呼ばれている女性がよく稲本さんを訪ねてきて、仕事を手伝ってました。車を運転して買い物を届けてくれたこともあったし、料理を振る舞ってくれたことも。看護師だったとかで病気やケガの相談にものってくれた。ただ、自分は稲本さんに、従妹だと紹介されたんですが」

稲本賀津彦と和子は従兄妹だが籍を入れた夫婦でもあると強調したが、住民たちはまだ腑に落ちない様子だった。染織家ペアが言った。

「どっちも顔がおひな様みたいでよく似ていたし、兄妹みたいな雰囲気で、ご夫婦だとは思いませんでした」

「わたしたちがここに住むようになったのは原発事故の直後だから、もう十年以上ですけど、あの女性が泊まっていくことはなかったですよ。それだけじゃなくて……うまく言えませんけど、ご夫婦の遠慮の無さみたいなものを感じたことはないですね」

「まあ、夫婦仲なんてものは当人同士じゃないとわからないから」

砂永がまとめようとすると、染織家のどちらかが言った。

「そうかしら。砂永さんご夫婦だって別居してらっしゃるけど、たまに奥様がいらっしゃると、ご様子からご夫婦なんだなあとわかりますよ」

「うちのは遠慮なしにものを言いますからね。彫刻なんかくだらない道楽だとか、いつまで無駄遣いを続けるつもりなんだとか、さっさとここを引き払えとか」

砂永が苦笑いした。染織家が手を振って、

「でも、それでこそ家族じゃありませんか。でも稲本さんたちはどこか他人行儀で」

「皆さん、稲本さんたちとのお付き合いは長いんですか」

尋ねると、花谷がミルフィーユに手を伸ばしながら言った。

「うちがここを買ったのは最初の売り出しの頃だ。社長の弟が女房と一緒にプレハブ小屋に住んで、管理をしとったたっけ。弟夫婦に対する社長やその女房の態度はひどかったなあ。昔は長男が跡継ぎでえばってたもんだが、そんな時代を知ってるオレでも、実の弟にあんな汚れ仕事をさせるんかいとあきれたくらいだ」

「汚れ仕事、ですか」

「このあたりはくみ取り式だからね」

花谷はお菓子をぼそぼそ食べながら鼻にしわを寄せた。

「しかも冬は寒い。中味が凍ってタンクが破裂したらどうなるかアンタ、想像つくかい。それにプレハブで冬を越すのだってなあ。弟の女房も耐えきれずに出てったようで、気づいたらいなくなってたっけ。社長が死んで、わりにすぐその弟も死んで。第二期、第三期の別荘地をまとめて買う話もあったそうなんだが、社長の未亡人は亡き夫の夢の土地だからと絶対に売らず、引き継いで息子とここで暮らすようになったんだがね」

「現在われわれが暮らしているここは、この別荘地で第一期と呼ばれているエリアでしてね。最初に売り出されたのは一九六〇年代の初め頃ですか」

砂永が口をはさんだ。

「駐車場からさらに山の奥へ向かう道があったでしょう。奥のエリアも〈稲本高級別荘地〉が持っているんです。ここと同じように別荘を建てて分譲するつもりが社長が死んで、樹海に飲み込まれかけていたのを管理人さんが整地し始めたんですけどね」

「なぜです?」

「母親が施設に入って落ち着いたからじゃないかな」

花谷が口の周りをチョコレートでベトベトにしながら大口を開けて笑った。

「あのババア、奥への出入りは絶対に許さなかったからな。子どもがカブトムシ獲りに入っただけで、火がついたように怒り狂ってた。死んだ亭主がそれほど大事かね」

けどおばちゃんによれば、最近になってどこぞの開発業者が買いたがっているのに、社長の未亡人は頑として拒否しているという。それがその第二期、第三期の土地なのだろう。

その話を持ち出すと、砂永は顔色を変えた。

「そんな話、どうして知ってるんです？」

「和子さんのマンションの管理人さんから聞きました。和子さんが愚痴をこぼしてたって。違うんですか」

花谷が菓子クズを手からはたき落としながら、へっ、と鼻を鳴らした。

「違うもんか。その通りだよ」

去年の秋頃、〈WHリゾート開発〉という会社から稲本賀津彦に連絡がきた。ぜひ奥の土地を譲って欲しいというのである。産業廃棄物処理場やアヤシげな宗教の聖地にされても困るし、地主本人は施設にいる。そう断ったら〈WHリゾート開発〉は土地購入の動機をしぶしぶ明かしたそうだ。

数年前から総務省が推し進めている少子高齢化問題解消のための〈介護と学園地区構想〉、通称〈シルバーブルー・プロジェクト〉略してSBPというものがある。全国各地に特区を指定し介護施設と学園を中心に生活圏を整備、サステナブルなエリアに仕上げようというもので、地方への人口分散や災害復興にも役立つ。素案はメディアに取り上げられて話題になったのだが、その先駆的な実験施設を全国に展開する計画があり、奥の土地を候補地にどうかというのである。

　そういえば例の食事会でそんな話聞いたな、と思いつつわたしは訊いた。

「ホントの話なんですか、それ。こんな山奥に？」

「アンタも言いたいこと言うね」

　花谷は鼻を鳴らした。

「確かに山奥だが、富士山が真正面に見えて絶景だし、値段も安い。おまけにここ」花谷は足下を指差した。「までは、電気も水道も道路も通っている。先週だったか投資家が大勢下見に来て、みんな満足してたって言うしな。そうなんだろ、砂永さんよ」

「この別荘地はご覧の通りの寂《さび》れっぷりですからね」

　砂永は苦笑した。

「古い別荘地ですから、放置されたままになっている家がけっこうあるんです。山の中だから廃屋になるのも早い。逆に持ち主面《づら》した赤の他人が住みついた、なんてこともあった。几帳面な管理人さんは空き家の持ち主を探しあて、働きかけて、解体したり売りに出したり……空き地もあったでしょう。あれはその跡なんです」

　空き家の所有者を調べるといっても個人では限界もある。自治体が調べてさえ、らちがあかないから社会問題化しているのだ。

「駐車場の近くに粗大ゴミが投げ捨てられてたでしょう。ゴミを捨てに来た人間をつかまえて問いただしたら、とっくの昔に廃村なんだからいいじゃないかと開き直られたそうで。管理人さん、このままじゃよくないってずいぶん心配していたわけですよ」

「何年か前に、このあたり一帯が落雷で停電しちゃったんですけど、下はその日のうちに直してもらえたのに、稲本だけは復旧に四日かかりました」

染織家のひとりが言った。住民が少なかったせいか、後回しにされたのだそうだ。

奥のエリアが開発されれば大勢が出入りするようになり、道も整備され不法投棄もなくなる。湖畔までマイクロバスを運行するとか、敷地内にコンビニや飲食店を出す話もあるし、その場合は別荘地の住民も利用できる、と先方が言ったそうで、

「人口が増えれば、災害時にも迅速に対応してもらえる。それに、いまは空き家のままほったらかしている第一期エリアの持ち主たちも考えを変えて、建物の売却や相続に積極的になってくれるかもしれない。稲本さん、そう力説してましたよ」

「早い話、奥が売れればわれわれにも恩恵があるわけだ」

花谷が指をなめながら割り込んだ。

「介護施設ができれば、オレらだってデイサービスの利用ができる。うちのボロ別荘と引き換えに施設に入居だってできるかもしれない。われわれも投資できるみたいだしな。なのにババアが自分の目の黒いうちは絶対に売らないと言い張ってさ。それで管理人は母親を、家庭裁判所の、なんとかほれ、ボケたババアの後ろ盾っつーか」

「……成年後見人ですか」

「それそれ。そいつになろうとしたんだが、うまくいかなくてな。日頃はなんもかんも忘れたようなこと言ってるくせに、認知症のシンケイ、シンええ、その」

「……神経心理学的検査ですか」

「それそれ。三十点満点で二十七点たたき出したって、管理人苦笑いしてたっけ。この点数じゃ申し立てをしても家裁で却下されるって医者に言われたそうだ。そんなわけで母親の土地は売れないまま、アレを買ってこい、病院に連れて行けとババアにこき使われてたんだ。考えてみれば、オレがここを買ってからこっち半世紀以上、管理人は母親の尻に敷かれてたことになるね」

稲本賀津彦の母親を盛大にこき下ろすと、花谷は椅子に座り直した。

「それじゃあ賀津彦さんは一度もここを離れないままですか」

「ここは別荘だからね。オレもずっと住んでたわけじゃなし、管理人を見張ってたわけでもないから。でもまあ、結婚してたってのはまったくの初耳だね」

「子どもがいたよ」

急にシゲさんが叫び声をあげた。その場にいた全員が飛び上がったが、それきりシゲさんはどこか遠くを見つめたまま、動かなくなった。どんな子どもか、尋ねても答えない。砂永が苦笑した。

「昔のことはわりによく覚えているんですけどね。だから水を向けると長いことしゃべってますが、今日は調子が悪いのかな」

「シゲさんってお一人暮らしなんですか」

「身の回りのことはたいてい自分でこなしてますよ。もともとシゲさんは子だくさんで、ここでの暮らしも長いんです。ご主人が亡くなったあと、近所に住んでいるお子さんたちが代わる代わるやってきて買い物に連れて行ったりしているんですが。実はシゲさんのこともあって、稲本さんのこと警察に相談しようかどうしようかと話し合っていたところでして。お子さんの連絡先は稲本さんしか知らないものだから」

わたしはその場にいる全員の顔を眺め回した。要するに、ということは、まさか、

「和子さんだけではなく、賀津彦さんもここにはいないということでしょうか」

砂永は気まずそうにうつむいたが、やがて不承不承《ふしょうぶしょう》口を開いた。

「先月、稲本さん、自分の軽トラに乗ってでかけていったんです。大月の施設に入っている母親の見舞いと言ってたんですが」

「それっきりですか」

「……そう、だと思います」

それを早く言いなさいよ。

わたしの顔色に気づいたらしく、砂永が慌てて説明を始めた。

最初のうち、管理人の不在には誰も気づかなかった。稲本賀津彦は別荘管理にはいつでも応じてくれたが、他の住民となれ合おうとせず、個人的な話はほとんどしたことが

ない。彼の私室に入ったことのある住民もいない。というより、用がなければ誰も訪ねない。

「だけど先月の三十日に従妹……と思い込んでいたわけだけど、和子さんがやってきて、稲本がどこに行ったのか知らないか、しばらく電話もつながらないんだけどと。そう訊かれてはじめて、そういえばここんとこ見てないなと気づいたわけで」

住民たちが記憶を寄せ集め、賀津彦がでかけたのはそれより十日前の、春分の日の前日の二十日だとわかった。

「賀津彦さんがいなくなったのは三月二十日。これは間違いないんですか」

「はい」

砂永がうなずき、花谷が言った。

「砂永さんは数字を覚えるのが得意でね。だから間違いない」

そこで賀津彦のケータイに何度もかけたがつながらない。話を聞いた和子が大月の施設に電話したが、賀津彦は二十日の午後に紙おむつを届けに来て、秣桶の犬こと母親の稲本カナと面会したのが最後だと言われた――和子は住民たちにそう伝えた。

「それで、和子さんはどうしたんです？」

「ここで待ってもしかたないですからね。連絡が取れたらすぐに知らせますって、帰っていきました」

ところが彼女のほうもそれっきりとなった。何度か電話をいれたがつながらず、賀津彦も戻らない。ひょっとして賀津彦はコロナにでも感染して入院しているのかも、和子がそれを知らせてこないのはなにか事情があるのかも、だとしたら通報などして騒いだら賀津彦に迷惑がかかると考えた、と砂永は言い、住民たちはそれぞれうなずいた。

稲本賀津彦がいなくなって約二十日、和子と連絡がとれなくなって約十日。空気のきれいな場所で、富士山を間近にしながら暮らしていると、ここまで浮世離れしてしまうのか。わたしはあきれたが、それどころではない。

「早く通報したほうがいいですよ。警察も個人情報を簡単にはもらしません。高熱で人事不省になって、身元不明で入院でもしてたら大変じゃないですか」

「アンタ、ずっと東京?」

花谷が二個目のミルフィーユの包み紙をむきながらわたしに言った。

「は? はあ。といっても多摩の生まれ育ちですが」

「そうかい。あのなあ、二十一世紀に入ってからは都心やその近隣では珍しいのかもしれないけどね、このあたりじゃまだ土建屋や不動産屋と警察はツーカーの仲なんだよ。あ、久しぶりに使ったな。ツーカー。わかるかい」

こっちも久々に聞いた言葉だが、つまり、

「警察に知らせたら〈WHリゾート開発〉にもすぐに伝わるってことですね。それが?」

「それがってアンタ。わかんないかな。土地取引のためにはやらなきゃならんことが多すぎる。土地の測量、名義変更、建物を建てるとなったら整地も必要だ。そもそもババアはあと十年くらいけろっと生きていそうだしな。モタモタしているうちにプロジェクトをよその土地にとられたらどうするよ。すべて木阿弥だよ、違うかい」

花谷はもったいぶって言葉を切ったが、だからどうした。

「うかがいますけど、奥の土地のことはすべて賀津彦さんが交渉してたんですよね」

「そうだが」

「二十日も賀津彦さんと連絡が取れないのに、WHはなにも言ってこないんですか。先週には投資家が下見に来たんですよね」

住民たちがハッとしたように顔を見合わせた。言ってきてないんかい。

「だったらいいじゃないですか。警察が熱心に捜してくれるとも思えませんが、通報はしておかないと。なにかあったときに皆さんに迷惑がかかるんじゃないですか」

一同を見回した。砂永が大きく息をついた。

「確かにそろそろ限界ではあります。ただ、赤の他人が通報するのは、やっぱりねえ。騒ぎを起こして稲本さんのご迷惑になるのは、われわれにはちょっと」

彼らは期待するようにこちらを見た。おいおい。冗談じゃないぞ。

「わたしが探しているのは和子さんで、賀津彦さんの顔も知らないんですよ」

釘をさした。染織家のひとりが赤い手をあげた。

「写真ならありますよ。今年のお正月にみんなで撮ったのが」

データを送ってもらって見た。染織家ふたり、シゲさん、花谷、砂永他数人がこの集会所の前に並んでいた。彼らから少し離れたところに男が立っていて、これが管理人の稲本賀津彦だと染織家は言った。

賀津彦はジーンズに編み込みセーターを着て、革のカウボーイハットをあみだにかぶっていた。両方の親指がベルトにかかっていて、ベルト飾りとおそろいのターコイズのシルバーリングを右手の中指にしていた。肩周りはガッチリし日に焼けてよく似合っているが、切れ長の目や卵形の顔立ちは和子と似ておひなさま風だ。

「この写真を持って警察に行ってください。これなら資料になりますから」

そう言ったのを砂永は無視してわたしに言った。

「あなたが和子さんを見つけてくれたら、彼女に通報してもらえますよね」

「いつ見つかるかわからない和子さんを待つんですか」

「いや、でも、もうちょっと調べてからでも遅くはないかと」

「調べるってなにを」

「例えば、管理人さんが最後に行った大月の施設にもう一度話を聞いてみるとか」

「なんて施設なんです、そこ。連絡先は？」

「それは……わからないけど」

わたしは立ち上がった。

「だったら稲本さんの部屋を調べてみましょう。この奥なんですよね」

立ち上がって奥へ進むと、砂永は無言でついてきた。砂永も賀津彦の部屋を調べたかったのだろう。ただ実行する踏ん切りがつかなかったのだ。あるいは責任を負いたくなかかったか。

集会所の土間の奥に沓《くつ》脱ぎ石とガラス戸があった。ガラス戸を開いた。廊下があり、その向こうに変色したふすまがあった。

失礼しますと声に出しながら靴を脱いであがり、ふすまを開けた。開けっぱなしの押し入れと乱れたコタツが現れた。床の上は足を置く場所がないほど散らかっている。

真正面に仏壇があった。鴨居に遺影が並んでいた。

遺影の列の中央から、稲本亜紀がふっくらした丸顔でこちらに笑いかけてきた。

11

有料老人ホーム〈大月萬亀園《まんきえん》〉は大月市の中央近く、桂川と笹子川の間にできた三角州にあった。〈稲本高級別荘地〉からは車で三十五分ほど。市営住宅や税務署、消防署、焼き場もあるエリアの一角だ。

土曜日だから面会も多いのか、施設の駐車場はほぼ埋まっていたが、来客用スペースがひとつ、かろうじて空いていた。代車を入れ、エンジンを切った。証券取引等監視委員会について、くどくど話していたカーラジオのニュースも同時に消え、静かになった。

ブロック塀との隙間から這い出すようにして降りた。

大月の施設に話を聞きたいと言っていた砂永だが、では一緒に行きましょうと誘っても、車を修理に出していて、としぶり、結局ついてこなかった。賀津彦の部屋で雪崩をおこしていた書類をひっくり返してアドレス帳を見つけ出し、〈大月萬亀園〉を割り出したのも、パソコンをつけてみたのも——中味はみられなかったが——、わたしがひとりでやったのだ。砂永は戸口に突っ立ったまま、あんまり他人の部屋をかき回さないほうがいいですよ、と言うだけで指一本動かさなかった。

別荘地を去るときに砂永は「なにかわかったらぜひ知らせてください」と言い、連絡先を教えてよこしたが、こちらは警察に通報しろと繰り返すにとどめておいた。誰にせよ、わたしからタダで情報を得られると思ったら大間違いだ。

あらためて〈大月萬亀園〉の建物を正面から眺めた。外壁にひびが入り、全体に黒ずんで、車止めもスロープも波打つように歪んでいた。埃をかぶったインターフォンを押して用件を伝えると、強化ガラス戸の入口脇にスタッフが来て、暗証番号を打ち込み、開錠した。戸を開けた途端に老婆が走り寄ってきて、外へ飛び出しかけた。慣れた様子のスタッフに阻止されると、老婆はわたしをひたと見つめてなにやらつぶやき始めた。

受付に行き、手首を差し出して熱をはかってもらい、面会簿に日時、氏名、住所、連絡先、車のナンバー等を記帳した。面会予約はしていないというと〈カトウ〉という名札のスタッフは眉根を寄せたが、面会相手が稲本カナだと告げたとたん、手のひらを返した。

稲本カナは二日前、車椅子からベッドに移ろうとして床に尻餅をついた。そのときはけろりとしていたが、けさから腰の痛みを訴えているのだという。ホームには内科病院が併設されているし、眼科医や歯科医の訪問診療もあるが、

「整形外科となると提携している〈花咲東病院〉で診てもらうしかないし、その場合どなたかに付き添っていただかないと。今日の午後二時に予約を入れたんですが、息子さんに連絡がつかなくて困ってたんですよ」

染織家にもらった写真の賀津彦を拡大して見せた。〈カトウ〉は早口に、ええ、このひと、カナさんの息子さん、と言って続けた。

「あの几帳面なひとが電話を折り返してこないなんて不思議ですよね。登録してあった別の緊急連絡先にもかけてみたんですが、こっちもお出にならなくて」

その緊急連絡先とは姪かと尋ねるあいまに電話が鳴った。カトウは忙しそうに応対し始めた。わたしは受付に寄りかかってあたりを見回した。パステルカラーのエプロンを身につけたスタッフが早足で廊下を行き交っていた。車椅子を押す若い男性スタッフをうっとり見上げ、隙あらば手を握ろうとしているおばあさん。高齢者たちがテレビを眺め、新聞を読みながら、わたしを盗み見ている。

さりげなく面会簿をのぞくつもりが、これでは難しい。カンゲン先生が暮らす〈グランローズ・ハイライフ馬事公苑〉と、この〈大月萬亀園〉とでは設備にこそ雲泥の差があるが、入所者の仏頂面は似たようなもの。みんな退屈しているのだ。

ですよね」

「お待たせしました。そうですね、緊急連絡先は稲本カズコさんになってます。姪の方ですよね」

通話を終え、出してきたファイルをめくる〈カトウ〉に、わたしは言った。

「それカズコではなくワコと読むんですよ」

「そうですか。そういえばちょっと前にいらしたとき、そう言われたかな」

カトウはつぶやき、わたしは前のめりになった。

「稲本和子さんがこちらに来たんですか。ちょっと前っていつのことでしょう」

「十日くらい前だと思いますけど、えーと。お待ちくださいね」

面会簿を手前に引き寄せ、メガネをかけかえて、カトウは頁をめくった。

「あった。稲本和子、三月三十日十一時二分とあります。この方も予約なしで来られたんですけど……そういえばそのとき、賀津彦さんと連絡がつかなくて困っていると言ってましたっけ。カナさんには会わずにお帰りになったので、和子さんも賀津彦さんを探しに見えたのかもしれませんね」

では、和子は〈稲本高級別荘地〉に出向いた直後にここを訪れたのだ。そしてそれ以降、消息不明ということだ。わざわざ大月までやってきたのに、すでに判明している事実の裏がとれただけか。わたしは内心ガックリしながらカトウに尋ねた。

「そのとき和子さんはどうやって来たんでしょうか。車で?」

「さあ。面会簿には車のナンバーの記載はありませんけど」

彼女は電車で来たのだろうか。富士急行に乗れば、河口湖駅から大月駅までは一時間弱。大月駅からここまでは徒歩で二十分前後だろう。河口湖から自転車で来たとも思えないし、タクシーでは高くつく。

「そういえば以前も和子さんに、カナさんを病院に連れて行ってと頼んだら、運転免許を返納したからと断られましたっけ。送迎車は出すと付け加えたのに聞こえないふりもされました。和子さん、カナさんには会いたくないみたい。届けものも毎回受付において帰っちゃうんです。気持ちはわかりますけど」

カトウは肩をすくめて小声で笑った。

「カナさんってそんなに強烈なんですか」

「私たちスタッフには優しいところもありますけど、息子さんには手厳しいですね。多いですよ、そういう方。やっぱり身内には甘えが出ちゃうんでしょう。あーと、それですね」

カトウは面会簿を眺めて事務的な口調になった。

「失礼ですが、葉村晶さんは、カナさんのお身内なんですよね」

「いえ、わたしは」

稲本和子さんを探している出版社の、と切り出す前に、カトウは言葉を継いだ。

「お身内でなければ面会はご遠慮いただきたいのです。ご予約いただいていても、お身内の許可がなければ入所者さんには会わせられない決まりでして」

「ですよね。突然にすみませんでした」

では、ときびすを返すつもりが、カトウはこちらに目をすえたまま喋り続けた。

「ホーム内に感染症を持ち込まれては困るのでひとの出入りは厳しくしているんですが、東京からいらしたのに門前払いも申し訳ない。考えたんですけど、たとえば葉村さんがカナさんの通院に付き添ってくださるのはいかがでしょう。それならホームへの出入りにも面会にもならないから、こちらとしても認められます」

いやいやいや。わたしは思わず大きく手を振った。和子の行方を捜すのに、カナに会ってもしかたがない。おまけに病院の付き添いってなんだ。冗談ではない。

「規則は規則なんですから。そんな、特別扱いしていただくわけには」

「いいんですよ。葉村さんは熱もないし、カナさんはお正月にコロナに感染しちゃってますから。施設長にはあとで私のほうから言っておきますが、和子さんの遠縁なんだしイヤとはいわないでしょう」

「いえ、わたしは」

カトウは人差し指を立てて唇に当てて、小さく首を振った。

「四、五百年ほど遡れば誰しもつながってるっていうし、葉村さんとカナさんも遠縁みたいなもんでしょ。うちも人手不足でして、カナさんにスタッフを持って行かれるのも厳しいんです。葉村さんに付き添いをお願いできればこちらとしてもありがたい。病院なら待ち時間がたっぷりありますからゆっくりお話しできますよ。ね?」

カトウは鳩に似た丸い目をゆっくりウインクさせた。わたしは声を絞り出した。

「いえっ、そんなずうずうしいことをお願いするわけにはいきません。いえホントに。ホントにそんなこと、ありえませんって」


車椅子用の送迎車に同乗し、〈花咲東病院〉から〈大月萬亀園〉まで戻った。時刻は四時をすぎていた。わたしは疲労困憊し、目の前が暗くなりかけていた。

総合病院の待ち時間は長いと覚悟していたが、こうまで時間がかかったのは、ひとえに稲本カナの性格による。受付で氏名と生年月日を問われれば、

「そこに書いてあるだろ。アンタ、いい歳して字も読めないのかい」

受付が、口頭でも答えなければうちでは診られませんよ、と言うと、

「女性の年齢を知りたがるような病院、こっちから願い下げだよ」

レントゲン科でも整形外科でも聞かれたことにいちいち逆らい、反論し、相手をなじり、「痛い。アタシを殺す気だ」とわめきちらす。やむなくあちこちで頭をさげ、カナをたしなめたが、初対面の「遠縁」の言うことなど聞くわけがない。それどころか、カナはときどきわたしを指差し、

「コイツ詐欺師だ。アタシを殺して土地を奪う気だ。助けて。リョウちゃん、リョウちゃんはどこ」

などと誰彼かまわず訴えていた。

骨に異常がないとわかって湿布の処方箋をもらい、診察を終えて帰りの送迎車を待つ間も、カナの大声はいっこうにやまなかった。御年九十七、小さく縮み、車椅子を押してもらわなければ移動もままならないのに、彼女は疲れを知らなかった。延々と同じペースで責められ続けて、さすがに嫌気がさしてきた。

カナの気を変えようと、車椅子を押して病院内の売店に行った。売店に入るとカナは目をギラギラと輝かせ、菓子の商品名を連呼し始めた。一袋買って渡すと、器用に袋を破ってガツガツ食べ始め、ようやく静かになった。

待合室に戻った。無音の大画面テレビがあって、こんな時間なのにニュースを流していた。中継がつながっていて、どこかの施設の前の道ばたから記者がスマホ片手にレポートしていた。音声は切れているからニュースの中味はわからない。まるで大隕石が地球にぶつかることになったと伝えているような興奮ぶりだが、年の瀬には忘れきっている程度の事件でも彼らはたいそうな熱量で報道する。わたしはあくびをかみ殺した。

「アンタ、和子の知り合いかい」

不意に腕をつつかれて振り向くと、カナが汚れた指をなめながら下卑《げび》た笑顔で話しかけてきた。さっきまでの敵意が消え、共犯者のような目つきになっている。

「ええ。まあ」

「気をつけなよ。アレは嘘つきなアバズレだよ。母親そっくり。涙流して嘘ばっか垂れ流してさ。女なら騙《だま》されやしないけど、男はバカだからね。ころっとやられる」

カナはわたしの腕をグイグイつついた。

「あの女はね、両親が世話になっておきながら、自分だけ都会に出て音沙汰なしさ。それで戻ってきたときには腹ぼてでさ。見下してた息子にすり寄って、まんまと籍を入れやがった。まったく、誰のせいで賀津彦の人生台無しになったと思ってんだい。ひとをバカにして。利用するだけ利用して。自分だけいい目を見やがって」

どういう意味か尋ねたが、カナは空になったお菓子袋を放り捨てるのと同時にわたしに興味を失い、そんなことよりリョウちゃんはどこ、とがなりたて、施設に戻る間中、車椅子の上でいびきをかいていた。

送迎車から降ろされ、茶髪に眉ピアス、スタッフのエプロンがまったく似合っていない〈リョウちゃん〉に押されていく稲本カナを見送っていると、カトウが話しかけてきた。

「お疲れ様でした。ゆっくりお話しできましたか」

「全然。わたしのことは詐欺師扱いで、リョウちゃんに助けを求めてましたよ」

「あら。カナさんはホヅミくんがお気に入りだから、彼に付き添ってほしかったのかしら。彼、女性陣に大人気なんですよ。養子にしたいなんて申し出も珍しくないんです」

「稲本カナさんも？」

カトウは無言で目を細め、否定しなかった。

「彼、もうじきここやめるんですよ。必死にひきとめて、今月いっぱいはいてくれることになったんだけど。いなくなったら大騒ぎでしょうね。それにしても、詐欺師呼ばわりはずいぶんですね。カナさんは赤ちゃんにするみたいに話しかけられたり、わかりきったことを繰り返されると辛辣になりますけど……あ、そうだ」

マスクがずり落ちて、あらわになったカトウの鼻に皺が寄った。

「こないだ、事件があったんです。賀津彦さんが見えたら話そうと思ってたんだけど」

「はあ」

気のない相づちを打ったが、カトウは気にせずに、

「うちの入所者さんに高橋《たかはし》さんって方がいらっしゃるんです」

カトウの視線の先に〈一〇五　高橋公一郎《こういちろう》〉と大きな名札のついた個室があった。扉が開け放たれ、本人とおぼしき老人がベッドに横たわっているのがのぞけた。両手の指を広げ、体の横に突き出しているのが酸性雨に立ち枯れた白樺の枝のようだ。

「甥と名乗る男性が高橋さんを訪ねてみえたんで、お部屋にふたりきりにしてしばらくしたら、二階のカナさんの部屋から大声が聞こえてきましてね。なにごとかと思ったら、その甥がカナさんの部屋に入り込んでいたんですよ」

「無断で？」

「だけどスタッフがとがめても、甥は知り合いだからとカナさんの部屋に居座っているし、カナさんは興奮してコイツ、アタシを殺す気だとわめくし」

「どんな男だったんです？」

「古いスーツを着てメガネをかけた強面《こわもて》のひとでした。その日は男性スタッフが出払ってたし、怖くって警察を呼ぼうかと思ったくらい。あとで高橋さんの息子さんに抗議しましたが、聞く耳持たないっていうか。その息子さん、自己中心的なひとなんです」

話すうちにカトウの愚痴は止まらなくなった。

「そもそも、うちは最初、公一郎さんの受け入れをお断りしたんですよ。なのに直接ご本人を運び込んできて、いいから面倒見てくれ、稲本から母親がここで気持ちよく過ごしているって聞いたんだ、金は払うから文句ないだろ、なんてゴリ押しですよ。結局お預かりすることになりましたけど、書類をお願いしてもほったらかしだし、病院の付き添いも断るし。賀津彦さんとは大違い。あちらはマメで、スタッフにも丁寧なんですから」

「それ、いつの話です？　高橋さんの甥がきた日のことですけど」

「先週の土曜だったか日曜だったか……とにかくエイプリルフールの頃ですよ。その騒ぎから数日たって、高橋さんの息子さんから電話がきましてね。高橋さんの甥はその日は出張で東京に行っていた、だからその訪ねてきた男は高橋さんの甥じゃない。身元調べもせずに誰だかわからない人間を親父に会わせたな、と怒られちゃって」

カトウは長いため息をついた。

「そのニセ甥、面会簿にもデタラメを書いてたんですか」

責められたと思ったのか、カトウは顔をしかめた。

「そいつ、面会簿に高橋三郎って書いたんですよ。本当の甥は高橋ハジメっていうそうですけど、我々そんなこと知るはずないですもん」

カトウは面会簿を広げて見せてくれた。わざと筆跡を変えたらしい奇妙な文字で、山梨の住所、ケータイの番号、車のナンバー欄には練馬ナンバーが書かれていた。カトウの目の前でためらいもなく書いたそうで、まさかニセモノだなんて思わないじゃないですか、とカトウは唇を尖らせた。

高橋公一郎の名札は施設に足を踏み入れたとたんに目に入る。ベッド上の本人を見ればかなりの老齢だとわかる。ホームに入り込むために、あのじいさんの甥ってことにして高橋三郎と名乗ろう、くらいのことはすぐに思いつく。

嘘つきのわたしはそう考えたが、カトウは真顔で、もしかしたら高橋さんの息子さんとニセ甥、実はグルで四月バカのイタズラだったのかも、などと呟いていた。身分を偽った人間が入所者の部屋に潜り込んだのは、イタズラで片づく話とも思えないが。

「それで、カナさんは大丈夫だったんですか。なにか盗まれていたとか、そういうことは」

「うちでは貴重品の持ち込みが禁止されていますので、金目のものなどありませんし、部屋からなくなっているものはありませんでした」

現金や貴金属類などはしばしば、なくなったの盗まれたの盗《と》ったのはアイツだのと騒ぎのもとになるため、すべて事務局の金庫で預かっているのだという。

「ホントは賀津彦さんが管理すべきなんですけど、カナさんが息子に盗まれるからとイヤがるので通帳や実印もこちらでお預かりし、封筒に入れてご本人の拇印で封印してあります。ただ、カナさんが大切なものをこっそり持ち込んでいたかもしれませんが」

入所者の私物をあさるわけにもいきませんからね、とカトウは苦笑した。以前、入所者が拝んでいた仏像が純金と判明したが、線香にいぶされてそうは見えなかったそうだ。

ニセの甥の映像はないのか聞いてみたが、カトウは言葉を濁した。高橋さんの息子にいちゃもんをつけられた直後だし、四月バカで片づけて終わりにしたいらしい。少し粘ったが、カトウの態度は変わらなかった。不審がられる前に切り上げることにした。

「なんだか世の中、油断も隙もありませんね。気をつけないと。それじゃ、わたしはこれで。……あ、そうだ。預かっていた稲本カナさんの保険証とお薬手帳、処方箋をお渡しししておきます。領収書はこれ。立て替えておいた診察代の精算を……」

「ああ、うちではお支払いできないんですよ」

カトウはケロリと言った。

「……はい?」

「通院もお身内に付き添っていただいた場合、費用はお身内が支払うきまりになってます。賀津彦さんに請求してください」

稲本カナの診察料は二千五百八十円。たいした金額ではなかったが、賀津彦か和子が見つかるまで戻ってこないことになる。

ますます目の前が暗くなるのを感じながら〈大月萬亀園〉を出た。監視カメラをにらみつけながら、〈東都総合リサーチ〉の桜井にニセ甥が記した練馬ナンバーを送った。ブロック塀との狭い隙間に体をねじこむようにして、なんとか代車に乗り込んだ。これまでの人生で、家族とも友人とも金とも疎遠になった。わたしを見捨てずついてきてくれるのは、いまや下っ腹とお尻の脂肪だけだ、とあらためて思い知った。

運転席に座ったことで、ヘトヘトだとあらためて実感した。たんこぶは存在を主張、昨日うったお尻も鈍く痛む。二の腕の重だるさはかなりマシになったが、歯茎にできた口内炎は薬を塗っても引っ込まず、膨れたままうずいている。なによりエネルギーが切れている。

ぬるくなってしまった水筒のコーヒーを飲み干し、リュックをかきまわして板チョコを見つけ出した。おそらくコロナ禍の始まる前からここに入っていたのだろう、チョコは白くなり変形していたが、我慢できずにむさぼり食べた。考えてみたら、今日はお昼を食べていなかった。自分では意識していなかったが、三年ぶりの探偵仕事、それも遠出、なのになんの成果もあげられていないことに、いささか焦っていたのかもしれない。

成果がまったくなかったわけではない。冷え切った指先をこすりあわせながら、そう自分に言い聞かせた。賀津彦が三月二十日以降、和子が三月三十日以降、それから本日四月八日まで行方がわかっていないとはっきりした。ふたりともそれほど行動範囲が広くはないらしいのに、比較的親しい別荘地の住民やマンションの管理人、母親の施設のスタッフにも目撃されていないのだから、行方不明と言い切っていいだろう。

では、ふたりはどこにいったのか。

その手がかりを見つけられそうな場所は三つある。一つ目は〈稲本高級別荘地〉の管理棟奥、つまり稲本賀津彦の私室だ。さっきは砂永がいたから、なだれ落ちた紙の山からアドレス帳や〈大月萬亀園〉の書類を見つけ出すのが精一杯。アドレス帳の写真も撮れなかったし、仏壇の抽斗とか、押し入れやタンスのなかといった面白そうな場所をあさるわけにはいかなかったが、念入りに調べてみたかった。

二つ目は〈マニフィークパレ・フジヤマ〉の和子の部屋。こちらからも当然、なんらかの手がかりが見つかるはずだ。けどおばちゃんを説得し、なかに入れてもらえればの話だが。玄関は古き良きスタンダード錠がひとつだけだが、ピッキングはそう得意ではないうえに、この三年すっかりご無沙汰している。

三つ目は、ニセの甥だ。賀津彦と和子が行方不明になって後、カナの部屋に居座っていたのだ、無関係とは考えられない。コイツの正体、いまのところ見当もつかないが、車のナンバーから持ち主が判明すればたどり着けるかも。嘘つきはできるだけ真実を話し、かんじんなところだけをごまかす。そうやって嘘に信憑性《しんぴょうせい》を持たせるのだ。車のナンバーだけはホンモノを書き込んでおいた可能性もなくはない。

さて。では、これからどうするか。

時計を見た。まもなく五時だった。日の入りまでにはまだ一時間ほどある。

代車を運転して富士みちを戻った。途中でファミリーレストランに入り、うどんと天ぷら、炊き込みごはんのセットを食べた。今日は肉のはずだったのに、なんでまた炭水化物祭りをやってんだ、と自分にあきれたが、お盆の上のものを食べ尽くし、花粉症の薬を飲んでファミレスの駐車場でうたた寝をした。

スマホが充電でき、血糖値が落ち着いたところで、車を鳴沢にむかって走らせた。今日のお昼過ぎに東京で発生した立てこもり事件や、多摩川の河川敷で見つかった男性の他殺体について伝えるカーラジオを切り、無音で街を行った。フロントグラス越しの空は藍色につやめき、チェーン店の看板越しに富士山が見えた。帰宅ラッシュなのだろうか、道は混んでいた。富士急行線から富士見バイパスへ向かう道が富士みちと直角に交差していて、その交差点で何度も赤信号にぶつかった。

走りながら代車をどこに停めておこうかと考えた。賀津彦の部屋を調べるには忍び込むのが手っ取り早い。だが、〈稲本高級別荘地〉の入口に停めてはおけない。わたしが戻ってきたとバレてしまう。

別荘地へのぼる道の入口あたりに、三角形の空き地があった。その手前で古い街灯が点滅していて、その灯りで車のタイヤ跡が道にいく筋も残されているのが見えた。奥まで代車を進めていくと、うまい具合に車が外から見えにくくなるように樹と下草がもつれあっていた。

エンジンを切った。

吐く息が白かった。だが、動き出せばすぐに暑くなるだろう。この数年、真冬でも突然ものすごく暑くなり、汗が止まらなくなることがあった。噂に聞くホットフラッシュというヤツらしい。しばらくすると収まるので気にしていなかったが、不法侵入の最中に起こらないでいただきたいものだ。わたしはそれほど欲張りではない。尻痛と歯痛で十分だ。

上着を脱いで黒いトレーナーをかぶり、黒の軍手をはめ、マスクも黒に替えた。紺色のタオルを首に巻き、髪の毛を何度もとかしてから帽子に押し込んだ。ゾンビを殴りつけるのにもってこいの、警棒代わりにもなる重い懐中電灯を持っていくべきか考えたが、小さめのものにした。光量は十分で、ためしに車の周囲を照らしてみるとティッシュと吸い殻、使用済みのコンドームが浮かび上がった。

すでに暗いがまだ六時半だ。お行儀の悪い恋人たちのジャマをする前に戻らなくてはと思いながら、山道を徒歩で登った。別荘地に到着するだけで精根尽きるかもなと覚悟していたのだが、昼間は初めての道だったから距離があるように錯覚したのだろう。十五分ほど歩いただけで別荘地の駐車スペースにたどり着いた。

呼吸を整えて、駐車スペースを見回した。奥に進む道が見えた。几帳面だという賀津彦がきちんと整地をして砂利を撒いたらしく、白い道が暗闇に浮き上がって見える。

影のなかをひっそりと歩いて管理棟をめざした。

人の住む建物の雨戸の隙間から灯りとテレビの大音響が漏れ、イカの煮物、味噌汁、ごはんの炊ける匂いが漂ってきた。ふと空を見た。降るほどの星空が広がっていた。我を忘れて見上げていると、突然、花谷の家のドアが開いて、染織家が大きな声で「どういたしまして。それじゃおやすみなさい」と言いながら、お盆をかかげて道に出てきた。驚きのあまり歯を食いしばってしまったらしい。左上顎に衝撃が走った。頬に手を当て、痛みが治まるのを木の陰にうずくまって待った。

染織家は道を渡って自宅のドアを開け、中の人間となにやら話しながらドアを閉めた。おそらく染織家コンビが食事を作り、花谷やシゲさんに差し入れているのだ。そういった助けなしにこんな辺鄙な場所で高齢者が暮らしていくことはできない。心温まる光景だが、今日はもう全員家に引っ込んでいてほしい。

やがて痛みが落ち着いた。周囲の気配をうかがって這い出した。

砂永の家にも灯りがついていた。あの窓は台所だろう。クレンザーと中性洗剤のシルエットが曇りガラス越しに見える。ただ、ひとの気配は感じられない。出かけているのかもしれない。

いちばん奥の集会所まで一気に進んだ。ガラスの引き戸には金属の掛け金と輪がついていた。外から鍵をかけるときにはその輪に南京錠をかけ、中から鍵をかけるときには内側の掛け金をかけるシステムなのだろう。

南京錠は輪の外にぶらさがっていて、外からは施錠されていなかった。おそるおそる引き戸を引いた。内側の掛け金もかけられていなかった。ということは、なかに砂永がいる可能性もあるわけだ。

しばらく様子をうかがったが、なんの気配も感じなかった。意を決し、中に滑り込んだ。土間を奥まで一気に進み、靴を脱いでリュックにしまってあがり、奥の私室のふすまを少し開けてなかをのぞいた。

愕然《がくぜん》となった。

室内はきれいだった。きれいすぎた。昼間、足の踏み場もないほど散らかっていた床にものがない。コタツは整えられ開けっぱなしの押し入れの戸は閉められ、〈大月萬亀園〉の住所を調べたアドレス帳まで、すべてなくなっている。

部屋に滑り込んだ。コタツ布団をめくった。押し入れも開けた。湿っぽいふとんや丸めた衣類が入っているだけだ。仏壇には位牌と観音像、水や線香台がそのままの形で飾られていたが、抽斗はどこをみてもほとんど空。残されているのは線香やろうそく、マッチくらい。タンスに衣類はあったが、抽斗内は乱雑になっていて、敷き紙が半分めくられ、歪んだ折り目がついていた。誰かがこの部屋を物色し、必要なもの——賀津彦の個人資料——を持ち出したのだ。

コタツの天板にへたりこんだ。ようやく気がついた。

稲本賀津彦は「几帳面」。だが、昼間この部屋はお世辞にも片づいているとはいえない有様だった。つまり、すでに誰かに引っかき回されたあとだったのだ。そしてあのとき、砂永はそれに気づいたのではないだろうか。彼が部屋に入ろうとせず、持ち物にさわろうとしなかったのはそのせいだったのかも。

だからわたしが立ち去ったあと、残った住民たちで稲本賀津彦の紙資料を持ち出した――そうは考えられないか。よく解釈すれば、知り合いが留守の間、資料を一時どこかに保管しておくことにした。もしくは、家捜しされるほど貴重な品があったと考え、わたしを含む他の人間に見つからないように運び出した。それとも、そもそもこの部屋を荒らしたのは住民たちだったのかもしれない。

いずれにしても最初にこの部屋に入ったとき、それに気づいていたら、砂永の目など気にせずもっと紙資料を念入りに調べたのに。

畜生。

がらんとした稲本賀津彦の私室を稲本亜紀をはじめとする遺影たちが見下ろしていた。

12

朝の光とスマホの振動に起こされた。九時を過ぎていた。

桜井からメッセージが届いていた。〈大月萬亀園〉の面会簿に高橋三郎なる人物が書き込んだ車のナンバーの持ち主は、〈WHリゾート開発〉東京本社とあった。

一気に目が覚め、飛び起きた。とたんに歯と尻が痛み、わたしは布団に突っ伏した。

昨夜はあれから山道を駆け下り、代車に乗り込んで、十時前には吉祥寺に戻ってきた。

夜遅くなるにつれ風がさらに強くなっていて、鳴沢よりも寒く感じた。ドーナッツ屋の包み紙や紙コップが木っ葉や枝その他とともに風に舞っていた。村松さんちの塀沿いの老いた桜が揺れ、電線が風にあおられて今にもちぎれそうになっていた。

〈MURDER BEAR BOOKSHOP〉はまだ開いていた。常連客とターキッシュ・ディライトについて熱く語り合っていた土橋保がわたしに気づいて手を振り、土曜ということもあって千客万来だった、国書刊行会の『ソーンダイク博士短篇全集』三冊と、創元推理文庫の『短編ミステリの二百年』全六冊が売れた、と得意げに言い、女性が葉村さんを訪ねて来たよと付け加えた。

「誰です？」

「あ、名前聞くの忘れた。今日は仕事で出ているって言ったら、また来ますって」

監視カメラ映像を確認した。四十代だろうか。髪の毛を後ろで結び、黒っぽい色のスプリングコートをきっちりと着こんでメガネをかけ、マスクをつけていた。磯谷世奈かと思ったが、耳の形が違うし、世奈よりも大柄。新規依頼人だろうか。三年間のコロナ休業が終わって依頼殺到——だったらいいのだが。

久しぶりの店番が楽しかったらしく、明日も来るという土橋に店じまいをまかせ、部屋に戻った。まずはクライアントに報告をと、例の固定電話にかけたが、カンゲン先生は出なかった。盗聴されているかもしれないことを考えると、たびたび電話をかけて緊急性をアピールするのは考えものだ。明日の朝また連絡すると留守電に言い残し、風呂で温まり、鎮痛剤を飲んで眠った。収穫のない調査に疲れたようで、夢も見なかった。

だが、疲れが回復したわけではない。このうえギックリ腰になってはたまらない。だるい身体をゆっくり動かして、ベッドを下りた。お尻の痛みも歯茎の腫れも収まる気配はまったくないが、朝から進展があったのだ。稲本カナの部屋に潜り込んだニセ甥は、土地を買おうと申し出ていた〈WHリゾート開発〉名義の車に乗ってきた。少なくともそう申告していた。これが偶然であるはずがない。

WHには稲本カナに会う理由がある。賀津彦そっちのけでカナと直接取引をしようとしても不思議ではない。だが、他人の身分を使ってホームに潜り込むとはどうかしている。そんなことがバレたら土地の売買交渉自体が破綻しかねないのに。

考えにふけっていると、おなかがすいてきた。冷蔵庫に賞味期限切れの魚肉ソーセージが一本残っていた。左側で嚙まないように気をつけて食べながら、〈WHリゾート開発〉について検索した。四季折々の富士山と、オシャレな別荘の写真ばかりのホームページがあった。開発業者で不動産会社でもあるようだが、どこのマンションを手掛けましたとか、どこのプロジェクトに参加しました、といったような具体的な成功例についてはひとつも書かれていない。リゾート開発業者の紹介サイトにもきれいごとしかのっていないし、河口湖近隣のローカルサイトにもWHに関する書き込みは見当たらない。別荘をWH経由で買いました、という噂のひとつくらいあってもよさそうなものなのだが。

おまけに山梨県知事名の免許が出ているのに山梨の住所は出ておらず、かわってとてつもなく小さな文字で東京本社の住所が記載されていた。西新宿八丁目。ビル名は記されておらず、ただ四階とあった。場所をマップで確かめ、思わず目をむいた。

東日本大震災の頃まで、わたしはこの近くに事務所を構える〈長谷川探偵調査所〉と自由契約を結び、調査員として働いていた。問題のビルは〈西新宿八龍界《はちりゅうかい》ビルヂング〉。オーナーは本名をセンガなにがしといったか。白髪白髭爪を長く伸ばした、九〇年代の香港映画に出てきそうな姿で〈八龍界の仙人〉と呼ばれ、界隈での有名人だった。

この仙人、その五階建てのビルヂングの最上階に居をかまえていた。見た目に反して金に汚く、近所の飲食店にツケをため、ときに踏み倒し、ボディシャンプーの香りを強烈に漂わせながら朝帰りをしていた。聞くところによるとビルヂングの家賃は一年分現金前払が原則で、郵便受けの企業名はコロコロ変わった。たまに警察が踏み込んでいたが、がらんとしたオフィスに転送電話が置いてあるだけ、というのが毎度のことで、大家として事情を聞かれると仙人は急に耳が遠くなり、日本語が不自由になり、持病の発作を起こした。

そんなビルが連絡先だと？

ビルヂングの持ち主も変わったかもしれないと、八龍界ビルヂングで検索をかけたら仙人の画像がどっさり出てきた。若い女の子と指でハートを作る仙人ばかり見せられたが、ＷＨの話は出てこない。

ただある情報に引っかかった。仮名になっているが〈西新宿八龍界ビルヂング〉と思われる建物が、幽霊ビルとしてその方面のサイトに取り上げられていた。九〇年代の終わり頃、四階のオフィスで首を吊った男の幽霊が目撃されている、というのだ。

それで古い業界の噂を思い出した。バブル景気がはじけたころ、綿貫昶《わたぬきひさし》という悪徳探偵がいた。もと警察官で、その経歴を生かし、西新宿に探偵事務所を開いた。腕は悪くなかったが、世間に知られたくない秘密を持つ依頼人や対象者を金づるにした。その金で囲った愛人のひとりに包丁で刺され、命は助かったものの、これがキッカケで様々な悪事が表沙汰になって捜査が入り、逮捕の直前、オフィスで首を吊った。警察内部の人間が逮捕の情報を綿貫に流したのでは、と業界内でまことしやかに囁かれた。

ワタヌキヒサシ。WH。

偶然だろうか。

この手の話は桜井に聞くのが手っ取り早いのだが、メッセージで用件のみ送ってよこしたということは電話するヒマがないのだろう。鳴沢に行って砂永と話してもいいが、いまの手持ちの情報ではすっとぼけられたら終わりだ。カンゲン先生にもかけてみたが、けさも出なかった。

やれやれとベッドに倒れかけた瞬間、大変なことを思いだした。稲本亜紀は目黒の高級分譲マンションに住んでいた、と桜井は言っていた。亜紀が死んで半年。相続のタイムリミットは十ヶ月だからまだ余裕がある。いま、目黒のマンションはどうなっているのだろう。和子や賀津彦がそこにいる可能性はないのか。

あちこちに連絡し、現在その物件は目黒の不動産管理会社の管理下におかれていることが判明した。これまでに二度、母親が管理会社立ち会いの下、娘の私物を持ち出しているが、今年に入ってから人の出入りはないという。つまり、このセンも切れたわけだ。

八方塞がりを打開すべく、花粉症の薬を飲んで出かけることにした。

風呂の残り湯で顔を洗い、たんこぶが隠れる程度のベースメイクをしたところで、奥山香苗に買い物を頼まれていたのを思い出した。どうもこのところ、物忘れがひどい。

早くから開店しているスーパーに行き、買い物を届けた。玄関に出てきた香苗の足取りは前よりもしっかりしていたが、どこかうわの空で、わたしに気づいてはしゃぐクロを押しのけ、大友章子から電話がかかってくるのだと言った。病院に父を見舞ってくれとしつこいのだそうだ。今日もすでに三件の着信があったという。

「章子ちゃんがあそこまで意地になる理由はないから、私を呼べと竹市さんが騒いでいるんだと思うわ」

香苗は声を震わせた。

「病院もまだ一般のお見舞い客は受け入れてないですよ。娘だって病室には入れないんじゃないですか。香苗さんが竹市さんを見舞えるとは思えませんけど」

「私もそう言ったのよ。しまいには熱があると嘘までついたのに、とにかく来てくれ、の一点張りなの。どういうつもりかしら」

香苗は自分の肩を抱くようにした。

どういうつもりもなにも、香苗が病院に出向いたら事務局に連れて行かれ、入院費用はすべてこのひとが払いますので、などと宣言されてしまうに違いない。あるいは、窃盗についてては被害届を取り下げろと迫られるか。

そう説明する代わりに、いますぐ娘さんに相談した方がいい、とわたしは強く勧めた。北原瑛子なら大友親娘の意図にすぐ気づくだろう。断固とした態度をとれば、あちらも引っ込む。それでこの件は解決だ。買い物の手助けくらいなら探偵仕事の片手間でもなんとかなるが、親戚トラブルに巻き込まれる余力はない。

今日もこれから〈国分寺の叔父様〉の仕事で出かけますので、とすがるような香苗の視線を振り切って駅に急ぎ、中央線の各駅停車に乗り込んだ。日曜の午前中、電車は空いていた。ドアの近くに立ったまま歯茎にできた膨らみを舌で触れた。さわってても痛くはない。引っ込む気配もない。ビタミン剤も口内炎の薬もまったく効いていない。

大久保駅で下りて百人町の交差点から税務署通りを西へ進み、青梅街道へ向かって少し南下した。税理士事務所など中小のオフィスやコンビニが下層階に入り、上層階は住居、という雑居ビルが多いあたり、わたしが働いていた頃とさほど変わらないが、多くのビルが新しく建て替えられ、あるいは耐震補強の鉄骨にがっちり守られている。

だが、記憶を頼りにたどり着いた〈西新宿八龍界ビルヂング〉はあの頃よりも老いていた。外壁に浮き出たシミはますます黒ずみ、入口は傾き、階段に貼られたオレンジのプラスティックタイルは半分以上が欠けてなくなっている。おそらく仙人は、メンテナンスやファシリティという言葉など聞いたこともないのだろう。

一階に当時はなかったカレー屋が入っていた。窓や勝手口にインド更紗《サラサ》のカーテンがかかり、メニュー表が出ていた。クミンとシナモンの香りが漂ってくる。カレーに興味があるふりをしながら、階段脇の郵便受けをのぞきこんだ。

郵便受けに名札が入っているのは四階だけだった。〈WHリゾート開発〉の名刺が入れられ、ガムテープで上下が留めてあった。近寄って撮った。名刺の個人名はマジックで消してあった。用はたりるがずいぶん横着な名札だ。

光の加減でマジックの下の文字が読めた。〈高橋基〉となっていた。

タカハシ。下の名前はなんと読むのだろう。

立ち止まって考えていると、高級なアフターシェーブローションの香りを漂わせ、黒髪をオールバックにしたストライプスーツ姿の男が現れ、脇を通り過ぎていった。すれ違いざま強い視線を感じた。こういう場所は人の出入りが激しく、住民同士の結びつきも弱いが、だからこそみんな警戒をおこたらない。無関心のようで、意外と他人の動きをよく見ている。

素知らぬ顔で歩き出した。できれば仙人と話し、WHについての基本情報を得たいが、どうすれば会えるだろう。

ふと思い出した。この先になじみの店があった。雑居ビルの谷間の狭い路地を抜け、錆びついた階段をあがった二階の〈プドレンカ〉だ。マダムは記憶力がよく、界隈の情報通だ。

行ってみると店はまだあった。

ドアを開けた瞬間、コーヒーと焦げたケチャップとかすかなドブの臭いが鼻をつき、マドレーヌのように過去を甦らせた。ここによく来ていたのはまだ三十代の頃だ。ガツガツと調査に取り組んで、寝食を忘れた。空腹に気づくとカラスに破られた生ゴミの袋をまたぎながらやってきて、朝ご飯とも夜食ともつかない食事をとったものだ。

店内は暗かった。奥にカウンターがあって、背後の棚にはチェコ語でなにやら書かれた額と、マトリョーシカとポーランド陶器の壺と、洋酒のボトルが並んでいた。アクリル板で形ばかり隔てられたベルベットのソファ席が五つ、ほとんどすべての席が若い女性客でふさがっていた。全員オムライスと紫色のクリームソーダを前に、美しく彩られた指先をひらめかせ、スマホをあやつっていた。

マダムは電子タバコをくわえてカウンター内で働いていた。白髪を栗毛色に染めて結い上げ、ラメの入った紫色のアンサンブルの胸元に大きな琥珀《こはく》を下げている。東ヨーロッパ旅行の際に買ってきた琥珀で、マダムがたいそう自慢にしていたのを思い出した。目が合うと、マダムはすっくと立ち上がった。猫の毛が舞い上がった。

「おや珍しい。アンタ、長谷川さんとこにいたコだ。葉村……なんだっけ」

「葉村品です。ご無沙汰してます」

五十を過ぎて「コ」呼ばわりは面はゆい。マダムがベージュのマスクをつけながら顎で示したカウンターの椅子に、のそのそと腰かけた。カウンターの端で丸くなっていた三毛猫が首をめぐらせてこちらを見た。マダムの旅行のとき、猫のエサ当番が常連によって結成され、いつのまにかわたしもその一員に組み込まれていたのだった。そのときと同じ猫に見えたが、だとしたらずいぶん長生きだ。

「コーヒーでいいか。アンタはブラックで、深煎りだったね」

「お願いします」

水と一緒に味噌豆の小鉢が置かれた。思わずニヤリとした。当時、この味噌豆の小鉢はマダムが客として受け入れてくれた証と見なされていた。地味すぎる特別扱いだが、うまいのだ、マダム特製のこの味噌豆。

嚙みしめた。かすかにカビ臭かった。吐き出すわけにもいかずに飲み込んだ。懐かしい店だが、時が止まっているわけでもないらしい。

「それにしても大繁盛ですね。正直、驚きました」

水を飲んで、話しかけるとマダムは手を振った。

「よくある話だよ。うちのオムライスをどっかの有名人がほめたんだと。おかげで一時は行列までできてオムライスばっかり作らされた。腕が上がらなくなったよ」

「おいしいですもんね、ここのオムライス」

「ムリにほめんでいい」

マダムはコーヒー豆をひきながら仏頂面で言った。

「流行ははかない。じき洟《はな》も引っかけられなくなる。いつ来ても空いてるってのがうちの取り柄で、だからコロナ禍の売り上げもふだんと大差なかったんだけどね。この半年は……ありがとうございました」

二人連れの客が会計を済ませて帰って行った。マダムが食器を下げてきた。オムライスが半分残っていた。すばやくゴミ入れに放り込んで、小声になった。

「糖質だとかカロリーだとか、計算して食べてんだとさ。餓鬼《がき》みたいに瘦せている女にかぎって、そんなこと言うんだ。その点、葉村はいいね。ホッとする」

「どういう意味ですか」

客が次々に店を出て行き、次々に入ってきた。見かねて手を洗い、使い捨ての手袋をして配膳を手伝った。やがて流れが落ち着いた。コーヒーをおかわりし、マダムにも勧め、最近このあたりはどうかと振ってみた。噂話が大好きなマダムは身を乗り出した。

大震災後に閉めた店、引っ越した店、新規オープンしたがひと月もたなかった店、コロナ禍で閉店した店。近くに新宿税務署があるため税理士事務所の多いエリアだが、高齢になり、後継者のいない税理士がこのところ相次いで事務所を閉じている。昔からのなじみが減ったよ、とマダムは言った。味噌豆の出番も減っているわけだ。

「でも、新しい店もできているみたいですね。〈西新宿八龍界ビルヂング〉の一階にカレー屋が入ってました」

「あの店は、今年に入ってから八龍界の仙人が知り合いのネパール人にやらせ始めたんだ。うまいって評判だけど、まだ行列はできてない。食べるならいまのうちだね」

「へえ。仙人って、あの？　まだ生きてるんですか」

しらばっくれるとマダムは苦笑して、

「殺しちゃダメだろ。少子高齢化の世の中では還暦なんぞ、ハナタレ小僧の領域だよ」

「いま還暦？　そんなに若かったんだ」

十二年前にすでに七十をすぎているように見えていた。

「アイツ童顔でさ。叔父からビルヂングを引き継いだバブル末期には、実際に若かった。なめられて、何度も煮え湯を飲まされたらしい。うちに来て、ずいぶん愚痴をこぼしてったよ。新宿にビル一軒持ってればゴキブリだのシロアリだのにたかられたもんさ。だから最初のうち、あの風体は職業不詳年齢不詳精神状態も不明、なにするかわかりませんから近づくなってアピールだった。バブルがはじけていったん普通のカッコに戻ったけど、二十世紀が終わった時分に仙人に逆戻りし、誰もビルヂングになど洟もひっかけなくなってもあの扮装を貫いてる。クセになったのかも知れないやね」

「煮え湯ってどんな？」

マダムはハニートラップから押し貸し、ヤクザ絡みまで、様々なエピソードを開陳した。狙い通り、やがて綿貫祀の名前が出てきた。現役の警察官だった頃、綿貫は生活安全課にいて〈西新宿八龍界ビルヂング〉を詐欺容疑で捜索し、情報漏洩や証拠品の隠匿に関わっていたらしい。その関係で仙人は綿貫に、マダムの言葉を借りれば「タマを握られていた」。どんなタマかまでは、さすがのマダムも知らなかったが。

「確かビルヂングで首吊ったんじゃなかったでしたっけ、その綿貫って探偵」

尋ねてみると、マダムはもう四半世紀近くも前の話だけどねとうなずいた。

「綿貫は恐喝のサジ加減が絶妙だったらしい。払える額を提示する。同じ人間をたびたびは脅さない。証拠は破棄って約束をした場合にはちゃんと守る。金を受け取ったら綿貫探偵社名義の領収書を発行する。おまけに、金づるを探し出す手管は天才的だった。噂だけど、まだ現役のうちに地方出身のお嬢様のご乱行《らんぎょう》をネタに稼いだそうだよ」

「でもバレた」

「人間誰しも弱みはある。綿貫の場合は女だ。アイツが生きてたら、いまのこの店に根を生やしたかもね。ポキッと折れそうな女が好みだったから。そういう女のひとりに痴話げんかの末に刺されて、それがきっかけで悪事が露呈しちまったんだけどさ。銀行口座はほぼ空だったそうだ。きっとカツアゲで得た金で女を何人も囲って」

マダムは言葉を切り、目尻に皺を寄せた。

「そういえば綿貫が死んですぐ、ヤツの別の愛人が転落死したんだった」

「えっ、ビルヂングから？」

「ちょうど久賀《くが》先生……覚えてるだろ、税理士の。二年前に引退して田舎に引っ込んだんだけど」

猫のエサ当番にわたしを勝手に加えたジイ様だ。ははあん、とわたしは思った。綿貫の恐喝についてマダムは妙にくわしいが、ネタ元は久賀先生だ。恐喝に領収書を出していたという話がホントなら、恐喝した金を申告して税金もきちんと収めていたのかも。税理士なら、綿貫側か恐喝の被害者側かと関わっていても不思議ではない。

「先生がそこで」

マダムは手前のソファを電子タバコで示した。

「仙人と飲み始めたときだった。仙人は自分とこのビルで首吊りされたと愚痴をこぼしてたよ。当時は事故物件なんて言葉は一般には知られてなかったし、そもそもあのビルの店子にそんなこと気にする人間はいなかったと思うけどさ。そこへまた近くでサイレンが鳴ったんで、仙人のヤツ、様子を見てくると出ていって戻ってこなかった。しばらくしてから入ってきた客が、ビルヂングと裏の雑居ビルの間で死体が見つかったと言った。それが綿貫のもう一人《セカンド》の愛人ってことはあとでわかったんだけどね。状況からして、仙人がうちで久賀先生と飲み始めたばかりの夕方六時頃に転落したらしい」

「状況？」

「音がしたんだと」

マダムは顔をしかめた。

「当時、ビルヂング一階には〈甲州デザイン〉だったかな、そんな名前の看板屋の営業所が入ってた。そこの新入りが六時の終業間近、ドスンという物音を聞いた。しばらくして三階の会社の社員が帰ってきて窓の下の死体に気づき、通報した。おかげで仙人にはアリバイができた。ここにもケーサツが来たけど、久賀先生が、仙人とは六時前から一緒だったと証言した後だったから、おざなりな確認だったよ」

「仙人にはアリバイが必要だったんですか」

マダムは電子タバコのスイッチを入れ、マスクを外した。

「綿貫オフィスには花束が残されていたそうだから、セカンドがやってきたのは供養のためだったんだろうけど、なぜ転落したのかわかんなくてね。後追い自殺するほど殊勝な性格じゃなかったそうだし、そもそも女が自殺する場所に汚いビル裏なんか選ばない。突き落とされたんなら悲鳴くらいあげただろうが、例の新入りを含めて誰もそんなの聞いていない。近所の監視カメラにも不審者など映っていなかったって」

このあたりは昔から多いんだよカメラ、知ってるだろうけど、とマダムは付け加えた。

「映ってないならビル内の人間が犯人……事件だったとすれば、そうなる。転落当時ビルヂングにいたのは、田舎から出てきて半年あまりのかの新入りくらい。うちにも〈甲州デザイン〉の専務に連れられてランチ食べに来たこともあったけど、なに考えてんだかわかんない、ぼーっとしたボーヤだったよ。ずいぶんかわいがられてたのに、そのうち悪いのとつるむようになってさ。どっかいっちまった」

ビルにとどまっていたら疑われたに違いない仙人は、この店にいたわけだ。

「そんなわけで結局のところ、セカンドが自分で窓を開けて、めまいでも起こして落ちたんだろうってあたりに落ち着いたんだけどね」

マダムはあやふやに言って、顔をしかめた。なにか気になることがあるらしい。

「それにしてもすごい記憶力ですね。大昔の事件なのに細かいとこまでよく覚えてる」

まんざらお世辞でもなく持ち上げた。マダムはわたしを手招いて声を低めた。

「もちろんアタシだって忘れてたさ。だけど、今年の三が日、コンビニ帰りにビルヂングの前を通りかかったら、男があそこの郵便受けを開けて中味を取り出してたんだ。新しい店子なんだと思ったよ。身体に合わないスーツを着て、陸に引き上げられたアンコウみたいなぼーっとした顔をしてた。どっかで見たようだと思ったけど思い出せなかったんだ。それが、先月の終わりだったか、またそのアンコウを見かけたんだ。ビルヂングの前で若い男ともめて、胸ぐらつかまれてた。だけど最近の若いのはケンカのしかたなんか教わってないからね。アッという間にやり返されて、尻餅ついて泣きだした。アンコウは仁王立ちになって若いのをぼーっと見下ろしてたよ。直後に思い出した。誰だったと思う、このアンコウ」

この流れで思いつく人間はひとりしかいない。

「看板屋の新入りですか」

マダムはニヤッと笑ってうなずいた。

13

マダムも仙人の現在地は知らなかった。どっかで沈没してるんじゃないか、この時間ならたぶん家で、と言った。仙人はいまもビルヂングの最上階に住んでいるそうだ。

店を出て、階段下のステンレスの車止めに腰を下ろし、〈基〉という文字を調べた。人名漢字としてならミキ、モト、モトヤ、ノリなどの他に、ハジメとも読むとわかった。

高橋ハジメ。エイプリルフール前後に、高橋公一郎氏を〈大月萬亀園〉に訪ねた甥の本名。公一郎氏の息子が、あれは甥ではなかったと抗議してきたとカトウが言っていたが、〈WHリゾート開発〉の高橋基こそ、ニセ甥……のふりをした、ホンモノの甥だったのではないか。腹に一物あったので「高橋三郎」の偽名を使ったが、さほど用心していなかったので車のナンバーは正しく書き込んだ、とか。

高橋基で検索をかけたが、役に立ちそうな情報は入手できなかった。〈甲州デザイン〉という看板屋も出てこない。念のため住宅地図を調べ、九〇年代の終わり頃、〈西新宿八龍界ビルヂング〉に〈甲州工芸装飾〉と書き込まれているのに行き当たった。いかにも看板屋らしい社名だ。会社名はマダムの記憶違いだったのだ。

しかし〈甲州工芸装飾〉でも情報はなかった。つい、舌打ちしてしまった。我ながら贅沢になったものだ。手元である程度の調べ物ができるようになって、仕事は格段にラクになった。いまやそれがあたりまえとなり、既得権益に思えてしまい、捜し物がすぐに見つからないだけでイラついてしまう。

　綿貫昶のセカンドの転落死当時、唯一ビルヂング内にいた〈甲州工芸装飾〉の若造の顔を見たかったのだが。それがＷＨの高橋ハジメと同一人物なのか、確認したかった。本来の仕事である「稲本和子の行方をつきとめる」点からすると筋違いの調査だが、ＷＨに直あたりしておきたい。

　ビルヂングに戻って、強い風に煽《あお》られながら監視カメラの場所と種類を確認した。〈柊警備ＳＳ〉の所管するカメラがビルヂング前の十字路に向かってひとつあるのを見つけた。柊には奥山香苗の件で貸しがあるが、桜井肇の調査会社〈東都総合リサーチ〉が〈柊警備ＳＳ〉と提携しているから、そちらから情報をとる方がてっとり早い。

　カメラの設置ナンバーを確認し、桜井に電話をかけた。桜井はすぐに出た。英気を養うべく新潟の山荘で休暇中、と彼は言った。

「忙しくて電話もかけられないのかと思ったら、優雅ねえ」

「山荘に風を通してこいとかみさんに追い立てられて、早朝から長距離を運転して、ひとりさみしく山ごもりに来たんだぜ。認めるのもしゃくだが、男のロマンだとぶちあげて、山荘買っちまったのは大失敗だった。維持費はかかる。かみさんは休みに家事などしたくないとごねる。子どもたちは飽きてつきあってくれない。売りたくても買い手はいない。暮らすには不便すぎるし、といってソローごっこは無理だ。今もお隣で三十人くらいの集団がバーベキューやってるしな」

「いまは別荘とか山荘って、人気があるんだと思ってた」

「二拠点生活やら田舎暮らしがブームだっていうんだろ。騙されちゃいけないね。都心の不動産の値段が上がりすぎて、まっとうな庶民は最初から買おうなんて思わなくなった。しかたないから代わりに田舎を売りつけようって煽ってるだけだね」

「誰が」

「さあね。経済をまわすのが善で、コツコツ貯金するのは悪だみたいなこと言い出したのと同じヤツらじゃね？　葉村おまえＳＢＰって知ってっか。少子高齢化問題解消のために総務省が推し進めている〈介護と学園地区構想〉とかいうヤツ」

　花谷のおじいさんが言っていたあれだ。

「ああ、介護施設と学園を中心に生活圏を整備するとかなんとか」

「いまさらエラそうなプロジェクト名つけなくたって、自治体はどこもがんばって対策してるっての。うちの山荘のある場所も、そのＳＢＰがらみで先駆的な実験施設を建てる候補地になったとかってさ」

「そういうのがあると、土地の値段があがるんじゃないの？」

「そ。固定資産税があがるの。手放したくても買い手なんかいないの。雨漏りも自分で直さないとなんないの。そもそも素人の年寄りに大工仕事はムリなんだよ」

「ひょっとして桜井さん、腰でもやった？」

「山の中にひとりって言ったろ。痛める前にやめたわ」

電話の向こうでプルトップを引き開ける音が聞こえた。酔い潰れる前にと簡単に事情を話し、〈柊警備SS〉の監視カメラ映像が見たいと頼んだ。

「WH東京本社の近所の映像ってことか」

「そう」

おかげで〈西新宿八龍界ビルヂング〉に行き着いたと言うと、桜井は鼻を鳴らした。

「聞き覚えがあると思ったら、あれか。綿貫探偵事務所」

「すぐ出てくるなんて、さすが業界の生き字引」

「ひとを長老みたいに言うな。その昔、仙人に泣きつかれたことがあっただけだよ。綿貫が家賃も払わずにビルに居座っている、なんとかならないかって」

〈東都総合リサーチ〉の本社も西新宿にある。界隈は桜井の庭だった。

「仙人と桜井さんって知り合いだったんだ」

「あのへんの酒場でよく出くわして、顔見知りになってただけだ。ヤツの羽振りのいいときはおごってもらったこともあったんで、『綿貫も同業者の言うことなら聞くかもしれない』って拝まれたらイヤとは言えず、綿貫んとこに交渉に出向いたんだけどさ」

綿貫は手指や耳に「武道やってます」を示すタコや傷があるのをのぞけば、地味な男で折り目正しく、

「元サツカンには珍しく、話せば分かるビジネスマンって感じだったな。高級カーペッ

ト敷きつめたオフィスにはミニスカートの美人秘書、造りつけの棚にファイルがぎっしり。富士山のポスターが何点も貼ってあって、とてもじゃないけど探偵事務所には見えなかったっけ。事情を話すと立派な帳簿が出てきてさ。仙人のサインとハンコ付きの月々の家賃の領収書がきちんと貼ってあるのを見せられた。なんでも記録にとっておくのがサツカン時代からの習わしなんだそうだよ。記録はきちんとコピーをとって、大勢見張りのいる場所に保管してある、つって笑ってたな」

桜井は喉を鳴らして大きく息をつくと、付け加えた。

「そこまでちゃんとしてらっしゃるなんて、もしや別業種に進出するつもりですかと聞いてみたんだ。綿貫にはすでに悪い噂が立ち始めてたし、そうなると探偵業は続けられないだろ。そしたらさ」

「そしたら?」

「新しい会社のこと、どこで聞きました、と真顔で詰め寄られた」

富士山のポスター。新しい会社。平仄《ひょうそく》が合う。

「それじゃ、〈WHリゾート開発〉ってホントに綿貫の……?」

「かもしれない。偶然かもしれないけどね。とにかく仙人の頼みには応えられなかった。仙人には、叔父さんの遺書をでっち上げてビルヂングを受け継いだとか、店子から犯罪の上前をはねてるって噂があった。そこらへんの証拠を綿貫が握ってたんならあの領収書、本当は『恐喝費』だったのかもしれないけど、表向きは家賃が支払われていることになっているわけだしさ。ややこしいことに巻き込まれないようにさっさと撤退した。仙人には『あんだけ飲ませたのに』とさんざん文句を言われたけどね」

「だけど、そこまで対策してたのに、なんで綿貫って逮捕されたの？　誰か被害届出した？」

「なんでだっけな。古い話だから忘れちゃったよ。あれは所轄に被害届が提出されたとかじゃなくて、トップダウンじゃなかったっけか」

「トップって？」

「だからトップだよ。具体的には知らんけど」

「つまり警視庁上層部が動くくらいの大物をゆすっちゃったってこと？　逮捕されるとわかった途端に首くくるくらい、刑務所を恐れて用心してたのに。相手は誰だろ」

「いや、動いたのは警視庁より上だった……ような気が」

「うっそ。じゃあ国会議員とか国家公務員？」

「どっか地方の金持ちが、県警本部時代に知り合って首都に戻ったお偉いさんに泣きついたって可能性もある。うーん、なんかそんな話を聞いたような」

「思い出してよ。キョーミあるわ」

「還暦間近のおっさんに無茶言うなよ。つーか葉村、そんな大昔のゴシップにかまけてる場合か。行方不明のバアさんの一人や二人、とっとと見つけろよ。コロナで引きこもってるうちに腕落ちたんじゃないか」

監視カメラ映像については追って連絡するが、山荘には二泊するからその後な、と桜井はゲップをしながら電話を切った。

ますます仙人と話したくなってきた。少しおなかもすいてきた。

例のネパールカレーの店に入った。仙人の姿はなく、カウンターの一席だけ空いていた。ホウレンソウとチーズのカレーにサラダ、ナンがセットになっている〈本日のカレー〉を注文した。疲れた身体に活を入れるべきか、優しくするべきか悩んで、結局、辛さ控えめにした。いささか物足りなかったが、それでもなかなかうまかった。途中でナンを左顎で嚙んでしまわなければ、天下の美味だったたと思う。

レジでフェンネルシードをもらい、チップ代わりにお釣りを断って、仙人の居場所を知らないか尋ねてみた。レジのお兄さんはお釣り分の硬貨をポケットにしまいながら、ドーセヘヤデチンボツシテルネと明るく笑った。ついでに稲本和子の写真を見せ、近所で見たことはないか尋ねたが、マダムに見せたときと同様、首を振られてしまった。

となると最上階にあるという仙人の部屋を訪ねるしかない。しかし、ビルヂングのエレベーターにはいつからかかっているかわからないほど骨董的な〈故障中〉の札がかかり、中は真っ暗。階段など使いたくはないが、仙人が這いだしてくるまでここらで時間をつぶすのも気が利かない。

気合いを入れて、階段を上った。山登りの後遺症はまだ出ていないが、そのさらに前の、カンゲン邸での追いかけっこ&転倒が太ももの震えとなって現れていて、何度かよろけた。段のタイルや滑り止めがはがれ、あちこちにクラックがあり、建物自体も傾いているし、踊り場にはめ殺しの小さな窓があるだけで暗い。おまけに濃厚なスパイスとギー、生ゴミ臭が充満していて、息もしにくい。

めまいがして埃まみれの壁に何度も手を伸ばしかけた。この階段を使った人間はみなそうしているらしく、壁には埃のこすれ線が何本もできていた。場所によっては線どころか面の汚れがとれている。ホントに誰か転げ落ちたのかもしれない。

二階、三階とオフィスのドアは開け放たれていた。もう何年も誰も出入りしていないように見えた。天井のパネルは落ち、窓際の壁周りに茶色いシミができ、土埃がたまった床は変色している。壁にスプレーの落書きがあった。描きかけの内臓……何色ものスプレーを使い分けて、リアルだ。悪さにも金がかかっている。

四階のオフィスドアは閉ざされたまま内側から風に煽られているらしく、ガタガタと鳴っていた。それを横目に最上階の五階に行き着いた。仙人の住まいのドアは住宅用のアルミ製のものだった。もとは赤く塗られていたらしいが、いまでは地のシルバーがまだらに浮かび上がっている。おまけにドアは半開きだった。近寄って、見下ろした。なにかがはさまって、閉まらなくなっている。

空いた隙間から悪臭が漂ってきた。胃を落ち着かせ、口呼吸をしながらタオルでマスクごと鼻と口をおおい、ドアを引き開けた。

途端にゴミがなだれ落ちてきた。わたしはノブを握ったまま腰を引いた。

玄関先に弁当殻、ポテチの袋、ペットボトルに握りつぶしたたくさんのアルミ缶といった生活ゴミに加えて、どこから拾ってきたのか車止めのコーン、衣類の山、傷だらけの水槽、ビニール傘、クロコダイル型押しのハンドバッグなどが壁のようにそびえ立っていた。虫が羽音をたてながらわっと飛び立ち、わっと舞い降りた。真っ白い塊があるなと思ったら、彼らの子どもたちがうごめいていた。

壁に向かって呼びかけたが返事はなかった。仙人はこの奥にいるのかもしれないが、捜索する気になどなれない。わたしはノブから手を離した。ドアはゴミに妨げられてまた半開きのまま閉まった。きちんと閉めてやろうとは思わなかった。泥棒だって、借金取りだって、こんな部屋には入るまい。

持ち歩いている消毒薬で手指を拭いながら、歪んだ階段を下りた。なんだか顔や手がかゆかった。早くここから立ち去りたい……。

急いで通り過ぎようとしたとき、四階のオフィスのドアがまた、風でガタガタ鳴った。足を止め、周囲を見回した。ドアの脇に郵便受けと同じく、高橋基の名前が消された〈WHリゾート開発〉の名刺が貼ってあった。ドアが内側から風に煽られているのだから窓は開いているはずだ。一方、ドアには錠の部分を覆うカバーがついていなかった。鍵がかかっていないのがひとめでわかる。

まず仙人に話を聞き、そのうえでWHにあたるつもりだったが、これでは通りすがりの探偵に入ってくれと言わんばかりだ。不用心ではないか。注意してあげないと。

ノックして、声をかけた。返事がないので、すみません、と声をかけながらドアを引いた。強い風が吹き抜けた。わたしはオフィスに首を突っ込んだ。

その部屋にはパソコンもデスクも椅子も、本棚もプリンターもなかった。壊れたコードやパチンコ屋新装オープンのチラシ、セロテープの貼り跡もなかった。壁もプラスティックタイルの床もすべてが灰色で、全開になった窓から舞い込む風にブラインドがはためいていた。ここがWHのオフィスだとしても、それを示すのはドア脇の名刺だけだ。もともとの設備が古いせいでくすんで見えたが、それ以上汚れてはいない。むしろ強風にめげず強い漂白剤の臭いが残っていた。WHが引き払い、仙人が次の間借り人のために清掃業者を入れたのだろうか。となると、ここはつまり空き室だ。厳密には不法侵入だが、ちょっとくらい入ってみてもいいんじゃないだろうか。ことによると将来、探偵事務所をかまえたくなるかもしれないのだし。だからまあ、後学のために。

足を踏み入れた。風に煽られそうになりながら窓に近寄って、ブラインドをあげた。綿貫祀のセカンドはおそらくこの窓から転落したのだ。

窓枠はちょうど腰の高さだった。柵はない。ここに腰を下ろしていてはずみで背後にひっくり返り、落下する事故はありうる。事件性が疑われたなら床の靴跡なども念入りに調べたはず。事故で片づいたということは、争った痕跡など見つからなかったのだろう。とはいえ、警察も人間の集まりに過ぎない。見落とすことはある。綿貫祀の件が再燃しては困る事情もあったはずだ。転落死に多少の疑問点があっても見過ごされたのではないだろうか。

などと考えていると、羽ばたきが聞こえたので窓の外を見た。鳩が視界を移動した。

手を伸ばせば届くほど近くに隣のビルが迫っていた。同じ階にはひとがいるらしく、曇りガラスに蛍光灯の灯りが透けていた。窓には鉄飾り風の手すりがあった。もっぱら鳩のお休みどころとして利用されているようで、手すりもその下の壁も糞だらけだ。穴に針金を通し表裏に合わせたCDが手すりにつけられて、風に揺れていた。ずいぶん古いものらしく、鏡面が傷だらけだ。鳥よけの役に立っているとは言いがたい。

地面を見下ろした。隣のビルとの空間は狭苦しい。ここを落下したなら死体は傷だらけになっただろう。あちこちにぶつかって、落下スピードが落ちてダメージが少なくなった可能性もあるが、結局セカンドは死んだのだ。何十年も前の転落死を思わせるものは、あたりまえだがなにも残っていない。膝を酷使して、五階まで上ってきた意味などなにもなかった。

帰るか。

窓を閉め、ドアに向かった。外に出て、ドアを閉めようと姿勢を変えたとき、ふと、なにか鮮やかな色が目の隅をよぎった。廊下の隅でそれはひどく目立った。かがみこんで拾い上げた。直径一センチほどのビーズだった。赤いガラスにピンクと黄色のガラスが筋状に入っている。見覚えがあった。

片手にビーズを載せたままスマホを出し、けどおばちゃんからもらった稲本和子の写真を開いた。女たちがこちらにできあがったビーズの腕輪を見せて並んでいる写真。拡大した。和子の腕輪のビーズのひとつは、いま、わたしの手の中にあるものとそっくりだった。

混乱した。ここに、このオフィスに、稲本和子が来た……と、いうことなのか。WHと稲本和子、まったく無関係ではない。稲本賀津彦はWHと土地取引を考え、そのプロジェクトを住民たちに喧伝《けんでん》していた。和子もそのことを知っていただろうから、いなくなった賀津彦を探してここを訪ねてもおかしくはない。

ビーズをもてあそびながらドアを出て、エレベーターのボタンを押した。押してしまってから、そうだ、故障中だったと離れかけたのだが、エレベーター内部は明るくなり、鈍い機械音とともにドアが開いた。エレベーターの床にスーツケースが置いてあった。スーツケースは人間がひとり入るほどの大きさで、濃い青色。粘着テープでぐるぐる巻きにされていた。

えっ。いや、これ……えっ。

ドアのボタンを押したまま、思わず固まった。ちょっと待ってよ。なによこれ。

空気が動いた。鼻先を悪臭がかすめ、わたしは後ずさった。ゆっくりとエレベーターのドアが閉まった。これは、さっき五階のドアを開けたときの悪臭だろうか。それが風に乗ってここに舞い降りてきているのか。それとも。

行方不明の稲本和子は、まさか……？

もう一度、エレベーターのボタンを押した。ドアはのんびりと開いた。スーツケースは幻ではなかった。厳然としてまだエレベーターの床にある。

スーツケースを前に立ちすくんでいると、やにわに着信音が鳴り響いた。思わず落としかけたビーズをコートのポケットに突っ込んで、スマホを取り出した。

「あー、葉村さん？　昨日お会いしたオーノですけど」

大野というのが〈マニフィークパレ・フジヤマ〉の管理人〈けどおばちゃん〉だと思い出すのに少しかかった。声が裏返りそうになるのを必死でこらえ、なんとか返事をした。

「あ、はい。昨日はどうも。あの、稲本和子さんなら、まだ……」

「あのですね、葉村さんの話を主人にしたんですけど」

けどおばちゃんは自分のペースで話し続けた。

「東京から稲本さんを探しにきたひとらがいるって、主人が気にしましてね。やっぱり警察に正式に届けようって言い出したんですけど。ひょっとして稲本さん、ひとりで遠くにでかけて事故にあったのかもって主人、そう言うんですけど」

エレベーターのドアがゆっくりと閉まった。臭いのひどさは変わらない。階段室に行って五階を見上げた。扉にゴミがはさまったままだからかもしれない。または、そう思いたいだけなのかも。

「それでさっき警察署に行って、事情を説明したんですけど。そしたら少し前に東京で保護されたおバアさんの写真を見せられたんですけど。名前も言えなくて、身元を示すようなものも持ってなくて、どこの誰だかわかんないんだけど、条件が合いそうだし見てくれって。そんなおバアさんが稲本さんのはずないと思ったんですけど、写真見たらなんとまあ、稲本さんにそっくりなんですよ」

「……稲本さんに？　ホントに本人なんですか」

わたしはエレベーターのボタンを押した。ドアは春の夜の猫のあくびの如く緩慢に開いた。スーツケースは相変わらず、粘着テープにぐるぐる巻きにされてそこにある。

「アタシも写真だけじゃ絶対とは言えませんけど。でも、よく似ていると警察に伝えたら、和子さんの身内に連絡して欲しいと言われたんですけど。鳴沢の稲本で和子さんの身内に会いましたか。連絡先を教えて欲しいんですけど」

稲本さんのご家族もしばらく前から音信不通で連絡先もわからないと説明すると、あらまあ、そんじゃすみませんけどちょっと待っててくださいね、とけどおばちゃんは言った。受話器が手で覆われる気配がした。

通話が途切れると、急に外の音が気になった。すぐ近くでクラクションが鳴り、自転車のブレーキ音がした。建物内の階段室でエレベーター室なのに、音はよく通している。換気扇のまわる音、鴉《からす》の鳴き声、パチンコ屋だか電機屋だかのあおりテープの音声。はめ殺しの窓から太陽と、太陽の周囲の黄ばんだ光輪が見えていた。街はその光の下で風に吹かれながら霞んでいる。

「もしもし、そしたらですけど」

けどおばちゃんがようやく話を再開した。

「主人は排水溝の件で業者と会わなきゃなんなくて、アタシひとりで東京まで行かなきゃならないんですけど。警察とかと話したりするの、考えただけでゾッとしちゃうんですけど。なんで、葉村さんが一緒だといいなって思うんですけど」

はあ? なんでわたしが。

反射的に断りかけて気がついた。むしろ願ってもない申し出ではないか。カンゲン先生の枷《かせ》で、稲本和子の件では公的機関に顔出しできない探偵にとって。

「はあ。ただ、わたしは稲本さんとは面識がないんで身元の確認はできませんよ」

けどおばちゃんはわたしが渋っていると思ったらしい。すごい勢いで説得し始めた。

「アタシだって身内じゃないですから。だから葉村さんに身元引受人になって欲しいと言ってるわけじゃないんですけど。とりあえず、誰かが訪ねるのが大事だと思うんですけど。稲本さん、ずっとひとりぼっちで、すっかり老けちゃって、かわいそうなんですけど」

「ええ、ですから行きますけどっ」

思わず怒鳴り返してしまってから、粘着テープの巻かれたスーツケースを見下ろした。行きますけど……これはどうすればいいのよ。

14

国分寺駅で中央線を下りた。

父方の祖母が〈国分寺ノーザン病院〉に入院していたのは、何十年も前のことだ。考えてみると、祖母が入院中に死んでから、この駅に下りるのは初めてだ。改札を出た先は吹き抜けのコンコースになっていて、当時の面影はまったくない。

歩きながらカンゲン先生に本日四回目の電話を入れた。また留守電だった。捜し物が発見できたかもしれません、これからその件で国分寺の警察に行きます、ご指示があれば早めに連絡をお願いしますと吹き込んだ。

駅ビルを貫くコンコースの北側に、観光案内所があった。けどおばちゃんこと大野さんが威風堂々と待っていた。たっぷりしたフレアのワンピースに薄いウールのマント。籐のバスケット。アネモネの造花がついた素敵な麦わら帽子をかぶっている。知人の身元確認に赴くというより、ハンギングロックにピクニックにでも出かけそうな格好だ。

彼女はわたしに気づくとこわばっていた顔をゆるめ、来てくれた礼を繰り返し述べ、クッキーを持ってきたんですけど、と言った。

「死んだ大伯母のレシピなんですけど。けさ、思い立って焼いたんですけど。稲本さんもこのクッキー大好きなんですけど」

葉村さんもぜひ一枚食べてみてください、お茶もあります、と大野さんは観光案内所の真ん前にシートを広げそうな勢いで言った。

北側のロータリーに出てベンチに腰かけた。昔、このあたりにおいしくもまずくもないカツ丼を出す大衆食堂があった。祖母の入院中に通い、涙や鼻水とともにかきこんだ。いまやその店は最初から存在しなかったかのように消えて、灰色の広い空間になっている。駅ビル作ってチェーン店を入れて、どこも平等につまんなくする〈駅再開発〉がトレンドだった時代を経た身だから驚きはしなかったが、駅の上に雲つくようなタワーマンションが二棟も建っていたのには度肝を抜かれた。

タワマンに見下ろされながら大野さんのクッキーを食べた。レーズンがみっしり入り、いろんなスパイスの香りがして、背筋が寒くなるほど甘かった。これまでに食べたことのない味だと言うと、大野さんは嬉しそうにお茶を注いでくれた。ほめたわけではなかったのだが。

「大伯母は昔、宣教師の奥さんにこのクッキーのレシピを習ったそうですけど。稲本さんは食べきれないからってよく部屋に持って帰ってましたけど」

左上顎の歯にクッキー生地が食い込んだ。はずそうとすると激痛が走った。大野さんの話に相槌を打ちながら、涙目でクッキーを飲み込んだ。そうこうする間も、カンゲン先生からの着信はなかった。寝ているのか、ラウンジでお茶でも飲んでいるのか、具合が悪くなったのか。通信手段を携行していない相手に連絡をつけるのがかくも難しいとは。ケータイが普及する以前、わたしはどうやって仕事をしていたのだろう。

グランローズの代表番号にかけて呼びだそうかとも考えたが、稲本和子を探している事実は知られたくないと念押しされたのだ。例の「カチッ」もあるし、注意を引くのはためらわれる。しかたがない。警察にも先生の名前は出さず、稲本和子については原稿依頼のために探してましたの一点張りでいくしかない。

「イヤなんですけど、ケーサツ」

残りのクッキーをバスケットに戻しながら、大野さんは身震いをした。

「おまえは誰とでも気安く話すんだから警察だって平気だろう、って夫は笑うんですけど、ちゃんと伝えなくちゃならないと思うと、言葉が出てこなくなるんですけど。だから、あの、すみませんけど……よろしくお願いします」

商店街を北上し、交差点に出た。公共施設の立ち並ぶエリアで、タイル張りの図書館に公民館、児童館、消防署とともに国分寺警察署もあった。古い建物に立派な鉄骨がコルセットのように巻き付いている。

先に立って受付に行き、用件を伝えた。ストレス臭のきつい男たちが数人、ショートリがどうとか応援がどうとかと文句を言いながら出ていったのと入れ替わりに担当者が現れ、小さめの会議室に通してくれて、生活安全課の橋爪《はしづめ》とある名刺をくれた。頼りなげに見える若者だったが飲み込みは早かった。

「確認しますが、こちらがマンションの管理人の大野志摩《しま》さん。住人の稲本和子さんが十日ほど前から部屋に戻っていないし、連絡もつかなくなっているということですね」

大野さんは緊張して黙りこくっている。かわりにわたしが返事をした。

「そうです。よね？」

大野さんはガクガクとうなずき、橋爪はこちらに向き直った。

「で、あなたは葉村晶さん。葉村さんの書店で本を出版する計画があり、作者の意向で稲本和子さんに原稿を依頼するべく河口湖のマンションを訪れたが、稲本和子さんがしばらく前から部屋に戻っていないと大野さんから知らされたわけですね」

「そうです」

「そこで、稲本さんの従兄で夫の賀津彦さんを探しに鳴沢村稲本まで行ったが、そのひとも所在不明だったんですね。えーと、三月二十日以降ですか」

「はい」

「で、それ以外に和子さんの身内といえば、大月の施設に入っている九十七歳の夫の母親だけなんですね。他に身元確認ができるひとはいない、と」

「娘さんは昨年十月に亡くなっていますし、他に親しい人は知りません」

「わかりました。では、まずは」

橋爪がｉＰａｄを操作しこちらに差し出した。わたしの二の腕にしがみつかんばかりだった大野さんが首を伸ばして画面をしげしげとのぞき込み、やがて悲鳴のような声をあげた。

「やっぱり稲本さんです。すっかり人相が変わっちゃってますけど、間違いないです」

そこに映っていたのは表情がそげ落ち、うつろな目をした老婆だった。というよりそれを通り越し、生気を失った抜け殻、生ける屍《しかばね》に見える。

様々な角度から撮られた写真が他に十数枚あった。ビーズ教室の集合写真や、わたしが持っていた昔の写真とじっくりと見比べた。老けてはいるが顔立ちが似ているだけでなく、耳や爪の形が同じ。よく見ると左耳のエラの付近や手首にホクロがあるのも、左手の甲のシミの形も一緒だ。これは同一人物ですね、と橋爪と言い合った。

「この女性――稲本和子さんが保護されたのは、三月三十日の午後二時頃です」

橋爪はホッとしたらしく、姿勢をゆるめた。和子が〈稲本高級別荘地〉を訪ねて賀津彦の行方不明を知り、〈大月萬亀園〉を訪ねた当日だ。カトウによれば、この三十日の午前十一時過ぎに和子は萬亀園を訪れている。

「和子さんはＳｕｉｃａを使って新宿駅で入場し、国分寺駅の改札を出ようとしたけど金額が足りなくてはねられたんです。駅員のいる改札を通り過ぎようとして止められたんですが、その際に暴れたんで警察が呼ばれました」

「暴力を振るったということですか」

「というより、身を守ろうとしたみたいですね。駅前交番で話を聞いても最初のうちは怯えて口もきけなかった。ややあって落ち着きましたが、名前を聞いてもまともに答えられず、そのうち嘔吐してしまって」

駅前交番の警官は、女性の様子が通常対応する認知症患者とくらべてもおかしいと調べて、頭頂部のケガに気がついた。手のひらの古いがよく目立つ傷の他、新しい擦過傷があり、ストッキングが伝線している箇所に青あざもあり、足を引きずっていた。

「すぐに〈国分寺ノーザン病院〉に搬送して脳神経科に入院となりました。ただ四日ほどで脳の腫れは収まったし、これ以上入院の必要なしと言われてましてね。コロナ禍が明けたわけじゃないし、病院もベッドをあけておかなきゃならないから」

発見当時の服装はグレーのウールのコート、黒の紐付きウォーキングシューズ、薄手のベージュのセーター、黒のスカート、綿の肌着にカップ付きインナーを身につけていた。中国製のありふれた衣類ばかりだ。保護されたときのケガをのぞけば全身清潔に保たれていたが、バッグは持っておらず、コートのポケットにひもがちぎれた赤いビーズの腕輪が入っているだけ。その写真も見せられた。大野さんはいちいち、ああ見覚えがあります、このビーズも間違いないです、などと興奮して申し立てた。

「稲本さんには左の手のひらに古い傷がありましたよ。中指の下から手首近くまで、まっすぐの。この写真にも少しだけ映ってますけど」

大野さんはビーズの腕輪を見せる集合写真を拡大して、ほら、とこちらに突き出した。

「運命線を深くしたみたいでしょって笑ってましたけど。保護された女の人にも手のひらに古い傷があったんなら、もうね、本人に間違いないと思うんですけど」

医者の診立てでは、この女性がもともと認知症だった可能性も否定はできないが、ケガの程度やCT検査の結果から考えて、階段を転がり落ちるなどしてどこかに頭をぶつけたと同時になんらかの精神的ショックを受けたことで記憶が飛んでしまったのだろうということでした、と橋爪は言った。

「そうは言っても本人の記憶は戻らないし、合致する捜索願も出てこない。認知機能に問題があって、出かけたきり行方不明になってしまう高齢者は珍しくないんです。家族が一緒に住んでいるか面倒をみている場合、すぐに行方不明に気づけるから捜索願が早めに出て、マッチングできれば家に戻れるんですが。場合によっては消えたことにすら気づかれないまま、時がたってしまうこともあります」

病院のソーシャルワーカーと市が話し合って、本人の身元がわかるか引き取り手が見つかるまで介護施設に預けることになった。ただその時点で国分寺市内に受け入れ可能な施設がなく、隣接する府中市にある特別養護老人ホーム〈ユキノシタ〉に頼むことになったのだ、と橋爪は説明した。

「入所して一週間になりますか。警察庁のホームページにも情報をあげたので、かなりの問合せがあったんですけど全部ハズレで。JRさんにもお願いして、当日の中央線で女性用のバッグの落とし物がなかったか調べてもらったけど、見つかりませんでした。だからよかったですよ、こうしてどこの誰だかわかったんですから。ついてましたね」

「ついてた?」

頭をケガして、記憶も失ったのに？　そのケガだって、事故によるものとはかぎらない。ことによると……スーツケースとビルヂングの汚れた階段室を思い出し、わたしは唾を飲み込んだ。

「ラッキーですよ。誰にとっても」

あたりまえじゃないか、とでもいうように橋爪はわたしを見た。

「彼女の昔の知り合いが本出すことにしたおかげで、稲本さんの身元が判明したんですからね。完璧なタイミングじゃないですか」


府中駅北口行きのバスは急坂を曲がりながらくだり、国分寺街道に出て、東八道路を越えた。

バスの中で大野さんはときどきため息をついていた。善意からここまで来たが、思ったよりも問題が大きいことに困惑しているらしい。わたしも無言で車窓を眺めた。

街道沿いは立派なケヤキ並木になっていた。道沿いは文教地区らしい。バスは学校名の停留所をいくつも通り過ぎた。そのうちひとつが〈魁星学園国分寺校入口〉だった。

バス停の正面に校門があり、街道と直角に東に進む並木道の奥に時計台のついたレトロな校舎が控えていた。道沿いにはテニスコート、野球場、丘の上に天文台。花蕊《はなしべ》で茶色くなった桜並木道の先には、武道館らしき八角形の建物。その奥の白い建物は図書館だろうか。

カンゲン邸は学園の向こう側、直線距離ならここから比較的近い。バスの窓からその方向に目をやったが、ケヤキや建物に隠れてカンゲン邸は望めなかった。

バスはさらに二つの学校を通り過ぎ、〈府中一中前〉に着いた。ここで下りた。ナビに従って国分寺街道から小金井街道の方向へ住宅街を抜けた。道を寸断するように大きな病院が建っていた。かすかに消毒薬の臭いがする広い敷地を迂回して、裏手にある低層マンションの前に出た。二階の壁に〈特別養護老人ホーム・ユキノシタ〉〈デイサービス・ユキノシタ〉とよく目立つ看板がかかっていた。表に面したガラス窓には白い花のシートが貼ってあったが、隙間から中が見えた。輪になったお年寄りが音楽に合わせて腕をまわしている。

インターフォン越しに名乗った。すぐにドアが開いた。わたしと同年配だろうか、髪を結い上げて丸メガネをかけた女性スタッフが出てきた。大野さんを紹介し、挨拶した。

「国分寺署から連絡をもらっています。お知り合いで、身元確認に来られたとか」

女性スタッフは本屋のほうの名刺を受け取りながら、汚物でも見るようにわたしを見た。探偵にとって、なじみ深いまなざしだ。故郷に帰ったような気持ちになる。

「お忙しいところ申し訳ありませんが、よろしくお願いします。施設長さんでらっしゃいますか」

「そのマットの上で靴を脱いでそっちのスリッパに履き替えて。熱をはかってください。ワクチンは何回受けてますか」

高飛車な物言いだった。名札はつけていなかったし、名刺をよこさなかったので立場はおろか名前もわからない。心の中で〈ロッテンマイヤー〉と呼ぶことにした。名乗らないのだから、なんと呼ぼうがこっちの勝手だ。

「現在うちの施設では感染予防のため、外部との直接の接触は認めておりません」

大野さんは膝が悪いらしく、靴を脱ぐのに時間がかかった。ロッテンマイヤーはその様子を眺めながらつけつけと言った。

「なので、入所者はそこのガラス戸の向こう側に座り、面会者は手前で立ったまま、ガラス越しにインターフォンを使ってお話しいただきます。よろしいですね」

「稲本和子さんはそれで普通に話ができますか」

「稲本……ああ、センコさんですか。耳は悪くないようなので会話は成立するはずですが。個人的なことは記憶にないみたいですね」

なにに腹を立てているのだか、ロッテンマイヤーの口調にはトゲがあった。

「そうですか。とにかく話しかけてみますが、あの、センコさんというのは」

「駅で保護されたそうなので、うちでは彼女を中央線子さんと呼んでいます。名前がわからないんだから、なんと呼ぼうがうちの勝手ですよね」

やがて、大柄なスタッフに支えられるようにして女性が現れた。黒っぽいタートルネックにトレパン、〈HAPPY CAMPER〉とプリントされただぶだぶのトレーナーを着ている。よろけるようにして折りたたみ椅子に座ったが、膝のあたりに力が入っていた。

「ああ、稲本さん」

大野さんがわたしを押しのけるようにしてガラス戸に近寄った。

「間違いない、やっぱり稲本さんだ。無事でよかった。心配してたんですけど」

女性の口が半開きになり、頬が赤らんだ。あらためてよく観察した。写真とも一致する。間違いない。稲本和子だ。

探していた相手が見つかった。ミッション・コンプリート。

と、くれば嬉しいはずなんだがなと思いながら、わたしもガラス戸の前に立った。目が合った。おや、と思った。合ったと同時に稲本和子がわざと焦点をずらしたように感じたのだ。

大野さんが感極まって泣きだし、音を立てて鼻をかんだ。ロッテンマイヤーがハンドタイプのインターフォンをよこした。和子のほうもスタッフに渡されたインターフォンを耳にあてた。インターフォンを渡そうとすると、興奮した大野さんが手を振って逃れたので、通話スイッチを押した。クライムドラマに出てくる刑務所での面会シーンの超低予算版みたいな景色になった。

「稲本和子さんですね」

切り出して、少し待った。稲本和子の目がかすかに泳ぎ、うすぼんやりとした顔つきになったがなにも言わない。続けることにした。

「はじめまして。葉村晶と申します。吉祥寺の書店〈MURDER BEAR BOOKSHOP〉で、カンゲン先生のエッセイ集を出版するお手伝いをしております。先生から稲本さんにも寄稿してもらいたいと言われまして、あなたを探していました」

やりにくい。話しかけると、少し時差があってのち自分の声がガラス戸の向こうからも聞こえてくるのだから落ち着かない。稲本和子の背後にスタッフが寄り添い、わたしの右では大野さんが泣きじゃくり、左側ではロッテンマイヤーが腕組みをして立っている。施設側にしてみれば目を離すわけにもいかないのだろうが、これではカンゲン先生の名を口にするので精一杯。正式名称〈いぬい・げん〉を出すこともためらわれる。電話番号を伝えろというのが依頼人からのリクエストだが、これは無理だ。

「昨日、和子さんを訪ねて富士河口湖町の〈マニフィークパレ・フジヤマ〉にうかがいました。和子さんが三十年以上お住まいのマンションですよ。ご覧の通り大野さん、和子さんのことすごく心配してました」

和子が国分寺駅で保護されたことなど、その後の事情を一気にしゃべって、間をとった。和子はこれといった反応を示さなかったが、インターフォンを耳にあてたままだ。話は聞こえているはずだ。

「記憶が戻らないそうですが、稲本和子と聞いて思い出されることはないですか。あなたの名前です。稲本和子。では稲本賀津彦さんはどうですか。あなたのご主人ですよね。ご主人のお母さんの稲本カナさんは。〈稲本高級別荘地〉はどうでしょうか」

和子は身じろぎもしなかった。ロッテンマイヤーが鼻を鳴らした。

「ここにはバスで来ました。途中でいくつも学校を通り過ぎましたよ。〈魁星学園国分寺校〉という名前のバス停もありました。和子さん、以前はそこの養護の先生だったんですよね。そうだ、娘の亜紀さんも魁星学園にお勤めでしたね」

　稲本和子がいきなりあくびをした。目に涙がたまった。そのまま立ち上がって、出ていこうとする。慌ててコートのポケットから赤いビーズを出し、ガラス戸に近づけた。

「じゃあ、これに見覚えないですか。和子さんのものでは？」

　稲本和子は振り返ってビーズを見た。一瞬、彼女の唇が激しく震えたが、突然、大野さんが手を伸ばし、インターフォンをひったくってまくし立て始めた。なんてこと。亜紀ちゃんのことも忘れちゃったの？　かわいそうに、稲本さん……。

　稲本和子は立ちすくんでいる。大野さんがバスケットからクッキーを取り出して、これを食べたら絶対にいろいろ思い出すから、と叫んでいる。亜紀ちゃんも好きだったクッキーよ。シナモンがたっぷり入っているの。

　わたしの後ろでロッテンマイヤーが「ひどい」と呟いた。思わず振り返った。彼女は平然とこちらを見返して、小声で言った。

「あのひと、嘘つきよ」

「大野さんがですか」

　あきれて問い返すと、ロッテンマイヤーは再度鼻を鳴らした。

「センコさんよ。あんなインチキな記憶喪失があるもんですか。時々いるのよね、タダで福祉を利用しようってヤカラが。センコさんがそれ。他人の善意につけ込んでる。人間、ああはなりたくないわね」

しばらくすると、施設に所属するケアマネジャーが戻ってきた。稲本和子は自室に引っ込み、残った人間で簡単な話し合いを持った。とはいえ結論は決まっていて、富士河口湖町と国分寺市の担当部署が話し合って今後の彼女の処遇を決めるという。

稲本さんはマンション近くの診療所〈レイクサイド・ホスピタル〉で看護師として長い間働いていたのでそれなりの年金を受け取っているはずだし、〈マニフィークパレ・フジヤマ〉にも資産価値はある、と大野さんは繰り返した。人気が出て、いまは空き部屋が出ると奪い合いだそうだ。しかし経済的な不安はないと聞いてもロッテンマイヤーの態度は変わらず、わたしたちは彼女の嘲るような視線に見送られて施設を出た。

興奮しすぎて鼻血まで出した大野さんは、今日はひばりが丘の娘の家に泊まると言ったので、やってきたタクシーを止めた。中央線の駅まで同乗を勧められたが断って、タクシーを見送った。こちらはカンゲン先生に、探し人を見つけましたと報告しなくてはならない。そして、相変わらず折り返しはない。

先生の連絡先を稲本和子に伝えることはできなかったが、彼女の身柄を押さえられたからおそらくこれで調査は終了だ。稲本和子の居場所は向こうから転がり込んできたわけで、目的達成のカタルシスは得られなかったが、考えようによっては最小の労力で結果を出せたということになる。

というわけで、お疲れ様でした。あとは経費の精算をして請求書と領収書を作り、残金を先生に返せばいいだけだ。

そう思いながらも、納得はできなかった。和子の態度もさることながら、いちばん引っかかっているのは国分寺署の橋爪の言葉だった。完璧なタイミング……ラッキーですよ。誰にとっても……。

バス停に向かって歩き出した。行きと同じく、道は病院らしき建物につきあたった。敷地内の駐車場をショートカットすることにした。門の脇に〈吉原総合病院〉という看板があった。歩きながら考え、思い出した。一九七四年のカンゲン先生日記によれば、よく学校近くの〈吉原病院〉に出かけている。個人病院と思っていたが、その後発展したのか敷地は広大で、病院の形容としては妙だが活気があった。建物は真新しく、大勢が出入りし、駐車場もほぼ満車。

その満車に近い駐車場から、濃紺のバンが一台出ていくのが見えた。〈グランローズ・ハイライフ馬事公苑〉のバンそっくりだった。思わず後を追いかけたが、バンはバス通りに出てスピードを上げ、遠ざかっていった。

バス通り側に抜ける直前〈ハッピータウンパーク〉という小さな公園に行きあたった。鳥の糞だらけのベンチの端に腰かけ、スマホを開いた。カンゲン先生からの返信はなかった。もう一度かけてみた。やはり留守電のままだ。

だんだん心配になってきた。

先生は百万円使ってたまたま知った探偵を雇い、稲本和子の行方を調べさせた。彼女の周辺はうろんである。〈WHリゾート開発〉との間に大きな土地取引を進めていた従兄で夫の賀津彦も三週間以上行方知れず。彼の部屋からは関係資料が消えた。土地の持ち主である賀津彦の母・稲本カナを、賀津彦の失踪後にWHの高橋基が訪ねたらしい。そのWHの東京オフィスには和子のものらしいビーズが落ちていた。オフィスに通じるエレベーターには故障中の札が下がり、誰もがよからぬことを想像しそうなスーツケースが置き去りにされていた……。

いい加減、カンゲン先生から連絡があってもいい頃合いではないか。あの留守電を聞けば、わたしが稲本和子を見つけたこと、それが警察がらみだとわかる。彼女を探しているのを誰にも知られたくないなら、なにがあったか絶対に知りたがるはずだ。

ナビを調べた。現在地からカンゲン邸まで徒歩十五分程度だ。仲枝に会ってみよう。彼女ならカンゲン先生の現状を知っているに違いない。

歩き出したとたん、着信音が響いた。大急ぎで電話に出た。

「もしもし葉村さん。富山です」

思わずつんのめった。この上司、間の悪いことにかけては天下一品だ。全身の力が抜ける。

「……はあ。どうも」

「どうもじゃないですよ」

富山はツケツケと言った。

「いまどこですか。今日もまた店番を土橋くんに押しつけて探偵仕事に出かけたって話ですが。いったいなにをやってるんです?」

しまった。わたしは内心舌打ちをした。最近、富山は〈白熊探偵社〉の仕事にあまり乗り気ではない。だからこそマメに報告をあげておくべきだった。コロナ禍以降、ほとんど顔を出さなくなってしまった上司とはいえ、スネられたら動きづらくなる。

しかたがない。例の口実を使わせてもらおう。

「実は先日、乾巌先生とお目にかかる機会がありまして。ミステリ関係のエッセイを集めた私家版を作りたいとおっしゃるんで、うちでやらせてもらえませんかと交渉し、前向きなお返事をいただけたんですね。それで、先生の書斎にお邪魔して原稿を集めたり、寄稿していただけそうな知り合いの連絡先を調べてまして」

「ほう。それはそれは」

富山は急にご機嫌な口調になった。

「報告が事後になり、申し訳ありません」

「いやいや、それはいいですね。実はこないだカンゲン先生の新作の原稿を周極《しゅうきょく》出版が預かっていると、噂で聞いたばかりなんですよ」

「へえ。そうなんですか」

「周極の社長は魁星の出身だから、内緒で先生の新作を引き受けたのかもしれませんね」

「そりゃなんか爆弾を隠してるからでしょうよ。新作エッセイの楽しみなんてそれしかない。なにもなかったとしても、先生の新作なら学園の生協で一定部数は絶対にはけますからね。うちのミステリエッセイも一緒に売りましょう」

「え、なんで内緒で？」

「あのう、私家版なんですが」

まさか富山が本気で出版する気になるとは思っていなかった。おそるおそる念を押したが、富山は嬉しそうに、

「なに、生協がダメでもカンゲン先生のミステリエッセイならマニア相手に絶対いけます。オックスフォードの本屋でP・D・ジェイムズに出くわしたときの話とか面白いですもんね。ぜひ実現させてください。どうせなら特装版も作りましょうか。製本デザイナーの知り合いがいます。相談すればすごいの作ってくれるかも」

「そこまでしなくても。あんまり高価にして買い手がつかなかったら……」

「そこは葉村さんの腕ですよ。それにあの先生、超のつくお金持ちだし、売れ残っても残らず買い取ってもらえるんじゃないですか。うちに損はありません」

「富山さん、先生をご存じなんですか」

「コロナ禍の前ですが、魁星学園の図書館に文化財レベルのアンティーク本を寄贈して話題になったの覚えてませんか。若いうちから本物に触れておくのはいいことだからと身銭を切った。国分寺校には最高の音響設備を備えたホールやプラネタリウムがありま

すが、あれも先生のポケットマネーで建てたそうですし。カンゲン先生は創立者にかわいがられてかなりの財産を譲り受けたし、資産運用の腕もかなりらしいですよ」

「ずいぶんくわしいですね」

「うちの娘は魁星ですから。ま、身銭を切ったと言ったって、本《もと》を正せばわれわれ父兄から巻き上げた金ですけどね。ただそれをちゃんと学生に還元してるんだから文句はない。以前の理事長やその身内には学園の金をバカラ賭博ですったり、高級車買いあさったりするのもいたから」

魁星学園に通じている人間がこんな身近にいるとは思わなかった。多摩地域では知られた学校ではあるのだが。

「あの図書館は見学にいくといいですよ。地下の閉鎖式収蔵庫は本に関わる仕事をする者なら一度は見ておかないと」

気持ちよさそうに説教を始めた富山は、不意に言葉を切った。

「そんなことより磯谷先生のお別れの会ですよ。葉村さん、ちゃんとやってます?」

「は？　いやあれは、だって」

終わったことじゃないか。

「昨日今日と磯谷先生のお嬢さんからボクのところに電話があったんですよ。お別れの会の件で葉村さんに会いに行ったのに今日も店にいないって。本気で困ってましたよ」

へ？　なにそれ。

「そんなことを言われても。ご報告したとおり、お別れの会については首を突っ込むなとあちらから釘を刺されたんだし」

「でも、困っているって電話が来たのは事実なんで。なにか手抜かりがあったんじゃないですか」

「だから磯谷世奈さんから呼び出されて、磯谷先生のお別れの会は一流ホテルで盛大にやるんだから、ビンボーくさい本屋は引っ込んでろって言われたんですって」

「本当に世奈さんがそんなこと言ったんですか」

たたみかけられて、わたしはしどろもどろになった。

「いや、まあ、世奈さんから言われたわけでは。一緒にいた遠藤って男から……はっきりそう言われたわけじゃないですけど、そういったニュアンスのことを」

「葉村さん、磯谷亘お別れの会の仕事、やりたくなくて話作ってません?」

「正直、気は進みませんけど、だからってそんな嘘つきませんよ」

「そうですか。それじゃあまあ、とにかく、いますぐ店に戻ってお嬢さんの話を聞いてください。どこにいるんですか」

「府中ですが。あのう、いますぐ?」

「はい、いますぐ。府中からなら、小一時間で戻れますよね」

「ええまあ、たぶん」

しぶしぶ返事をすると、富山は、では世奈さんにはサロンで待っていてもらいますからよろしく、と言って付け加えた。

「もちろん乾先生のミステリエッセイ出版の話も進めてください。今週中に掲載エッセイをセレクトして、データをうちにも送ってください。では」

電話は切れた。わたしは穴が開くほどスマホを眺めた。

なにが起きてるんだ？

15

「磯谷世奈と申しますぅ」

名刺を差し出した女性を、わたしはぽかんと見返した。

こんなことなら大野さんのタクシーに乗せてもらうんだったと思いながらバスで国分寺駅に戻り、吉祥寺に移動、息せき切って店にたどり着いたときには三時半をすぎていた。着いた途端に気がついた。タクシーに乗ればよかったのだ。この数年の収入減少で節約癖が染みついていて、時間や体力にしわ寄せがいっている。あまりいいことではない。

午後になって南風から北風に変わり、気温も下がっていたのに二階のサロンには暖房が入っていなかった。そのためだろう、彼女は紺のスプリングコートの上まできっちりボタンをかけていた。髪の毛を後ろで結び、猫形のリュック、オレンジ色のバスケットシューズをはいた四十代。L.L.Bean のトートバッグには漫画本がぎっしり。目が少し離れた人の良さそうな顔立ちをしている。

まぎれもなく、昨日〈MURDER BEAR BOOKSHOP〉の監視カメラに映っていた女性だった。富山が、磯谷先生のお嬢さんから「葉村さんに会いに行ったのに今日も店にいない」と言われた、と言っていたのでカメラの女性を思い出してはいた——磯谷世奈に似てはいたが、耳の形や背丈の違う女性を。だが……。

「あのぅ、どうかしました?」

目の前の「磯谷世奈」が小首をかしげた。わたしは開けっぱなしだった口をようやく閉めて、名刺を受け取った。『磯谷世奈　上武生命保険会社代理店株式会社ユキテテ営業』……吉祥寺パルコのスタバで会った「磯谷世奈」から渡されたのと同じものだ。ただしまっさらで、角も折れていなかった。

いまここにいる「磯谷世奈」は、富山とは古くからの知り合いだ。その富山を通じてわたしをここに呼び寄せた。つまりこちらがホンモノの「磯谷世奈」で、一昨日の「磯谷世奈」はニセモノだったことになる。

くそっ。

思わず歯がみした。途端に左上顎から脳天まで激痛が走り、気が遠くなりかけた。気がつくと「本日の磯谷世奈」が不審そうにこちらを眺めていた。背中を向け、バッグから名刺入れを探しつつ、痛みと悔しさにふき出した涙を指でさっと拭いた。

「失礼しました。どうぞおかけください」

わたしは「本日の磯谷世奈」に名刺を渡してソファを勧め、エアコンを入れ、缶コーヒーを出しながら考えた。

思い返せばヒントはあったのだ。磯谷世奈は四半世紀前の大学在学中に富山の下でアルバイトをしていた。ということは現在四十代なのに、一昨日の世奈は老けメイクにもかかわらず若く見えた。営業職なのに「電話は苦手」の一点張りで、富山と話してと頼んでも断固拒否した。スパイウェアで話し合いを録画していたのも、考えたらおかしな話だ。

だが、まさかニセモノが現れるとは考えてもいなかったし、〈磯谷亘のお別れの会〉事務局はカンゲン先生の依頼を受けたあととなっては余計な仕事でしかなく、手を離れるならそのほうがありがたかった。それで違和感を無視してしまったのだ。

情けない。また歯がみをしたくなったが、軽く舌を嚙んでガマンした。この歯痛、なんだか尋常ではなさそうだ。歯医者に予約を入れたほうがいいだろうか。

部屋が暖まってきた。磯谷世奈はソファの上でコートを脱ぎながら、のどかにしゃべり始めていた。

「葉村さん、きっと連絡くださってたんですよねぇ。実はスマホなくしちゃって、そのすったもんだでこちらへの連絡が後回しになってしまいまして。下の本屋さんで聞いたんですけど、連日お仕事で出てらしたんですよねぇ。わざわざ戻っていただいて、すみませぇん」

「そのスマホ、どこでなくしたんですか」

「そぉれがわっかんないんですよぉ」

世奈は肩を落としてみせた。一瞬、本気で心配しそうになった。このひと、営業として意外とできるのではないだろうか。見るからに有能そうな人間よりも多少泥臭い相手のほうが、人間ガードが緩くなる。

「気づいたら部屋になくて。場所を特定しようとしても電源が切れてんだか反応ないし」

「盗まれた可能性はないですか」

「はあ？」

目を丸くした世奈に一昨日の話し合いについて説明し、隠し録りした音声を聞かせた。

話が進むにつれて、戸惑っていた世奈の顔が徐々に引きつっていく。聞き直してみて、わたしにも新たに気づいたことがあった。「一昨日の磯谷世奈」は「磯谷亘の娘」と自己紹介しているが、磯谷世奈と名乗ってはいなかった。世奈名義の名刺をよこしたのは間違いないのだが。

録音を聞き終えると、磯谷世奈は天井を見上げて、ふぅ、と息を吐くなり言った。

「モギハルナです」

「はい？」

「いまの録音のなかでしゃべっているコ。茂る木、春の菜の花と書きます」

「お知り合いですか」

「ああ、もう。まぁだあきらめてなかったんだ、あのコ」

世奈は肩を落として話し出した。茂木春菜は世奈の母親である磯谷征子《せいこ》の妹・茂木温《あつ》子《こ》の娘。現在四十三歳の世奈の十八歳年下の従妹ということになる。

「うちの母親、兄ひとり妹ひとりの三人兄妹の真ん中なんですけど、温子叔母さんって遅くに生まれた末っ子で、美人でプライドが高かったんです。叔母っていっても、アタシといくつも違わないんですけどねぇ」

それが悪い男に引っかかり、妊娠した途端に捨てられた。よくある話だが、自分に絶対の自信があった温子には受け入れられなかった。修羅場を繰り広げたあげく自殺を図ったが死にきれず、娘を産んだ。それが春菜だ。

「うちの母親って冴えないひとだったんですよぉ」

世奈はケロリとして言った。

「平凡だし、センス悪いし、料理や家事がうまいわけでもないし。父の仕事で長らくアフリカで暮らして、その後は単身赴任中の父の留守を守ってたわけだから肝は据わってたけど、ごく普通の専業主婦だったわけですよ。父親とはすごぉく仲良くて、ジャズの話とかミステリの話とか楽しそうにしてましたけど」

世間的には姉の征子は「一流商社マン兼作家の妻」だ。一方、温子はといえば、

「春菜を両親に任せきりで遊び歩いて、いろんな男性とつきあったけど結婚までいかなくて。三十過ぎても働かない、勉強するでもない、美人でモテても、しょせんは無職の

おばちゃんじゃないですかぁ。そんであるとき両親に、征子と比べておまえは、みたいなこと言われたらしいんですよ。溺愛されてきた叔母さんにはショックだったみたいで、ずいぶん荒れたって聞きました」

説教から数週間後、温子は死んだ。地下鉄のホームから落ち、列車に轢《ひ》かれたのだ。

「自殺かもって話も出たけど、たぶん違うって母親は言ってました。前の自殺未遂のときも睡眠薬飲んでゲレンデで寝たり、一流ホテルのお風呂で手首切ったり、きれいな死に方？　めざしてたみたい。そんなひとが地下鉄に飛び込んだりしない、飲み過ぎた末の事故に間違いないって。実際、かなり酔っていたみたいです」

問題は温子がなぜ死んだのかよりも、死ぬ直前、温子が春菜にこう言ったことだった。アンタ本当は伯父さんの、つまり磯谷亘の娘なんだよ、と。

「ずいぶん後になってから、温子叔母さんはどんなつもりでそんなこと言ったんだろうって、父親と話したことがあるんです。家族への嫌がらせ、うちの母親への意趣返しってとこだろう、だけど、父は海外赴任が長くて温子叔母さんが妊娠した前後、日本にはいなかったとはっきりしているし、父はAB型で春菜はO型、そもそもいまどきDNA鑑定すれば親子かそうじゃないかくらい、いっぺんでわかっちゃいますから。叔母さんも悪い冗談くらいのつもりだったんじゃないかなって」

だが、春菜本人はその話を真に受けた。母親は自殺だ、死を目の前にした母親が実の娘に嘘をつくはずがない、と言い張った。磯谷亘を「お父さん」、世奈を「お姉さん」

と呼んで、自分も娘なんだからと磯谷家に押しかけてきて居座ろうとした。磯谷亘が帰国する頃には中学生になっていたが、会社に現れるわつきまとうわ。あげくに認知しろと言い出した。

「最初のうちは春菜もかわいそうだ、なんて言っていた父親も、義理の妹と不倫してたとずーっと言われ続けてるようなものだし、なかには信じちゃうひとも出てくるじゃないですかぁ。だんだん頭にきちゃったみたいで。はっきりさせようじゃないかとDNA鑑定をやって、ほら、赤の他人だっただろって結果を見せたんですけどね。春菜、検査にミスがあったんだと頭から認めないんですよぉ。人間って自分に都合のいいことしか信じない生き物だなって、父も苦笑いしてましたっけ」

その後、春菜を育てていた祖父母も高齢になり、施設に入ったり亡くなったりした。直後に征子が脳内出血で急死した。春菜は征子の兄が面倒をみることになったが、本人は家出を繰り返し、やがて音信不通になった。

「父が死んだとき、コロナ禍だったから家族葬だったんですけど、どこで聞きつけたのか何年かぶりに春菜が現れて『お父さん』って柩《ひつぎ》に取りすがって泣いたんです。それで磯谷の親戚が怒っちゃってぇ。うちの父親って大学卒業と同時に筆折ったじゃないですか。あれ、お祖母ちゃんのせいなんですけどね」

作家なんて認めない、男なら一流企業に入るか国家公務員になれ。キツい性格の母親に毎日怒鳴られて、やむなく磯谷亘は商社に入社した。海外の駐在生活が長かったのも、

「お祖母ちゃんと顔をあわせたくなくて自分から希望したんですぅ。お祖母ちゃんが死んだんで作家活動を再開したんですけど、そのことで今度はお祖母ちゃんに激似の娘……父にとっては姉なんですけど、バトルが続いてました。母親が死んだ途端にエロ小説書くなんて身内に恥をかかせてって、何度も怒鳴り込まれてたな」

「磯谷先生、エロ小説なんて書いてましたっけ」

その方面は無味乾燥という印象だけどな、と思いながら尋ねた。世奈は肩をすくめて、

「伯母ちゃんにとっては、男と女が抱き合ってる挿画があればエロ小説なんですよぉ。──父の葬式んときに話を戻しますけど、伯母ちゃん、どこの馬の骨ともわかんないくせに身内面するなって、春菜を葬儀場からたたき出しちゃったんです」

「……それはまた」

「あれはさすがにかわいそうでしたけど、誰も伯母ちゃんには逆らえなくて。またしばらく春菜からの連絡も途絶えました。万一を考えて、相続の手続きも弁護士さんにお願いしたりとか、春菜対策もしなくちゃなんなくて。お金もかかるし、めんどくさかったですよぉ。ま、無事に終わりましたけどね」

その後、世奈は受け継いだ父の家を売った。遺品は倉庫に預けたが、月日が経ち、その処分も考え始めた。父親の命日は五月五日、コロナは五月に五類移行となる。そのタイミングでお別れの会を開き、親しかったひとたちに挨拶して遺品をさしあげよう。そう決めて富山に相談したわけだが、その件をネット上で、

「つぶやいちゃったんですよぉ。春菜もそれを見たんでしょう」

久しぶりに連絡がきて、「あの頃はいろいろ迷惑かけてごめんなさい、お姉ちゃん」と謝ってきた。妹ではなくても従妹には違いないわけで、甘えられたら悪い気はしない。何度か食事を一緒にし、ドライブもした。運転できない春菜は助手席であれこれ気をつかってくれた。それでだんだん気を許し、部屋にも入れるようになった。名刺も渡したと思う。お別れの会についても聞かれたので、〈MURDER BEAR BOOKSHOP〉のことや、葉村晶というひとが事務局を担当してくれることも話してしまった。

春菜は〈お別れの会〉を開くことに反対した。理由はいろいろ並べ立てていたが、煎じつめれば「磯谷亘は世奈と春菜のふたりだけのものなんだから」とでもいうような、幼いいちゃもんにすぎなかった。

「きちんと説得するほどでもないんで、じゃあやめとこう、とテキトーに言ったんだけど、本気でアタシがやめると思い込んだのかな。それで自分が代わりにやろうと思ったのかも。それに、春菜ならアタシのスマホを持ってけます。スキを見てパスコードの変更もできただろうし」

「要するに、春菜さんには世奈さんになりすますだけの基礎知識と機会があったんですね。富山さんとのことも知ってました？」

「話しましたよ。父の件をのぞけば、アタシたち仲よかったんですよね。温子叔母さんの悪い冗談の前から、春菜、アタシのこと『お姉ちゃん』って呼んでたし」

そういえば、一昨日会ったとき、春菜は『先週その富山さんにあ、その、電話もらったんです』とか、『うちもそういうのやったほうがいいのかなってあ、その、言ってるところに』などと言っていた。変な口調だなと思っていたのだが、「あ」というのはおそらく「姉」だ。『富山さんから姉が電話をもらった』『そういうのやったほうが良いのかなって姉が言ってるところに』などと言いかけて、慌てて言葉を飲み込んだのだ。

「春菜って悪いコじゃないんですよぉ」

世奈は缶コーヒーをごくごく飲み干して息をついた。

「温子叔母さんがやらかしたせいか、祖父母は春菜に厳しかったんです。春菜の面倒見始めたときにはふたりとも六十五歳すぎてたから、ジェネレーションギャップも大きかったみたい。昔風のしつけって今はヘタしたら虐待ですもん。食事を残して物置に入れられたり、悪い点数とってぬいぐるみ捨てられたりしてましたから。白馬に乗ったおとーさんが現れたらなって思う気持ちはわかんなくもないんですよ」

世奈は自分に言い聞かせるように言い続けた。

「今回の件だって、葉村さんにしてみれば不愉快でしょうけど、ずーっとアタシのふりなんかできるわけないもの。現にこうしてあっさりバレてるし。きっと正式に磯谷亘の娘としてふるまいたかっただけなんですよ。根は単純なんですよねぇ、あのコ」

「そんな、のんきなこと言ってる場合ですか」

思わず語気が強くなった。世奈はきょとんとしてこちらを見返した。

「え？　もうバレたんだしぃ、春菜にやめるように言えばいいだけなんじゃ」

スマホを盗まれ、自分になりすまされた。どう考えても異常事態だというのに磯谷世奈もずいぶんとおめでたい。

「さっきの録音聞きましたよね。春菜さんは遠藤秀靖という男と一緒に、企業経営者を巻き込んで〈磯谷亘先生お別れの会〉を盛大に開こうとしています。一流ホテルの会場を押さえたり、準備スタッフを用意したり、ひとやお金が大きく動くわけですよ」

「はあ」

世奈は、だから？　という顔つきになった。

「遠藤がどこまで事情を知っているのかわかりませんが、彼はこのイベントにすごく熱心です。世奈さんが春菜さんにやめてねと頼んで、春菜さんが世奈さんの言うことを聞いたとしても、遠藤が簡単に引くとは思えません」

あのときの会話で遠藤は「ハ……いや、世奈とは」と言っていた。春菜と言いかけたのだとすると、事情を知っているどころか計画的とも考えられる。目的が金なら、やめるなら会場のキャンセル料他諸費用を払え、くらいのことは言い出しかねない。

「だって、他人が無断で父のお別れの会を開いちゃうって、そんなのありえませんよぉ」

世奈は口を尖らせたが、葬式と違い、お別れの会なら遺影の一枚で誰にでも開ける。ましてや磯谷亘は作家だったのだ。ファンの集いですと言い張られたら、たとえ遺族でもやめさせることは難しい。

そう言うと、世奈は首をかしげた。

「だけど、うちの父のお別れの会でそんなに人が集まるわけないし、儲かりませんよねぇ。井上天来でしたっけ、あの政治家が愛読書だってとりあげてくれたんで、少しは名前を知られましたけど、ベストセラー作家ってわけじゃなかったし。本人も定年退職後、執筆は小遣い稼ぎだなんて言って、犬の散歩と定食屋巡りが楽しみってくらいの地味ぃな生活してましたよぉ」

「春菜さんは？　作家・磯谷亘についてはどう思ってたんですか」

「どうって？」

「やたら持ち上げたりとか、流行作家だと勘違いしてたりとか」

「さあ。そういえばそういう話をしたことはないかも」

あくまでもわたしの感触にすぎないが、春菜がお別れの会の乗っ取りを言い出して遠藤を巻き込んだというよりはその逆で、策を弄したのは遠藤秀靖ではないか。もっとも、探偵稼業を休業して三年、カンゲン先生からの依頼を受け復活して数日。わたしの探偵としての勘はことごとくハズレている。

とにかく、広告代理店〈天運機堂〉がこの件に乗り出すという話が本当だとしたら、対応策をとっておいたほうがいい、とわたしは世奈を説得した。あっちのお別れの会にひとが集まらなかった場合——そうなる可能性が高いのだが——世奈や〈MURDER BEAR BOOKSHOP〉が妨害したからだ、などと言いがかりをつけられてはたまらない。

世奈はしぶしぶながら相続のとき世話になった弁護士に相談する、と約束してくれた。

世奈主催のお別れの会についてはあらためて細部を打ち合わせることになり、彼女は帰った。会場をうちのサロンにすることに異存はないというし、招待客のリストも案内状も富山に確認しながら自分で作るという。呼ぶのはせいぜい二十五人ほど。磯谷亘の遺産で運営し、会費はとらないそうだ。

となると、こちらで準備しなくてはならないのは、磯谷亘の略歴や作品解題のパンフレットやパネル、当日のお茶菓子くらい。コロナ禍前によく開いていた通常のイベントの準備と大差ない。磯谷亘の講演会のときのデータを富山に送りつけ、チェックを頼んだ。写真パネルを発注し、磯谷亘の作品の表紙をプリントしたケーキの注文を済ませた。あとは磯谷亘の遺品を倉庫から出し、サロンに運ぶ作業が必要となるが、労働量は少なくてすみそうだ。

部屋に戻った。時刻は四時に近かった。このところの強風で、室内はどことなくジャリジャリしていた。顔と手を洗って鼻うがいをし、床を拭いてスマホをチェックした。新しい着信もメッセージもない。本当に、カンゲン先生はどうしてしまったのだろう。

と思った途端に着信があった。一瞬喜んだが、登録名を見てガッカリすると同時に動悸がし始めた。嫌な予感がどうやらあたったらしかった。でなければコイツから電話が来るはずがない。

電話に出た。相手は言った。

「西新宿署の刑事がそっちに行きます」

16

「例のスーツケースの件です。葉村さんが通報者なので、話を聞かせていただくことになります。ご協力よろしくお願いします」

電話の背後でせわしなく声が飛び交っていた。日曜の夕刻だというのに忙しそうだ。郡司翔一《ぐんじしょういち》は警察官だ。出会った当初は警視庁本部の警部付き運転手をしていたが、二年ほど前、世田谷・渋谷を所管する第三方面本部に異動になったと挨拶状をよこした。純朴でマジメに見えるが、勤務中にわたしの知り合いの女性とたいへん親密になってしまったことがあり、それを知るわたしにときどき必要以上に礼を尽くしてくるのだ。そういうことをされると、なんだか「据え膳食わねば」といったような気持ちになって、たまにわたしは彼を利用する。むこうも口止めのつもりなのか、意外と平気で利用される。職務をさほど逸脱しない範囲での話だが。

そんなわけで国分寺に移動する直前、『こんなの見つけたんだけど、よろしく』とコメントをつけてスーツケースの画像を所在地とともに郡司に送っておいた。郡司なら自分の縄張りでなくても手を打つだろう、無視するならそれでもいいや、「警察」に知らせはしたわけだし、なにかあっても言い訳は立つ、と思ってのことだったのだが。

まさか本当に死体が出てこようとは。

エレベーターを思い出し、天に感謝した。あのとき大野さんからの電話がなかったら、調査対象者が入っていないか確認しないわけにもいかずに通報し、スーツケースが開けられる瞬間にも立ち会ったはずだ。心温まる体験だったとは思えない。

「今回の件、郡司は西新宿署にどう説明したの？」

「知り合いの探偵がこんな画像を送ってきた、と西新宿署で地域課の課長補佐やってる同期に転送しただけですよ。そいつ、すぐに部下をあの西新宿のビルに送り込んだそうです。ビルのオーナーはつかまらないわ、部屋の入口に貼ってあった名刺の番号に電話をかけてもつながらず立会人の確保に苦労するわで、開けるまでに時間がかかったということですが」

それで、こんな時間になったんだろうが、やはり誰が見てもあのスーツケース、是が非でも開けて中味を確認せねば、という気持ちになる代物だったということか。イレギュラーな形とはいえ通報しておいてよかった。後になって、わたしがビルヂングに足を踏み入れたと発覚した場合——通り沿いには〈柊警備SS〉の監視カメラがあるし、当然発覚するだろう——、痛くもない腹を探られることになっていた。どのみち西新宿署の刑事とやらは痛くもない腹を探りに来るわけだが。いや、少しは痛い腹か。

「それで誰だったの、スーツケースの中味だけど。男？　女？　ひょっとして仙人？」

「は？　なに言ってるんですか」

ペラペラしゃべっていた郡司が言葉を切り、不審げに言った。

「あら。わたしが通報したから死体が見つかったんでしょ。それくらい教えてくれたっていいじゃない。ＳＮＳにあげるわけでも記者に耳打ちするためでもない、ただの好奇心なんだし」

「いやだから、死体ってなんですか」

「なんですかって、出てきたんでしょ。死体が。スーツケースから」

「死体が出てきたなんて、誰が言いました？」

「出てきてないの？」

「私が知るかぎりは。出てくるはずだったんですか、死体が」

……あれ？

「そうじゃないけど、すごくアヤシいスーツケースだったんだもの。あたりの臭いもひどいもんだったし。だからてっきり……だいたい死体が出たんでなければ、なんで刑事が来るのよ」

「金が出たって聞いてますよ」

郡司はあっさりと言った。わたしは口をぽかんと開けた。

「あのスーツケースから？」

「そう」

「それってどういうお金？」

「知りませんよ。葉村さんのほうが詳しいんじゃないですか」

「刑事が訪ねてくるくらいだから、ものすごい大金よね。千円だったらわざわざ来ないわよね。五万円でも。三十三万八千円でも」

「札束を箱状にしてビニールに包んであったそうだから、数えるのはこれからでしょう」

「あら。郡司のことだから、なんでも把握できてると思ったのに」

持ち上げると、彼はもったいぶって、

「日頃から庁内の情報を集めておくのは基本ですが、わかるでしょ。いまは忙しいんですよ」

「へえ。なんかあったの」

興味もなく尋ねると、郡司は一瞬息を呑み、せきこむように言った。

「ニュースくらい見たらどうですか。昨日の正午からこっち、めちゃくちゃタイヘンだったんですから」

「だから、なにがあったのよ」

「あきれましたね。ホントに知らないんですか。立てこもりですよ、立てこもり。難攻不落の要塞みたいな施設に、刃物持ったじいさんが人質とって立てこもったんですよ。それを知らないってなんですか。最近の若者はろくにニュースも見ないそうですけど、おばさ……探偵までそんなことでいいんですか。この二日間、日本中がこの件で話題沸騰だったのに」

　そういえばそんなニュースを耳にした記憶がかすかにあった。稲本カナを連れていった病院の待合室のテレビでも、記者が興奮してたっけ。

「それはお疲れ様でした。でもあれでしょ、話題沸騰だったって過去形なんだからもう終わったんでしょ、その立てこもり」

「終わりましたよ、現場はね。こっちはこれから大量の書類を作成しなくちゃなんないんで、まだまだ帰れませんけどねっ」

　郡司は鼻息荒く怒鳴り散らし、付け加えた。

「その忙しい時間を割いて電話したのは、西新宿署員が着く前に聞いておいたほうがいいことがあるか、確認したかったからですよ。ま、聞かされてもなにもできませんが」

　スーツケースの件、おまえも関与してるんじゃないのかとほのめかされているらしい。わたしはげんなりした。

「ないない。あったら郡司のとこに情報送ったりしない。今回のわたしの立場はそうね、運のない釣り人よ。たまにいるじゃないの、たまの休日、唯一の気晴らしの釣りに行って、河辺で不法投棄されたスーツケース見つけちゃうヤツが。公共心にあつくて、無視も流れに向かって蹴り飛ばしたりもできない気の毒な小市民よ、わかるでしょ」

「気の毒な小市民はアヤシいものを見つけた場合、知り合いを巻き込んだりせず、ちゃんと通報して警察官の到着を待つんです。念のために教えておきますけど」

珍しく郡司はいらだっているようだった。わたしは逆らわず、次に不審なスーツケースを見つけたときには必ずそうしますと約束した。嘘ではない。スーツケースを開けて中に大金を発見するなんて心温まる体験、絶対に逃せない。

郡司との電話を切った。とたんにまた着信があった。いよいよカンゲン先生かと見知らぬ番号に出たが、相手はドスのきいた声で西新宿警察署のヨシズミと名乗った。吉方《きっぽう》に住むと書いて吉住です。お忙しいところ申し訳ない。通報いただいたスーツケースの件ですが、詳しい事情をうかがいたい。今日は店のほうにいらっしゃいますか。これからうかがってもいいでしょうか。実はすでに吉祥寺に着いておりまして。

吉住の声がスマホからだけではなく逆の耳からも聞こえているように思って外に出た。ドーナッツの揚げ油の甘い香りが風に乗り、鼻をついた。

二階の外廊下から見下ろすと、ドーナッツ屋の行列の脇に手入れの悪いスーツを着た、目つきがとんでもなく悪い男がふたり立っていた。ひとりは電話中で、こちらに気づいて手をあげた。「警察」という単語が耳に入ったのだろう、強風にめげず行列に並んでいた女の子たちがいっせいにわたしを振り仰いだ。

郡司もひとが悪い。刑事が訪ねていくとわざわざ知らせてくれたのだから、場合によっては逃げ出すチャンスをくれたのかと思ったら、そんな気はまったくなかったわけだ。おまけに、こんなヤツらを送り込んでこようとは。ただの聞き込みなら、ご近所にはケーサツの聴取だと悟られないようにするのが常識だろう。それともなにか。探偵に配慮なんかいらないってか。

「突然にお邪魔してすみませんね」

わざとらしい愛想笑いとともに階段をあがってきた刑事たちをサロンに通した。ふたりが入ってきた瞬間に空気清浄器がうなりをあげて稼働し始めた。

吉住は四十前後、猪首《いくび》でがっちりした体格、首のみならず全体的にイノシシを思わせた。連れは二十代後半、背が高く、小生意気そうな顔をしていた。ふたりとも疲労とストレスの臭いを全身から発散している。一瞬、申し訳ない気持ちになった。わたしがスーツケースの件を郡司に知らせたりしなければ、ふたりも今ごろ、どこかで春眠をむさぼっていられたのかも……ってことはないか。郡司が言うほど立てこもり事件がオオゴトだったなら、近隣の警察官は非番や休暇中であっても駆り出されたに違いない。

名刺を交換し、それぞれに缶コーヒーを出した。吉住は腕を伸ばして名刺を眺めた。

「あー、これなんと読むんですかね。マーダーベア……ブックショップ？」

「そうです」

「つまり本屋さんの名刺ってこってすな。あれ、だけど聞いた話じゃ、葉村さん、探偵さんってことでしたが」

マスクの上の吉住の目は口調とは裏腹に、筋肉のわずかな震えすら見逃すかと言わんばかりに鋭かった。まあ、刑事というのはたいていがこんな目つきをしているものだ。鋭いからといってなんでもお見通しということもないが、なめたら痛い目にあう。

本来、スーツケースの件でわたしに隠し事はない。だが、カンゲン先生と連絡がとれないのが痛かった。了解をとらずに先生の名前は出せないし、稲本和子の話もできない。したがって、ビルヂングにいた本当の理由は話せない。刑事たちにはなんとかそこをこすらずにお引き取りいただきたい。

わたしは愛想よく答えた。

「探偵でもありますよ。うちのオーナーがミステリ書店に探偵社がついていたら面白いって思いつきで、公安委員会に届け出したのが〈白熊探偵社〉です。ほとんど開店休業状態ですけどね」

「なぜです？」

「なぜって……ミステリ作家が出入りしている書店がやってる探偵社ですよ？　例えば奥さんの素行調査を依頼したくなったとして、吉住さんならうちに頼みます？　しばらくしてミステリ読んでたら自分とよく似た刑事の話が出てきた、なんてことになりそうな気がしません？　わたしならちゃんとした調査会社に頼みますよ」

吉住は左手を隠した。薬指に結婚指輪のあとが残っているのを思い出したらしい。

「では、今回〈西新宿八龍界ビルヂング〉に行かれたのは、探偵仕事とは無関係？」

「うーん。全然関係ないってわけでも。ビミョーかなあ」

「ふざけてんの？」

吉住に代わって若い刑事がにらみつけてきた。年季が足りないながらがんばっている。

年長者として、がんばる若者は応援したい。怯えた顔をすることにした。

「刑事さんの尋問に？　とんでもない、そんな根性ありませんよ。説明しますとね」

昔なじみの喫茶店〈プドレンカ〉のオムライスが人気とネットで知った。そういえば久しく行っていない。そこで新宿に出て〈プドレンカ〉のマダムと旧交を温めた。たまたまビルヂングの話になり、興味を引かれた。

「興味というのは、どんな」

吉住が訊いた。太ももの筋肉が緊張したのがズボンの生地越しにもわかる。わたしは声をひそめた。

「九〇年代の末に、あのビルで探偵が首吊ってるんです。元はおふたりの同業者で、恐喝容疑で逮捕される寸前だったそうですけどね」

若いほうのメモをとる手が一瞬止まり、すぐに忙しくなったところをみると初耳だったらしい。わたしはマダムや桜井から聞いた話を適度に加工・圧縮して伝えた。綿貫の死後、彼の愛人のひとりがビルヂングで転落死したこと。そのとき唯一ビル内にいた〈甲州装飾工芸〉の新入りが、二十五年近く経ったいま再びビルヂングに出入りしているらしいこと。

先を続ける前に、缶コーヒーをすすった。缶コーヒーの摂取上限は週に一本程度だから、すでに過剰摂取だ。でもおかげで脳はすらすらと話を紡いでくれている。

「綿貫は地方の名家から、お嬢様のご乱行をネタに相当むしり取ってたそうなんです。

それでおたくの上のほうが動いて、逮捕されることになったって……これは探偵業界の噂ですけどね。でも死んだとき、綿貫の銀行口座はほとんどカラだった。集めたお金はどこにいったのか。全部女性につぎ込んじゃったのか。綿貫はマメな性格で、書類の整理など完璧だったそうなんです。そんな男が宵越しの金は持たねえ、とばかりにすべて散財したと考えるよりは、用心深く一部を隠してあったとみるのが自然じゃないですか」

吉住は口をぽかんと開けて聞き入り、若い刑事は必死にメモをとり続けている。なんだか気分が良くなってきた。

「となると、そのお金はどこにいったのか。愛人の転落死は、行方不明のお金と関係あるのか。新入りがいまになってビルヂングに戻ってきたのはなぜか。てなこと考えてたら、あれ、という気持ちになりまして。ひょっとして、愛人は綿貫が残した財産か、そのありかを記したなにかをとりに来て、誤って転落死したんじゃないか。それをその愛人の死体から、新入りがかがめたんじゃないか……なんてね」

わたしは自分がペラペラとまくしたてているのを、半ば驚嘆して聞いていた。そういやそうだ。ひとひとり、四階から落ちてきたらかなりの音がするはずだ。いくら看板屋の新入りがボーッとした男だったとしても、様子を見に行かないのは不自然ではないか。窓を開けて首をつきだせばすむことなのだ。

「そんなこと思いついちゃったものだから〈プドレンカ〉を出た後、ビルヂングに足が向いたんです。あそこの一階のネパールカレー屋、行列ができる瀬戸際だってマダムが言うし、ついでにランチを食べて、腹ごなしにビルをのぞいてみようかと。好奇心は探偵の業なんでね。なので、探偵業と無関係とは言い切れなかったわけですよ」

きれいにまとまったな、と内心得意になったが、吉住はそうは思わなかったらしく、しばらくの沈黙ののち、咳払いをした。

「なかなか面白い話だが、それ全部、アンタの想像だろ?」

「綿貫の隠し財産の件でしたら、そうですよ。仮に想像があたっていても四半世紀も前のおとぎ話……でもマダムの目撃談がホントなら、いままたかつての新入りがあのビルに出入りしているってことになるんで。ひょっとしたら」

「ひょっとしたら、なんだよ。まだその綿貫の隠し財産とやらが残っていると考えたのか。それで不法侵入して、他人の財産くすねるつもりだったとか?」

メモを取り終えた若いのがこちらをにらんだ。吉住はアメではないが、若いのは間違いなくムチ担当らしい。思わずヒヤッとした。カンゲン先生や稲本和子から話をそらすべく、ピーチクパーチク鳴いて敵を誘導したら、そこにもちょっとした落とし穴があったのだ。気を引き締めねば。

「正直、宝探しには興味がありました。でも、お金をくすねるつもりなら、スーツケースの中を見もせずに通報したりしませんよ。だって大金が入ってたんですよね」

「なぜ知ってる」

郡司から聞いたとは言えない。

「あ、やっぱり入ってたんだ、大金。忙しい刑事さんがわざわざふたりもみえるってことは死体か大金が出てきたんだろうと思ったんです。だけど死体だったら、もっとしつこくアリバイとか聞かれるだろうと思ったんでヤマ張りました。アタリでしょ？」

若いのがムッとしたように黙った。

「アタリついでに教えてもらえません？　大金って一億とかそのくらい？」

吉住がつまらなそうに首を振った。わたしは食い下がった。

「え、じゃあ二億？　もっと？　じゃあ三億？　そこまではいかない。なんだ」

「なんだってなんだよ」

若いのがむくれ、吉住が顎をこすった。笑いそうになったとみて、おっかぶせた。

「だって昭和以降の日本の庶民にはいちばんわかりやすい額でしょ、三億って。でも綿貫昶の隠し財産が現ナマって形で出てくるとは思いませんでした。いままでどこに隠してあったんですか。いくらなんでも綿貫が死んでからずっとエレベーターの中にあったわけじゃないですよね」

「ひとつだけ教えておいてやる。あれは九〇年代の現金じゃない」

吉住がぼそっと言った。

「へえ、どうしてわかったんです？　見つかってまだ数時間なのに。……あ、わかった。銀行の帯封だ。二〇〇〇年代以降にどこかと合併して名前の変わった銀行の帯封がしてあったら、一目で古いお金ではないことがわかりますもんね。うん。やっぱりわたしの考えは間違っていなかったんだわ」

「アンタの考え？」

「そもそも、綿貫の隠し財産がお金そのものだったり金目のものだったりした場合、新入りだろうが誰だろうがすぐ持ち去りますよね。だから問題のお宝はあのオフィスのどこかにあって、しかも金目の物ではないのかもしれない。新入りはいま現在までそれを探している最中なのかも。っていうのがわたしの考えだったんですけどね」

「オフィスのどこかにあって金目の物ではない？　なんだよ、それ」

「さあ。でも綿貫は恐喝者だったわけだし、そのお宝となると。ねえ？」

自分の話が矛盾しているのに気がついた。綿貫の口座がカラだった、というところから隠し財産の話に持っていったのに、お宝が恐喝のネタだというのはヘンではないか。この矛盾を解消するためには、愛人の転落死の直後に新入りが隠し財産を入手。使い果たした後、いままた恐喝のネタを探しに戻ってきたということにするしかないが、話は長くなるほどアラがめだつ。矛盾は指摘されるまで無視することにして、話を継いだ。

「言っておきますけど、万一それを見つけたとしてもくすねたりはしませんよ。恐喝なんてそう簡単にできるわけないし。うちで扱っているミステリの大半で犯罪は割に合わないことになってます。恐喝犯ってたいてい殺されるんですよね」

「じゃあアンタ、なんでなんの得にもならんのに、いい歳こいてあんなボロビルの歪んだ階段わざわざのぼったんだ？」

吉住が面白くなさそうに指摘した。わたしは肩をすくめた。

「だからカレーの腹ごなしですよ。食べたら運動は健康の基本でしょ。それに得もありますよ。なにしろここ、ミステリ書店ですから。いいミステリのネタを仕込んでおけば、作家さんとの会話も盛り上がります。今回の件だって、そうですね、ハードボイルド作家の角田《つのだ》港大《こうだい》先生あたりに話したら喜ばれそうですもん。それで角田先生のご機嫌がよくなればこの先また講演会やサイン会をお願いできるし。コロナ禍でこの手のイベントは縮小されてきましたけど、うちにとっては大切な収入源なので」

そういや角田先生は磯谷亘の『ハルマッタンの亡者』文庫版の解説を、磯谷亘は角田港大の〈失われた街〉シリーズの解説を書いていたな、と思い出した。対談をしたこともあるはずだ。角田港大はウイスキーのコマーシャルを長年務めて一般に顔が知られているし、場を盛り上げるのがうまく、イベントにはもってこいの作家である。そうだ、角田先生を〈磯谷亘のお別れの会〉に呼んだらどうか。長いつきあいの富山が頼めばイヤとは言わないだろう。磯谷世奈も喜んでくれるんじゃないだろうか……。

「ミステリのネタ？　くっだらないな。アンタの都合や考えはどうでもいいから、スーツケースを発見したときのことをきかせてもらえませんかねえ」

若い刑事が鼻を鳴らし、わたしは我に返った。吉住が眉根を寄せてこちらをにらんでいる。磯谷亘のお別れの会についてなど考えている場合ではない。

隠し事があるときは、話せることをすべて話すにかぎるという原則に従って、前後の行動をみっちりしゃべった。四階のオフィスのドアを開けたのはあくまで風でドアが揺れていたから、中に入ったのは空き室だったからだと強調した。エレベーターのボタンを押してしまったあたりのことも念入りに説明した。稲本和子に関する電話については省略した。

「で、スーツケースを見つけたとき、なぜ通報しなかったんだ?」

若いのが三白眼をこちらに据えた。タメ口どころか上からの物言いになっている。怯えたふりなどしてやるんじゃなかった。

「そりゃ見つけたのが死体か大金だったら迷わず通報しましたよ。だけど、なんか臭いわガムテープでぐるぐる巻きだわ、故障中の札が出ているエレベーターに置いてあるわ、十分にアヤシいけどスーツケースは所詮スーツケースだし。開けてみたら中味は八丈島名産のクサヤの干物かもしれない。どうしていいか考えあぐねて、知り合いの警察官に丸投げしたわけですよ。でもお知らせしといてよかった。でないと、スーツケースは当局の目に触れないまま闇に葬られたわけでしょ」

恩着せがましく強調すると、若いのがペンを振ってとげとげしく言った。

「そんなことにはならなかったさ。われわれはビルヂングにも〈WHリゾート開発〉にも目を光らせてたんだからな。アンタの通報がなくたっていずれは捜索してたし、そうなりゃスーツケースや血痕も見つ痛ッてぇ」

吉住が若いのの脛《すね》を蹴飛ばした。わたしは身を乗り出した。

「〈WHリゾート開発〉っていまの四階のオフィスの会社ですよね。なんかやらかしてるんですか。スーツケースから出てきた大金って犯罪絡みなんですよね」

「へえ。なぜそう思う」

若いのが涙目で脛をこすっているのを横目に吉住が訊いた。

「血痕があったって、いまそちらの刑事さんが言ったじゃないですか。だいたいスーツケースがただの落とし物なら刑事さんたちが来るわけないもの。ね、どうして警察は〈WHリゾート開発〉をマークしてたんです？　血痕ってどこから見つかったんですか。さしさわりのない範囲で教えてもらえません？　ミステリ作家も興味をもつと思うんですよ」

「お忙しいなか、ご協力ありがとうございました」

吉住は無表情に言って立ち上がった。

「あら、もう終わりですか。刑事さんに尋問されるなんてめったにない経験だし、いいネタになるんですけどねえ」

わたしはいかにも残念そうに立ち上がり、刑事たちを送り出した。風はまだ強かった。いや、ますます強くなっていくようだった。村松さんちの桜の老木の枝が揺れ動いていた。なにかが倒れ、なにかが転がっていく音がして、誰かが悲鳴をあげた。

その瞬間、気がついた。

犯罪絡みと思われる大金が見つかった。その大金はWHと関係しているに違いない。

状況はすこぶるきな臭い。

仮に、ＷＨに関する捜査がすでに始まっているなら、〈稲本高級別荘地〉との土地取引についても警察はすでに知っている可能性がある。ひょっとして稲本賀津彦はＷＨ側の人間として警察に目をつけられ、そのせいで姿を隠しているのではないか。

あるいは。

オフィスのすぐ外には稲本和子の赤いビーズが落ちていた。場所は不明だが、血痕も見つかったらしい。水回りには漂白剤の臭いが残っていた。和子は記憶をなくしていた。記憶喪失は、頭部外傷と強い精神的ショックの組み合わせで起こった可能性が高い。

ＷＨが警察に目をつけられるような組織だとして、警察が賀津彦に接触したとして、それに危険を感じたＷＨは東京本社に賀津彦を呼び寄せ、大金を見せて油断させ、そして……。

その場か、あるいはまだその気配が残る現場に和子が居合わせることになった。逃げる途中、和子は腕輪を壊してビーズを落とし、階段で頭をうち、記憶を失い、それでもなんとか国分寺駅まで逃げ延びて保護された。ことによると脳の腫れがおさまった現在、ロッテンマイヤーの言うように記憶は戻っているのかもしれないが、そのまま記憶喪失のふりを続けるしかなかったのだろう。

一方、犯人は死体の処分で精一杯、大金はエレベーター内に隠しておくことにして〈故障中〉の札を下げ、あの場に放置した。その場合、犯人はおそらく〈ＷＨリゾート開発〉の高橋基かその仲間で、賀津彦抜きで〈稲本高級別荘地〉の土地を手に入れるため、施設にいる稲本カナに会いに行った。

これで、全体のつじつまはおおよそあってしまう。

血の気が引いた。仮にそうだとしたら、わたしは厄介な事態に頭のてっぺんまで浸かってしまったことになる。

警察は大金とスーツケースを念入りに調べるだろう。賀津彦が大金に触れていたらその指紋が見つかる。賀津彦の死体が出てくれば、警察は妻に話を聞こうとする。結果〈MURDER BEAR BOOKSHOP〉の葉村晶が稲本和子を捜し回っていたことも知れる。スーツケースの「通報者」がスーツケース絡みの死体の奥さんを探していた……これを偶然だと思う警察官などこの世にいるわけがない。あの世にもいないだろう。

国分寺署の橋爪から、わたしが稲本和子を訪ねたことも知られてしまう。ユキノシタのロッテンマイヤーかスタッフが、わたしが和子にあの赤いビーズを見せたことに気づいたかもしれない。となると、赤いビーズを現場から持ち出し、いまだに隠していることもいずれわかってしまうかも。すると、あの場に和子が居合わせた可能性に気づいていながら、それを刑事に告げなかったことも明らかになる。

ヘタしたら捜査妨害。状況次第では証拠隠滅。犯人隠避《いんぴ》……にはあたらないだろうが。

うわー。

頭を抱え込みたくなった。なにやってんだ、わたし。

落ち着け、と自分に言い聞かせた。最初からこの事態に気づいていても、どのみちカンゲン先生の許しもなく稲本和子の、ひいては賀津彦や〈稲本高級別荘地〉の話を持ち出すわけにはいかなかったのだ。内緒にしていた事実がバレたら吉住にも若いのにも恨まれ、とんでもないしっぺ返しをくうことになるだろうが、そんときはそんときだ。

ふたりの刑事を送って階段まで行った。頰が引きつっているのが自分でもわかる。マスク必須の時期が終わっていなくてよかった。

若いのに続いて階段の半ばまで下りた吉住が不意に足を止め、きびすを返して階段を駆け上がってきた。

「アンタ。葉村さん。ひとつ聞きたいんだがね」

「えっ。は、はいっ」

気づかれた？　いや、賀津彦の名前はまだ警察に届いていないはず。だが待て、〈WHリゾート開発〉を調べれば、最近の仕事として〈稲本高級別荘地〉が浮かぶ。砂永や花谷たちに話を聞けば、こちらのコースからもわたしの名前が……いや、さすがにまだそこまで捜査が進んでいるはずがない。じゃあなんだ。隠し事があると悟られたか。ミステリ好きの面倒なおばちゃんの演技をやりすぎたか。

光の速度で考えばかりが駆け巡った。対処のしかたを思いつく前に、吉住は猪首を伸ばし、ドスのきいた声で言った。

「アンタに頼めばもらえるかな。角田港大先生のサイン」

17

サロンに戻ってソファにぶっ倒れた。

左上顎が鈍く痛む。筋肉痛もひどい。頭痛もする。動悸もある。冷や汗もかいている。花粉症の薬を飲んでいるからこのうえ鎮痛剤まで飲みたくない。動けない。

だが、寝ている場合ではない。

この自縄自縛《じじょうじばく》の状況を打破するためには、なにはともあれ依頼人と話さなくてはならない。先生の許しをもらい、死体の身元が特定される前にこちらの事情を吉住たちに打ち明けられれば、大目玉を食らうことに変わりはなくても心証はマシになるはずだ。

しかし、相変わらず先生は電話に出なかった。最後に話したのは昨日、河口湖に向かう直前のことだ。連絡がつかなくなって一日半たっていることになる。

お元気そうに見えたが、先生もまもなく九十歳。半年もの間、ケガと病気で療養されていた。なにが起きても不思議ではない。

いっそのこと押しかけようかと思ったが、〈グランローズ・ハイライフ馬事公苑〉は予約なしの探偵を歓迎してくれるほどおめでたい施設ではなさそうだ。招かれていたってアンドロイドのような整形美人が出迎えただけで、お茶も出なかったのだから。

ふと思いついた。先生の部屋の固定電話に盗聴器が仕掛けられていたとして、外部の人間にそんな真似ができるだろうか。香苗の話では、カンゲン先生があの施設に入所したのはコロナ禍の直前だ。親戚といえども個室に上がり込み、気づかれずに盗聴器を仕掛けるなんてことはかなり難しいのではないか。

となると盗聴は施設の仕業なのかも。盗聴というより、入所者保護を目的に外部との通話内容をチェックするシステムがあるとか。認知症が進んだ入所者もいるはずだ。施設に入っているからといって、詐欺師の餌食にならないともかぎらないわけだし。もしそうなら、盗聴の心配はない、ということになるのだが。

もう一度カンゲン先生にかけた。留守電が応対した。意を決してグランローズの代表番号にかけた。「ただいま回線が大変混み合っております。しばらくお待ちいただくか、おかけ直しください」と自動音声に言われ、音の割れた『オリーブの首飾り』をひとくさり聞かされた。同じセリフと音楽を三十七回聞いたが、誰も、鳩すら出なかった。

三十八回目を聞いている途中で意識が飛んだ。夢うつつの脳内を調査内容がぐるぐるめぐった。稲本亜紀の死、稲本和子の発見、綿貫昶の自殺、「大金」が出てきたスーツケース、セカンドの転落死、逃げていく大友治朗の後ろ姿、怒鳴り散らす大友竹市、突っ込んできたワゴン車……郡司が言った。立てこもりですよ、立てこもり。難攻不落の要塞みたいな施設に、刃物持ったじいさんが人質とって立てこもったんですよ。

目が覚めた。手の甲でよだれを拭きながら起き直った。

待てよ。待てよ待てよ。

郡司翔一は世田谷を所管する第三方面本部にいる。グランローズは世田谷区にある。あの施設は城、難攻不落の要塞みたいな建物ともいえる。

いや、まさか。世田谷には立派な施設が山ほどある。よりによってそんなわけ。

でも。

電話を切って、ニュースを呼び出した。ランキング一位から四位までを世田谷の立てこもり事件が占めていた。正確に言えば、世田谷の超高級有料老人ホーム〈グランローズ・ハイライフ馬事公苑〉に刃物を持った老人が立てこもった事件と、その補足情報だ。

驚きあきれてニュースを読みあさった。

二〇二一年、大手製薬メーカー〈ファウンテン＝ウッズ製薬〉が、啓論《けいろん》大学医学部と共同開発・販売していた睡眠導入剤〈ファブル２２１Ｂ〉に重大な副作用が疑われた。飲み続けると急激に血糖値が下がり、意識を失うにいたる事例が多数報告されたのだ。この症状を呈した七割以上の患者に糖尿病の既往歴はなく、血縁者にも糖尿病患者はいなかった。共通点は〈ファブル２２１Ｂ〉の連用だけだ。

このことは即刻、治療にあたった医師から製薬メーカー側に通告されたが、〈ファウンテン＝ウッズ製薬〉は「薬との因果関係が不明」としてこの件を一ヶ月以上も放置。啓論大から情報を知った厚労省が注意喚起して、ようやく表沙汰になった。しかし公表されるまでにも患者は増え続け、救急車の臨場要請が相次いで、コロナ禍の医療体制をさらに圧迫。公表の十日前には、都在住の四十代の女性がホームで倒れて線路に転落、轢死《れきし》していたが、これもこの薬の副作用によるものではないかと疑われた。

製薬会社は激しいバッシングを受けた。特に世間の怒りを買ったのが、〈ファブル221B〉の危険性が指摘された数日後、森篤志《もりあつし》社長から、名誉会長である父親の森威至《たけし》に「アレを飲むのはやめた方がいい」という連絡が入っていたとされる一件だった。長年、不眠を訴えていた森名誉会長も〈ファブル221B〉の連用者だったのだ。

この件について追及されると、当初、森名誉会長は「息子がいちばん最初に心配しなくちゃならないのは親の身体だ。世間より先に知らせてなにが悪いんだ」と報道陣に怒鳴り散らし、アレ＝〈ファブル221B〉と暗に認めた。その後「アレとは酒のことだ。飲み過ぎをたしなめられたんだ」と釈明したが、注目を集めた結果、事態が公表される前に森名誉会長とその親族が〈ファウンテン＝ウッズ製薬〉の株を売り逃げていたことが発覚。さらに、副作用についての会見が開かれて暴落した株を、今度は買い集めていたことも明らかになった。

株主総会を前に開かれた取締役会で、森篤志は満場一致で社長職を解任された。だが威至名誉会長は、

「なんでオレや息子が辞めなきゃならんのだ、オレの作った会社だぞ、とぶち上げて、誰がなんと言っても絶対にひかなかったそうですよ」

郡司は電話の向こうでため息をついた。

立てこもり事件の現場がグランローズだということは公にされているが、人質になっ

たのがどこの誰だかわからない。そこで郡司に電話した。さっきのいまだし、電話をたたっ切られるかもな、と思ったのだが、実は一昨日あの施設に足を踏み入れたんだわ、と伝えたところ驚いたのか、事件について気軽に話してくれている。

「名誉会長は唯我独尊タイプの独裁者で、一緒に起業したファウンテン……和泉《いずみ》家を追い出すにあたっては、反社を使っての脅迫行為があったって噂です。フェアとか正義とは真逆の信念の持ち主でして、他人に冷たく身内に甘い。五年前に奥さんが死んで、あのとんでもなくお高い施設に入ってからは余計にえばり散らし、施設のスタッフの評判も最悪です。まあ御年八十七ですからね。前頭葉が縮んじゃってても不思議はないけど」

施設のラウンジを思い出した。ケータイで誰かを怒鳴りつけている老人がいた。画像で見た森名誉会長によく似ていた。たぶん本人だったのだろう。

息子から薬害の情報を先んじて得て、世間に公表される前に自社株を売り、あるいはその情報を身内に流し、不正に利益を得たのだから、言い訳のしようもないインサイダー取引だ。当然、証券取引等監視委員会の調査を受けていたわけだが、

「事件を起こすまでは委員会の任意の聴取にも応じていたそうなんですけど、脳味噌が前世紀のままアップデートされてないからインサイダー取引が犯罪だとは思っていないんですよ。一般投資家が知らない情報で儲けるのは、われわれ創業家の特権じゃないか。なのに逮捕だ？　ふざけるな、と」

「そこまでの言動は理解できなくもないとして、どうして立てこもり？　八十七歳のす

ることじゃないわ」

「ですよね。金持ちなんだし、逮捕が嫌ならどっかの病院のＶＩＰルームにでも入院すればよかったのに」

「いや、よくはないけど」

「まだ聴取にこぎつけられてないからわかりませんが、この手の事件って、なんというか、流れで起きちゃうんですよ。本人だって、たぶん途中で、なにやってんだオレ、なんて思ったんじゃないですか。でもほら、やっちまったらなかなか引き返せないっていうか。アクセルをベタ踏みし続けて足を離せなくなってたんでしょうかねえ」

昨日の正午前、訪ねてきた弁護士から逮捕間近と聞かされた森名誉会長はラウンジのアクリル板を蹴倒し、放り投げた。これが近くにいた入所者にあたり、入所者は軽いケガ。さらに女性スタッフを突き飛ばし、ラウンジで作業中だったレンタルグリーンのスタッフが持っていた花鋏《はなばさみ》を奪ったうえ、三階の自室に戻って扉を閉ざそうとした。後を追ってきた弁護士がこれを押しとどめると、名誉会長はさらに逆上。花鋏を振り回して弁護士にケガを負わせ、通りかかった入所者の襟髪《えりがみ》をつかんで自室に引きずり込み、鍵をかけて立てこもった。

施設と弁護士とで扉の外から、電話でと説得したが、名誉会長はとにかく自分の逮捕をやめさせろの一点張り。しまいには電話にも出なくなった。その時点でようやく施設が通報し、警察が出動したが交渉は進まず、事件発生からＳＩＴが突入した今日の午後二時すぎまで立てこもりは二十四時間以上に及んだ。たったひとりのじいさん相手に長々と、なにやってんだケーサツ、という書き込みがネット上にあふれかえったのも、むべなるかな、である。

「批判は甘んじて受けますけどね。じいさんなのに、じゃなくて、じいさんだからタイヘンだったんですよ。骨密度は低レベル、肝硬変直前の脂肪肝、高脂血症高血圧、腎機能の数値は医者もビックリするほど。人質も当然高齢です。ヘタに突入して腕つかんだだけでボキッといきかねないし、閃光弾《せんこうだん》なんか使ったら心臓発作を起こすかもしれない。おまけに、なんなんですかね、あの建物は」

バブル期に建てられ、東日本大震災後に耐震補強を施されたグランローズは頑丈そのもの。ご近所にミサイルが撃ち込まれても直撃じゃなきゃ大丈夫、を売りにしていたそうで、

「すごい金をとるだけあって、ちょっとしたシェルター並みですよ。突入するたって入り込みようがない。その昔、浅間《あさま》山荘事件で使ったでかい鉄球をぶつけたって、一日やそこら壊れませんよ、と施設の運営者は胸を張ってました。しかも、あそこの施設の部屋はそれぞれが購入した個人宅で、台所もあるし水道も使える。特に名誉会長の部屋には業務用のバカでかい冷凍冷蔵庫があって、大人ふたりが三週間はおなかいっぱいにすごせるだけの食料がぎっしり」

「あらま」

「だから、お食事をお持ちしましたとドアを開けさせる手も使えない。会長が疲れて寝込んだところでマスターキーと工具を使ってこっそり部屋に入る方法が最良だったわけですよ。会長がぜんぜん寝ないのにはうんざりさせられましたけど。さすが不眠症だけのことはありました」

郡司は自分が作戦を立てたかのように言い、人質も犯人もケガや体調不良どころか元気いっぱいに解放された、と付け加え、わたしは口を極めて褒め称えた。

「さすが、やっぱりプロのすることに抜かりはないわね。恐れ入りました。……ああ、ところで人質になったのはどこの誰？　全然報道されてないんだけど」

郡司は喉の奥で咳払いをした。

「それについては伏せてあります。人質の身元保証人の強い希望でね」

「身元保証人って？」

「有料老人ホームというのはたいてい、入るときに親族の保証が必要なんですよ」

「てことは、わたしみたいに亭主も子どももいない人間は入れないってことね」

「オレも入れてもらえませんけどね。そもそもそんな金ないし」

「だったら人質には配偶者か子どもがいるのね」

「とはかぎりません。近い親族なら誰でも、それこそイトコでも甥でもかまわな……だから、いっさい発表できないんですって」

「話は変わるけど、郡司の昔のボスだった当麻《とうま》警部って、いまどこにいるの？」

「は？　なんです突然。よく知りませんけど」

郡司が早口になった。どうやらアタリらしい。

「一昨日グランローズに行ったとき、ワークブーツ履いた庭師が働いてたのね。冬枯れから目覚めたばかりの庭でと不思議に思ったんだけど、いま思うと、なんか見覚えがあったのよね、あのワークブーツ。当麻警部の部下のひとりにあんなのがいたような」

「気のせいじゃないですか」

郡司の語尾がかすかに震えた。この男、根っからの善人で正直者なのだ。

「考えたんだけど、警視庁から証券取引等監視委員会に出向することもあるわよね。当麻警部ならそういう場所でも力を発揮しそう。で、もし出向してたらその場合、話題の八十七歳を監視するべく、部下を施設に潜り込ませることもありうる。ああ、でも、部下が監視に入っていた施設であんな騒ぎが起きちゃったってことだと、警部もヘタすると責任を問われかねないか。無能で無責任な輩にかぎって、こんな騒ぎになる前に止められなかったのか、なんて無茶な弾劾《だんがい》するものだから」

電話の向こうで郡司は黙っていた。もう一押しすることにした。

「ま、わたしには関係ないか。余計なことでした。そんなことより、一昨日わたしが訪ねたのは乾巌っていうエッセイストなんだけどね。今度、うちの書店で私家版のエッセイ集を編む話が進んでるんだけど、今回の事件で体調を崩されてないか心配で。わたしは先生を病院に見舞ったほうがいいのかな。それとも施設に電話しとけばそれで十分かしら。どう思う？」

ややあって、郡司は言った。

「オレなら見舞いに行きますね」


稲本和子と面会した帰り、府中の〈吉原総合病院〉の駐車場で見かけた濃紺のバンは、やはり〈グランローズ・ハイライフ馬事公苑〉のものだったのだ。先生はあれで入院したに違いない。丸一日以上人質になっていたのだから救急搬送でいいわけだが、それだと人質が乗っているとバレ、マスコミを大勢引き連れて移動することになるのであの濃紺のバンを使ったのだろう。

居場所がわかったのだから、あとは電話をつないでもらえばいいだけだが、葉村晶からではつなぐどころか伝言を届けてももらえまい。親族、たとえば米倉伸枝になりすましたいところだが、個人名の公表を拒否した身元保証人が乾則祐だとすると、伸枝もすでに病院に着いているかもしれない。そこへ「本人」からの電話はマズい。

ネットで代表番号を調べ、〈吉原総合病院〉にかけた。「姪の奥山香苗です」と名乗り、カンゲン先生につなげと粘るつもりだったが、時間外だと自動音声にあっさりシャットアウトされた。他の番号も試してみたが、さすがは日曜日。どこも時間外扱いだ。

部屋に戻った。時刻は七時を過ぎていた。うっかりベッドにへたり込んだらそのまま動けず、テレビのリモコンさえ持ち上げられなくなった。

今日は朝から忙しかった。桜井からの連絡、調べ物、西新宿八龍界ビルヂング界隈をうろつき、謎のスーツケースを発見。国分寺の警察署と府中の福祉施設に出向き、吉祥寺にとって返して磯谷世奈と西新宿署の捜査員の来訪を受けた。五十過ぎの人間にしてはたいそうな仕事量だ。こういう疲れ方のときにムリをするとドジを踏み、余計な手間が増える――それがわかる程度には、わたしも歳を食っている。カンゲン先生と連絡をとらなくてはならないことにかわりはないが、焦ってもしかたがない。明日の朝、早くから動いたほうが効率的だ。

そう決めると空腹を感じ、家を出た。高架下の台湾料理屋に入り、エビチャーハンを食べた。歯痛の最中にプリプリしたものを注文するなど、どうかしていた。

左頰を押さえながら帰宅し、風呂をセットした。できあがるまでの間にネットで羽鳥さんの娘さんの歯医者を探し、いちばん早い木曜の予約をとった。

ついでに〈吉原総合病院〉について下調べをした。

ホームページによると、内科医の吉原鎮《おさむ》医学博士が個人病院〈吉原病院〉として開業したのが一九五一年。その後、発展して現在では内科、外科、皮膚科、眼科、整形外科、小児科、産婦人科等の診療科目がある。現在の院長は三代目の田中某。五年前に地下二階地上三階建ての新病棟が完成。病床八十五。大部屋と個室の他に特別個室が七部屋あって、いちばん高いのは一泊八万八千円だった。

都内にある有名私立大学病院のＶＩＰルームは一泊二十万以上するから、それに比べたら半額以下だがなかなかのお値段だ。きっと壁が金箔張りで、床はポルトガル産の白大理石で、天井に八方睨み鳳凰図でも飾られているのだろう。カンゲン先生が入院しているのはこの特別個室しか考えられないが、場所がどこなのかはわからなかった。

口コミをのぞいてみた。医者が親切。医者が不親切。受付が丁寧。受付が無愛想。警備が雑。警備が厳重。

発熱外来は旧病棟の奥にあって、ピーク時には通用口の外にまで行列が続き、高熱があるのに吹きさらしで長いこと並ばされた。表玄関から入れるのは一般科目の予約患者だけ。入院中の家族に差し入れを届けるため通用口の警備室に行ったが、警備員はわりと多いのに対応しているのはひとりだけだった。最近は発熱外来も予約患者しか受け付けなくなった。でも電話は全然つながらず。受付はネットでしろと自動音声に言われるが、スマホ持ってない年寄りにどうしろと。等々。

うーむ。

患者のふりをすれば入り込めるかと思ったが、そうもいかないらしい。そりゃそうだ。探偵にうろつかれたら病院としてはいろんな意味で大問題だし、こちらも非常識のそしりを免れない。自覚がないだけで、すでに現在スーパー・コロナかハイパー・インフルエンザのキャリアなのかもしれないし。

風呂ができたと音楽が鳴った。まあ、いいや。わたしはあくびをかみ殺した。うまくいけば、朝には電話がつながるかもしれない。

温まってベッドに入り、死んだように眠った。翌朝は六時前に起床した。腰のあたりが重だるい他は疲れがとれ、気分は爽快だった。うまくいっていなくても、調査をしているという実感は格別だ。やっぱり天職に違いない。

風呂の残り湯で顔を洗い、着替えてコーヒー豆をひいた。きな粉をかけたバナナ入りのヨーグルト、トマトジュース、キウイとハムエッグ、トーストをコーンスープに浸したものを食べ、熱いコーヒーと花粉症の薬を飲んだ。

そっと歯を磨くうちに、街も目覚め始めていた。どこかで目覚ましが鳴り続け、犬が吠えていた。ご主人の耳が遠くなった鶴野《つるの》さんちからはテレビのニュースが大音量で流れ出て、自転車がベルを、車がタイヤを鳴らした。

そこに、驚きの叫びのようなものが加わった。

日焼け止めをのばしながら外に出た。低気圧が去って風は嘘のようにおさまり、空はすがすがしく晴れ渡っていた。二階の外廊下から駐車場を見下ろした。村松さんちのご主人、篠田《しのだ》さんちの上の息子さんとその奥さん、武田《たけだ》さんちのご主人が駐車場の一角を囲むように突っ立っていた。囲んでいるのは駐車中の車だ。篠田さんちの黒のＳＵＶ、武田さんちの茶色いセダン、そしてわが〈MURDER BEAR BOOKSHOP〉の代車のワゴン。

それら三台の車は、大きな物体の下敷きになっていた。

外階段を駆け下り、木っ葉まみれの駐車場に飛び込んだ。立っていた四人がこちらを振り向き、なんともいえない表情で、おはようございます、と言った。

「ど……うしたんです、コレ」

「いやあウチの桜の枝がね。風で折れちゃったみたいで」

村松さんちのご主人が寝癖のついた白髪頭をかきながら言った。

「たぶん折れたタイミングで風に飛ばされたんだろうねえ。夜中、えらい音がしたのを思いだして、さっき来てみたらこんなことになってたんだよ、驚いた」

見上げると確かに村松さんちの桜の老木の、道にはみ出ていた大枝が消えて、木の白い内側がむき出しになっていた。折れたあたりに大きな空洞も見える。塀を内側から押し出すようにしていた木本体も、道側により倒れてきているようだ。

「驚いた、じゃないですよ。どうしてくれるんですコレ」

篠田さんちの若奥さんが村松さんちのご主人に食ってかかった。スーツを着ているところを見ると、これからこのＳＵＶで出勤の予定だったのだろう。

「おたくの木がうちの車をつぶしたんですよ。まだ買って半年なのに。わかってます？」

「そう言われてもねえ。普通に折れてくれたらよかったんだけど。そしたら道に落ちただけですんだ。でも、風のしたことだからさ」

「なにを他人事みたいに。老木を放っといた責任があるでしょ」

「あれ。つい二週間前には奥さんだって、ウチの桜で花見をしたんじゃないの？　楽しむだけ楽しんどいてさ。植木を切るのだって金かかるんだよ」

「そんなの承知のうえで植えたんでしょっ。持ち主には管理責任ってもんがあるんです、第三者のアタシたちにはないのっ。ね、そうですよねっ」

若奥さんは武田さんちのご主人とわたしに向かってわめき散らした。元新聞記者の武田さんちのご主人は写真を撮るのに忙しく、返事をしなかった。わたしもだ。忙しかったからではない、声が出なかったのだ。

桜の木の枝は代車のトップをグシャグシャに押しつぶし、フロントグラスは派手に砕けていた。手前のタイヤが凹み、車体はグッタリとこちら側に傾いて、ワイパーがあらぬ方角にねじ曲がっていた。完全に死んでいる。

一緒に河口湖にでかけ、だんだんと呼吸が合ってきていた代車。指示に従って走り、妙な場所に停められてもおとなしく待っていた代車。もう二度と軽快にドライブをすることもない。いずれ別れの日が来ることはわかっていたが、こんなに急に、こんな形でさよならすることになろうとは。

「とにかく、これ風のせいで不可抗力だからさ。運が悪かったと思ってあきらめて、訴えたりしないでよね」

村松さんちのご主人がへらへらと言った。とんでもないことになって本人も困っているのかもしれないが、あまりといえばあまりの言い草。篠田さんの若奥さんは二の句を継げずに黙り込み、逆にわたしは我に返った。

「ウチのワゴンは代車なんで、そのセリフは保険会社に言ってください。彼らが簡単にあきらめるとは思えませんけどね。そうだ、通報はしました？　桜の木本体も危なそうですけど。あれが倒れて公道をふさいだり電線ぶち切ったりしたらもっと厄介なことになりますよ。早く手を打った方が良いんじゃないですか」

「え、ケーサツ呼ぶの？　やだな、なんとかならない？　こういうときは相身互《あいみたが》いでしょう」

村松さんちのご主人が言い立てるのを背中に聞きながら店の入口まで戻り、警察に電話して、状況を説明した。出勤や通学の住民たちがすでに駅のほうへ歩き始めていた。彼らは例外なく駐車場のあたりで首をめぐらせ、楽しそうに惨状を眺めては足早に去って行く。少なくとも今日、彼らは職場や学校で話題に困ることはないわけだ。

そのさまを見ながら考えた。まずは富山に知らせて連絡をまかせよう。でも文句言われるんだろうな。それこそ風のせいで、不可抗力なのだが。風が強いのわかってたんだから対処できましたよね。葉村さん、探偵なんだから……とかなんとか。

やれやれ。

犬は吠え続けていた。香苗の家のクロだろうか。わたしはスマホから目を上げた。奥山家の前に大友章子が立っていた。左手にライター用オイルの缶、右手には竹市が食事会の席でタバコに火をつけたのと似た銀色のごついライターを握っていた。

18

奥山家の門は道から二段高く、少し敷地側に引っ込んだ場所にある。両脇に小石を固めて作った門柱があった。錆びて傾いた鉄格子の扉が、観音開きになっている。石段は外側に向かって少し傾いていた。ヒビが入ったのは東日本大震災の年。あれから干支《えと》が一周し、ヒビは亀裂へと進化を続けている——と、いつだったか香苗が言っていた。

章子はその石段の上に立って、奥山家のほうを向いたり、道の側に向いたりと回転しながらブツブツとしゃべっていた。首が伸びてしまったTシャツの上にグレーのパーカーを着て、薄汚れたチノパンをはいていた。声はまったく聞き取れなかったが、ライターを握るというわかりやすいスタイルで現れたのだ。なにを言っているのか見当はつく。

門の脇の郵便受けから、新聞が半分飛び出ていた。奥山家の玄関扉ががちゃりと開き、クロの吠え声が明瞭になった。香苗がクロをうるさいと叱るのが聞こえてきた。

章子の回転が止まった。親指がライターのフタを外し、すばやく下に動かした。火は目視できなかったが、一瞬ののち、焦げ臭さが鼻をついた。思わずカッとした。風は収まっているが、空気は乾いている。新聞に着火しようものなら燃え広がる危険性だってある。〈MURDER BEAR BOOKSHOP〉も二階の部屋も無事では済まない。火災で家財道具を失う経験など一生に一度でたくさんだ。

駐車場の角に屋外用の消火器が設置されていた。わたしは言い争う村松さんと篠田さんの間を走り抜けて消火器を取り、駆け戻った。

その間に、章子の姿は消えていた。

奥山家の門の内側でクロが吠えながらはねていた。新聞を手にした香苗がきょとんとこちらを見ていた。荒くなった息を整えながら奥山家に近寄った。大友章子は左手にオイル、右手にライターを握ったまま、石段の真下にひっくり返っていた。おそらく吠え立てるクロに驚いて後ずさりをし、石段から落ちたのだ。

「あら。章子ちゃん？　いったいどうしたの」

門から飛び出そうとするクロを押しのけつつ、香苗が言った。わたしは消火器を道に置き、章子からライターとオイル缶をもぎとった。章子はすっかり戦意を喪失していた。きれぎれに漏らすセリフから察するに、そもそも本人に戦意などなかったようだ。父親に、なんとしても香苗を連れてこいとオイル缶とライターを渡された結果、こうなったらしい。章子の腕には手の形をしたアザが黒く黄色く緑にと重なるように残っていた。

「章子ちゃんからは、昨日もしつこく電話がかかってきていたの」

香苗が石段を一歩ずつ下りながら、言った。

「瑛子に話して本家に断りを入れてもらったんだけど逆効果だったみたいで、章子ちゃんたら泣きながら電話してくるようになっちゃったのよ。父の見舞いに来て欲しいと頼んでいるだけなのに悪魔か鬼みたいに罵られたって。瑛子のやりそうなことだけどね。

あのコ、怒るとホントにキツいから」

そう娘に話したら、だったら着信拒否にすればいいでしょっ、とアタシまで怒鳴られた、と香苗はげんなりしたように言い、あらためて章子の姿を眺め回した。

「ねえ。だけどまさか、ホントに火をつけようとしたわけじゃないわよね、章子ちゃん」

章子は道に座り込み、またなにやら呟きだした。だから来てくれればいいのに、病院に来てくれるだけでいいのに、来ないおまえが悪い、早く来い。香苗はため息をついた。眉間のしわが数日前より深くなっている。

「面倒だから、本家に見舞金を包んじゃおうかしら……ほんの五万円くらい。二度と来ないと約束してくれるなら、安いものかと思うんだけど」

「それはやめたほうが。一度払ったら、また次もってなりますよ。粘れば金を出す相手だと思われてしまいますから」

わたしは首を振って小声で言った。

「じゃあどうすればいいの」

「警察に相談すべきでしょうね」

章子の身体がこわばった。イカレきっているわけではなく、こちらの話がちゃんと聞こえて内容も理解できているらしい。

「章子ちゃんを警察に突き出すの？　そんなことしたら親戚になんと言われるか」

香苗がおちつかなげに言った。この期《ご》に及んでまだ身内が気になるらしい。

しかし、大友章子が燃焼促進剤片手にライターを擦ったのは事実だ。あれで新聞に火がついていたら現住建造物等放火、ご近所中の生命・安全・財産を脅かすことになっていた。章子には、市中引き回しの上打首獄門レベルのことをしでかしかけたと骨身にしみてもらわなくては。

サイレンが近づいてきた。桜の件で呼んだ警察が到着したらしい。大友章子がひいっと声をあげて泣きだした。香苗がオロオロと言った。

「あら、やだ。葉村さんたらいつのまに通報しちゃったの。いやだわ、警察沙汰だなんて。あの、章子ちゃんもホントはすごく優しくていいコなの。元は看護師さんだったのだもの。肺ガンだったサチコさんも章子ちゃんが面倒みてたのよね。なのに、サチコさん、ひとりでひっそり亡くなっちゃったんでしょ。それで今度は本家が事故で入院だもの。章子ちゃんもストレスがたまるわよ。ねえ?」

パトカーが駐車場の脇に停車した。下車してきた警官に、いったいどこからなにをどう説明したものかと考えながら、わたしはふと章子を見下ろした。哀れにすすり泣いていたはずの章子は、そのとき凶悪な目つきで香苗をにらみつけていた。

視線に気づいたのか、章子が首をめぐらせた。刹那《せつな》、目が合った。章子の目は裏返り、自分のなかの闇を見つめているようにべったりと黒かった。

呼吸が浅くなるのを感じながら警官に歩み寄り、ライターとオイル缶を渡し、説明をした。そうこうするうちにパトカーがもう二台、自転車の警察官もやってきて、わたしは同じ説明を何度となく繰り返すことになった。章子はパトカーの後部座席に乗せられて事情を聞かれ、桜の件で消防や電力会社もやってきた。枝の空洞が本体に及んでいるなら桜本体も撤去したほうがいいだろう、桜の枝の撤去費用も負担することになるだろう、などと言われて村松さんちのご主人はわたしに当たり散らした。

「ご近所のよしみってものがあるだろうに、通報するなんて。こんなの内々で処理してくれたっていいじゃないか。もうおたくの本なんか買わないからな」

買ったことないだろ、この代車殺し。ていうかアンタ読まないだろ本。

大友章子は放火する気はなかったと言い張ったがライターを擦った事実は認めたため、警察署に連れて行かれることになった。香苗も同行を求められ、彼女はすがりつくような目でわたしを見た。署には自力で来てくれと言われ、敷地の奥から毒ガエルを出した。武蔵野南警察署では廊下のベンチでさんざん待たされた。三年分のトラブルが目を覚まし、襲ってきたようだ。

「章子ちゃん、どうなるのかしら」

足をさすりながら香苗が言った。朝食前だったとかで顔色がよくない。自販機でリンゴジュースを買って飲ませたが、それを飲み終わってもまだ、わたしたちは放っておかれていた。

「今回はお叱りだけで済むんじゃないでしょうか。大惨事になる前に警察に介入してもらって、章子さんにとってもよかったと思いますよ。香苗さんはご親戚の手前を心配してらしたけど、ここまで来ると今回の件を自力で解決するのは難しそうだったし」

「そうねえ。国分寺の叔父様がお元気だったら間に入っていただけたけど。本家も叔父様には一目置いてるから。でも大病もなさった叔父様にそんな面倒かけられないものね」

カンゲン先生の奇禍《きか》については知らないらしく、香苗はため息交じりに言った。

「電話をかけてくるのは章子ちゃんだけじゃないの。寄付しろとか寄贈しろとか旅行費用をどうしてくれるって、あちこちからひっきりなしなのよ。瑛子の言うとおり、そろそろ家を処分して高齢者向けのマンションに移ろうかと考えたりもしてるのよ。もちろん、クロが元気なうちはムリだけど。でも、うっかりそんなこと言ったら、今度は『いいシルバーマンションを叔母ちゃんに紹介したい』なんて言われそう」

「そんなこと言うのって、治朗さんですか」

「わかる？　そうなのよ」

香苗は苦笑した。

「あのひと、例の絵のこと、まだあきらめてないの。だからこのあいだ付き添いをしてくれた本屋さんで探偵さんに相談してみるわと伝えたら、葉村さんのことといろいろ聞いてきてね。本屋兼探偵なんてアヤシい、ですって」

「……へえ」

半笑いで答えながら、内心びくついた。カンゲン邸で出くわした不法侵入者が大友治朗だとすぐに気づいたが、敵もこちらを認識したのだろう。そのことをわたしが香苗や先生に話さないか、気にしているに違いない。

「だから、葉村さんが信用できないようなら国分寺の叔父様にご紹介しないわ、と言ってやったの。そしたら黙って電話を切っちゃった。治朗さんも調子がいいときは楽しいひとなんだけど、画廊を任されてから、お金のことしか言わなくなったわね」

「だけどカンゲン先生は、治朗さんのことをかわいがっているみたいですね」

窓を割って家に忍び込んだ人間をかばうのだからと訊くと、香苗は顔をしかめて、

「迷惑かけられてばっかりなのにね。治朗さんは大学生のとき投資サークルを立ち上げて、昔でいうネズミ講みたいなことをしたんだわ。それが内部分裂して、集団リンチ事件になった。叔父様、当時は理事長だったでしょ、事件には理事長の親族も加担した、なんて週刊誌に書き立てられて辞表を提出したんですって。不受理になったけど」

へえ、そんなことが、と相づちを打ってから気がついた。

「てことは、治朗さんも魁星学園の出身なんですか」

「そう。高校から国分寺で、エスカレーター式に大学にあがって」

「へえ。頭良いんですね」

見かけによらず、というニュアンスを香苗は正確に読み取って含み笑いをした。

「あそこんち、兄と姉は優秀なのにねえ。ずいぶんとゲタを履かせてもらってようやっと進学したらしいわよ」

「そのゲタは、つまりカンゲン先生が？」

「たぶんね。ただ、いまの魁星学園の理事長って、叔父様の甥……叔父様よりずっと若いからそう言っているんでしょうけど、本当は従弟かしら。とにかくその理事長は治朗さんと同級生で腐れ縁だそうだから、両方のコネがあったわけよね」

「いまの理事長って、乾匡勝ってひとですか」

「昔は治朗さんの悪さ仲間だったみたいよ。治朗さんもほめられた学生じゃなかったようだけど、あちらはさらにひどかったの。盗んだバイクで歩道を爆走したり、学園の備品を売り飛ばしたり、同級生の女の子を妊娠させたり。ふたりとも創立者の身内を笠に着てやりたい放題だったんですって。瑛子がそう言ってたわ」

意外だった。わたしは自分が意外に思ったことにも驚いた。カンゲン先生は公平でクリーン——いつのまにか、そう思い込んでいたらしい。著作を読み、噂を聞き、直接話したことで、しらずしらずのうちにわたしもカンゲンびいきになっていたようだ。

だが、どんなに立派な人間も血だの家系だのにはあらがえなかったりする。例の森威至名誉会長をはじめ、先生世代は特にそうだ。魁星学園だって、結局のところ乾聡哲から息子たちへ、孫にあたる先生へ、さらにその親族——ということになっている——乾匡勝へと引き継がれた。周囲もそれをよしとした。民主主義が導入されて七十五年以上たつが、ニッポン社会はいまだ血の海を漂う船だ。二世、三世……能力の前に血筋や人脈がものを言う。

「ただ、考えてみれば、叔父様みずからゲタを履かせる指示をなさったかどうかはわからないわね。周囲が勝手に忖度《そんたく》しちゃうこともありそうだし」

香苗がそう言ったとき、ようやく担当者が現れて香苗を呼んだ。

予想通り、大友章子はお叱りの上で解放されることになった。そこで、この書類にサインしてください、と担当者はあくびをかみ殺しながら香苗に言った。言われるままに香苗がサインしかけた書類に目を通すと、香苗が章子の身元や行動に責任を持つから解放してくれと、熱心に頼んだことになっていた。

もめにもめたが、長年染みついた「親戚の手前」にあらがえず、香苗は書類にサインした。担当者は仏頂面で、アンタがよけいなことを言わなきゃもっとスムーズにコトは済んだんだ、とわたしにむかって言い放った。いずれ本当に惨事が起きてしまったとしても、本人を解放してくれと頼んだ香苗の責任にするつもりだろう。一連のやりとりを隠し撮っておいて正解だ。

署を出る頃には、時刻は九時を過ぎていた。大友章子はとっくに帰ったと言われ、毒ガエルで香苗を家まで送り届けた。

駐車場にはクレーン車が入り、桜の枝を吊り上げていた。村松さんちでは庭師が電話に向かい、桜の木伐採の算段をつけていた。〈MURDER BEAR BOOKSHOP〉には富山が来ていて、どこに行っていたんですか葉村さん、と文句を言った。

「桜の木の持ち主ともめたみたいじゃないですか。おたくは従業員にどういう教育をしてるんだと詰め寄られましたよ」

「村松さんちのご主人ですか。どこ行ったんです、あのひと。姿が見えませんけど」

「奥さんが来たんですよ。二年前から別居しているんだそうですけど」

村松さんちの奥さんは吉祥寺界隈に美容院を数軒経営している。無職のご主人は平日の昼間から缶チューハイ片手にふらふら出歩く、まさに髪結いの亭主だ。別居していたとは知らなかったが。

「こんな騒ぎになったものだから、ご主人に泣きつかれたらしくて後始末にね。ご主人、奥さんに叱られてましたよ。なにご近所に文句言ってんのっ、こんなことになったら警察とか消防とか呼ばないとどうしようもないじゃないのっ。そもそもあの桜、危ないから早く切れと言ってたのに、オヤジが植えた木だとかグダグダ言ってそのままにしていたからこんなことになったのよっ。こうなったらこのボロ家は売るわよ、そのお金でご近所に弁償して、残りで余生を送りなさいっ——だ、そうです」

ご主人はかわいそうなボク、とでも言いたげな被害者面で事故現場をうろついていたが、いつのまにか姿を消した。奥さんはどうせパチンコでしょ、と鼻を鳴らしていたそうだ。

「保険会社にも連絡がついたんで、担当者がこっちに向かってます。事故で代車を用意するのは珍しくもないけど、それがまた事故にあったとはすごい偶然ですとイヤミを言われましたよ」

最初の事故も二度目のも、もちろんわたしのせいではない。偶然でなきゃなんだ、このわたしが気象を操って強風を吹かせたとでもいうのか、白目むいたってそんな能力現れないわ。だがこの数日の騒動で、疫病神扱いされても文句を言えない気がしてきた。車がつぶれるのと同時に放火騒ぎが起こるなんて、どういうこった。

いささか気が弱っていたのかも知れない。富山から再度、で、いったいどこに行っていたんですか葉村さんと聞かれ、説明するうちに、カンゲン先生人質の一件について口を滑らせてしまった。先生はどうやら〈吉原総合病院〉の特別個室に入院しているらしく、連絡が難しい、とも。

富山は黙って聞いていたが、やがて嬉しそうにこう言った。

「府中の〈吉原総合病院〉？　なら簡単に潜り込めますよ」

19

「悪いね、葉村さん」

真島進士《まじましんじ》は首に巻いたタオルで汗を拭きながら、助手席のわたしに言った。

「人手不足も極まって、猫の手でも借りたいくらいだったんだ。だけど、短時間の作業とはいえ三時間は拘束することになるし、けっこうキツいし、腰にも来るよ」

「真島さんとこにはいつも世話になってるんだからと、富山にも言われてますんで」

わたしは紺色の作業着の袖をまくり上げながら答えた。

「そういうことならよろしく頼むけど、腰には気をつけてよ」

真島は〈ハートフル・リユース社〉という遺品整理会社を経営している。〈MURDER BEAR BOOKSHOP〉とは持ちつ持たれつ、真島は遺品整理を頼まれた先でミステリ関係書籍を見つけると知らせてくれ、古本の引き取り先が遺品整理に困っていた場合、うちが真島を紹介する。つきあいも長く、気心も知れた間柄だ。

〈ハートフル・リユース社〉はコロナ禍での片づけブームに乗って業績を伸ばし、他分野にも進出した。清掃部門を立ち上げたのだ。

遺品整理を頼んでくる家は、たいてい物が溢れて収拾がつかなくなっている。そのうち結構なパーセンテージがいわゆるゴミ屋敷で、住人が亡くなって発見されるまでに二ヶ月、なんて現場も珍しくない。結局はものの引き取りだけではすまなかったのだから、清掃部門立ち上げも自然の流れと思っていたが、

「ここだけの話、あれ税金対策だったんだよ」

横腹に社名である〈ハートフル・リユース社Ⓒ〉――Ⓒはクリーニングの©――と、姉さんかぶりをしたカワセミの絵が描かれた軽ワゴンを運転しながら、真島はぼやいた。

「ウチの経理担当が税理士と話して、清掃と遺品整理を分社化したほうが税制上有利だと言い出したわけ。経理担当ってヨメだけどね。めんどくさいなと思ったけど、ヨメに逆らったらもっとめんどくさいことになるからそうしたんだ。そしたらコロナやら人手

不足やらで業者が撤退した施設の依頼が来るわ、それをまたヨメが勝手に受けちゃうわ。〈吉原総合病院〉もそのひとつで……だけど、なんでまたあそこ？　いいタイミングだったし、紹介料を払ってもウチに損はないからいいんだけど」

真島は〈白熊探偵社〉についても知っている。突然、仕事を買って出たのだから、その絡みを疑ってもいるだろう。説明してもいいのだが、わたしが病院内でなにかしでかしても事情を知らなければ真島本人を巻き込まなくてすむし、ていうか、

「紹介料ってなんですか」

「聞いてない？　短期でいいから働いてくれる人を紹介してくれたら紹介料を払うって富山さんに言ってあったんだけど」

ほーお。

富山は真島とのリモート飲み会で〈吉原総合病院〉の清掃を請け負ったことを聞かされていた。富山の娘は魁星学園在学中クリケット部の練習時に尺骨《しゃっこつ》を折り、〈吉原総合病院〉に担ぎ込まれたことがあったため、病院名が印象に残っていたという。

そこでカンゲン先生の話になったとき、

「ちょうどいい。真島くんはあの病院の清掃をやっているはずです。雇ってもらったらどうですか」

と言い出したのだ。そんなに都合よくいくかと思いつつ連絡をとって、五分後には〈MURDER BEAR BOOKSHOP〉の前で真島の軽ワゴンに拾ってもらっていた。まさ

にトントン拍子ではあった。とはいえ調査の仕事に乗り気ではない富山が、どうしていかにも探偵めいたやり口を推奨するのか不思議だったのだが……そういうことかい。

軽ワゴンは東八道路を越え、小金井街道を南下した。このところ、この界隈をうろついてばかりいる気がする。

「そういえば、吉原病院って特別個室が有名ですよね」

情報を得るべく水を向けると真島はうなずいて、

「そうそう。新病棟の三階の西側な。あそこの廊下だけ赤絨毯なんだよ」

「へえ。中も豪華なんですかね。一度見てみたいなあ」

「オレも入ったことないよ。特別個室はウチの上の持ち場だから」

「上って？」

「ウチは大手の清掃会社と契約してるんだ。要は下請けだな。任されるのは廊下とか階段とかトイレとか、病室も大部屋だね。特別個室だと清掃員も特別じゃないとマズいんだろ。こっちも関わり合いたくないけどな」

「あら、なんで？　チップとかもらえそうなのに」

真島は思いきり鼻を鳴らした。

「金持ちってのは周囲が自分のために働くのはあたりまえだと思ってる。それで、持ち込みを禁止されてる金目の物を持ち込んでなくして、盗まれたって大騒ぎするんだ。たいていは本人の勘違いか、身内が持ち帰ったのを忘れてたんだけど、ボケて記憶が飛んだなんて認めないだろ。清掃員が第一容疑者になっちまうんだ」

頼むから葉村さんも特別個室に近寄ったりしないでくれよ、と釘を刺されるうちに、軽ワゴンは病院裏の通用門にたどり着いた。数分後には清掃員たちを乗せたバンもやってきた。真島は通用口脇の警備室で手続きを済ませ、業者用の入所証とインカムを配った。清掃場所が広いので、場所の移動などの指示を真島がインカムで出すのだそうだ。

月曜の午前中のことで、わたしが割りふられた旧病棟に人影はまばらだった。地下の自動販売機コーナーや休憩所にあるビニールのソファや観葉植物の入った鉢などに、真島から渡された謎の液体を吹きかけては拭いた。かがみこむ作業が多く、なるほど腰に来る。階段室の脇の壁に、病院内の見取り図があったので作業しながら内容を頭に入れたが、特別個室までは遠かった。

三十分ほどで指示が出て、一階に移動した。窓枠を拭きながら考えた。

特別個室に近寄れないなら、潜り込むより電話をつないでもらう方策を立てるべきだったが、いまさらしかたがない。さて、どうしよう。掃除をしながら近づくしかないか。怪しまれたら今日が初仕事なので迷った、と言い張ろう。カンゲン先生とコンタクトがとれたら、あとは先生の裁量に任せればいい。

階段を駆け上がり、三階に飛び出した。大きな清掃の機械を押す清掃員と出くわした。回れ右をして階段室に戻った。様子をうかがっていると、七十を過ぎているだろう清掃員は、点滴棒を押して歩くおばあさんに追い越されるほどのスピードで廊下の隅まで移動し、やわやわとターンした。機械が通ったあとの床はピカピカだ。光っていない場所の面積からすると、まだあと三往復は必要と見た。

上の階から行こうと階段室を駆け上がった。今度はおそるおそる顔を出した。旧病棟と新病棟の境に清掃員が二人いた。突破するのはムリだ。

しかたがない。地下に戻ってそこから新病棟へ、と今度は階段を駆け下りた。途中で尻ポケットに入れていたスマホが鳴った。表示を見て、インカムをかなぐり捨てた。

「やあ、どうも葉村さん」

カンゲン先生は言った。

「連絡が遅くなってしまいました。何度も電話をいただいたようですね」

「そ、そんなことよりひどい目にあわれましたね。大丈夫でしたか」

「もちろん大丈夫ですよ」

先生はのどかな口調で言った。

「胃カメラは別として、さほどひどい目にあったわけでもないですし。技術の進歩で以前よりラクになっているとみんな言うんだけど、吉原の先生があんまり上手じゃないのかなあ。口から入れていた頃に比べたら、いくぶんはマシだけれども」

「じゃあ、今は消化器内科の検査室にいらっしゃるんですか」

階段をさらに駆け下りながら訊いた。検査室は新病棟の地下一階にあるはずだ。

電話の向こうでお茶をすする音がして、カンゲン先生がのんびり言った。

「いやいや、とんでもない。とっくに戻りましたよ」

「戻られたんですね。じゃあ、今はお部屋に？」

返事も待たずに踊り場で回れ右をして、再び駆け上った。先生が言った。

「夕べ葉村さんに電話をと思ったんですが、ベッドに入ったら動けませんで。検査って疲れますよ。ところで葉村さんは今どこですか。お忙しいならかけ直しましょうか」

「いや切らないでください。実はいま」

病院に、と言いかけて、ようやく気がついた。わたしはスマホにカンゲン先生の連絡先として〈グランローズ・ハイライフ馬事公苑〉の先生の固定電話番号を登録した。〈カンゲン先生〉と表示されたからには、先生はその電話を使っているということだ。

あれ？

「あーっと、その、お尋ねしますけど、先生はいまグランローズのご自身のお部屋にいらっしゃるんですか。〈吉原総合病院〉ではなくて」

「ええ、立てこもりが終わったんで戻ってきました」

……はい？

「つかぬことをうかがいますが先生。先生はグランローズの立てこもりで人質に」

「ならずにすんでよかった」

先生は笑いながら言った。

「あの森なんとかいう会長、以前から態度が悪くて、何度か注意したことがあるんですよ。おかげで目の敵《かたき》にされてましたから、人質になっていたら今ごろこの世にはいなかったでしょうなあ」

え、なに。どういうこと。おい、郡司。先生が人質になってたんじゃないの?

混乱するわたしをよそに、先生はのどかに説明を続けた。

「施設側から、立てこもり騒ぎがおさまるまで避難してほしいと言われましてね。国分寺の家に戻ってもよかったんだが、健診を受けるように主治医に言われていたのを思い出して、吉原に連絡したら特別個室に入れてもらえました。あの病院とは長いつきあいですから、多少の無理は利《き》くんですよ」

事情が飲み込めてきた。先生は事件を避けて〈吉原総合病院〉に入院していた。それで立てこもり事件とその前後は連絡がつかなかったのだ。昨日わたしが目撃したグランローズの濃紺のバンは、先生を入院させた帰りではなくその逆で、先生を乗せて施設に戻っていくところだったことになる。

なんだよ、おい。

確かに郡司は先生が人質だったとは一言も言っていない。その情報を漏らさずに済むように配慮して質問したからだ。だけど、ああいう聞き方したら普通、どう答えればこっちがどう受け取るかわかるよな。自分なら病院に見舞いに行く、なんて言われたらさあ。だから清掃員になって潜り込むマネまでしたっていうのにっ。あっ、また歯を食いしばっちゃったよっ。

「それはさておき、留守電を聞きましたよ」

頭と歯ぐきから火を噴きかけたわたしに気づかず、カンゲン先生は口調をあらためた。

「彼女の居場所を突き止めたんですね。会えましたか」

「へ？　ええ、まあ。会うには会えたんですが」

怒りと痛みをなんとか飲み込み、大野管理人と一緒に国分寺署を訪ね、保護された状況を聞かされたこと、府中の〈特別養護老人ホーム・ユキノシタ〉でガラス戸越しに会ったこと、ほぼ反応がなかったことなどを説明した。ただし、施設のスタッフは詐病《さびょう》を疑っているとも付け加えた。それはありうると思う。というのも……。

カンゲン先生は黙って聞いていたが、スーツケースと赤いビーズの件に至る前にわたしの話をさえぎった。

「そういうことなら葉村さん、すまないがもう一働きしてください。彼女をこちらに連れてきていただきたいんです」

「こちら、というのはグランローズに？」

「そうです」

先生はあっさり言った。

だが、それはおそらくなかなかのミッション：インポッシブルだ。現在、彼女は国分寺市の保護下にある。了解を得ずには動かせない。しかもそれを、彼女とは縁もゆかりもないわたしにやれとは。身元が特定されたため、国分寺市と富士河口湖町との間でな

んらかの話し合いがもたれている可能性もあるし、それよりなにより……。慌てて先生に、
インカムから音が漏れてきた。どうやら真島が呼んでいるらしかった。先生は大笑いした。

自分が〈吉原総合病院〉にいるいきさつを説明した。

「そうまでして連絡をとろうとしてくださったとは。申し訳なかったですね。事情は了解しました。葉村さんの都合のいいタイミングで彼女を連れてきてください」

「それなんですが、今回の依頼が先生からだと外部に説明させていただけないでしょうか。せめて警察だけにでも。と、言いますのはですね」

再度スーツケースと赤いビーズの件を説明しようとしたが、カンゲン先生はにべもなくこちらの話をさえぎった。

「最初に言ったとおり、ボクが彼女を探していることは誰にも漏らさないでください。では、よろしくお願いします」

電話は切れた。インカム越しの真島の声がますます大きくなってきた。


二時を過ぎ、掃除の仕事から解放された。

他の清掃員が業者用の休憩室で食事をとっているのを横目に、作業着を返して四時間分のバイト代を受け取った。腰に来たし、ホットフラッシュが起きて拭いたばかりの床に汗をたらしたし、途中からは必要もないのに続けざるをえなくなった仕事だったが、汚い物をきれいにするのは悪くない気分だった。またやってもいいかもしれない。紹介

料とやらがわたしに入るのなら。

病院を出て、〈ハッピータウンパーク〉に行った。病院内のコンビニで買った卵サンドとクリームパンをベンチで食べながら考えた。稲本和子を先生のところに連れていくにはどうしたらいいか。

ここからユキノシタは近い。これから訪ねて「昨日まで入院していたお年寄り」が彼女に会いたがっている、河口湖に帰る前に会わせてあげたいなどと泣き落とし、外出許可をもらってはどうか。あのロッテンマイヤーがそう簡単にリクエストにこたえてくれるとも思えないが、なんなら例の預かり金から鼻薬をきかせたっていい。稲本和子の富士河口湖町への移動も買って出よう。毒ガエルに乗ってもらうことになるが。

この目論見はあっさり打ち砕かれた。ロッテンマイヤーはドアを開けもせず、稲本和子さんは二時間ほど前に迎えの方たちとともに施設を後にされました、もはやウチとは関係ありません、と言うと、インターフォンを切ってしまった。

なにそれ。どういうこと？

幾度もチャイムを鳴らして食い下がり、その迎えの方たちというのが「やや若い男とやや年配」という組み合わせの「ちゃんとした感じ」の男女で、稲本和子をなだめすかして車に乗せ、女が運転して去った、というところまで聞き出した。だが、そこまでだった。その男女の名刺を見せてほしいと申し出たが、ロッテンマイヤーはいっさい応じようとしなかった。七回目のチャイムを鳴らしたときには、あまりしつこくすると国分寺市に抗議します、と言い放った。そうされてもわたし自身は痛くもかゆくもないが、まわりまわって稲本和子の不利になるのはマズい。引き下がらざるを得なかった。

パークに戻り、ベンチに座って富士河口湖町の福祉課に電話をかけた。事情を説明すると、さんざん待たされたあげくに、稲本和子さんのことはこちらでも把握しておりますが、まだ具体的に動いてはいません、その男女はうちの人間ではないですね、と言われた。国分寺市の福祉課にも電話した。またしても長々と待たされ、こちらは関知しておりません、で終わった。国分寺署の橋爪にも聞いてみた。山梨のほうで誰か動いてくれたんじゃないですか、と、のどかな憶測が返ってきた。

稲本和子はいったいどこに、誰につれていかれたのだ。

血の気がひいてきた。その男女が〈西新宿八龍界ビルヂング〉のスーツケースの件と関係があるとしたらどうだろう。稲本和子が焦って逃げ出し、怯えて暴れ、少なくとも一時は記憶をなくしたことと、あの赤いビーズの件を考え合わせれば、あの場所でなにかを目撃したのはほぼ間違いない。彼女を連れ出したのが事件の関係者だとすれば……。

待てよ。

和子の居場所を知っていたのは大野さん、わたし、国分寺や府中、富士河口湖町の福祉関係者。それに三、四時間前に話したカンゲン先生だけ。どこからの情報漏れだ？　例の「カチッ」が脳裏をよぎった。だが先ほどの通話では、先生もわたしも稲本和子の名前は出さず「彼女」と呼んでいた。よほど状況に通じているならともかく、通話の盗聴だけでは和子の話をしているとわからないはずだ。それに、馬事公苑での情報を受けて、二時間かそこらで用意を整え、府中の施設から和子を連れ出す……やってやれなくはないが、かなりの綱渡りになる。

ひょっとしたらと大野さんに電話をした。彼女はまだひばりが丘にいた。妊娠三ヶ月の娘さんと子どもたちの世話をしていて帰るに帰れなくなったのだという。

稲本さんを迎えに行ったのはもちろんウチら夫婦ではないですけど。誰がつれていったんでしょうねえ、思い当たりませんけど。稲本さんが見つかったことは昨日、皆さんにお伝えしましたけど。皆さんって心配してらしたご近所さんやお友だちや趣味のお仲間や町内会の方たちのことですけど。

ということは、富士河口湖町の半数がこの件を知っていてもおかしくないわけだ。つまり昨日のうちに〈WHリゾート開発〉も知った可能性があった。

マズい。なんとしても謎の「男女」と稲本和子の居所を突き止めなくては。

しかし現在、八方塞がりだ。ロッテンマイヤーを脅し、男女の名前を強引に引き出したとしても、想像通りなら偽名、名刺もニセモノだろう。

やっぱり昨日、西新宿署の吉住たちをごまかしたのは大失敗だった。警察は稲本和子のことはおそらく、まだなにも知らない。そのほうがいいと思っていた。依頼人のリクエストに応え、和子を助けるために、警察から距離をとっておいたほうがいいと。だが逆だった。和子の安全のために警察沙汰にしておくべきだった。彼女が西新宿署に移送されていれば、少なくとも「男女」に押さえられたりしなかったのだ。

今回の調査、やることなすこと思いつく予想予測、すべてが裏目に出ている。清掃の仕事が終わってから、などとのんびりしていたらその隙にこれだ。稲本和子は無事か。まだ生きているのだろうか。

思わず歯がみをしてしまった。激痛のなか、腹を決めた。

こうなってはしかたがない。もう一度、カンゲン先生と話し、なんとか了承を取りつけたうえで吉住に連絡し、知るかぎりのことをぶちまけよう。でもって和子を連れ去った男女の監視カメラ映像を見せてもらえるよう、取り計らってもらおう。

電話をかけた。昼寝でもしていたのだろうか、先生はぼんやりと出てきた。だが、稲本和子が保護されていた施設から連れ出されたこと、誰に連れ出されたかも、いま現在の居所も不明であることを伝えると、息を呑んで押し黙った。

「なので、やはり警察に事情を知らせたいと思います。先生のお名前は明かさないつもりですが、会話の流れでバレてしまうかもしれません。ご了承いただけますか」

沈黙が続いた。通話が切れてしまったのかと思いかけたとき、先生が毅然と言った。

「そういうことなら、今回の依頼はこれで終了します。お疲れ様でした」

口があんぐりと開いてしまった。

「……はい？　あの、でも稲本和子さんの身に危険が及ぶかも……」

「アナタが心配することではありません。大丈夫です」

「なぜ、そう言い切れるんですか。謎の大金が絡んでいるんですよ。現場からは血痕も見つかっているようですし」

「では、これで失礼します」

先生はわたしの問いには答えず、ただきっぱりと言った。

「葉村さんには厄介をおかけしました。前渡し金で、料金も経費もまかなえましたか」

「え？　ああ、それはもちろん。むしろ残金をお返ししなくてはなりませんが……」

「それはそのままお納めいただき、今回の件についてはご放念ください」

電話は切れた。わたしはベンチから立ち上がり、茫然と手にしたスマホを眺めた。なに。どうなってんの。もしかして、わたしいま、金で黙らされた？

目の前に鴉が下りてきて、一声鳴いた。にらみつけたが無視された。途端に着信があった。非通知だった。なのに一瞬、先生からかもと期待して出た。

「てめえ葉村、この野郎」

いきなり怒鳴りつけられた。

「ジャマすんなって忠告してやったのに、なにしてくれてんだこのクソババア。余計なマネをしやがって、どんだけ損失が出たと思ってんだ」

「……どちらさまですか」

「なんだと、ふざけんなよクソババア。おまえみたいなババアが日の当たるとこを歩けると思ってんじゃねーぞ、この野郎」

少し甲高い、薄っぺらな男の声だった。聞き覚えがあった。ニセ磯谷世奈と一緒に現れ、〈磯谷亘のお別れの会〉を乗っ取った遠藤秀靖だろうが、こっちはいま、それどころじゃないのだ。野郎とババアの区別もできないあんぽんたんの、語彙《ごい》力にも表現力にも乏しい悪罵《あくば》など聞いているヒマはない。

通話を切った。切れる寸前、相手は言った。

「このままで済むと思うなよ、葉村晶。必ずぶっ殺してやるからな」

20

カンゲン先生は再び電話に出なくなった。〈グランローズ・ハイライフ馬事公苑〉の代表番号にもかけてみたが、散々待たされたあげく出てきた女性スタッフに、先生はアナタ様からの電話にはお出にならないとのことです、と慇懃《いんぎん》に申し渡された。依頼は本当に、完全に終了ということだ。

わたしはすべてを放り出した。

世の中は相変わらず物騒で、強盗事件が起こり火災でひとが亡くなりクマが出て、多摩川の河川敷では他殺体も見つかっていたが、個人的には調査の仕事をしていた四日間とは打って変わって穏やかに数日間が過ぎた。

アザや傷や痛みや凝りは少しずつ薄くなった。村松さんちの桜も切り倒された。切り株の真ん中は完全に空洞で、村松さんちに入った庭師によれば、これはいい加減な剪定が原因で木の内部が腐り、そこから虫が入って食い荒らした結果だそうだ。崩れかけた塀も取り払われ、鎮守の森のようだった村松さんちはすっかり風通しよくなって、ご主人が縁側から庭に向かってチューハイの空き缶を投げたり、立ちションする姿が道路から丸見えになった。

すべてを放り出しても、〈MURDER BEAR BOOKSHOP〉の店番はした。平日は客も少なく、カウンターで昼寝して時をやり過ごすだけだったが。買い取り依頼にも対応した。車つぶされ仲間の武田さんのご主人が紙袋三袋分の本を持ち込んできたのだ。翻訳が出なくなった『S』以降のスー・グラフトンのペーパーバックとか、レイモンド・チャンドラーの初期の詩集とか、ロス・マクドナルドの評伝やエッセイをまとめた小冊子、磯谷亘の文庫もあった。記者時代に磯谷亘にインタビューをしたそうで、お別れの会の話をするとぜひ参加させてくれ、なんなら準備を手伝うと言ってくれた。

大友章子からの連絡が途絶え、落ち着きを取り戻した香苗に頼まれて買い物にいき、クロの相手をした。木曜には予約していた歯医者に行った。レントゲンを見た羽鳥さんちの娘さんは、歯の根が割れている可能性があると言った。歯ぐきにできた膨らみは歯肉炎ではなく膿がたまっているせいだと思われるが、まずは処置して様子をみましょうといじられ、薬を入れられた。おかげで痛みは嘘のように消えた。しばらくの間、こっち側で堅いものは噛むなと言われたが、普通の食事なら問題ないそうで、帰りには善福寺川近くのスパイスカレー店の行列に加わり、久しぶりに心おきなく食事をとった。

午後になって土橋が来たので店番を任せ、自室でゴロゴロしていると、〈東都総合リサーチ〉の桜井から電話がかかってきた。都会に戻り、はしご酒を満喫しているという。

「歩いてすぐ次の店にいけるのが都会の醍醐味だね。それにしても、メールを送ったのに返事もないんでどっかで死んでるのかと思ったら、ぴんぴんしてんじゃん。アレ調べろコレ調べとけってこっちに投げるだけ投げといて、なにやってんだよ」

「クビにされてふて寝」

「クビ？　葉村が？」

一拍おいて桜井は大笑いした。

「依頼人にやるなって言われたことやって、余計なことするなと怒られたか。でなきゃ腕が落ちたんだ。バアさんひとり探し当てるのに、ずいぶんかかってたもんな」

「なんとでも言って」

調査の途中でクビにされたのは初めてではないが、依頼人との約束を守って結果的に捜査妨害をやらかした、そのうえでのクビだ。調査の仕事をしていると、職業倫理と自己保身のはざまに落ち込むこともまれではない。それでもこれまで探偵としての筋を通し、依頼人の利益を守る道を選んできた。おかげでたいていひどい目にあったが、今回もその覚悟だったのに、問答無用でクビ。肌触りの悪いトイレットペーパーを新しいのに付けかえるみたいに、あっさりと。そこに倫理の立つ瀬などあるんだろうか。

頼んだ調査の料金はちゃんと支払えると伝えると、桜井はわたしをバカにするのをやめて口調を変えた。

「金はもらえたのか。だったら、クビでよかったのかもしれないぜ。あんまり突っ込んでもいいことなさそうだったしな」

「どういうこと?」

「今回の件にひっかかってきた〈WHリゾート開発〉、あれ、相当にヤバい筋だった」

桜井は声を低めて話し出した。総務省が推し進めている〈介護と学園地区構想〉、通称〈シルバーブルー・プロジェクト〉略してSBPというものがある。全国各地に特区を指定し介護施設と学園を中心に生活圏を整備、サステナブルなエリアに仕上げようというもので、地方への人口分散や災害復興にも役立つと話題になった。

「……前にも聞いたよ、それ」

「このSBPがいま詐欺の世界でトレンドになってんだ。こういう時事ネタって使い勝手がいいんだろうな、基本設定を政府が作ってくれたわけだし。騙されるほうも、聞いたことのあるプロジェクトの話が出ると、『時事ネタを見逃さないオレ』と優越感くすぐられて警戒レベルが下がるだろ。さっそくコレを利用しようと動き始めたのが以前、目黒の土地の不正取引で不動産会社から七十億せしめた皆藤《かいどう》グループの残党らしくてね」

桜井は皆藤グループとその詐欺について長々と説明したが、まとめると現在、皆藤をはじめ事件の主犯格はドバイに逃げ、残りもフィリピンやインドネシアで逮捕・送還されて裁判を待つばかり。新たな詐欺に関わっているのは、残党とは名ばかりの、かろうじて逮捕をまぬかれたケチなメンツばかりだそうで、

「あたりまえだけど、皆藤グループたってたんなる実働部隊で、裏で絵図描いてるのがいるわけよ。しょぼい残りモノをこき使ってのSBP詐欺はだから、まだ、そこまで大がかりじゃない。いずれデカいヤマを踏むためのお試しみたいなもんでさ」

詐欺グループがカモに聞かせる話はこうだ。SBP推進の前段階として、そのミニマム版の施設を作る計画がある。課題や問題点を浮かび上がらせるための実験施設で、すでに総務省が極秘裏に全国から候補地を選び出している。

「その候補地の情報を、われわれは特別なルートから入手した。そのひとつが富士山麓の森の奥にある別荘地で、富士五湖近辺の土地取引に実績のある〈WHリゾート開発〉を通じ、すでに地主と現在売買交渉中っておい、どうした。妙な声出して」

「……ごめん。しゃっくりが」

「水をコップの反対側から飲むと止まるぞ」

「ええ、その、大丈夫そう。話、続けて」

「地主は施設に入っている高齢女性で土地取引を頑固に拒んでいるのだが、唯一の相続人となる息子から、相続後に土地を譲渡する確約と引き換えに三億円を要求された。山の中の土地にしては高額だが眺めはよく、そこが施設建設に利用されることは内定済み。将来的には国が運営する施設から年間約六千万の地代が払われることになる。すぐに買

い押さえたいところだが、候補予定地についてなど部外秘の情報が多いため、おおっぴらには融資を受けられない。そこで我が社では一口三百万で投資を募ることにした。投資家は管理費や事務処理費を差し引いて、一口につき毎年約五十万円を地代配当として受け取れることになるが、いかがでしょう。話が広まり、地主の相続人が値をつり上げてきても困るので、信頼できるひとだけに話をもちかけているのですが……なーんてな。オレの想像も入ってるけど、だいたいこんな感じらしい」

「三百万の投資で年五十万のバック？　そんな、しゃっくりどころか息も止まりそうな話、信じるヤツいるの？」

「それがいるんだ。だから浜の真砂《まさご》は尽きるとも世に詐欺事件は尽きないんだって」

「だいたい〈WHリゾート開発〉ってそもそもなんなの。ネットで調べたかぎりでは、不動産会社ってこと以外、なにやってる会社なんだかさっぱりわからなかったけど」

「そりゃそうだろ。詐欺グループの詐欺グループによる詐欺グループのための休眠会社なんだから。送った資料を見てもらえればわかるけど、もとはやっぱり綿貫昶の作った会社だった。登録住所も〈西新宿八龍界ビルヂング〉になってるしな」

「そう。だけど、綿貫もなんでまたリゾート開発会社なんか作ったのかしらね」

「そりゃ、いつまでも恐喝じゃないと思ったんだろ」

　桜井はつまらなそうに言った。わたしはふと気がついて、尋ねた。

「ねえ。てことは、WHには仙人も絡んでる……？」

「だとしても不思議じゃないな。詐欺グループに、使える休眠会社があるよと差し出してオフィスを借りさせ、御礼がわりに家賃をもらっているかもしれない」

「これまでと同じように？」

「もっと積極的に食い込んでいるのかもしれないが、ＷＨの役員名簿にセンガの……仙人の名前はないよ。いまのＷＨ代表は田中なにがしっていうんだが、コイツだって借金と引き換えに名義を貸しただけの看板だろ。むしろ気になるのは、役員に鈴木《すずき》里《さと》って名前が入っていることで、この女、伊原東治《いはらとうじ》の隠し子なんだ」

伊原東治は指定暴力団・伊原持國《じこく》会の会頭で、バブルの頃には立ち退き屋として悪名をとどろかせた。脅迫恐喝暴行どころか拷問に殺人。当時は西新宿近辺で死体の一部が発見される、などという事件が起こるとまずこの男の関与が疑われ、十中八九ホントに関与していて、伊原持國会が通ったあとはぺんぺん草も生えないと恐れられた。

「ずいぶん懐かしい名前だけど、伊原っていまいくつ？」

「とっくに死んだよ。娘のほうは三十過ぎて、昔のオヤジのシマの界隈で風俗店を何店舗か経営してる。とはいえどうやらこっちも名義貸しで、実際の経営者は解散した伊原持國会の元若頭らしい。これが伊原以上にぶっ壊れたサイコパスで、あのあたりじゃビルの隙間に捨てられた血まみれの風俗嬢をみかけるのも珍しくないってさ」

うわー。

「てことは、つまりＷＨとは現在、実質的には元伊原持國会の組織ってこと？」

「少なくとも一部はな。もちろん表には出てないが。それでさ」

桜井はいつのまにか大きくなっていた声を再び低くすると、

「先月の二十九日、WH主催の現地投資説明会ってのがおこなわれたらしい。投資家約十二人を乗せたマイクロバス二台で朝、新宿駅西口を出発、ご当地名物ほうとうの昼食後、建設予定地を見学し、帰りは山梨県内のワイナリーに立ち寄ってワインの飲み放題。お土産はワイン二本と金精軒の極上生信玄餅って、参加費無料でなかなかのおもてなしだろ。問題の建設予定地からは富士山の雄大な姿を拝めたとかで、説明会終了後、参加者は争って投資、ひとりで五口投資したのもいた」

「すごい。よく調べたね、と言いたいとこだけど……なんか詳しすぎない？」

桜井はさらに声を低めた。

「実は一昨日、義理の父親がこういう投資に千五百万払い込んだんだが調べてほしいという依頼があったんだ」

「東都に？」

「ウチが調査契約している企業の執行役員からの個人的な依頼でね。葉村に言われて前もってWHの下調べをしてあったから、おかげさまで打てば響くように対応できて、オレの株も上がったよ。義父本人にも会って、直接話が聞けたんだ」

桜井は得意げに声を高めたが、我に返ってまた音量をしぼった。

「その義父《おやじ》さんも自慢したかったんだろうな。内密にと念押しされてたのも忘れて、現地投資説明会のことを話してくれたわけ。説明に立ったボーッとした顔のWHの担当者、表だっては、多くの方に投資してもらいたいからあくまで一人二口まで。それ以上は受け付けないと言っていたが、現金で用意できればあと三口までねじ込めるとこっそり教えてくれたんで、説明会の直後に担当者と新宿のオフィスで会って、現金で九百万渡したってよ」

「待ってよ。〈西新宿八龍界ビルヂング〉のエレベーターから大金が入ったスーツケースが見つかった件は知ってる？」

知ってる知ってる、と桜井は嬉しそうに言った。

「実はそのニュースを知って、義父も義理の息子に相談したわけだ。事情を知ってると、スーツケースの金は現金で集めた裏投資の金で、それをエレベーター内に隠したんじゃないか、大丈夫なのかそんな真似して……と、誰だって考えるからな」

「そりゃそうだわ」

「でも、詐欺グループだって、普通はそんなとこに隠したりはしないわな。だからスーツケースの金に関しては、WH絡みの誰かが個人でパクったか、パクろうとしている最中だったと考えるのが自然だ。ところがそれがバレて、金のありかを白状するまもなく、その誰かさんはやられちまったと」

「それは飛躍しすぎじゃない？　いきなり殺しって」

「あれ、知らないのか。こないだ多摩川の河川敷で他殺体が見つかるって事件があっただろ。損傷が激しくて身元はまだ不明だけど、けさ、西新宿署のスーツケース担当の刑事が、所轄の世田谷南署の捜査本部に出向いたってさ。スーツケースから出た指紋が死体のと一致するとかしたんじゃないか」

背筋が寒くなった。まさか、稲本賀津彦？

「あの、その死体って男？」

「男は間違いないみたいだな」

桜井はさらっと答えた。

「損傷が激しいのは死んで一週間以上経っているからだけど、相当ひどい目にあわされたからでもあるらしい。でも性別くらいはすぐに……って、しゃっくり止まんないな」

「えーと、いまの話だけど、河川敷の死体はつまり元伊原持國会の、ぶっ壊れたサイコパスの仕業？」

「そんなこと言えませんよ。オレだってまだ死にたくないもん」

桜井は大声で言って、またしても声を低めた。

「でも、これでわかったろ。WHと関わってもろくなことにならないって。イチゴミルクのイチゴみたいにつぶされて多摩川に捨てられるくらいなら、クビが正解だよ。とにかくああいうのとは関わり合いになんないほうがいい。金をパクったんだかパクろうとして殺されたヤツについては自業自得といえなくもないけどさ。悪気はなくたって迷惑かけたら即、報復。でなきゃ沽券《こけん》に関わるってのがヤツらの常識なんだから。例えば、現金詰めのスーツケースを見つけて通報したヤツだってヤバいよな」

「え、なんで？」

「そりゃそうだろ。結果的にとはいえ、ＷＨの、というか伊原持國会の金を警察にくれちゃったようなもんなんだから」

「……そんなつもりは」

「恨まれるよな、絶対。ものの道理が通用する相手じゃないからね」

最初に「通報」したのがわたしだとは知らない桜井はのんきに言った。

「それにさ。ビルヂングから大金が見つかったと報道されたことで、投資のうさんくささに気づいたのはきっと、ウチの依頼人の義父だけじゃないぜ。今ごろは別口からも、警察に相談が寄せられてんじゃないか。となると、ＳＢＰ詐欺自体もあれで行き止まりだろ。ＷＨもあの詐欺でもう少し稼ぐつもりだったろうにさ。スーツケースの通報者は元伊原持國会の思惑を二重にふみにじったことになるわけで、えらい地雷を踏んじまったもんだ。……どうした。止まらないな、しゃっくり。死ぬ寸前まで息止めるとしゃっくりも止まるって言うぜ。試してみたら？」

ひどいことになった。

どうすべきかめまいがするほど考えた。なんなら夜逃げ、とさえ考えたが、結局はこちらから警察に情報提供するのがいちばんというシンプルな結論に達した。カンゲン先生はああ言っていたが、多摩川河川敷の死体が賀津彦なら、和子だって無事ではすまない。約束は約束だから先生の名前は伏せるとして、それ以外は洗いざらいぶちまけよう。それが元伊原持國会のサイコパスの逮捕につながるなら願ってもない。

西新宿署の吉住はワンコールで電話に出た。先日はどうも、と愛想がいい。すぐ本題に入るつもりが、つい、なにかいいことでもありましたかと聞いてしまった。

「いや、葉村さんには教えときますがね。先ほどセンガヨシヒトを逮捕しました」

……誰？

一拍おいて思い出した。仙人は本名を千賀義人というのだった。

「例のスーツケースや金から複数人の指紋が出まして。そのうちのひとつがヤツのものだったんです。まもなく署長が記者会見で発表しますよ」

「そういえば仙人って昔、ビルヂングを拠点にした詐欺との関係を疑われたんでしたね」

綿貫昶が警察官時代に取り調べ、それで仙人の「タマを握った」と〈プドレンカ〉のマダムが言っていたのだった。

「あの頃は自分は部屋を貸しただけの一点張りで、それを崩せる根拠もなくて、その件では捕まりませんでしたがね。若い頃、喧嘩で一晩留置されたことがあったもんで」

指紋のデータが警察にあったわけだ。

「だけど、ビルヂング内にあったスーツケースからビルヂングの持ち主の指紋が出ても、それほどおかしくないんじゃ」

「それはそうなんだが、ご存じかなあ。数年前に目黒の土地の不正取引で不動産会社から七十億せしめた皆藤グループ」

「……ええ、まあ」

「その残党が〈西新宿八龍界ビルヂング〉内に〈WHリゾート開発〉って休眠会社のオフィスを設けて動き出したって、少し前から情報があがってってね。われわれもそれとなく目を光らせていたんだが、これが大胆なヤツらで。こちらの監視を知ってか知らずか、山梨を舞台に不動産投資詐欺を始めやがりましたんですわ。葉村さんは、総務省が推進しているSBPというプロジェクトをご存じですか」

はいはい。

桜井から聞いたのと、ほぼ同じ話が繰り返された。多摩川河川敷の死体の指紋が例のスーツケースからも見つかったこと。世田谷南署の捜査本部が吉住ら西新宿署の署員とともに千賀に話を聞きにビルヂングへ赴いたこと。五階の玄関はゴミまみれだったがあれはフェイクで、ゴミの奥に張られたベニヤ板をどけると素敵な住居が現れたこと。その際、一階で張り番をさせられていた吉住がスーツ姿で裏から逃げ出した千賀に気づき、取り押さえた——というあたりは別だったが。

すごい、さすが、その手柄話きっと角田港大先生も聞きたがります、と褒め称えると、吉住はさらに機嫌良さそうに笑った。

「話に聞く千賀とは風体がまったく違っていたけど勘が働きましてね。声をかけたら、いきなりこっちを突き飛ばしたんで公妨で現逮、署に連行して指紋を調べたら、本人は否定していたが千賀義人本人だった。というわけで目下、取調中ですわ。話を聞く前から、自分は殺人とは関係ない、拾ったスーツケースを知り合いにくれてやっただけだ、とわめき散らしてます。悪党がジタバタしてくれると手間が省けて助かりますよ。あの調子なら近いうちに全部しゃべりますね」

「てことは、多摩川河川敷の死体は仙人の仕業？」

「いや、それはまだ、なんとも」

吉住は言葉を濁した。

「河川敷の死体は公には三十代後半から六十代と幅を持たせているけど、法医学者の個人的見解では四十代から五十代、体格の良い壮年の男ってことでね。ひょろひょろした還暦の千賀がそんな男を生きている間にたたきのめし続け、あちこち切り取ったっていうのは、どうでしょうねえ」

「体格の良い、壮年の男？」

てことは、死体は八十近い稲本賀津彦のものではない？　てか、あちこち切り取ったってなに？

通話の背景がなにやら慌ただしくなった。吉住は早口で付け加えた。

「ここだけの話、〈ＷＨリゾート開発〉には皆藤グループだけじゃなく、指定暴力団も関わっているらしいんですよ。その方面には、今回の死体にみられるような暴力沙汰をしかねない人間もおりましてね。これからそいつらを押さえることになってるんですわ」

わたしが連絡をとった理由も聞かないまま、吉住は慌ただしく電話を切った。

安堵のため息が間欠泉《かんけつせん》のように噴き出してきた。よかった、稲本賀津彦の死体でなくて。和子の死体でもなくて。元伊原持國会のサイコパスも逮捕されそうだし、カンゲン先生についても明かさずにすんだ。昨今いろいろ言われているが、日本の警察はやっぱり優秀じゃないの。これで枕を高くして寝られる。

ベッドにひっくり返った。天井の羽目板を見上げた。脱力して目を閉じた。そのまま眠りにつけると思った。頭が重くなった。枕が熱くなってきた……。

起き直った。

今回の死体は稲本賀津彦ではなかった。状況から考えて、WHの誰か……ことによると高橋基あたりだろう。大金の持ち逃げがバレて粛清されたのだ。

ただ、賀津彦の存在はSBP詐欺に大きく関わっている。なにしろ地主の相続人として三億要求したことになっているのだ。何週間も行方がわからないのは、詐欺に巻き込まれたことに気づいて隠れているか、土地をよこせと暴力を振るわれ、死んでしまっているかのどっちかだ。

多摩川河川敷の捜査が進めば、警察もいずれ賀津彦や和子の存在にたどり着く。例のサイコパスにしたって、大金を持ち逃げしようとした相手を殺しただけなら八年くらいで刑務所から出てきてしまうのではないか。いや、「あちこち切り取った」ほど異常な犯行だったとなると精神疾患で無罪になってしまうかも。最近は、その手で刑を逃れさせるのが売りの弁護士もいると聞く。

つまりわたしにとって、これまでと事態はなんにも変わっていない。

結局、これを終わらせるには、賀津彦と和子を探し当てるしかないということだ。生きた彼らを見つけてなにが起きたか証言させるか。彼らが死んでしまっているなら、その死を暴くことでサイコパスを塀の向こうから出てこられなくするか。

わたしが生き延びるためにできることは、それだけだ。

21

パソコンを開き、桜井が送ってくれた資料を見た。

そのうち半分がさきほど聞いたWHに関する詐欺についてのもの。残りの半分のほとんどが、稲本亜紀に関するものだった。彼女の万引き事案に対応した警備会社〈柊警備SS〉の報告書や、どこから入手したのか警察の調書、死亡診断書まで添付されていた。また、亜紀が所有し住んでいた目黒のマンションについても詳しい記載があった。

このマンションは二〇一三年五月に引き渡された新築物件で、亜紀が購入した四階の1LDKの価格は五千二百万。頭金として三千万円、残りは十二年ローンの契約を結んでいた。当時三十八歳の独身女性として安い買い物ではないし、頭金の三千万はどうしたんだろうとも思うが、前に住んでいた部屋を売った金とコツコツ貯めた貯金ですと言われたら、不自然な額でもない。移籍したばかりの魁星学園大学の近くに部屋を持ったのは、外様《とざま》の亜紀がこの大学に骨を埋める決意をしたからとも考えられ、好感も持てる。

だが、昨年二〇二二年の夏、亜紀のマンションは借金の抵当に入れられていた。債権者は山梨県都留《つる》市在住の渡辺滋子《わたなべしげこ》。桜井のものらしいコメントがついていたが、それによると渡辺滋子は娘一家と同居する七十二歳の無職の女性で、債権の額は七百万円とある。

高価なマンションを担保にして、無職の女性から七百万の借金。いったい何事だろう。亜紀にはまだ、表に出ていない隠し事があったということか。

借金についてはこの渡辺滋子に尋ねてみるのが手っ取り早いが、そもそも稲本亜紀とはどういう人間だったのか。それが知りたくなった。だが、これまでのところ、彼女について詳しいと思われるのはその両親だけで、両人ともに行方不明だ。魁星学園内で聞き込みをすれば亜紀と親しかった相手を見つけられるかもしれないが、死に方が死に方だったので、そう簡単に話を聞かせてもらえるとは思えない。

だったら、と考えて思いついた。「週刊アクア」だ。あの記事を書いた記者なら、記事にはしなかった亜紀の個人情報を握っている可能性がある。

問題の記事を探し出した。文責・横田《よこた》ハチヒコとあった。検索をかけた。何点かヒットがあったが、彼の書いた記事は「週刊アクア」のもの、それも惹句《じゃっく》は盛大だが中味のないものばかりだった。どういうライターなのだろう。

アクアの記事をかたっぱしからチェックするうち、編集後記に知り合いの名前を見つけた。彦坂夏見《ひこさかなつみ》。フリーの編集者だった彼女と最後に接触してからかれこれ二十年たつ。もう使われていないかもしれないと思いつつ、試しにメールを送ったところ、折り返し電話がかかってきた。

近況を聞きあった。夏見は現在、実家近くに引越し、親介護に明け暮れているそうだ。転んでもただで起きるかと介護関連記事をスマホで書いて小銭を稼ぐうち、親指が腱鞘《けんしょう》炎《えん》で動かなくなった、と以前と変わらないサバサバした口調で言った。

用件を切り出した。横田ハチヒコ！　ならよく知ってる、と夏見はケタケタ笑った。

「探偵にこんな説明、お釈迦様に説教するようなもんだけど、アクアなんて、陰謀論大好きオヤジのために存在してたみたいなもんじゃん。アタシがあそこにいたのは一年半くらいだけど、その間にも何度か、記事にしろって妙なネタがまわってきてたわ」

G7の前には仮想敵国のスパイの暗躍話、選挙の前には政治家の情事、株主総会の前には企業と銀行の裏取引。憶測に憶測を重ねたいい加減な内容だが、新聞広告で見出しを眺めるだけの「読者」に刷り込みができるわけで、夏見も何度かフィクションと承知で記事に仕立てたことがあるが、

「中にはさすがにそれは訴訟もんでしょ、みたいなネタもくる。おっかないから誰も手を出さない。でも、この内容で記事を載せてくれって金もらってるから、書かないわけ

にもいかない」

「金もらってるって、誰が」

「だいたいわかるでしょ。アクアの社主は元総会屋だよ」

夏見はけろっと話をスキップすると、

「そういうときに現れるのが、横田ハチヒコよ。いつもニコニコ原稿料現金受け取り、その金で編集部が飲みに行っても文句を言わない、使い勝手のいいライター」

「なによ、編集部内で使ってたハウスネームなの？」

「早い話が」

稲本亜紀の記事について訊いた。自分がアクアを辞めてもう八年、去年の記事のことなんて知らないが調べることはできる、と夏見は言った。

よろしく頼んで電話を切った。ネットにあがっているのは記事だけで、広告まではみられないからスポンサーの見当もつけられない。といって雑誌本体を探しに行くのも面倒だし、事情通の人間のフィルターを通してもらえるとはありがたい。

桜井から送られてきた資料を見返し、映像の添付に気がついた。〈プドレンカ〉のママが見た、若い男ともめていた元看板屋の新入り——ボーッとしたアンコウ——の映像だろう。〈柊警備ＳＳ〉の監視カメラ映像が残っていれば送ってほしいと頼んでいたのだった。

もうこれ意味ないんだけどなと思いつつ、せっかくなので映像を見た。

敷地の隅に押し込めてあった毒ガエルに乗り込んで、エンジンをかけた。

代車にくらべてやはり毒ガエルは運転しづらかった。高速に乗った瞬間、またシートベルトがつるっと外れた。おまけに八王子をすぎたあたりで雨が降り出した。雨脚はだんだん強くなり、すぐ前を行くトラック後部の文字すら読めなくなった。雨の高速を走るなら車間距離をとるのが常識だが、前の車と間を空けると必ず割り込まれる。後ろに下がって距離を空けるとまた割り込まれる。どうしろというんだと毎回思う。

軽の箱バンに割り込まれ、大型トレーラーにギリギリで車線変更され、冷や汗でハンドルが滑ってきたので相模湖インターで甲州街道へと下りた。その途端に雨があがった。

四十分ほどで大月に到着した。まだ三時半過ぎだった。早すぎる。

予定を変更して都留市まで移動した。ローカルスーパーの駐車場に毒ガエルを入れ、ペットボトル飲料を二本買って、徒歩で住宅街へ踏み込んだ。

渡辺滋子の家は大きかった。道に面して約百メートルの塀があり、格子状のシャッターの中にはピカピカの外車が二台、他にあと二台は停められるだけのスペースがあった。オレンジ色の瓦が載った屋根付きの立派な門があり、黒い鉄の飾り鋲《びょう》が打ってあった。

渡辺滋子は自宅にいた。用件を説明し、本屋の名刺をカメラの前にかかげた。ものすごく警戒されたが、稲本和子の名前を出すと、吠え続ける茶色いテリアを抱いたまま家から出てきて、門の向こうから顔をのぞかせた。

「稲本さんが行方不明。あらあ。それはご心配ですわね」

「もしや、最近こちらに連絡はありませんか。特に今週の月曜日以降ですが」

「いいえぇ。そもそも稲本さんとわたくしども、お友だちというわけでもございませんから。昨年夏の事故の当事者同士というだけで」

事故？　と聞き返しかけ、思い出した。〈マニフィークパレ・フジヤマ〉の大野管理人によれば、稲本和子は去年の夏に事故を起こして車を処分、運転もやめたのだった。でもあれは確か自損事故だったのでは。それとも和子がそうごまかしたのかと思いつつ訊いた。

「交通事故ですよね。それはどういった……？」

「どういったって、あらためて説明するほど大した事故でもございませんでしたのよ。河口湖近くの病院裏の駐車場で稲本さんのお車が急発進されましてね。うちの車にぶつかってしまったんです。アクセルとブレーキを踏み間違えられたんですわね。高齢者にありがちと聞きますけど、ときには……まあ、誰にもケガがなくてようございました」

幸い、滋子は車から降りて少し離れた場所にいたし、お互いの車の損傷もたいしたことはなかったのだという。

「車の事故は相手方次第ですわよねえ」

テリアの鳴き声にともすれば滋子の声はかき消されがちで、聞き取るのに骨が折れた。

「前にも一度事故にあったのだけど、そのときの相手はひどかったですわよ。ウインカーも出さずに右折して突っ込んできたくせに、自分は悪くないの一点張りで。その点、稲本さん側は自分たちの過失を理解して低姿勢でらしたし」

「保険は下りなかったんでしょうか」

「保険って？」

「稲本亜紀さんの自宅のマンションが渡辺さんの借金の担保になってますよね。自動車保険が下りていればそんなことしないのではないかと」

「ああ、そう。そうでした」

キャンキャン鳴き立てるテリアに顔を隠すようにして、渡辺滋子は言った。

「たしか、保険に書類上の不備があったんじゃなかったかしら。それで直接お支払いくださることになったんですけど、お金を貸してくれそうなご親戚が入院中ですぐには準備できないから、亜紀さんがお持ちのマンションを担保にということになりまして。あら、最初はもちろんお断りしたんですのよ」

テリアの声が気にならないのか、渡辺滋子は早口にしゃべり続けていた。

「うちの孫は富士菊でしてね。事故は、まもなく魁星学園大学の推薦入試という時期でした。そしたら亜紀さんも富士菊の卒業生で、しかも魁星の理事だっていうじゃありませんか。そういう方ならなにもお金でなくても。ねえ？」

滋子は軽く目配せをした。わたしは目をそらしたついでにテリアをにらみつけた。テリアはブルッと震え、さらに騒々しく鳴き始めた。手が届かなくて幸いだった。近くにいたら首を絞めていたに違いない。

「でも亜紀さん、そういうことはできないんだって、すごく頑なでらして。理事にも派閥があって、敵方の不正をほじくりあっているから、うっかりするとお孫さんにも迷惑がかかりますっておっしゃるの。そんなの黙っとけばバレやしないのにねえ」

「はあ、で、それで結局……？」

「やっぱりお金で解決することになったわけです」

「ですが車の損傷はたいしたことなかったんですよね。怪我人も出なかった。となると七百万という金額は大きすぎる気がするんですが」

「あら。金額までご存じだなんて。どちらでお調べになったの？」

渡辺滋子は目をとがらせた。気のせいか焦っているようにも見える。

「念のために申し上げておきますけど、そりゃあ魁星学園の理事が孫の受験を後押ししてくださったらいいなあと思いましたわよ、わたくしも。でも結局、孫は自力で合格を勝ち取ったんですから。下司《げす》の勘ぐりはなさらないでくださいましね」

「しません。もし渡辺さんのほうが裏口入学を希望されたのだったら、そちらが亜紀さんにお金を払ったでしょうから」

「あらまあ。お金のことばかりおっしゃるなんて。失礼ですけど、下品だわ」

もうよろしいかしら、とテリアをなでながら向きを変えかけた渡辺滋子を、最後にひとつだけ、と呼び止めた。

「確認なんですが、事故を起こした車に乗っていたのは稲本和子さんだけだったんでしょうか。さきほど『稲本さん側は自分たちの過失』とおっしゃいました。自分たち、と言うからには、事故を起こした車には亜紀さんも同乗されていたのでは？」

渡辺滋子はテリアの頭ごしにこちらを見て、ツケツケと言った。

「そんなこと、もう、どうでもよろしいんじゃございません？　亜紀さんはお亡くなりになったのだし、和子さんだっていなくなってしまわれたんでしょう？　ちょっとした事故のことなど、もう、どなたも気にされませんわよ」

桜井からの資料をあたり、稲本和子が入っていた自動車保険会社を確認した。幸いにも知り合いがいる会社だった。彼女は立場上個人情報保護にうるさかったが、保険の加入者が事故を起こしたのに保険が下りなかったそうだけど、大丈夫なのおたく、と大声で尋ねたら最低限の情報をくれた。稲本和子の事故については渡辺滋子側の保険会社と協議の上、問題なく保険金が支払われ、車は修理されたという。つまり滋子の話は嘘ということだ。

なぜそんな嘘をついたのか。滋子がブレーキとアクセルの踏み間違いの話をしたとき、「高齢者にありがちと聞きますけど、ときには」と言いかけたのが気になっていた。ときには、の後に続くフレーズとして考えられるのは「若い方も踏み間違いなさいますわね」だろう。

滋子のごまかし方からすると、亜紀が同乗していたのは間違いなさそうだ。それだけならなにも隠す必要はない。あえて隠したのはつまり、事故を起こしたのが高齢ドライバーである和子ではなく、娘の亜紀だったからではないか。七百万はそれを黙っていてもらう見返り、と考えるとつじつまがあう。ことによると、最初は見返りに孫を入学させて欲しいと滋子のほうから持ちかけたが断られ、金に切り替えたのかもしれない。だとすると渡辺滋子という女、したたかな強請屋《ゆすりや》だ。結局、五千万はするマンション――昨今の不動産価格の高騰傾向を考えると、もっと高値になるかもしれない――を差し押さえたのだ。

ローカルスーパーに戻り、パンを何個か買って、大月に戻った。途中また雨が降り、やんだ。〈大月萬亀園〉近くに到着した頃には日が落ちて寒くなっていた。六時すぎ。いいタイミングだった。駐車場脇に車を停めて待っていると、一分とたたずに待ち人が現れた。

さらさらの茶髪、脳味噌が入っているのか不安になるほど小さな顔。左眉のフチに銀色の玉ピアス。ふくらんだボストンバッグを肩からさげ、大きくて赤いバスケットシューズをはき、車のキーを握りしめている。

彼が駐車場に入ったところで毒ガエルから滑り出て、立ちふさがった。

「ホズミリョウさんですね。お疲れのところ申し訳ありませんが、少しお話し」

稲本カナお気に入りの介護スタッフ「リョウちゃん」はボストンバッグをこちらに投

げつけ、同時に突進してきた。脇をすり抜けるつもりらしかったが、投げ返したボストンバッグにリョウちゃんのデカ足がみごとに絡まり、彼はすっ転んだ。

ボストンバッグを拾い上げ、周囲を見回した。〈大月萬亀園〉のガラス戸にはカーテンがおろされ、玄関内側の灯りも消えている。様子を見に窓を開けた気配もない。

「ちょっと話を聞きたいだけなんだけど」

地べたに這いつくばったリョウの顔の横にボストンバッグを置いて、見下ろした。

「わたしの車でもいいし、警察署まで行ってもいいんだけど。どうする?」

「オレ、そんなつもりなかったんです」

起き上がったリョウは震えていた。眉ピアスが街灯を反射してチラチラと光った。

「オレも騙されたんだ。ホントです。盗んだつもりはなかった。ちょっと借りるだけって言われたから」

興奮するのをなだめすかし、毒ガエルの後部座席に連れ込んで、桜井から受け取った監視カメラ映像を見せた。リョウがスーツ姿の男にあっけなく突き飛ばされて尻餅をついている映像だ。スーツ姿の男のアンコウに似たぼーっとした顔つきも、リョウの眉ピアスや赤いバスケットシューズも見てとれる。

「これ、きみだよね」

リョウは肩を落としてうなずいた。

「やっぱ日本の警察ってすっごいんですね。こんな画像からオレを突き止めるなんて。

さっきは逃げようとして、ホント、すいませんでした」

日本の警察がこんな車に乗っているわけないだろう。

「この、争っている相手は……？」

「高橋基ってひとです。高橋公一郎さんの甥ですよ。コイツだよ、オレを騙したの」

なにがあったのか話してくれと言うと、リョウちゃんはぺらぺらしゃべり出した。

穂積稜。二十五歳。市内の実家で両親や姉と暮らし、一昨年の六月から〈大月萬亀園〉で働いている。キツいことも多い安月給の仕事だが、若い男手として頼りにされ、居場所を見つけた気分で働いてきた。特に稲本カナには気に入られ、アンタを養子にする、財産全部遺すから公証役場に連れて行ってくれ、と手を握られたこともある。

「もちろん断りましたけどね。養子になってもいいってほどカナさん金持ちでもなさそうだし。カナさん自身は年金で施設費払えてるけど、息子さんは別荘の管理費だけで生活していてカツカツなんだ、土地を売らせないならワガママ言うなって、よくケンカしてますもん。カナさんのほうは、もうすぐ死ぬんだから好きなもの食べさせろ、ウナ重の特上持ってこいって大声出したりね。カナさんまだまだ長生きしますよ、すっごく食べるもん」

稲本カナは稜との養子縁組をあきらめず、だから全財産アンタに譲るって言ってるだろ、と大声を出されたこともある。全財産とは〈稲本高級別荘地〉の奥の土地で、息子とカナとのもめ事のもとになっていた。

「一度聞いてみたことあるんですよ。使っていない土地なら売ればいいのに、そしたらその金でウナギでもなんでも好きなもの食えるのにって。それに山奥の土地もらってもしょうがないけど、現金ならオレだって考えるもんね」

稜は白い歯を見せ、ミッキー並みに大きな足を毒ガエルの床にこすりつけた。

「でもカナさん、自分の目の黒いうちはあの土地は誰にもさわらせない、特に息子にはって。親孝行な息子さんなのにすっごく文句多いですねって言ったら、カナさん、すっごい顔つきでオレのことにらみつけました」

だれが親孝行だって？　アバズレと入籍するわ、ウマノホネまで戸籍に入れるわ、あんな親不孝はいない。あれから何十年もたってるんだ、そろそろ土地をくれてやろうと思うのに、何度言ってもアバズレと別れない。いつまで親を苦しめるのかと思っていたら、バチがあたってウマノホネが死んだ、ざまあみろと言ったら殴られた——。

「ホントのこと言ってオレ、入所者さんたちの話、聞き流してんです。まともに受け止めるとすっごく重いこともあるんで。でもそのときのカナさん、マジすっごく怖かった。ウマノホネってのはなんだかわかんないけど」

そして先月、たしか二十日だったと思う。賀津彦が施設にやってきた。部屋で親子ふたり怒鳴り合い始めたので、稜はドアの前で聞き耳を立てた。

「立ち聞きはすっごくよくないけど、ほら、殴られたってカナさん言ってたし。親子喧嘩でも施設内で入所者さんにケガされたらすっごく困るから」

ケンカの内容はいつも通りだった。あの土地を切り開いて施設を作る計画があるんだ、いま売れば金になる、亜紀に死なれてこの先頼りになるのは金だけだ、オレと和子も死ぬまで困らず暮らしていけると賀津彦が怒鳴り、カナが大声で言い返した。

「ちょうど近くを歩いていた歩行器の入所者さんがミニタオルを落としたんで、それ拾いにはずしたもんだから、カナさんがなんて言い返したのかは聞こえなかった。でも戻ってきたら、なんかすっごい雰囲気で」

それまでなめらかにしゃべり続けていた稜は戸惑ったように言葉を切った。

「あの親子が怒鳴り合うのはしょっちゅうなんだけど、そんときは賀津彦さんがすっごく静かにしゃべってた。そういうことだったのか、だからあんたはあの土地を手放さなかったんだ、いや手放せなかったんだ、とかなんとか。そしたらカナさんが、おまえは老い先短い母親を見捨てる気かいって。そんで」

稜はなにか言いかけて唇を噛んだ。

それを最後に賀津彦は施設に現れなくなった。電話にも出ない。施設長が第二連絡先である和子とやりとりしたのだが、和子はカナのことは自分には関係ないの一点張りで、電話もすぐに切られてしまった。

「カナさんとあの奥さんはふだん、絶対に会おうとしませんから。アレと会うと寿命が縮むって、カナさんのほうが会いたがらない感じですかね、たまたまふたりが玄関で顔を合わせたことがあるんですけど、その晩、カナさん食事を吐いちゃって」

それからしばらくたった三月最終週の、たぶん月曜夕方のことだ。仕事終わりに稜が駐車場に向かっていると、ぼーっとしたアンコウみたいな男が現れて、入所している高橋公一郎の甥だが少し時間をもらえないか、と稜に名刺を差し出した。

「名刺には高橋基、〈WHリゾート開発〉の東京本社って書いてありました。いつも伯父さんが世話になってるからお礼にって駅近のステーキハウスに連れて行かれたんです。知ってます？　ボロい一軒家だけど中はすっごくオシャレな造りで。分厚い肉注文してくれたんだけど、すっごくうまくて。あんな肉、オレ人生で初めて食べた」

あんなふうに逃げだそうとしたからには、「すっごく」マズいことに巻き込まれている自覚もあるだろうに、稜はうっとりと目を細めた。

「いろいろ聞かれました。稲本賀津彦さんとは呑み友だちで連絡がとれないんだけどどうしているか知らないかとか。こっちも困っているんだと言うと、母親ならなにか知ってるんじゃないかとか。そいで、オレ知ってること全部話しちゃったみたいで」

食事の後、高橋基は頼みがある、と言ってきた。〈稲本高級別荘地〉の奥の土地が、総務省が主導する大規模プロジェクト関連の予定地の候補にあがっている。稲本賀津彦は現在母親の名義になっているその土地をプロジェクトに提供すると申し出ていた。自分たち〈WHリゾート開発〉は今週水曜日、つまり明後日の投資説明会に賀津彦にも出席してもらい、地権者の代理人として投資家への説明にあたってもらうつもりだった。

ところがここに来て賀津彦と連絡がつかなくなった。このままでは、富士山を見ながら現地でおこなう予定の投資説明会にも現れそうにない。

「それで、土地の権利書を投資家に見せたいんだと言われました。うちの事務所の金庫で、茶封筒に入れて預かっているカナさんの貴重品のなかに権利書もあると賀津彦さんから聞いている、それを持ち出してもらえないかって。説明会が終わったら必ず返すし、これで投資が順調に進めば土地の値段もすっごくあがるから、カナさんにもすっごい得になるって。それに」

稜は急に黙った。おおかたステーキだけでなく礼金も受け取ったのだろう。そこは聞かないことにして先を促した。

「……それでも断ったんですよオレ。したら高橋が、なら写真だけでも撮らせてもらえないかって。カナさんの貴重品が入ってる茶封筒を持ってきてくれたらその場で権利書の写真だけ撮って、現物はすぐに戻せば問題ないだろって。それならまあ、いいかって思ったんです。どうせカナさんはその土地オレにくれるつもりなんだし、撮影くらいは許されるかなって。それに、金庫の鍵は施設長の机の抽斗に入ってるんで、抽斗に鍵がかかってたら持ち出せない。第一、オレ金庫の開け方知らないんですよ。開け閉めしてるとこ何度か見てるから見当はついてたけど。でも、試してみたけどダメってことなら、高橋も五万……ええと、あの、ステーキ代返せとは言わないかなって」

高橋の車で〈大月萬亀園〉に戻った。夜勤のスタッフが巡回を始める時間を待って事務所に入った。施設長は抽斗の鍵をかけ忘れていた。ダイヤル式の金庫の開け方を書いたメモが金庫の鍵と一緒に抽斗に入っていた。

「なんで、出せちゃったんですよね。カナさんの貴重品袋」

穂積稜は残念そうにそう言った。

茶封筒にはカナの拇印らしきぼやけた朱印で封がしてあった。車の外で立って待っていた高橋に渡すと、相手は茶封筒をバリッと破って開けてしまった。

「で、中から権利書だと思うけど書類とハンコ入れとかカードとか出して、内ポケットに入れて、破れた茶封筒はオレに投げ返して、じゃあなって車出して行っちゃったんですよ。オレ驚いて口もきけなくて」

どうしていいかわからなかったが、とにかくごまかさなくてはと茶封筒を取り替え、適当なものを入れ、自分の拇印で封をして元の金庫に戻しておいた。翌日になってもその翌日になってもバレることはなかったが、高橋基からの連絡もない。施設からの問合せを装って、高橋公一郎の息子に連絡を取ってみたが、オヤジのことは任せてあるんだから連絡してくるなと怒鳴られた。

次の休みの日、リョウはいたたまれず名刺にあった西新宿の住所を訪れた。

「どうせ名刺もニセモノだろうって思ってたんだけど、高橋基と会えました。それで、持っていったものを返せよって言ったけど、軽くひねられて。ケーサツに言うって言ったら、金を受け取ったおまえも同罪だって、あのアンコウみたいなぼーっとした顔で」

怒っているのでもバカにしているのでもなく、低い声で淡々と言われて戦意が失せた。

「それで帰りました。それからヤツには会えてません。その週の土曜日だったか、入所者さんを病院に連れて行っている間に高橋さんの甥ってひとが来て、カナさんの部屋に入り込んで大騒ぎになったと後で聞かされて。権利書をカナさんに戻したのかと思ったけど、カナさんに訊いてもよくわかんないし、部屋を調べてみたけど見つからないし」

あれやこれやで生きた心地がせず、辞めたいと申し出たが、人手が足りないから今月いっぱい働いてくれと拝まれて断り切れなかった、としまいに稜は涙声になっていた。

なんだか気の毒になった。吉住たちは河川敷の他殺体捜査のために、周辺の防犯カメラ映像をチェックしているだろう。そのなかには今回、桜井が送ってくれた「高橋基と稜が争っている画像」も含まれているはずだ。河川敷の死体が高橋基なら、稜はめでたく重要参考人に格上げだ。早いとこ出頭し、いまの話を警察にしろと言ってやるべきだが、そうすると今度はわたしがマズい立場になる。

施設長にすべて話し、正式なルートで警察に届けた方がいいと言うと、稜はそうします、とわたしのその適当なアドバイスを受け入れた。

缶コーヒーごちそうさまでしたと律儀に礼を言う彼を車から降ろした。稲本親子の静かな喧嘩について、他に話していないことはないかと訊いてみた。稜は憑き物が落ちたようなさっぱりした顔で言った。

「オレも後でいろいろ考えたんですけど、なにかがその山奥の土地にある、みたいなこと言ってた気がします。ひょっとして、賀津彦さんそのなにかを探して手に入ったんで持ちだして、それで用がなくなったカナさん見捨てて逃げたんじゃないですかね。高橋が土地の権利書を欲しがったのも、そのせいかもしれない。オレにはすっごく、そんな気がします」

パンをかじりながらの帰り道、なんだかわたしもすっごく、そんな気がしてきた。賀津彦は軽トラごと行方不明になったのだ。彼が〈稲本高級別荘地〉の奥の土地のなにかを探しに行き、そのなにかを持ち逃げした可能性は十分にある。妻である和子とは別居状態だし、「ウマノホネ」こと亜紀のことは、悪口を言った母親を殴るくらいだからかわいがっていたらしいが死んでしまったのだし、母親はとんでもない重荷とくれば、人生を楽しむ最後のチャンスに賭けても不思議ではない。

で？　と自問した。その奥の土地にある「なにか」って、いったいなんだ。水晶の鉱山？　梅酒の壺？　武田信玄の隠し金？

そんなわけあるか。稲本カナの夫で賀津彦の父親である不動産会社の社長が遺したものに決まっている。経営順調と思われていたのに、急死したらなにも遺されていなかった、と花谷のおじいさんは言っていた。つまり脱税などの目的で、資産は貴金属などに形を変えて、次に開発する予定の別荘地に隠していたのだ。

思いついたらじっとしていられず、再び相模湖で高速を下りてUターンした。途中、コーヒーと携帯トイレを調達がてら給油し、例の三角形の空き地にたどり着いた頃には八時を過ぎていた。多少の車の往来がある程度で、あたりはしんとしていた。少し離れた背後に車のヘッドライトが停止して、消えた。

いったん車を停めて外に出た。寒かった。今日は星も見えず、空全体が雲に覆われてぼんやりと明るかった。漆黒の闇夜ではなくてもこの時間、長年の間ほったらかしにされてきた別荘地の奥の土地に、それも毒ガエルで入るのは自殺行為だ。この空き地で夜を明かそうと思っていたが、後ろで駐車した車が気になった。この空き地のヘビーユーザーなのかもしれない。前回来たときよりゴミが増えているようなのだ。他人の恋路をじゃましたくないし、こちらの眠りをじゃまされたくもない。

さて、どうしよう。

いまからでも宿は見つかるだろう。だが、いま自分がやっているのは仕事ではない。カンゲン先生に金はとっておけと言われたが、はい、そうですかと受け取って、探偵をひとり買ってやったといい気にしてやるなんてまっぴらだ。すべてを明らかにしたら残金はたたき返してやる。だから余分な金はない。今夜は車中泊決定だ。

まずは〈稲本高級別荘地〉の駐車場まで行こうと決めた。少なくともラブホ代わりに使うヤカラはいない。砂永あたりに見つかるかもしれないが、その場合は賀津彦の私室を再度、調べに来たと言ってやろう。それに「富士山を見ながら現地で」投資説明会が開かれているのだから、〈稲本高級別荘地〉の駐車場から奥へ、車の通れる道が確保されているはずだ。行けるところまで行って、そこで夜が明けるのを待とう。

後部座席に投げっぱなしだった革ジャンを着て、運転席に戻った。コーヒーを飲みながらローカルスーパーで買ったあんパンを食べ、エンジンをかけた。

森の中の山道を進んだ。この道を進むのは三度目だ。一度目は昼間、二度目は歩きだったので、印象が違った。道は曲がりくねり、ハンドルを切るたびにガードレールもない箇所が現れる。手入れの不十分な杉の森がライトに現れては消えていく。だが、駐車場まではあっという間だった。自動車が数台、闇の中にうずくまっていた。

先に進んだ。二十メートルもいかないうちに舗装道路が途切れ、白い砂利道がライトに浮かび上がった。車は縦に横に揺さぶられ、うっかりすると歯を食いしばってしまいそうだ。ライトの輪に一瞬、こちらを見て立ち尽くす鹿らしい獣数頭が浮かび上がった。スピードを緩めると光を反射する瞳と目が合った——と思うまもなく、彼らは飛び跳ねながら森の奥へと逃げていった。その先に重機だろう、黄色い車体とそこに書かれた黒いメーカー名がちらりと見えた。おそらく賀津彦が山道を整備するのに使ったものだ。生い茂る草木を駆除し、白い砂利を敷いたのだ。この土地を売るために。

危なっかしい道を運転しながら考え込んでいたせいで、背後から急速に近づいてくるエンジン音に気づくのが遅れた。気づいたときには遅かった。バックミラーをのぞくヒマもなかった。

衝撃があって、車が前にとばされ、わたし自身も危うくハンドルに叩きつけられそうになった。ガードレールもない山道のことだ、毒ガエルはそのまま右側の崖めがけて突き進みかけた。

半ば反射的にハンドルを左に切った。崖を回避して、バックミラーをのぞいた。相手の車のヘッドライトが光り、車種もわからない。わかっているのは相手に止まる様子はなく、再びぐんぐん近づきつつあることだけだ。

今度の衝撃は左後方からやってきた。車は右にそれた。ブレーキを踏んだが遅かった。茶色くなった杉の葉が舞い上がり、ガクンと身体が前方に落ち込んだ。道脇に生えた杉の木と杉の木の隙間をすり抜け、車は崖に滑り込んでいく。落ちる……悲鳴をあげる寸前、タイヤがなにか堅いものを踏んで車体がはねあがり、シートベルトがするっとはずれ、エアバッグが作動した。その激しい衝撃で意識が飛んだ。

クラクションがえんえんと鳴り続けていた。やかましさで我に返った。気絶していたのはほんの数秒だったのだろう。目を開けた。わたしはエアバッグに抱きつくような格好で、ひびの入ったフロントグラス越しの、杉の木、断崖に芽吹く緑、そのはるか彼方に流れる川というライトに浮かび上がる絶景を眺めていた。感覚がなくなるほど冷たい風が頬を打ち、腹を圧迫され苦しいのに気絶もできず、一方で身動きをすると車体がきしみをあげ、ぱらぱらと土や小石が落ちてきて、車がさらに傾き、万有引力に従って下へ下へとずり落ちている気配がする。

鼻からボタボタと血を垂らしながら、考えた。いったいどこのどいつだ、わたしを殺そうとしたのは……。

心当たりはありすぎるほどあった。

22

エアバッグの空気が抜けていった。

相撲取りと真っ向から取り組んだように、エアバッグにぶちあたった身体が痛かった。息も苦しい。やっとの思いで身体を起こしたが、ともすれば重力に従って前方へと倒れそうになる。

足を床とフットブレーキに踏ん張り、右手を持ち上げて運転席側のドアのアシストグリップを握った。ちゃんと握れた。少なくとも右手は無事だ。身体がクラクションから外れて音が止まった。静かになった夜に、川のせせらぎと、エンジン音と、車から発せられる不気味な金属音が響いている。聴覚もとりあえずは大丈夫。

左肩が痛かった。鎖骨付近にも痛みがあった。それでも骨折特有のしびれるような痛みは感じないし、骨が内臓に刺さったわけでもなさそうだ。足も動く。トライアスロンに参加するのは無理でも、車から這い出て助けを呼びに行くくらいならなんとかなりそうだ。

首をめぐらせて、周囲の様子を確認した。ガソリンと、ゴムが焼け焦げたような臭いがした。道から落ちていく寸前、目にしていた杉林の下側あたりまで来ているのは間違いない。だが、杉林にまだ続きがあるところからして、毒ガエルはそう長い距離を落ちてきたわけではないらしい。

鼻血はエアバッグの上にときたま垂れて水玉を作った。左手で拭こうとしたが、手が言うことを聞いてくれない。というより左手の存在を感じ取れない。わたしの身体から離れてくるくる廻りながら闇に落ちていく左腕の映像が脳裏に浮かんだ。

落ち着こう、ゆっくり呼吸しよう。うまく動かせないだけで左腕はまだここにある。自分に言い聞かせたとき、さほど遠くない背後のどこかで車のドアが閉まり、地面を踏みしめ近寄ってくるらしき音が聞こえた。

こんな時間にこんな山の中、他に車が行き来しているはずがない。毒ガエルを押しだそうとした車だろう。二度もぶち当たってきたのだ、運転手が降りてきたのも救護のためではない。その逆だ。

息も脈も速くなってきた。ガラスが車の内側から曇ったり澄んだりした。わたしが生きていることは、ちょっとでも想像力のある人間には離れていてもわかる。

助手席のリュックに左手を伸ばそうとしたが、動かなかった。だが、左手を逆側、つまり右側に少しだけなら動かすことはできた。片足と右手で身体を支え、もう片方の足でエアバッグを押しのけて、だらんとした左手を膝の上に乗せた。この姿勢にもっていくだけで息が切れた。リュックから警棒代わりの懐中電灯を取り出せたとしても、闘うのはおろか不意を突くのも難しい。特に相手が若い男だったら、勝ち目どころかツメ跡すら残せない。

逃げるしかない。

鼻血は止まり始めていた。少し考えた。右手をグリップから離すのはなかなかの冒険だが足を踏ん張って身体を支え、そのすきにドアを開ける。そうしたらここから脱出できる。

ただし、そのチャンスはほんの一瞬だ。

目の前の光景からすると、このまま毒ガエルが前に滑った場合、車体は杉の木と木の隙間に挟まりかねない。うまくいけば前半分はすり抜けられるかもしれないが、すり抜けられずに挟まってしまったら毒ガエルのドアは開けられなくなる。手入れの悪い杉の木はひょろひょろで、電信柱にしたところで犬にオシッコもひっかけてもらえないほど貧弱だったが、さすがに蹴飛ばしたくらいでは折れそうもない。わたしは虫かごに入れられた蟬みたいに身動き取れず、たぶんカエルごと焼かれることになる。

一方、車が少し左にそれれば、木と木の間をうまいことすり抜けられそうだが、その場合、わたしは毒ガエルとともに川に落ちることになるだろう。この場合は運がよければ即死。運が悪ければ痛みと絶望に世の中を長々と呪ったあげく、凍死する。

さあ、どうする。どっちに賭ける。車体に閉じ込められたまま死ぬか、思い切って飛び出すか。飛び出したところで、相手に直接殺されるだけかもしれないが、交通事故とは違う傷を自分の死体に残せる、というメリットはある。殺されてしまってからではメリットもクソもないのだが。

突然、どん、と背後から車がつかれた。車体が揺れ、ずるずると一メートルほど前に落ちた。あげかけた悲鳴をなんとか飲み込み、フットブレーキをさらに踏み込んだ。タイヤが空回りする激しい音を立て、地面の杉の葉が埃とともに舞った。車は止まった。

誰がやったのか、振り返って真正面から顔を見てやりたかったができなかった。身動きするたびに毒ガエルが前に前にと進みたがるのだ。助からないのは天命としても、むざむざと殺されたうえに殺人者が逃げおおせるなんてありえない。

いまはとにかくこの瞬間、生き延びることだけ考えよう。

そう思ったとき、ライトがひとつ消え、景色の半分が消えた。同時に背後の動きも止まった。右手を一瞬だけグリップから離し、急いでもうひとつのライトを消した。あたりは真っ暗になった。毒ガエルの車内のライトだけがぼんやりと光っている。暗いのは恐怖症に近いほど苦手だが、ジェットコースターの先端に座って落ち行く先を眺めているよりよっぽどマシだ。それに、殺人者が暗闇を気に入らないなら全身全霊で我慢してやる、くそったれ。

また車体が揺れた。蹴っ飛ばされているのだと理解した。こいつはなにがなんでも車ごとわたしを落っことすつもりなのだ。

そういうことならどっちに賭けるか、迷うまでもない。

身体を踏ん張って右手をグリップから離した。ドアをまさぐってそっと鍵をはずした。

予想より大きな音がして身をすくめた。同時に、車外すぐ近くにひとの気配を感じた。毒ガエルのケツを蹴っていた相手が右側に下りてきたと思われた。バックドアからは運転席の様子がわからず、暗くなってさらに様子が見えなくなったから、こちらの様子を確かめにきたのだ。

息を殺して待った。

相手が手探りで車をさわりながら近づいてきた。ドアのノブが動く気配がした。

同時にわたしはフットブレーキから足をはずし、アクセルを軽く踏んだ。毒ガエルは前に進んだ。見方によっては崖を落ちたともいえる。敵はそのまま一緒に前のめりになったらしい。ドスンという音と同時に「ギャッ」と叫び声がした。おそらくノブを握ったまま勢いよく車とともに前に進み、車の脇にあった木に激突したのだ。

毒ガエルのほうは杉の木と木の間を半分すり抜けた。そのまま落ちかけたので、ハンドルを切った。車体を木がこするイヤな音と臭いがたったのを感じるまもなく、ドアにもたれるようにしてノブを引き、隙間から外に転がり落ちた。

覚悟していたが、あまり痛みは感じなかった。左腕を右手で支えるようにしながら足を引き寄せ丸くなり、音のする方に目をやった。こうして外から見ると、ここは確かに急勾配だが絶壁というほどでもなく、毒ガエルはその崖をまっすぐに、破壊音もなく、ただただ静かに下りていった。わたしのリュックと、そこに入っていたスマホと、財布と、懐中電灯を乗せたまま。

首を伸ばして車の行方を確かめようとしたとき、頭上で物音がした。丸まったままできるかぎり尻と背中を後ろに押しつけた。頭上に皮がはげ、少し傾いた杉の木が立っていて、木は大きな岩と岩のはざまから伸びていた。わたしが落ちたのはその岩の下のくぼみだったらしい。ふかふかした杉の葉がつもっていた。

顔を革ジャンに埋めて、息を殺した。敵は頭上ギリギリのところに立っているようだった。荒い鼻息が聞こえてきた。どうやら毒ガエルの行方を目で追っているらしい。つまり、わたしがあの車から寸前で外に飛び出たことには気づいていないのだ。その瞬間には敵も車に引きずられ木にぶつかって、それどころではなかったのだろう。

毒ガエルを追跡し、中のわたしの状況を確認するかと思ったのに、敵はそのまま立ち尽くしていた。ひざまずいて下を見ようなんて考えませんように、と祈っていると、車が去っていった方角のはるか遠くで、どん、と軽い衝撃音が聞こえ、水音がして、一転あたりは静かになった。毒ガエルが落ち着き先を見つけたのだ。

頭の上で敵がため息をついて、動き出した。その足音が妙だった。ぞーっ、ぞーっ、と落ち葉を引きずっているのだ。合間にうめき声や舌打ちをもらしている。足をケガしたんだ、と直感した。だから毒ガエルの、というより、その中のわたしの行く末を確かめる気をなくしたのだ。

ざまあみろ。

コイツがどこの誰だかまだわからないが、いずれは毒ガエルが発見されて運転手が行方不明という事態が判明する。その調査の過程でコイツのケガが明らかになれば、誰かがコイツとこの件との関わりに気づいてくれるかもしれない。もちろん誰にも言わずに黙って部屋を出てきたのだし、今日ここに来ることは直前に思い立ったのだから、わたしが行方不明になったところでこの世の終わりが来るまで誰にもなんにも気づかれないことだってありうる。それでもこの事態がバレてしまう可能性はあるわけで、コイツは死ぬまで枕を高くしては眠れまい。

敵が斜面を登って離れていく気配がした。わたしがあの車の中にまだとどまり、そこで大ケガをして動けずにいるか、死んだと考えたのだろう。夜の山をうろついて自分が危険にさらされるのはバカバカしいと考えたのかも。鹿の群れがいたくらいだから他の獣もいるだろう。イノシシとか猿とか、夜食に探偵をおいしくいただくクマとか。

遠ざかる足音に息をひそめてそう思い、身をすくませた。すると、どういうわけだか恐怖を感じる代わりに、猛烈に鼻の奥がむずがゆくなってきた。

うわ。なに。やめて。ヤバい。そうだ、ここ杉だらけだった。花粉の時期は終わりかけているとはいえ、地面には大量の花粉が落ちて溜まっているわけだ。

鼻血は止まっていた。運転中はマスクなどしていなかったし、朝食後に薬を飲んで十二時間以上たっている。もう効力は消えているはずだ。でもって薬は毒ガエルの中のリュックの中。いま手元にあって飲んだってこの瞬間に効くわけもないのだが。

ジッパーを胸まで下げ、さらに深く革ジャンに頭をツッコんだ。鼻を膝に押しつけ、必死に口で息をしながら祈った。待ってくれ、わたしの免疫細胞。わたしを守ろうとしてくれてんのはわかってるけど勘違いだから。敵はスギ花粉じゃない。むしろクシャミが出たら死ぬんだって。

鼻の奥のむずむずに抗ううちに、革ジャンの中で顔は鼻水だらけになった。クシャミではないが、ヘンな鼻音は出た。隠し切れているのかどうか、そのつど必死に聞き耳を立てた。敵の足音はもう聞こえない。だが、エンジンをかける音も遠ざかっていく車の音もまだしない。頼むから早く行ってくれ。そろそろ限界だ。

祈りが通じたらしい。エンジン音がした。ホッとした。クシャミが出た。

うわー。

慌てて革ジャンの中で押し殺したが、遅かった。自分の耳にそのクシャミはプロパンガスのボンベが破裂したか、ダンプカーが街道沿いの民家に突っ込んだかくらいの音量で響き渡った。おまけに痛かった。はずみで肋骨がもう二、三本やられたのかと思うほどだった。苦痛のうめきをなんとか飲みこみ、再度耳をすました。発車したばかりの車がブレーキをかけた。アイドリングしながらその場にとどまっている。きっと敵もいまの音はなんだと五感をフル回転させているのだ。

まずい。まずいまずい。

そのとき、どこかで鳥の羽ばたきが聞こえた。同時に絶望的な悲鳴が小さくたったかと思ったら静かになった。この森の中で、他にも捕食者と獲物との争いが起こっていた。

そして捕食者が勝ったのだ。ゆったりと静かな羽音をたて、なにかをつかんで木々の間を悠然とすり抜けていく影が視界をよぎった。

敵もその鳥を見たのだろう。ややあって再び車が発進した。砂利をタイヤが踏みしめるバリバリいう音とともにエンジン音が遠ざかっていった。

思うぞんぶんクシャミをした。爽快だったが、全身があちこちひどく痛む。快楽の女神と苦痛の女神が手を取り合い、オクラホマ・ミキサーを踊っているようだ。特に左肩がひどかった。脱臼しているか、しかけている。でもクシャミをせずにはいられない。

七発のクシャミが出て、発作がいったんおさまった。革ジャンのポケットをあらためた。マスクとティッシュ、パスモを入れたパスケースが出てきた。ベルトにはキーホルダー代わりにライトとアーミーナイフをつけた鍵をつけてあった。アーミーナイフといっても、ついているのは刃渡り三センチほどのナイフと爪ヤスリ、ちいちゃなハサミだけ。伸びた鼻毛を切ったり爪のささくれを処理はできるが、矛にも盾にもならない。

せめてあめ玉くらいないのかと探し回ったら、アレジオンが一錠ポケットから出てきた。唾で無理やり飲み込んで鼻水を拭き、薬が効くまでマスクをつけることにした。

さて。どうしよう。

貴重品は毒ガエルが飲み込んだままだ。できれば安全な車の中で夜を明かしたい。リュックには水と食料、鎮痛剤も入っている。見捨てるには惜しいスマホもある。

だが、車が進んだ後で水音も聞こえていた。毒ガエルは川に落ちたのかもしれない。灯りもなく、足回りの悪い森の奥に踏み込んでいくのは危険すぎる。行って車内が使えなければ崖を登って戻らなくてはならないが、今の状態でそれができるかどうか。

一方で白砂利は夜でも目立つ。〈稲本高級別荘地〉の駐車場まで迷わずに戻れるし、音も立つから獣の類いも逃げていってくれるだろう。敵が再びその砂利道を戻ってくるかもしれないが、今度こそ襲撃の前に気づけるはずだ。選ぶならこっちしかない。

斜面を登るのは思った以上の重労働だった。以前、山の中を一晩さまよったことがある。ヘロヘロになりながら頂上をめざし、学生の頃はもっと動けた、歳はとりたくないと何度も思ったものだった。三十代の分際《ぶんざい》でずうずうしい話だ。いまのわたしを見るがいい。斜面を登りたくても足がいうことをきかない。腰の側面が痛む。息が上がる。目の前がかすむ。右手は左手を抱え込んでいるからバランスもとれない。五十代のわたしの身体を支えるための筋肉、関節、骨量、心肺機能、体力、精神力、なにもかもが加齢と重力に耐えかね、へたっている。

怖かった。こんな状態で下山できるのか。できたとしてもすぐまた襲われるのではないか。敵の心当たりはありすぎるほどあるのだから。

その第一号は、やはり「殺してやる、葉村晶」と脅してきた人間ということになるだろうか。磯谷亘の娘・世奈のふりをして現れた、世奈の従妹・茂木春菜に同道していた遠藤秀靖。

遠藤があんな電話をかけてきたということは、おそらく磯谷世奈はわたしに言われたとおりなんらかの措置をとったのだ。そしてその措置をとったのは葉村晶のサジェスチョンによるものだともらしてしまい、遠藤の怒りの矛先がわたしに向いた。

あくまでも想像だが、そんなようなことが起こったのではないか。

ただ、遠藤がこんな山の中までわたしを尾行してくるだろうか、とは思う。あの男は大物の名前や「国際的」などというフレーズをひけらかせば相手が引っ込むと考えるような、おめでたい単細胞だ。〈MURDER BEAR BOOKSHOP〉の二階の廊下で待ち伏せ、鉄パイプで殴りかかってきたならわかるが、山梨くんだりまで尾けてくるとは思えない。仮に尾けてきたとしたら、もっと早く襲ってきたのではないか。雨の高速上など攻撃を仕掛けるチャンスはいくらでもあった。夜になって山道に入るという、攻撃者にとって理想的な行動をわたしがとることなど、遠藤は知るよしもなかった。

同じことは茂木春菜にも言える。春菜のほうは思い込んだら絶対にひかない性格だから、ねちっこく追いかけてきてもおかしくはない。でも確か、春菜は運転できないはずだ。世奈が一緒にドライブにいったという話の際、そんなことを言っていた。

わたしを恨む相手でいえば、大友章子という線も捨てきれない。彼女の「放火未遂」を警察沙汰にしたのはわたしだ。

とはいえ、章子の行動原理は「父親に言われたことをやる」につきる。竹市がわたしを脅せとか、殺せといった指示を出したらどうなるかわかったものではないが、入院中の竹市はわたしをよく知らないはずだし、香苗を飛び越えてわたしをターゲットにするとは思えない。そんなことをしたって一文にもならないのだ。

他方、あのときの章子の目つきは尋常ではなかった。自分のなかの闇を見つめているようなべったりと黒い、あのまなざし。

章子はなぜ突然、あんな凶悪な目つきで香苗をにらみつけたのだろう。香苗がなにか気に障るようなことでも言ったのか。あのとき彼女はなんと言ったっけ。ええと——章子ちゃんもホントはすごく優しくていいコなの。元は看護師さんだったのだもの。肺ガンだったサチコさんも章子ちゃんが面倒みてたのよね。なのに、サチコさん、ひとりでひっそり亡くなっちゃったんでしょ。章子ちゃんもストレスがたまるわよ——。

もし、「金がかかるばっかりだから、もうサチコをみる必要はない」などと本家が言い出したら、章子はどうしただろう。母親を二階に移し、最低限の食料や水しか与えずに放置するだろうか。そこまではしなくても、看病の手を抜くかもしれない。サチコが死に、自責の念にかられた章子は香苗が自分をやゆしていると思い込み、あんな殺意に満ちた目つきになった……とか。ただの妄想だが、否定もできない。

とはいえ、その殺意がわたしに向かうだろうか。あの時点でわたしが「章子はサチコの死になんらかの責任がある」とでも言い出していたのならともかく、今の今までそんなことは思いついてもいなかった。章子がわたしを恐れる理由はなかった。

恐れる理由……。

ふと、目からウロコが落ちたような気分になった。

わたしの車に追突して崖から追い落としたくなる相手に心当たりはある。ありすぎるほどある。

だが、例えば村松さんちのご主人とか、ロッテンマイヤーとか、無理だろうけど稲本カナとか、単にわたしを嫌い、腹を立てているだけのひとが、こんなところまでやってくるようなめんどくさいことをするだろうか。もちろん強迫神経症的で、ストーカー気質で、殺人が大好きだったら話は別だ。つまり——考えたくはないが——元伊原持國会のサイコパスなら、獲物を追い回すこと自体が楽しくて、万難を排してでも追っかけてくる。ただしそういう人間は、わたしの死体を愉快に見物するべく、多少のケガはいとわず車の中を確認しに毒ガエルのところまで下りて行ったはずだ。

つまり、手間ひまかけてわたしを殺そうとするには、もう一段階強い動機が必要ということだ。それが「恐れ」ではないか。

それを持っているのは誰だろう。

例えば大友治朗はどうだ。彼はカンゲン邸に潜り込んだところをわたしに気づかれた。どうやら本人もそれと悟っているらしい。その事実が先生に告げ口されるのを恐れたということも、なきにしもあらずだ。カンゲン邸の前の駐車場で毒ガエルを見かけているだろうし、奥山香苗からわたしに関する情報をいくらでも引き出せたのだから後を追うつもりならラクに追えた。

しかし、今回の犯人が大友治朗ではない証拠がいま、目の前にあった。

なんとか斜面を登り切り、手近な木にもたれかかって必死に呼吸を整えた。砂利道と崖の間の柔らかい土の上に靴跡とタイヤ痕が残っていた。できたてに見える。つまり犯人のものだろう。わたしの靴より一回り大きい程度の、おそらく長靴の靴跡だ。

治朗の靴跡はカンゲン邸の庭でも見た。あのときは先の尖った靴の跡だった。計画的犯行だったら当然、靴は履き替えてきただろうが、シンデレラの姉じゃあるまいし、かかとをナイフで切り落としたりはしない。早い話、この足跡はあのときの治朗のものに比べると小さいのだ。

恐れという点では穂積稜という線もありうる。洗いざらい白状したが後悔し、毒ガエルに乗っている警官などいないと遅まきながら気がついて追ってきた、という場合だ。しかし稜ちゃんもミッキー並みのデカ足だったし、あれからすぐに追いかけてきたとして、赤いバッシューを長靴に履き替えたりしないだろう。

他には誰がいる？　恨みを買っているとは思えないが、砂永とか花谷といった〈稲本高級別荘地〉の住民か。カンゲン先生界隈の誰かとか。特に先生を盗聴していた相手とか。盗聴していたなら、わたしがクビになったことも知っていそうなものだが……。

道の奥でがさっと音がした。震えあがって身体を起こした。道の先に鹿の群れがいた。さっき車の中で見かけたのと同じ群れだろうか。わたしの気配に気づき、全員が立ち止まってこちらを眺めている。ぞっとした。ヤツらに食いちぎられることはないだろうが、自分よりははるかにデカい相手だ。突進してこられたら死ぬ。

来るんじゃねえぞ。

目に力を込めてにらみ返した。

鹿はぽかんとそのまま立ち尽くしていたが、やがて先頭の一頭が首をめぐらせると、そろって道の奥へと立ち去っていった。

潮吹きほどのため息が出た。おどかすなよ。そりゃここはアンタらの土地でこっちが闖入者《ちんにゅうしゃ》なんだけど……。

あれ。ちょっと待てよ。

これまではわたし、つまり葉村晶が狙われたという前提で考えてきたが、そうとはかぎらない。そうではなくて単純に、自分の縄張りを荒らした相手を撃退しただけだったとは考えられないか。夜間、山の森の中の自分の領域に入り込んできた人間。となれば相当な意志のもとにやってきたと思われる。その相手を、身を守るために先手を打って襲った。だとしたら毒ガエルの内部を確認しに行かなかったのもわかる。なにもわたしを殺す必要はなく、ダメージを与えて追い払えればよかったからだ。

ここを自分の縄張りだと認識しているのはいったい誰か。

考えられるのはひとりしかいない。稲本賀津彦だ。

23

稲本賀津彦は母親のカナから奥の土地に「なにか」があると聞かされ、それを探すために奥の土地に入った。以前から出入りし、工事用の重機を使って砂利道を作っていたのだから土地勘は十分にあっただろう。とはいえ、なにを探していたのかは知らないが、この広大な樹海をあてもなしに探し回るのは並大抵ではない。あてがあってもたどり着くのは一苦労だ。

賀津彦の姿が見えなくなって三週間以上。その間、彼がとりつかれたようにこの土地を探し回っていたとしたら。そしてまだその宝を見つけられず、誰かに先を越されることを恐れてここに居座っているとしたら。春とはいえ山の中はかなり寒いが、車中泊やテントだったら十分にいけるはず。

ことによると〈稲本高級別荘地〉の住民たちはそれを知っているのではないか。少なくとも、住民たちのリーダー格である砂永なら気づいていても不思議ではない。賀津彦本人から事情を聞かされたのではなくても、夜間ときどき自室に戻ってきていたことに気づいていたとか。だとすれば警察への通報を勧めても砂永がのらりくらりとかわし続けたことや、賀津彦の私室の資料がすっかり持ち出されていたことにも説明がつく。

……いや、そうでもないか。

資料を持ち出したのが砂永だったなら、なぜそんな真似をしたのかいまひとつ理解できない。やっぱり直接、賀津彦に頼まれてやったことだとするほうが自然だ。別荘地の住民は賀津彦に好意的だった。〈秣桶の犬〉がなにかを奥の土地に隠していて、賀津彦がそれを探しているなら、わたしにはその事実を隠しただろう。

わたしは砂利道を振り返った。

敵の車の音が消えていったのは出口の側、つまり〈稲本高級別荘地〉の方角だった。いま現在ここに敵はいない。賀津彦の現状を知る手がかりはここにある。チャンスは今しかない。この機を逃したら、わたしがここに戻ってくるのは相当に難しくなる。車に追突されて崖から落ちたと通報することはできるが、事情を説明しても警察が賀津彦をつかまえてくれるかどうか。敵の姿をわたしは確認できていないのだ。

おまけに事故ではなく殺されかけたと証明するには、病院にいって診察をうけねばなるまい。そしたらたぶん、そのまま入院だ。すぐに病院から抜け出せても、左手が治るまでは運転もできない。ようやくここに来られるようになった頃には賀津彦は捜し物を見つけ、ここから立ち去っているに違いない。

歩いてみた。足腰はなんとかなった。だがやはり全身が痛んだ。悲鳴を押し殺そうと歯を食いしばりかけ、寸前で左上顎を思い出した。ひ弱な悲鳴が唇から漏れた。ええい、くそ。こんなんじゃ賀津彦の尻尾はつかめない。負けるもんか。

頑張って奥へと進んだ。ぶつけたらしく、右の向こう脛が痛かった。それでも前に進んでいくと、白砂利が撒いてある広々とした空間に出た。それまで杉の木に覆われていた右手の視界が不意に開けた。暗いなかに少しだけ町の灯りがともっていて、空は曇って白く、それを背景に富士山のシルエットが浮かび上がっていた。

それは雄大で、美しい眺めだった。

富士山を仰ぎながら何度も深呼吸をした。そうするうちに頭の中が冷えてきた。同時に身体の痛みも鮮烈になってきた。

どの程度の広さかもどんな地形かも知らず、樹海の端っこをこんな身体でうろつくのはやはり無謀だ。スマホがないんじゃ証拠を押さえるわけにもいかないのだし。

あきらめて戻ろう。悔しいがそれしかない。

元来た道を歩き出した。足下で砂利が鳴り、身体がふらふらと傾いた。納得しての撤退のはずが涙が垂れてきた。こんなんで調査員を名乗れるのか、わたしは。推理ははずしまくり、調査は中途半端、ことの落着も見ないままのクビ。敵にやられて死にかけ、それをやったのが賀津彦だという確証も得られていない。そして痛みに耐えきれず、こうして尻尾を巻いて退散している。使えない、情けない、死に損ないの探偵だ。

しゃくりあげながら前に進んだ。歩いても歩いても景色が変わらない。痛みも治まらない。そのうち顔が熱くなり、のぼせてきた。自律神経までもがわたしを嘲っている。それでもひたすら前に足を出すうちに、風が出てきた。額がひんやりした。雲が流れ、やがて切れた。切れ目から月がのぞいた。地上はかえって暗くなった。白い砂利道の端に寄り、足下だけを見ながら歩いた。抱え込んでいる左手が、ともすればふらつく首が、やけに重かった。

しばらく進んでは立ち止まって痛みが治まるのを待ち、また進んでは立ち止まった。たまに道沿いの樹に手を伸ばし、息を整えた。昔、祖母たちがよくこんなふうに歩みを止めていたのを思い出した。

何度目かの立ち止まりのさなか、ふと右手側の空間がやけに広いのに気がついた。中をのぞき込んで、小型の重機に気がついた。考えてみると、行きに鹿の群れをみかけたあたり、このすぐ先で追突されたのだった。そこから崖を落ちるまで、ほんの一瞬のような気がしていたが、ずいぶんと距離があった。多少は敵を手こずらせたのだ。と、思うことにしよう。

杉の木を抜いて切り株を掘り起こし、平らにならして砂利を撒いた空き地の奥に重機は停めてあった。さらに踏み込むと、枯れた蔓草と芽吹き始めた草木が絡まりあい、自然のカーテンになっている藪《やぶ》が見えた。月明かりに藪の中のなにかが反射している。

砂利道と重機置き場の間には砂利の敷かれていない場所があった。昼過ぎの雨がこの付近にも降ったらしく、むき出しの地面は柔らかそうだったが、足跡はおろか轍《わだち》も見あたらない。さっきの車はここには出入りしていないとみて、中に踏み込み、藪に近寄ってのぞき込んだ。ひえっと声をあげそうになった。深淵をのぞくとき、深淵もまたこちらをのぞいているのだ……。

こちらを見返しているのが、窓ガラスに映った自分だと気づくのにしばらくかかった。藪の中には古いプレハブが隠れていた。光っていたのはその窓だったのだ。

中の気配をうかがった。静かだった。風が木々をゆらしている。遠くで虫が鳴いている。それ以外にもなにかが聞こえた。なんの音だろうか、途切れずにずっと音が続いている。ブウン…………ンン…………ンンン……と、かすかに。うなりにも聞こえたし、機械音にも聞こえた。だが、誰かが動き回る様子はない。せせらぎか。チューニングのあっていないラジオか。背の高い柱時計が鳴っているとか。

左手を抱え込んだまま奥へと踏み込んだ。プレハブは別荘地の入口に建っていたのとよく似ていた。あそこから持ってきたプレハブだろうか。一部のガラスは割れ落ち、埃まみれだったが、掃除してなかにテントを張れば風雨からも獣からも守られ、安全に過ごせそうだ。

ブウウ…………ンン…………ンンン……

謎の音が大きくなったのを感じながら、汚れた窓に近寄った。顔を近づけて目をこらすと、思った通りなかにテントが張ってあった。だが灯りはない。いまはここには誰もいない。だが賀津彦がここで寝泊まりしているとハッキリさせられれば、わたしを殺そうとしたのが賀津彦だとする傍証になるかもしれない。

出入口を探した。安っぽいノブのついたドアがあったが、軽トラがふさいでいた。そこで初めて気がついた。あの音は軽トラから聞こえてくるのだ。

軽トラは木とプレハブの間にちょうどはまり込む形で、鼻先を奥に突っ込むように停めてあった。荷台の隅に白砂利が落ちていた。暗かったが、運転席になにかが見えた。

誰かいるのか。

後退して木の陰からもう一度気配をうかがった。音は聞こえる。なにかが動いているようでもある。運転席に誰かが座っているようでもあり、誰もいないようでもある。でも、そこでなにかが暴れていた。黒い雲のような、なにか。

イヤな予感がした。というより恐ろしい予感が。首筋から背中に向かって汗が垂れていった。それでもポケットから鍵を出し、キーホルダー代わりのライトをつけた。

黒い雲のように虫たちが舞い上がった。運転席に誰かが座っていた。座ったまま動かなかった。その誰かは虫たちに覆われていた。虫たちは光の輪にさらされるたびに興奮して舞い上がり、また舞い降りた。絶対に離れたくないと言わんばかりに。

やがて虫たちに愛されるその誰かの姿が見えてきた。

ライトを動かした。なんとなくシルエットが変だと思ったら、カウボーイハットをかぶっていた。さらに首の右側から、棒のようなものが突き出ていた。

ハンドルに乗せた右手が浮かび上がった。虫たちがうごめいていた。目をこらした。

黒ずんだ指輪。青い石。ターコイズのシルバーリング。

それまで切れていた感情のスイッチが急に入った。吐き気がこみあげてきた。回れ右をしてそこから逃げ出した。

なんてこった、あれは稲本賀津彦だ。あれこそが賀津彦だ。つまり、今晩わたしを襲ったのは彼ではない。あそこまで虫に愛されるには何週間もかかっただろう。失踪後——直後とはかぎらないが、早い時期に彼は死んでいた。どうして。なぜ。

決まってるだろう、と頭の中でもう一人のわたしがわめき散らした。どうしてもクソもあるか、葉村晶アンタ、なんとかして目をそらしたいみたいだけどな、今回の事件に関係する殺人者っていったら、元伊原持國会のサイコパスに決まってるじゃないか。

道まで戻ったところで立ち止まり、周囲を見回した。ニタニタ笑いながら賀津彦を殺しただろう拷問好きの殺人者が、いままたわたしを見ている……。

耐えきれずに草むらに吐いた。それでまた肋骨がひどく痛んだ。頭の中で別のわたしが冷静につぶやいた。西新宿署の吉住が彼らをおさえにいくと言っていた。だからこの場にいるはずがない。仮に吉住がボケこいておさえきれず、自由にはばたくサイコパスがアンタをつけてきたのだったら、毒ガエルの中の死体を確認しにいったはずだ。

いやでも、ともう一人のわたしが言った。サイコパス本人が来たのではないのかも。誰かできの悪い、いい加減なチンピラに始末を任せたとしたら……。

言い返していると、さらに別のわたしがにゅっと出てきて怒鳴った。

いいからさっさと逃げろ。

アドレナリンがまだ少し、身体のどこかに残っていたらしい。痛みを感じなくなっていた。ひたすら砂利道を〈稲本高級別荘地〉に向かって歩き続けた。足下で白砂利が鳴り、風が吹いて草木が揺れた。埃が舞い上がり、雲がふたたび空を覆った。口の中は酸っぱく、唾液をためては口の中をすすいで出した。考えないように、考えないようにと歩きながら、それでも頭の隅でずっと考えていた。わたしはとんでもない勘違いをしていた。となると、他にも間違えているのではないか。例えば、稲本カナがこの奥の土地に金目のものを隠していた、という件だ。

稲本カナの夫である不動産会社の社長が死んで六十年ほど。稲本親子の暮らしに余裕があったとは思えないし、金目のものが残っていても使い果たしていただろう。それに、権利書その他の重要書類さえ息子に渡さず施設の金庫にしまい込んでいたような〈秣桶の犬〉が、出入りしづらい奥の土地に貴重品を置きっぱなしにするとも考えにくい。

穂積稜の話を思い返してみた。彼によると、賀津彦は母親にむかって、そういうことだったのか、それだからあんたはあの土地を手放さなかった、いや手放せなかったんだ、などと話していた。さらに、なにかがその山奥の土地にある、みたいなことも言っていた。それがなんなのかまでは聞きとれなかったのだが。

賀津彦の死体は奥にあった。カナとの言い争いのあとに行方不明になったことから、母親からなにかを聞き出したあと、彼がその「なにか」を探しに奥に入った可能性は高い。だが、手放さなかった、いや手放せなかったんだ……この言葉に違和感がある。ホントはカナもあの土地を手放したかったのにできなかった、というニュアンスを感じる。

もうひとつ。稜によれば、そのときカナは賀津彦にこうも言ったのだ。おまえは老い先短い母親を見捨てる気かい、と。なぜ、そんなことを言ったのだろう。賀津彦がその「なにか」を持って逃げると決まったわけでもないのに……。

不意に視界が開けた。〈稲本高級別荘地〉の駐車場にたどり着いたのだ。わたしは目をしばたたいて周囲を見回した。以前も見かけたことのある紺と赤の4WDが、奥へ向かう道の手前にエンジンをかけたまま停めてあった。周囲には誰もいなかったがドアは開けっぱなしだった。

前にも見ているのだから、おそらくこれは住民の車だろう。染織家のどちらかの愛車という可能性もあるが、ごつい車だし砂永のものと考えるのが自然だ。となると、いずれ砂永が戻ってくる。

助かった。

その場にへたり込みそうになった。サイコパスか、サイコパスの命を受けたチンピラがそこらへんにいるとしても、あの強面の砂永にはそう簡単に手は出せまい。

息を切らし、よたよたと4WDに近寄った。砂永だろうか、別荘の方角から誰かの気配が近づいてきていた。大声を上げて助けを求めたかったが、嘔吐物で喉をやられていた。慌てずに待とう、と車に近寄りかけて息が止まった。

4WDの正面に大きな傷とへこみがあった。

足音が近寄ってきた。ぞーっ、ぞーっ、と。

ゆっくりとしゃがみ、4WDに隠れて移動し、草むらに身を潜めて様子をうかがった。砂永はロープを抱え、長靴をはいた足を引きずっていた。4WDの放つ光を受けて、彼の顔の陰影が深くなった。身体が震えだした。奥歯がカチカチ鳴った。

わたしはなんてマヌケだったんだろう。稲本賀津彦が奥の土地でなにか探しているのを砂永が知っていたか気づいていたら、行方不明になった段階で賀津彦を探しに奥に行くし、とっくに死体を見つけて大騒ぎになっていた。そういう展開になっていないのは、砂永があの死体と関わっているからに決まっている。

初めて会ったとき、砂永は筋骨隆々たる強面で彫刻用のノミを逆手に握り、ハリウッド映画の悪役そっくりに見えた。賀津彦の死体の首から突き出ていた棒のようなもの。あれは彫刻刀かノミの柄だったのかもしれない……。

車のドアが閉まる音に身をすくませた。4WDは駐車場で転回した。ヘッドライトが藪をなめた。思わず目を閉じたが、見つからないようにと祈る間もなく車は駐車場を出て、タイヤをバリバリと鳴らしながら白砂利の道を奥へと走り去っていった。

それから先のことはよく覚えていない。

気がついたとき、わたしは例の三角形の空き地にたどり着き、空き地の真ん中に停められた車がゆさゆさと揺れているのを眺めていた。一騒ぎあってのち、そのラブホ代節約カップルが警察に通報したらしい。彼らが血気盛んな武闘派で、わたしをゾンビと見間違い、袋だたきにしなかっただけでもラッキーだった。と、搬送先の病院の鏡に映った鼻血と打ち身でどす黒くなった顔を見ながら考えたのは、覚えている。

手当てを受け、コロナとインフルエンザの検査を受けた。陰性だった。入院が決まってベッドをあてがわれたが、鎮痛剤が手違いでもらえず、眠れなかった。ようやくまどろみかけた翌朝、早くに起こされ、車椅子に乗せられ、朝食抜きで検査に引っ張り回された。左肩が脱臼しかかっていたのと肋骨にヒビが入っていたのをのぞけば深刻な問題はなかったようで、明日には退院の許可が下りた——というか、追い出されることになった。左肩を固定され、三角巾で腕を吊り、横になったおかげで全身の筋肉痛がよりひどくなり、まっすぐ歩くこともままならない。といった程度ではこのご時世、病院のベッドを占拠するような贅沢は許されない。不運という名の基礎疾患があってもだ。

午後になって、地元・富士五湖署の担当者がやってきた。望月《もちづき》と清水《しみず》と名乗った担当者コンビは毒ガエルから見つけたわたしのリュックを持参していた。

河口湖に面した病院の庭には白いベンチとテーブルが点々と並べられ、スタッフや患者たちが距離をとりつつ休憩していた。澄んだ空気と目に優しい緑と水音に包まれながら、そこで話をすることになった。

昼食後の血糖値の上昇と鎮痛剤の効果で、半ばもうろうとしながら訊かれたことに答えた。以前、〈稲本高級別荘地〉を訪ねたことがあった、夜も更けてきたが東京に戻るのは面倒だしお金もない、別荘地の先の山道ならひとけもないだろうし、車中泊できそうな場所を探して進んでいたところ、後ろから追突されてうんぬん。

想像や妄想や推理は話さず、訊かれなかったことには答えなかった。西新宿署の吉住とか、元伊原持國会とか、穂積稜とか、多摩川河川敷の死体については触れずにすんだ。稲本和子についてはこちらから熱心に説明した——原稿を頼もうと探し始めたが行方不明になっていたこと、府中の施設に預けられていたこと、謎の男女に施設から連れ出され、いままた連絡がとれなくなっていることを。この地に残ったのは彼女の身が心配だったからとも付け加えた。

望月は興味を示し、関係者の連絡先を知りたがった。稲本賀津彦の死——まだ死体が彼のものだと決まったわけではないが——を九十七歳になるその母親に伝えるよりは、妻に報せるほうがまだマシだと思ったのかもしれない。清水がリュックを返してくれ、スマホは無事に起動して、こんな顔でも持ち主と認めてくれたので、府中の介護施設その他の情報を渡すことができた。これで、稲本和子は公権力が探してくれる。カンゲン先生は気に入らないかもしれないが、彼女の亭主の死体を見つけてしまったのだ。やむをえないと諦めてもらおう。それに、さすがのロッテンマイヤーも、警察からの問合せにはこの間よりましな回答をするだろう。

望月は通報後の展開について、少しばかり教えてくれた。

駆けつけてきた警察官は、夜のうちにわたしの説明通りの場所で死体を見つけ、朝方には毒ガエル近くにいた砂永を発見、身柄を確保した。砂永は抵抗せず、運転する４Ｗ

Dで毒ガエルに追突し、突き落としたのは故意だったと話し、稲本賀津彦の死との関連も認めた。けさから始まった取り調べでも積極的にしゃべり続けているという。砂永は昨夜、車に忘れ物を取りにいって山道の奥へと走っていく毒ガエルに気づいた。こんな時間になにをしに来たのか不審に思ったのと、死体を見つけられるかもと恐ろしくなり、反射的に後を追って襲った。運転していたのが葉村晶だとは知らなかったそうで、そんなにあっさり観念するなら襲撃の前にして欲しかった。

「稲本賀津彦さんはそれまで、奥の土地を母親から取り上げて〈WHリゾート開発〉に売るつもりだと砂永に言っていたそうです。奥の土地を利用する開発計画があり、毎年かなりの利ざやが見込めるから、土地が売れたらその金を投資するつもりだ、とも。それで砂永もその気になり、退職金の残りの六百万を別荘地をよく訪ねてきていたWHの高橋基という男に渡した。ところが三週間以上前のことだが、稲本さんが青い顔で戻ってくるなり、しばらく土地は売らないと言い出した」

それだけ言い残し、軽トラで奥に入っていった賀津彦を砂永は追いかけた。いったんは見失ったが、探し回るうちに藪に隠れている軽トラと賀津彦を見つけた。賀津彦は運転席で頭を抱え込んでいた。窓ガラスを叩いてドアを開けさせ、どういうことかと迫ったが、賀津彦は答えず、ハエでも追い払うように手を振るばかりだった。

「砂永は退職後、古い別荘を買って彫刻を始め、自由を謳歌していたわけですが、二拠点となると家計にも負担です。自宅で暮らしていた奥さんとはそれでもめていたようですね。経済的な問題を解決しようと投資したのに、賀津彦が土地を売らないとなると、もうかるどころか投資した金も戻らなくなるかもしれない。死活問題なのに稲本さんは説明もしない。しまいにカッとして、気がついたら持ち歩いていたノミが稲本さんの首に刺さっていた、と」

　その瞬間、稲本賀津彦はすさまじい悲鳴をあげたそうだ。

　砂永は反射的に軽トラックのドアを閉め、後をも見ずにその場から逃げ去った。ひとたび逃げたら戻るのも怖く、懊悩《おうのう》すること一週間。ようやく腰を上げたときには、春先の暖かさもあって、死体はたいへんな姿になっていた。こうなってはもう近寄ることもできない。しかも賀津彦が姿を消したのに現地説明会はそのまま開かれ、WHは投資をつのり、大勢が応じている。

「土地の件はどうなったのかと、砂永は稲本さんの母親に会いにいったそうです」

　望月は書類をそろえながら言った。

「親族でなければ施設内には入れないだろうと、入ってすぐ目についた入所者の名前を使って甥と名乗り、来訪者名簿にはWHの担当者が乗っていた車のナンバーを書き込んだ。首尾よく施設に入り、スタッフのスキをうかがって稲本カナさんの私室にたどり着いた。自分も親の介護が長かった、ああいう施設って部屋ごとに入所者の名前が大きく書かれてあるからわかりやすいんだって、笑ってましたよ」

　わたしは驚きを隠した。〈大月萬亀園〉のカトウの話に出た、高橋公一郎氏の甥を名乗ったニセ甥は高橋基ではなく、砂永だったのか。

言われてみれば、思いあたるふしはあった。稜ちゃんや〈プドレンカ〉のマダムによれば、高橋基はボーッとした、アンコウめいた顔立ちをしているらしい。だが、カトウによればそのニセ甥は強面だったという。

不審者が居座ったらどんな相手でも怖く見えるものだし、顔立ちの印象は主観的なものだからさほど気にしていなかったのだが、ダニー・トレホそっくりの砂永なら誰がどのタイミングで見ても「強面」だ。それに、ニセ甥がきたとき施設に男性スタッフはいなかったとカトウは言っていた。ホンモノの甥である高橋基を知る稜ちゃんと、砂永が演じたニセ甥は顔を合わせていないのだ。

それにしても。

わたしは萬亀園の来訪者名簿にあった車のナンバーを桜井に調べてもらってWHに、そこから東京本社のあるビルヂングにたどり着いた。その始まりは砂永がついた嘘、ということになると、まさに嘘から出た実《まこと》。そもそも稲本カナと高橋基の伯父が同じ施設に入っているなんて、偶然が過ぎる。

ただ、そういえばカトウは、高橋公一郎氏はかなり強引に入所したのだと愚痴っていた。高橋基がカナの動向を知るのに都合がいいと、従兄がもてあましていた伯父の公一郎氏を同じ施設に入所させたとすれば、偶然でもなんでもないわけだ。そのおかげで高橋基は稲本カナの実印や権利書が事務所の金庫に預けられているという内部事情を知り、それを奪いたければスタッフを籠絡《ろうらく》するのが早道だと気づいて稜ちゃんを巻き込んだ……。

気がつくと、望月がわたしの様子をうかがっていた。慌てて話を変えた。

「それで砂永は、自分が殺した男の母親に会って、どうするつもりだったんです?」

「土地の権利書を渡すように説得したそうです。砂永は年寄りの扱いに自信があったようで、母親からなかなか土地を取り上げられない稲本さんにいらだっていた。年寄りなんか簡単に丸め込めるのに、稲本さんはいつでも正面衝突だと。ま、そんなこと言いながら、砂永もあっさり失敗したわけですが」

最後に望月は、川から引き上げられた毒ガエルは牽引され、証拠品としていまは富士五湖署の駐車場にあると教えてくれた。

24

戻ってきたスマホで富山に連絡し、状況を説明した。殺されかけて入院中だと訴えても、なにやってんですか、としか言わなかったが、毒ガエルの悲劇にふれた途端に取り乱した。富山の話しぶりでは、このところの車の「事故」すべてがわたしが起こしたもののように聞こえる。被害に遭っているのはわたしだっての。

例によって富山はこちらの話を聞いておらず、修理業者に連絡してすぐそちらに行きます、と電話を切った。入院保証人になってもらいたいと切り出すヒマもなかった。

気づくと周囲に人の姿はなかった。みなそれぞれやるべき仕事、いるべき場所に戻ったのだ。日は陰り、富士山にも雲がかかっていた。湖畔に打ち寄せるかすかな波音のほかは、静かだった。わたしはヒビの入った肋骨が許すかぎりで大きく深い呼吸をした。青臭さや泥臭さを含んだ空気が肺に流れ込んできた。

わたしも戻ろう、そう思った。やるべき仕事、いるべき場所に。〈MURDER BEAR BOOKSHOP〉に帰って〈磯谷亘のお別れの会〉の準備を進め、次回のイベントの企画を立て、ご近所さんの雑事を手伝うのだ。

調査をやり終えたわけではない。というより結局、わたしはなんの役にも立たなかった。入り組んだ人間関係に勝手に飛び込んだだけ。それでこんなケガをして、車を壊しただけの、トンマでマヌケで迷惑きわまりない探偵だ。いや……探偵、だった。

今度こそ自分にできることはなにもない。稲本賀津彦は殺された。その犯人は捕まった。〈WHリゾート開発〉の詐欺についても警察が全容を解明してくれるだろう。稲本和子が心配でないこともないが、彼女も警察が捜してくれる。

以上。お疲れ様でした。

いったんベッドに引き上げて、ひと眠りしてから病院の事務局に入院手続きをしにいった。こういうとき、家族がいないとめんどくさい。身内に代わって入院保証をしてくれる保険はないのか、いずれ探して入っておこうとよく考えるのだが、雑事に追われて後回しにしているうちにこの始末だ。ただ、とんでもない顔になっていたおかげで担当事務員はおおいに気の毒がり、上司にかけあってくれ、十万の保証金で手を打ってもらえることになって、手続きをすませた。

クレジットカードで支払いをして、領収書をもらった。そこで初めて、入院した病院が〈レイクサイド・ホスピタル〉だと知った。〈マニフィークパレ・フジヤマ〉の大野さんが、稲本和子が長らく勤めていたと言っていた。『猫は知っていた』の舞台のようなこぢんまりした診療所かと思っていたのだが、ロータリーにバスの停留所とタクシー乗り場があり、噴水があり、ロビーにシャンデリア、会計窓口が四ヶ所ある大病院だった。働いている人間も二百人はくだらないだろう。

親切な事務員に、稲本和子という元看護師を知らないかと尋ねてみた。事務員は目を丸くした。もちろん知ってます。稲本さんは十五年ほど前までここで働いていたし、辞めてからも患者さんの話を聞く傾聴ボランティアとして出入りしていたんですよ。

「人の話を聞くのがとても上手なんですよ稲本さん」

事務員は嬉しそうに、平たい顔をほころばせた。

「その昔、アタシもよく話を聞いてもらいました。お説教もアドバイスもなしで、ただただ励ましてくれた。おかげでなんとか立ち直れました。患者さんにもすごく人気がありましたけど、コロナ禍でしばらくはその手の活動も休止になってしまって。復活したらぜひまたって言ってたんですけど、でもねえ。去年あんなことがあったでしょう」

なるなんてひどすぎます。それにね」

「お嬢さんの件ですか」

「ご存じですか。ひどい話ですよね。仲の良い親娘でねえ。和子さんにとって自慢の娘さんでした。亜紀ちゃんにも何度か会ったことありますけど、一所懸命勉強して夢を叶えて、大学図書館の先生になられたんですよ。そんな亜紀ちゃんが万引きなんて考えられません。体調が悪くて魔が差したのかもしれないけど、救急車も呼んでもらえず亡くなるなんてひどすぎます。それにね」

事務員は背後を気にして小声になった。

「あとで稲本さんから聞いたんですけど、亜紀ちゃんが盗んだと言われていた本、亡くなったあとにマンションの部屋から出てきたんですって。あのコは小さい頃から本屋さんにつれていくだけでご機嫌がよくなった、そんなコが大好きな本屋さんから、すでに持っている本を盗んだりするはずがないって稲本さん、悔しそうに泣いてました」

中年の事務員は自分も目を潤ませた。

そこで話を切り上げれば良かった、と後になって思ったのだが、脳に血液がちゃんとめぐっていなかったらしい。和子の身内の稲本賀津彦が死体で見つかったと、ついもらしてしまった。事務員はのけぞらんばかりに驚いた。

「お気の毒に稲本さん、辛い思いをされているでしょうね」

「それが、彼女とまだ連絡がとれていないんですよ。いま警察が探してますけどね」

書類をまとめながら言うと、事務員は勢いよく立ち上がった。

「いまこの病院に、稲本さんと仲がよかった江口摩子《えぐちまこ》さんが膝の手術のために入院しているんです。江口さんなら行き先に心当たりがあるかもしれない。連絡とってみますね」

「あ、でしたら警察の担当者に」

望月の名刺を探し出すのも片手では一仕事だ。もたつく間に事務員はテキパキと電話をかけ、来ましたよ、とわたしの背後を示した。振り返ると、畦地梅太郎《あぜちうめたろう》の絵がプリントされたトレーナーの上に紺のジャージを羽織り、首からネパール製のスマホ入れを下げ、短く切った髪を金色に染めた女が車いすを手でこぎながらエレベーターから降りてくるところだった。稲本和子とは同い年ということだが、六十代にしか見えない。

「和子ちゃんの亭主が死んだって？　まったく。なにがどうなってんだよ」

開口一番そう言い放った江口の顔を思わず見返した。彼女は膝をさすりながら、

「なんだよ。賀津彦さんってのは和子ちゃんの従兄で亭主だろ。まったく」

「そうですが、和子さんとの結婚を知らない人のほうが多かったもので。あの、こちらが警察の担当者の名刺です。よければこちらとお話しを」

「で、アンタは？　和子とどういう関係なんだよ」

江口摩子の声は大きかった。事務員にここではなんだからと言われ、ロビーの端に移動した。自動販売機に囲まれたスペースで、飛散防止の針金入りの汚れた窓からも富士山が望めた。座ったら最後、稲本和子について話さざるを得なくなる。そう思ったのに気づくと窓台にへたり込んでおり、江口摩子に大声で詰め寄られ、稲本和子を探したい

きさつをしゃべっていた。カンゲン先生の名前は出さなかったが。できそこない探偵最後のプライドだ。

山中で賀津彦の死体を見つけたと話した。江口摩子はスマホを取り出し、ものすごいスピードで検索し始めた。

「あ、ホントだ。ニュースになってる。稲本賀津彦って名前は出てないけど。事件として捜査中とある。てことは殺されたんだね」

江口摩子は鼻を鳴らし、言わんこっちゃない、まったく、とつぶやいた。

「亜紀ちゃんの葬式の後、雑誌に変な記事が出たろ。あのとき和子はカンカンだった。亜紀は子どもの頃から新宿の〈金銀堂書店〉が大好きだった、あそこで万引きなんてありえないと思ってた、記事が出たことでハッキリした、死んだ人間の中途半端な悪口を雑誌に載せるなんて、亜紀が罠にはめられた証拠だ、誰の仕業か必ず突き止めるってさ。危ないからおやめと言っても聞きやしなかったよ、まったく。それにさあ」

「それに？」

思わず聞き返して後悔したが、江口摩子は勢いづいた。

「事情が事情だし、コロナのさなかだし、和子はご亭主とふたりだけで亜紀ちゃんを見送ったんだ。こっちの葬儀場で、ひっそりとね。なのにどこで聞きつけたのか、お焼き場に喪服姿の男女が現れて、このたびはって、分厚い香典袋を差し出した」

「それはもしや亜紀さんの勧めていた魁星学園からですかね」

「相手は名乗らなかったし、香典袋にも差出人……でいいのかな、名前は書かれていなかったって。娘の死に茫然としていた和子に代わって賀津彦さんがその男女に応対したんだけど、若い男のほうがあたりさわりないお悔やみを並べていたら、女が割って入って、こんなことになるとは思わなかった、申し訳ない、と頭を下げたそうだ」

江口摩子が眉を持ち上げると、マスクのうえの広い額にくっきりとしわが寄った。

「賀津彦さんがそれはどういう意味かと尋ねたら、若い男が女をさえぎって、いろいろまくしたててごまかした。そのうちお焼き場からお時間ですと連絡があって、バタバタしている間に男女はいなくなったんだってさ」

葬儀の後、和子は目黒にある亜紀の部屋を調べ、警察に話を聞きにいったり、万引きしたとされる〈金銀堂書店〉を訪ねたりと動き回った。亜紀が働いていた大学にも押しかけたが、度重なると警備員に追い出されることもあったそうで、

「和子、あれから二度も倒れてるんだよ。一度はその大学の門のとこで警備員に救急車を呼ばれたってさ。アタシら歳だからね。一度倒れると元通り動けるようになるまでには二週間以上かかっちまう。アタシも手術が済んだらリハビリ始めなきゃならないんだが、山歩きができるまでには何ヶ月もかかっちまうだろうね。まったく」

江口摩子は膝をさすりながら自嘲し、付け加えた。

「賀津彦さんが殺されたなら、絶対に亜紀ちゃんの件と関係してる。亜紀ちゃんを陥れた連中が和子や賀津彦さんを脅威に感じて始末したのさ」

江口摩子の話は興味深かった。賀津彦の死が亜紀の死とは無関係に起こったと認めるのが残念なくらいだった。その説明をするつもりだったが、摩子は警戒していたことなど忘れたようにしゃべり続け、割り込むスキもなかった。

「アンタさっき、賀津彦さんと和子の結婚を知らないひとのほうが多いと言ってたけど、それも無理ないかもね。和子は若い頃、東京で養護教諭として働いていて、不倫をしたっていうか、上司に強引に迫られて力負けしたらしい。それで妊娠して、上司の女房に殺されそうになって、学校を辞めて、賀津彦さんを頼ってこっちに戻ってきた」

　情報が喉につまりかけた。なにそれ。上司ってカンゲン先生だよね。先生に強姦されたってこと？　その女房って旧姓大友ミツキ？　彼女に殺されそうになったの？

「その頃、和子は職場からあまり遠くない府中の……なんとか言ったな、おめでたい名前のアパートに住んでたんだよ」

「ああ、〈メゾン・ド・ハッピー〉」

「そんな感じの。不倫相手の女房が車を突っ込ませたんだから、あんまりめでたくもないけどね、まったく」

　摩子は自販機で水を買い、マスクをはずしてごくごく飲んだ。

「その女房って元は玄人だったとかで、玄人ほど嫉妬深いってよくいうじゃないか――ホントんとこは知らないけど。女房は突っ込んだ車から秋の七草をあしらったお召し姿で降りてきて包丁振り回し、身を守ろうとした和子の手を上から下へスパッと切った。

そんで返り血浴びて、悲鳴をあげて、ボコボコになった車運転して逃げていったそうだ。まったく。悲鳴をあげたいのは和子ちゃんのほうだよね。ケガはさせられるわ不倫妊娠がバレるわ新聞沙汰になるわ。踏んだり蹴ったりじゃないか」

ミツキさんってそういうひとだったの？　稲本和子の手のひらの傷って、ミツキさんにつけられた？

「あー、えーと、それで、稲本和子さんは学校を辞めてこちらに戻ったんですね」

「不倫相手の母親に金積まれたんだって」

江口摩子はあっさり言い放った。

「不倫相手の母親、ですか」

「不倫相手ってのは、オレ様には好き勝手する権利があると思い込んでるタイプだったみたいだね。認知も経済的支援も期待できない。女がひとりで子どもを育てるのはきれいごとじゃないし、もらえるもんならなんだって受け取って当然だよ。それにその母親、ここらじゃ名門といわれている富士菊女子高校の理事長の娘で、生まれてきたのが女の子だったら富士菊に入れてやると言われたのも大きかったみたいだよ」

それを聞いて思いだした。乾寛治の母親、魁星学園のゴッドマザーは富士菊女子の理事長の娘だった。

思わずどっと息を吐いてしまった。稲本亜紀の生物学上の父親はカンゲン先生ではなく、その父親の乾寛治のほうだった。つまり亜紀はカンゲン先生の異母妹ということになるわけだ。

いくつかの情報がつながった。カンゲン先生の日記に出てきた「成城」……つまり先生の父親である乾寛治の後妻は、寛治より四十歳年下の銀座の元ホステスだ。イギリス出発直前の六月末頃、彼女は「よってたかってわたくしをバカにして」とヒステリーを起こしていたと、先生の日記にあった。つまりその頃には、乾寛治の不倫は後妻の知るところになっていたと思われる。

カンゲン先生の妻ミツキが「稲本先生にはお付き合いされている方がいらっしゃるんじゃないかしら。近々おめでたいことがおありかもしれないわ」と言ったのも、その時分ではなかろうか。亜紀が生まれたのは七五年一月八日。月満ちてなら前年の六月には妊娠三ヶ月前後、気づく人は気づく頃合いだ。

桜井によれば、カンゲン先生をイギリスに追い払ったのち、ゴッドマザーの後ろ盾のもと五代目理事長に就任する予定だった乾寛治はそのさなかに女性問題を起こし、理事長就任を見送ったという。女房が不倫相手の家に車を突っ込ませた騒ぎが新聞沙汰になったのなら、それも当然だ。

「和子ちゃんが頼れる相手といったら、従兄の賀津彦さんだけだった」

わたしが考えをめぐらせている合間にも、江口摩子はしゃべり続けていた。

「まだ和子が生まれて間もない頃、食糧事情のよくなかった都会から兄一家を頼って、和子の両親がこっちにきていたことがあった。そのとき、崖から落ちかけた赤ん坊の和子を助けようとして賀津彦さん、男性にとって大切な箇所を大ケガしたらしい。戦後まもなくのことで、ろくな抗生剤もなくて、結局、子どもが作れない身体になった。そんなわけで、戸籍上でも自分に子どもがいることになれば嬉しい、と賀津彦さんに言われて和子も入籍したわけ。昭和のあの頃はまだ、父親がいないといろんな面で子どもには不利だったしね。ただそういう事情の便宜的な結婚だったから、おおっぴらにはしづらかったんだろうし、あの母親がね。まったく」

「賀津彦さんの母親のカナさん、ですか」

「あの母親さえいなければ、いずれは三人で楽しく暮らせていたかもしれないって、たまに賀津彦さんとも話すんだ。和子そんなこと言ってたっけ」

「カナさんは、和子さんをアバズレ呼ばわりですもんね」

「そうそう。でもって亜紀ちゃんのことは馬の骨ってさ。まったく」

摩子は首を振って、母親の気持ちもわからなくもないけどさ、と言った。

「息子のケガとその後遺症を考えると、当時赤ん坊だったとはいえ和子のことは好きにはなれないわな。なのに息子はその和子と、和子がよそで作ったどこの馬の骨ともしれない子どもを籍に入れた。母親にしてみれば、自分の巣にヨソ者が卵産みつけたみたいなもんだ。なのに、母親さえいなければと、息子にまで思われている」

「確かに、面白くないでしょうね」

土地を抱え込んで息子に渡さずにきたのも、財産がなければ息子に見捨てられる……

そんな不安のせいだったのかもしれない。それに、自分が譲ることで息子が「アバズレ」と幸せになることだけは認められなかったのかも。

「和子に言わせると、賀津彦の母親はご亭主が生きていた頃から弟夫婦をいじめてたんだってさ。隙間風だらけのプレハブに管理人として住まわせて下山させなかったり、さすがに真冬は寒いだろうと亭主が和子の母親に渡した毛皮を切り裂いたり。和子の母親を張り倒したこともあったっていうからね。暴力的な女だよ」

何度もこの話を聞かされてきたのだろう、江口摩子は見てきたように物語った。

「当時、和子は看護学校の寮にいたから実際に目にしていたわけじゃないけど、和子の母親が家出したのもイジメに耐えかねてのことだったんじゃないかって言ってた。だから今度は自分がカナさんにネチネチやられる立場になると、亜紀ちゃんになにかされるんじゃないかと不安になって、賀津彦さん親子とは離れて暮らすことにしたわけだ」

「それで、亜紀さんを連れてこの病院で働き始めたんですね」

「あそこ」

江口摩子は窓を指差した。振り向くと湖畔から少し離れた木立の中に、古びた建物の一部が見え隠れしていた。

「あれが当時の従業員寮。先代の院長はスタッフを大事にする人で、託児所付きでね。あたしも亭主に死なれて子連れで住み込んで、和子とはすぐに仲良くなった。よく屋上で洗濯物を干しながらおしゃべりして。子どもたちは湖をいくボートに手を振ってさ」

賀津彦はたびたび和子を訪ねてきた。亜紀は賀津彦を「お父さん」と呼んでいたし、月に一度は三人でお出かけする仲睦まじい姿を見ていたから、最初のうち江口摩子は一家を普通の親子だと思い込んでいた。

「ホントのことを知ったのは、亜紀ちゃんが富士菊の寮に入って、和子が寮を出てリゾートマンションで暮らし始めてからだね。世の中はバブル景気にわいてたけど、給料の額はおたがいわかってるし、賀津彦さんはずっと同じ車に乗ってる。なのに和子だけずいぶん景気がいいなと思ったのが伝わったみたいで、新居に遊びに行ったとき裏事情をぶっちゃけてくれたんだ」

お祝いに持っていったワインを飲み過ぎたってこともあったけど、と摩子は笑った。

「亜紀ちゃんの生物学上の父親も、その母親も、その頃には死んでた。だから和子も富士菊のことはあきらめていたけど、亜紀ちゃんは勉強がよくできたからね。中学の先生から、この成績なら富士菊も狙えると言われ、亜紀ちゃん本人も行きたがった。でも先立つものがないからね。和子は考えあぐねた末、亜紀ちゃんの実の父親の息子を訪ねたんだってさ」

え、カンゲン先生を？

口にしかけて慌てて飲み込んだ。江口摩子は気づかずに、

「亜紀ちゃんには異母兄にあたるひとだけど、父親とは違って人望の厚い教育者なんだって。話を聞いて仰天して、本当にオヤジの子か、オヤジは自分には子種がないんだっ

て言い張って、それで女遊びが絶えなかったのに、と何度も念押しされたって、和子ちゃん苦笑いしてた。でも、疑うんならアナタと亜紀のＤＮＡ鑑定をしましょうかと言ったら慌ててね。富士菊に入れる約束はできないが、教育費用は負担しよう、入学保証人にもなろうと約束してくれた。亜紀ちゃんが合格すると約束通りにしてくれただけじゃなく、亡くなった奥さんと一緒に過ごすつもりで買っておいたリゾートマンションを和子に譲ってくれたんだって。富士菊は金持ちの生徒が多いから、実家の住所が病院の職員寮じゃ亜紀ちゃんの肩身もせまいだろうって。本物の金持ちは違うよね」

うわー。なんだよ。

やはりカンゲン先生は稲本和子が自分の父親の子を産んだことを知っていたのだ。知っていて、そらとぼけていた。そんな先生に、新事実発見といわんばかりに和子の結婚出産について意気揚々と報告したとは。マヌケの上塗りではないか。

それにしても、カンゲン先生が稲本亜紀の教育費を出すのはわかるが、当時は二千万以上しただろう〈マニフィークパレ・フジヤマ〉をぽんとくれてやるなんて。

「そのマンション、口止め料的なものですかね。父親の不誠実な行いを隠すための」

「かもね」

江口摩子は興味なさそうにつぶやいた。

「親のしたことに子は関係ない、で話が終わればいいけどさ。世の中そう原理原則通りでもないからね。親の隠し子が出てきちゃうと、人望の厚い教育者にも不都合だ。それをごまかすためならマンションを下げ渡すくらい安いもんだったのかもねえ」

言いかけて、江口は慌てて言葉を継いだ。

「言っとくけど、和子がマンションや口止め料をねだったわけじゃないよ。異母兄に事情を話したのも、あくまで亜紀ちゃんのためだった。その頃には亜紀ちゃんにも出生の事情をある程度は打ち明けていたみたいで、思春期だった亜紀ちゃんと賀津彦さんの間に溝もできてたけど、亜紀ちゃんは根が素直で勉強に打ち込んでね。経済的な援助のおかげでその後も池袋の私立大学……どこだっけ、授業料が高額なとこに入れられたし、留学もできた。その後、亜紀ちゃんは日本に戻ってきて母校に勤めたんだけど、やりたい仕事と違うって、あちこちに履歴書送ってね。留学先のイギリスの図書館で働けそうだったらしい。でも、親としちゃせめて日本にいて欲しかった。それで亜紀ちゃんが魁星学園大学の図書館で働かせてもらえるように、和子がまた例の異母兄に頼み込んだんだ。だからさあ」

江口摩子は悔しそうにため息をついた。

「コロナで日本が鎖国状態になったときは、イギリスに行かせなくてよかったって和子喜んでたんだけど、あんなことになったからねえ。やっぱり行かせればよかった、この世のどこかで亜紀が生きていてくれたほうがよかった、って何度も言ってたよ。あんなところで働かせたから亜紀は罠にはめられて、結果死ぬことになったんだ、焼き場で女が謝ったのは、亜紀に万引きの汚名を着せて理事から排除することだけが目的で、死なせるつもりはなかったから、そう確信したって」

思わず身を乗り出した。和子は亜紀をはめた相手に近づきつつあったということか。

「和子さんがそう言っていたのはいつのことです？」

「一ヶ月ほど前だったたと思う。魁星学園大学に入っていく姿を見かけたんだそうだ。香典を届けに来た男女の、若い男のほうを」

話し疲れたのか、江口摩子はあくびまじりに言った。

「排気音のやかましいバイクから降りて、デカいヘルメットとって急ぎ足で行く後ろ姿を見てハッキリ思い出したんだって。身体がひょろっとして頭ばかり大きなスタイルが、まるで福助みたいだったたってことを」

25

翌朝、退院手続きをすませて〈レイクサイド・ホスピタル〉を出たところで、富山からの連絡に気がついた。朝イチで富士五湖署に寄って車をピックアップしたところで、これから富山の自宅近くにある自動車修理工場に牽引していくのだという。

そういうわけなので車のことは心配しないでいいですよ。富山のメッセージには恩着せがましくそうあった。富士五湖署のごく近くにある病院から退院したばっかりの部下はどうでもいいのかい、と打ちかけてやめた。どうでもいいに決まっている。

病院のロータリーから出ているバスで富士山駅に向かった。

退院直前に飲んだカロナールが効いてくるまで、まだ少しかかりそうだった。左肩は鈍く強く痛み、革ジャンは重かった。ゾンビめいた顔はマスクをしていてもひと目を引いたし、診てもらったばかりの左上顎も再び痛み始めていた。たぶん、あれやこれやの衝撃で堅いモノを嚙んだ以上の力がかかってしまったのだろう。せっかく羽鳥さんちの娘さんが「様子をみましょう」と言ってくれたのに、結局この歯は抜かなくてはならないかもしれない。そう考えただけで歯も顔も肩も懐も、ひどく痛んだ。

赤い鳥居をくぐって富士山駅に入り、富士急行のホームのベンチでニュースを見た。

多摩川の河川敷で見つかった死体の身元は高橋基さん（44）と判明。死因は複数の外傷による多臓器不全。これに関連して西新宿の雑居ビルのオーナーと元暴力団組員三名が事情を聞かれている。警視庁は高橋さんが勤めていた西新宿の雑居ビルを捜索中。

ナレーションにあわせ、捜査員や鑑識が段ボールやブルーシートを抱えネパールカレー店の脇の入口からビルに入っていくところや、四階のオフィスの窓側に立つ映像が流れた。窓のほうの映像は隣のビルの屋上から撮ったのだろう、手袋にマスクの鑑識がなにやら話し合っているだけのものだが、〈西新宿八龍界ビルヂング〉は隣のビルと相当近い。撮影は難しかったはずだ。

気になって、もう一度ニュースを見た。屋上からの映像に、その隣のビルの鳩の糞まみれの手すりと鳥除けのＣＤが映っていた。そういえば、綿貫昶のセカンドはここから落ちたのかとあのオフィスの窓から外を見たときも、手を伸ばせば届きそうな距離に隣のビルの手すりとCDがあった。

ことによると綿貫は恐喝のネタをCDにコピーし、隣のビルの手すりにくくりつけたのかもしれない。二枚のCDの間に問題のCDをはさんでおけば、風雨や鳩の糞にさらされてもデータは守られるだろうし、オフィスを家捜しされても恐喝のネタは見つからない。そう寝物語に聞かされていたセカンドは綿貫の死後、CDを回収しようとオフィスを訪れ、手を伸ばすうちにバランスを崩して転落した……のかも。

特急入構のアナウンスが流れた。痛みに耐えて立ち上がると同時に彦坂夏見から着信があった。遅くなってごめん、と夏見はハキハキ言った。

「頼まれてた件、みんな口が重くってさ。聞き出すのに手間取っちまった。それに昨日、父親の入れ歯が行方不明になったんだよ。三時間も探し回ってようやくオムツの……それはともかく。あの『週刊アクア』の記事は表には出ないはずだったみたいだね」

その件はもういいや、とも言えずに訊いた。

「どういうこと？」

「行き違いがあったらしいんだ」

夏見は誰かに向かって、電話中だから少し待て、と叫んで話を続けた。

「事の起こりはアクアの社主が、魁星学園のある女性理事をたたけないかと相談されたことらしい」

「それは誰から」

「魁星学園内部の誰かから。この女性理事って魁星の前の理事長……乾巖っていったっけ、その推薦で学園の図書館で働き始め、メキメキと出世した。あそこは同族経営だし、創立者の弟子やその弟子がいまだに幅をきかせてるから、外部の大学の出身者が理事に上り詰めるのは異例のことらしい。いずれは学園初の女性理事長と目されてたんだけど、ちょうどその頃、後ろ盾の前理事長が入院した。そのスキに引きずり下ろせってことになったんじゃないかって、話を聞いた元記者は言ってたよ。前理事長は学園創立者にかわいがられてた孫で、エッセイストとしても有名だし、理事長在籍年数も長くシンパが多いから影響力もすごい。今の理事長の……なんてったっけ、匡勝？　そいつも創立者の孫ってことになってはいるけど、実は違うって公然の秘密だからね。そのうえ、ドラ息子を溺愛して自分のあとを継がせようとしてるから、前理事長は目の上のたんこぶなんだわな」

「なるほど。つまりその女性理事は前対現の戦いのあおりを食ったと」

「とにかく社主から命が下って、アクアに彼女の記事を書くことになった」

夏見は電話の向こうで、いいから待っててよ、と誰かに叫んで、続けた。

「そこで調べてみると、女性理事は自分の時間のほぼすべてを仕事に捧げてる。私生活もいたって地味、たまの休みには郷里の山梨に戻って親孝行。学歴は立派、学生にも同僚にも評判が良い。糖尿持ちだけど、現理事長もそうだしね。唯一、魁星学園の推薦入試を受けようとしていた出身高校の後輩の身内と七百万という金をやりとりしたという話を誰かが聞きつけてきたけど、裏はとれなかった。でも〆切りが迫ってたんで、編集長が横田ハチヒコ名義でそのエピソードを広げに広げ、裏口入学？　かもね？　みたいな記事を書いた」

ちゃんと調べれば、お金は稲本亜紀の側から出ていたことが知れて、交通事故の件がバレていたかもな、とわたしは思った。それが記事になれば、亜紀は問答無用で失脚しただろう。でも、そしたら死なずにすんだかもしれない。人生ってわからない。

「だけど、くだんの女性理事が雑誌の校了の直前、万引きで逮捕されて死んだだろ。それで記事はボツになった。目的は達成されたし、死人にフォーカスされると貶《おとし》めようとしていた連中にまで注意が向くかもしれず、マズいわな。ところが行き違いがあったらしくて、裏口入学の件は消して、万引きと死亡を加味して書き直したバージョンがアクアに載っちゃった」

いま電話中なんだって言ってるでしょうが、と夏見は誰かに向かって叫ぶと続けた。

「その号には魁星学園のカラー広告も入ってんのよ。現理事長が腕組みして立ってる写真入りの。本来はあんな記事と一緒に載っちゃ絶対にダメなヤツだ」

夏見は喉の奥でくっくっと笑った。

「魁星にとっちゃ、自分とこの理事についての悪評記事が掲載されるなんて不名誉じゃん。なのに、当の雑誌になんで広告載せてんだ。もしや匡勝理事長がこの女性理事についての悪評記事を書かせたのかしら、広告はそのお礼かな。——なぁんて気づく読者も出てくるだろうから魁星学園の事務局のヤツがアクアに直接抗議に来たってさ。実はそのとき、アクアに魁星の広告を何回か載せることが決まってたらしいけど、おかげでその話は流れた。編集長はクビになって……」

「え？」

「なんてひと？」

「その抗議に来た魁星の事務局のヤツって」

「さあ。名前までは聞いてないけど」

彦坂夏見は背後の誰かに向かって、はあ？　なにやってんのよ、と叫ぶと、ごめん緊急事態だ切るね、と言ってから早口で付け加えた。

「福助がスーツ着てやって来たみたいだったたって。向こうがマジメに怒れば怒るほどなんだかおかしくて、笑いをこらえるのが大変だったたってさ」

発車寸前の富士急行線の特急に乗り込んだ。今度こそカンゲン先生に、預かり金から料金と必要経費をひいた残金を、預かっていた書斎の鍵とともに突っ返したかった。大月に出て中央線の特急に、さらに立川で快速電車に乗り換え、出発して二時間ほどで吉祥寺駅に着いた。

しかし、そこから部屋までが遠かった。徒歩十五分たらずなのだが、自分でもいらだつほど歩くのが遅いのだ。気づくと今日は土曜日で、街はにぎわっていた。横並びでダラダラ歩く連中。酒缶片手にガードレールに腰を下ろし、笑い合っている集団。スマホに夢中のまま突き進み、こっちがどかないと舌打ちするヤツ。駐車場脇のドーナッツ屋で客が包み紙を投げ捨てたあたりでいらだちはピークに達し、マスクを外して思い切りにらみつけてしまった。相手は慌ててゴミを拾った。この顔、使える。

富山は戻ってきていないようで〈MURDER BEAR BOOKSHOP〉は閉まっていた。部屋に戻り、苦心惨憺《さんたん》してシャワーを浴び、着替えた。そのままベッドにぶっ倒れたところで、富士五湖署の望月から着信があった。たかが電話に出るだけで、ものすごい決意と覚悟が必要だった。

「稲本和子さんが見つかったんですか」

望月は不機嫌そうに、まだ会えてません、と答えた。

「住まいに行って管理人と話しました。施設のケアマネジャーに立ち会ってもらって、賀津彦さんの母親に息子さんが亡くなったことを伝えたんですがね。あの母親、悲しむどころか、あのアバズレのせいだ、人の亭主に手を出すからだって怒鳴り散らして手に負えませんでした。九十七歳ともなると、認知症はなくても妄想だの寝ぼけだのは起こりえますってケアマネさんには言われましたが、そんなことより」

望月は口調を変えた。

「西新宿署の吉住さんと話したんですけどね。砂永や賀津彦さんが絡んでいた〈WHリゾート開発〉にまつわる詐欺のこと、葉村さんもくわしいそうじゃないですか。昨日話を聞きにいったときにそこらへんのことも説明してくれればいいのに」

うわー。

「そんな、くわしいだなんて。吉住さんから概略は教えてもらいましたが」

「そもそもアナタ探偵なんだって？　出版の仕事だなんて言って、実際には探偵として誰かに雇われて稲本和子さんを探していたんじゃないの？　そうならそう言えばいいだろうに、隠していたということは」

「待ってください。わたしが探偵だって、誰が言ったんです？」

「アンタの上司。富山って言ったっけ、けさ署に車をとりにきたんだ。葉村って部下、夜に山道で殺されかけたあげくにひどい有様の死体を見つけたにしちゃ落ち着いてて、根性据わってるなと言ったら、アレはウチのスター探偵ですからって胸張ってたよ」

顎が落ちた。と～や～ま～。アンタなによけいなことを。

そもそも今回の件、カンゲン先生からの要望で、探偵として依頼を受けたことは富山にも報せず、カンゲン先生のエッセイ集を出すためとごまかしてあるのだ。てかスター探偵ってなに。ウチに他に調査員いないだろ。

言葉も出せずに黙っていると、望月はツケツケ言った。

「検索したらホントにあるじゃないの、アンタの本屋にくっついて〈白熊探偵社〉ってのが。アンタは殺人未遂の被害者で死体の発見者、供述内容におかしな点もなかったけど、考えてみれば、夜中に山奥で車中泊なんて普通のおばちゃんなら思いつきもしないよねえ。そっちにも探偵として依頼人への守秘義務みたいなもんがあるんだろうけど、警察には事情を説明しとけっての。他にも隠してることあるんだったら、いまのうちに打ち明けときなさいよ。おなかをみせたノラ猫を撃ち殺したりしないから」

「と、おっしゃいますと」

望月は舌打ちをした。

「ここまで言ってもわからんんか。だから夜更けに山奥に入った理由だよ。ただの車中泊じゃないだろ。なにか探してたんじゃないの？」

背筋が冷たくなった。忘れてた。穂積稜。彼がわたしの提案通り施設長に事情を打ち明けたとすれば、警察にも、昨日わたしに話したのと同じ内容の話をしたに違いない。山奥に「なにか」あり。そう賀津彦が話していたと。

どう弁解したものかと考えるまもなく、望月は続けた。

「探してるもんが探してるもんだけに言い出しにくかったのは理解できるけど、一応は事件なんだしさ、言っておいてもらわないと。車を引き上げる途中で、崩れた崖の中から顔出してるのを見つけたときには、樹海に慣れてるこっちもビックリしたよ」

「……出てきたって、なにがです？」

「こっちはこれでも怪我人に優しくしてやってんだ。ごまかすんじゃないよ」

「なにが出てきたんです？　水晶の鉱脈とか？」

「なに言ってんだ。骨だよ。古い人骨」

さらっと言われて、しゃっくりが出た。

「じ、人骨って人の骨ですか」

「あたりまえ……って、アンタもしや、ホントに知らなかったの？」

望月の口調が微妙に変化した。

「なんだ、そうか。そりゃ失礼しました。頭蓋骨の陥没具合から見て真正面から殴られた傷が死因の、要は殺された人間の骨だったもんだから。てっきり探偵の仕事であの骨を探しに山奥に入ったのかと」

「まさか。違います」

断言してしまってから、あれ、と思った。ひょっとして違わないのかも。

賀津彦とカナの会話に出てきた「なにか」が、その人骨だったとしたらどうだろう。

この二人の近くにはその昔、行方不明になった人間がいる。和子の母親だ。彼女は和子が看護学校に通っている間にいなくなった。娘の和子でさえ、カナのイジメがひどかったための家出だと信じていたようだが、家出後に娘に会いにくることはできただろう。でも、わたしが知るかぎり、和子の母親は二度と姿を見せることはなかった。

息子の死を告げられたカナは「あのアバズレのせいだ、人の亭主に手を出すからだ」と怒鳴り散らしたという。和子は乾寛治と不倫の関係にあったわけだが、結婚前の話だし、それに対してカナが怒鳴り散らすのもおかしな話だ。とすると。

カナの言う「アバズレ」とは和子ではなく、和子の母親のことだとは考えられないだろうか。人の亭主とはすなわち自分の亭主という意味であり、和子の母親がカナの亭主である義理の兄と不倫関係にあったか、カナがそう思い込んでいたのだとしたら。

江口摩子の話では、カナの亭主の社長は和子の母親に毛皮を贈っている。山の中の暮らしを乗り切るためだけに渡したのか、愛人への贈り物だったのかはわからないが、それを切り裂いたのだから、カナが嫉妬したのは間違いない。

賀津彦のケガの責めを負うべき義妹が自分の亭主にいたわられたら、色恋抜きでもカナには許せなかっただろう。怒りにまかせて義妹をイジメ続け、それでも足りずにある日、義妹に向かってなにかを振り上げ、頭めがけて力一杯振り下ろしてしまった……。

わたしの想像は、また間違っているだろうか。でも稜ちゃんによれば、カナは和子と顔を合わせようとしなかった。偶然顔を合わせることになったとき、カナは嘔吐してしまったという。自分が殺した義妹を思い起こさせる和子の顔を見られなかったからと考えるのは、うがち過ぎだろうか。

死体は奥の土地に埋めた。カナ一人では無理だろうから、亭主にやらせた。義弟、つまり和子の父親に任せた可能性だってある。兄夫婦からひどい扱いを受けていたのに逃げ出さなかった和子の父親は、かなり気が弱かったと思われる。経済的にゆとりがあったはずもないので、和子の看護学校の費用は兄に出してもらっていたのではないか。和子の両親が兄夫婦の仕事を手伝うために山梨に戻ったのは、和子が看護学校に進んでからだ。カナに脅されても、娘の将来を思って逆らえなかったかもしれない。

だが、ことによるとそのせいで、死体が埋められた正確な場所をカナは知らなかった。亭主に続いて義弟も死んでしまった。どこにあるのかわからぬ死体がひょっこり見つかってしまうのが怖くて、カナは奥の土地を売ることができなかった。その理由も先日、つい口走ってしまうまで息子にも打ち明けられなかった。

事実を知って、賀津彦も衝撃を受けた。ことあるごとに自分の前に立ちはだかるカナが憎かったかもしれないが、なんといっても母親だ。それが和子の母親を殺していた。奥の土地を売れば、その死体が見つかってしまうかもしれない。たとえば花谷のおじいさんならすぐに、和子の母親が行方不明だということを思い出すだろう。どうしていいかわからず、とりあえず土地取引を中断すると宣言した。そのせいで自分まで殺されることになるとは思いもよらなかっただろうが……。

「もしもし、葉村さん。どうしました」

望月が尖った声で話しかけてきて、我に返った。

「望月さんが、古いとはいえ一応は事件、って言うとこみると、刑事裁判にならないかもしれないくらい昔の骨なんですよね。女性でした？　もしそうなら」

説明すると、望月は不機嫌そうにうめいた。

「つまり、今回の人骨が稲本和子の母親だと？」

「もちろん、そうと決まったわけじゃないですよ。あのあたりは樹海の端っこなんだし、車も通れる。死体遺棄にはもってこいの場所に見えますから、どっかのおっさんが運んできて埋めてっただけかもしれません。松本清張の小説みたいにね。でも、とりあえず稲本和子に母親の身体的特徴を聞いてみたらどうですか」

「葉村さんはどうあってもわれわれに、稲本和子を探させたいようですね」

望月は苦々しげに言うと、一拍おいて鼻で笑った。

「まあ、いいでしょう。探しますよ。〈マニフィークパレ・フジヤマ〉の管理人によると、彼女ぴんぴんしているようなので」

思わずむせた。

「どういうことです?」

「稲本和子はマンションの自室に戻っていたんですよ。それで、けさまた出ていったと管理人は言ってました。戻り次第連絡くれるよう念を押しておきましたよ」

「彼女は賀津彦さんが亡くなったことを知っているんでしょうか」

「葉村さんが樹海で見つけた死体はまだ身元が確定していません。だから外部に稲本賀津彦の名前は出していませんが、和子さんはこのところ賀津彦さんが行方不明だということは知っている。ニュースを聞いて察した可能性はありますね」

望月との通話を終え、大野さんにかけ直した。

「ええ、稲本さんとならけさ早く、顔をあわせましたけど」

大野さんは電話の向こうでせわしなく言った。声が反響して聞こえる。大浴場の掃除をしているところだったようだ。

「稲本さん、でかける格好をしてタクシーが来るのを待ってましたよ。すっかりいつも通りで、どころか前より元気で目が輝いてましたけど。府中の施設まできてくれてありがとうってお礼を言われました。あのときは頭をぶつけたせいかずっとぼんやりしてたけど、大野さんの顔を見たら霧が晴れたみたいになった、って言ってましたけど。急に記憶が飛んじゃうことってあるんですね、って言ったんですけどね」

「府中の施設から男女に連れ出されたって話については、なにか言ってました？」

「あー、その話は出ませんでしたよ。娘、三人目を妊娠中で調子が悪くて、だからあれからずっと娘んとこでおさんどんしてたんですけど。亭主が熱出したんで、ゆうべ戻ってきたんですけど。戻ってから亭主に聞いたんですけど、二、三日前に稲本さんを車で送り届けてきたひとたちがいたんですって。たぶんおんなじ男女でしょうね。葉村さん、稲本さんのこと心配していたけど、案ずるまでもなかったってことですね」

「ひょっとして、送ってきたのは福助みたいに頭の大きな男だったんじゃありません？」

「さあ。稲本さん、ここを手放すのじゃないかって、亭主は言ってましたけど」

大野さんはだんだん早口になってきた。

「最近多いんですよ。バブルの頃に退職金でここ買って田舎暮らしを満喫してた住民が高齢になって、ここを売って、施設に入るってケースが。だけど、ああいうとこって荷物の量がかぎられるから皆さん終活がたいへんで。稲本さんももう使わないからって、自転車やら衣類やら、亜紀ちゃんに買ってもらった鍋まで処分したみたいですよ。欲しいものがあったら持っていってと言われて、うちの亭主、英語の本を段ボールに何箱ももらって、そのまま古本屋に売りに行ったそうですけどね。いい小遣いになったって喜んでましたけど。……あのう、もういいですか」

礼を言って電話を切った。もう一度ベッドに倒れ込むつもりだったのに、気づくと立ち上がっていた。

稲本和子は生きていた。生きていて持ち物を処分した。亜紀の遺品と思われる本までも。江口摩子によれば、稲本和子は亜紀に万引きの汚名を着せたのが「誰の仕業か必ず突き止める」と言い張っていた。たびたび倒れ、記憶を失い施設に収容されるほど体調が悪くなったので、そのことはもうあきらめたのだろうか。

それとも。

乾則祐の名刺を探し出し、魁星学園大学に電話した。事務局次長なら朝から出ております。いえ、行き先は知りません。本日は直帰の予定です。

サロンの固定電話から、〈グランローズ・ハイライフ馬事公苑〉の代表番号にかけてみた。〈MURDER BEAR BOOKSHOP〉の葉村晶と名乗ったときに比べ、奥山香苗の名前と声色を使った今回のほうが格段に丁寧な応対だったが、乾先生はおでかけになったところです、お戻りの時刻はうかがっておりません、と結局役に立たなかった。

パソコンを立ち上げ、カンゲン先生の調査に関する明細書と請求書を大急ぎで印刷し、書斎の鍵を持って部屋を出た。

26

坂の上でタクシーを降りた。一週間ほど前に来たときよりも緑の匂いを強く感じながら、カンゲン邸の門をくぐった。

目の前にバイクが横倒しになっていた。土がえぐれ、排気ガスの臭いがした。乱れた足跡が残り、敷石の一部が割れていた。玄関扉は中途半端に開いたままで、竹ボウキが投げ出されていた。触れてみるとバイクはまだ熱いくらいで、金属がピチピチと音を立てていた。

竹ボウキを拾い上げ、枝折《しお》り戸から中に入り、崖下へとなだらかに続く雑木林を横目に庭を進んだ。遠くから若者のものらしいエールや歓声が聞こえ、鳥たちが鳴きながら羽ばたいていた。初めてこの屋敷に来たときに通り抜けた広間の、開け放たれた大きな窓から、話し声が聞こえてきた。わたしはそっと建物に寄り、窓の外にはみ出てはためく分厚いカーテンの陰から室内をのぞきこんだ。

庭から見る広間はまるでお芝居のセットのようだった。廊下から少し低い場所にペルシャ絨毯が敷かれ、長椅子やソファ、コーヒーテーブルが置かれている。壁際の背の高い柱時計が時を刻み、木の床は光っている。それらすべてを、魁星学園創立者である乾聡哲の巨大な肖像画が見下ろしている。該博深遠、尊尚親愛、形影一如……

四人の男女がいた。

長椅子の端に仲枝が座っていた。乾則祐は長椅子に横たわり、仲枝の膝に大きな頭を乗せていた。紺の上着と大きなヘルメットが床に落ちていた。

長椅子は一人掛けのソファと直角に置かれていた。そのソファにはカンゲン先生が座っていた。背中を丸くし、目をしょぼしょぼさせ、顔をこわばらせて。そして先生の背後には稲本和子が立っていた。

はじめは誰だかわからなかった。稲本和子は府中の施設にいたときとは別人のようだった。白髪交じりの髪を後ろにまとめ、白い薄手のセーターと紺のズボンをはき、真冬でも暖かく過ごせそうなダウンコートに包まれていた。そのせいか大野さんの言っていたように目がうるんで輝き、頰が赤らんでいた。背筋も伸び、生き生きと若く見えた。いささか不自然なくらいだった。

「二人きりで話しませんか」

カンゲン先生が前を向いたまま言った。穏やかなその口調にもかすかに焦りがにじんでいた。

「我々だけで話をしませんか、稲本先生。あなたが納得するまでじっくり話しましょう。そのためにボクはここに来たんですから。なんなら書斎で」

「私ね、どうしてもわからないんですよ、先生」

稲本和子は直立不動のまま言った。

「〈金銀堂書店〉で亜紀を取り押さえた警備員に話を聞きに行きました。なかなか話してもらえませんでしたけど、借金の取り立てにあっているところに行きあわせましてね。お金と引き換えに事情を教えてもらえました。まるで福助みたいな頭の大きな男に三十万で頼まれて、亜紀に万引きの汚名を着せたんだって。あとをつけて、洋書売り場であの子が開いて棚に戻した洋書を持ち出して、出口で荷物検査をして、その洋書を亜紀のカバンのなかから見つけたように騒ぎ立て、通報した。留置所内で死んだと聞いて後悔したんだと泣いてましたけど、ワニだって、自分に食べられる獲物が気の毒だと涙を流すそうですからね」

和子はしらけた口調で言うと、ややあって続けた。

「それを聞いてすぐに思い出しました。やかましいバイクが魁星学園の校門をくぐっていったのを見たことがあったんです。そのバイクを運転していた男も、亜紀を茶毘《だび》に付しているとき香典を持って訪ねてきた男も、福助みたいに頭が大きかった。名前もすぐにわかりましたよ。福助って言ったとたんに、みんなが口を揃えて、それなら匡勝理事長の弟の則祐さんだって教えてくれたんですから」

和子は笑みをこぼし、垂れてきた前髪を右手の小指でひょいと持ち上げた。わたしは息を吞んだ。その右手には出刃包丁が握られていた。古そうだがよく研がれてピカピカに光っている。いままで右手がソファの背に隠れていて見えなかったのだ。

和子とカンゲン先生の距離を目測した。和子は痩せた年寄りだし簡単に制圧できそうだが、こっちもこの身体だ。彼女のもとにたどり着く前に、先生はズタズタにされる。

和子は包丁を持ち上げたりおろしたりしながらしゃべり続けていた。

「でもなぜ、則祐さんが亜紀を陥れたんでしょう。それが知りたくて、いろんなひとに話を聞きました。たいていは門前払いでしたけど、亜紀を慕ってくれていたひと、買ってくれていたひとも大勢いましたから。私、歳をとってわかりが悪くなっているから、きちんと理解できるのか心配だったんですけどね。話はとってもシンプルでした」

現理事長の乾匡勝と、前理事長のカンゲン先生は対立している。いまの理事長は拝金主義で権威主義、創立者の孫ということになっているけれど実は違うとみんなが知っている。カンゲン先生は創立者にかわいがられた孫だけども、高齢で病気がち、後継者になりうる子どもがいない。

「そこに亜紀を当てはめれば、なにが起きたのかよくわかりました。あの子は先生の推薦で学園に入り、一所懸命働いて出世した。実は先生の異母妹で、つまり創立者の孫でもある。いまの理事長とは逆の立場ってことですね。皮肉だわ」

ことによると、と生前の亜紀は言っていた。いまの理事長のやり方に反対している勢力が、自分を理事長に推してくれるかも。

「いまの理事長は革新的なアイディアをつぶし、天下りを受け入れ、高額な報酬で不勉強な官僚を教授として迎えている。図書館の予算を削り、新学部の創設に回すとも言い出した。図書館なんて形だけ存在していればいい、いまやネットでなんでも調べられるし学生たちも本なんか読まない、いまある蔵書で十分だ、教養なんてものは身についても成果が目に見えない、それじゃ商売にはならないと。そう言って、亜紀が怒っていたことがありました。ああいう人間が文化を殺し、この国を根本から腐らせるんだと」

亜紀は自分が乾聡哲の血を引いていることを公にしたいと言い出していた。学園の舵《かじ》取りに本来は血筋など関係ない。そうも思うけれど、持っている武器はなんでも使いたい。

自分はトップになりたい。魁星学園をいい学校にしたいんだ。

「もちろん止めましたよ。あの子の野心が私には怖かったし、戸籍上の父親を傷つけることにもなります。自分は乾寛治の娘だと名乗ったところで、受け入れてもらえるともかぎらない。いまの理事長を敵に回したら、なにをされるかわかったものでもないですし。味方になってくれるはずのカンゲン先生も亜紀に言ったんですってね。やめておけと」

先生は小さくうなずき、唇をなめた。

「自分で言うのもなんだが、ボクの支援なくして稲本くんが理事長選に勝つことはありえなかっただろう。オヤジの娘だとアピールしたところで同じことだ。匡勝が聡哲の血を受け継いでいないのは公然の秘密だが、理事会でそれが議題にとりあげられることはない。そしてボクは支援できる身体ではなかった。稲本くんは引き下がった」

「でも亜紀は本気だったんです」

和子は気力を振り絞るようにして言った。

「恥をお話ししますね。去年の夏、一緒にドライブに出かけたんです。あの子もいろいろあって疲れていたんでしょう。ブレーキとアクセルを踏み間違え、前の車にぶつけてしまったんです。軽い物損事故でしたけど、そのとき亜紀は私の腕を強く摑んで言ったんです。お母さんがやったことにして。お願い」

いまの自分にはささいな瑕瑾《かきん》すら許されないんだ。

「娘のあんな必死な顔、初めて見ました。いま考えればバカな話です。踏み間違い事故が知られたら、亜紀の認知や判断能力に問題ありとみなされるかもしれない。でも令和のこの時代、正直がいちばん強い。嘘がバレたらそのほうがずっとマズいことになると誰もが知っています。だけど、あんな顔を見てしまっては、断れなかった」

和子は包丁をソファの背に突き刺した。カンゲン先生の身体が震えた。

「そんなことまでしたのに、結局、亜紀は死にました。則祐さんが亜紀に万引きの汚名を着せたせいでね。則祐さんは現理事長の弟さんですから、当然、現理事長のためにやったことだと思いました。すぐに通報しようとも思ったんですけどね」

和子は虚空にむかって笑みを見せた。

「亜紀が死んだのは、警察が亜紀の体調に気を配らず、意識をなくしたのに緊急搬送してくれなかったからです。落ち度だったと警察も認めて公に謝罪した。彼らにとっちゃそれで終わり。二度と蒸し返されたくない。そこへ、そもそも亜紀を勾留したのが間違いだったなんて話を持ち込んだところで、いい顔をされるはずがありません。警察だって上のほうは官僚ですから、仲間の官僚の天下り先を守るため、この話をつぶそうとするでしょう。それで私、カンゲン先生、あなたに連絡しました。亜紀の死の背後に則祐さんがいたと話した。先生なら、事実を知ったからには必ず動いてくれる、そう信じて」

でも動いてくれなかった。自分はもはや学園から退いた人間だ、娘さんのことは気の毒だったがあきらめて、これから先のことを考えたほうがいい。そう言っただけだった。

「先生も亜紀のことなどどうでもいいんだ、そう思い知らされましたよ」

「ボクは退院したばかりだったんだ」

カンゲン先生が小声でつぶやいた。和子は包丁をソファの背から引き抜いた。

「ええ、贅沢なリハビリ病院から豪華なケア付きマンションにね。雲の上の方には、私たちの苦しみなんてわかるはずもない。この歳でひとり娘に死なれた人間に、いったいどんな先があるっていうんです？」

先生は無言で目を閉じていた。和子は再び包丁をソファの背に刺した。

「だから自分で考えたんです。亜紀の無念を晴らし、すべてを明らかにするにはどうしたらいいのかを。考えて考えて、やっぱり訴えるしかない。そう覚悟を決めたんです」

長椅子に横たわっていた乾則祐が身体を起こしかけ、仲枝に優しく押し戻された。和子はその姿を見ながら咳き込んで、続けた。

「弁護士事務所を何軒も訪ねました。でも引き受けてくれるところはなかなか見つからなかった。あのときの警備員は話を聞いた後、姿を消し、連絡がつかなくなった。証人がいないんじゃどうしようもないと言われました。それに、亜紀をはめるよう依頼したのが則祐さんとは断言できないとも。頭の大きな男は則祐さんだけじゃないし、香典袋には則祐さんの指紋が残っているはずですけど、それで香典を持ってきたのが則祐さんだと証明できても、それだけのことだと。断られ続けたあげく、ようやく引き受けてくれそうな弁護士さんが見つかりましたけど、お金かかるんですよね、裁判って」

亜紀のマンションは、亜紀が起こした交通事故の相手に口止め料代わりに押さえられていた。自分のリゾートマンションは売れても数百万。貯金も微々たるものだった。

「それで私、亜紀の戸籍上の父親に相談したんです。彼も亜紀の死には腹を立てていたし、悲しんでいた。彼にもお金なんてなかったけど、〈WHリゾート開発〉という開発業者から、彼の母親の土地がとあるプロジェクトの実施場所に選ばれそうだから譲ってもらえないかと言われている、なんとか母親を説得してあの土地を売却し、その金で魁星学園の理事長の弟を訴えよう。待っててくれ。そう言ってくれました」

和子はぼんやりとした笑みを浮かべ、またしても咳き込んだ。頬がますます赤くなり、目が潤んできた。

「調べ物をしたり弁護士事務所に行ったりの毎日に疲れがたまっていたせいもあって、その電話の後、部屋で倒れて動けなくなりました。亜紀の無念を晴らせないまま死ぬのかと思ったらホントに怖かった。それよりも怖かったのは、賀津彦兄さんと連絡がつかなくなったことです。動けるようになってから、兄さんを訪ねて〈稲本高級別荘地〉に行きましたけど、しばらく前から誰も彼を見ていないと言われました」

賀津彦は別荘地の管理に手を抜いたことはない。住民たちに無断でいなくなるなんておかしい。稲本カナの施設にも連絡したが、賀津彦は来ていないという。

「彼はこれまでずっとあの別荘地の中で暮らしてきた。人との関わり合いも少ないですし、なにかあったとすれば彼が話していた土地取引くらいだろうと思いました。賀津彦の部屋を引っかき回して〈WHリゾート開発〉の資料を見つけ、西新宿の東京本社を訪ねていきました。本社はひどいビルの中にありました。臭いし、エレベーターも故障中、まともな会社が入っているとは思えないほど。でも、他に賀津彦を探す手がかりもないから、四階のオフィスまで苦労して階段をのぼっていった。そして、見たんです」

和子は身震いして、うわごとのように言った。

血まみれの床。それを掃除している男たち。ブルーシートにくるまれたもの。金属臭と生臭さ、糞尿と消毒液の入り混じった、暴力的な死の臭い。

「思わず逃げ出しました。オンボロの膝に鞭打って、階段を転げ落ちそうになり、どこかにひどく頭をぶつけたりしながら必死で、あとをも見ずに。ひょっとして、あれは、あのシートにくるまれていたのは賀津彦兄さんだったのかも、頭の隅でそう思ったけどどうしようもなかった。気がついたらバッグもなくなっていて、いま自分がどこにいるのか、自分が誰かもわからず、ただ怯えきっていた。我に返ったのは施設に入れられてしばらくしてからです。ここは安全だと悟ったからでしょうか、少しずつ記憶が戻ってきたんです」

両親のこと、賀津彦兄さんのこと、亜紀を産んでから亜紀が死ぬまでのこと。賀津彦を訪ねて西新宿に行き、そこで見聞きしたこと。これまでの記憶のすべてを。

「すべて思い出せたのは、マンションの管理人さんが女性と一緒に施設を訪ねてきてくれたときでした。その女性がカンゲン先生の名前を出し、記憶を甦らせようとしたんでしょうね、いろんなことを教えてくれました。保護されたのが国分寺駅だったこともね。思わず笑いそうになりましたよ。このお屋敷か魁星学園国分寺校以外に、私が国分寺に来る理由なんてありません。つまりあの西新宿のビル内で見たことに怯えながらも、同時に私は亜紀のために手がかりを探していたんです。えらいと思いません？　ねえ、さっきからカーテンに隠れて話を聞いているアナタ。アナタもそう思うでしょ」

和子は出刃包丁を持つ手を振り上げると、咳き込みながらそう言った。

カーテンの陰からおずおずと前に出た。

大根役者がうっかりミスで舞台の中央に転げ出てしまったようだった。カンゲン先生は目をしょぼしょぼさせながら、伸枝と則祐はそれぞれ長椅子から身体を浮かせてこちらを見つめていた。それがゾンビめいた顔に驚いたせいだったとしても、わたしにとって一世一代の見せ場に違いなかったが、セリフはなんにも思いつかなかった。

「お名前はなんといったかしら」

和子はわたしにむかってだるそうに言った。

「大野さんと一緒に府中の施設に訪ねてきたひとよね。カンゲン先生に頼まれて、私を探しに来たんだった。なぜここにいるの」

わたしは害はないことを示すためにマスクをはずした。むき出しになった顔が向かいにある柱時計のガラスに映っていた。仲枝がギョッとしたように身じろぎをした。先生はむしろホッとしたように見えた。無理もない。和子の話しぶりはしごくまともだったが包丁は握りしめたままだ。いまにもなにかしでかしかねないのか、ただそう思わせようとしているだけなのか、判断はつきかねた。

「葉村晶です。先生に預かり金と鍵をお返ししに来ました。それだけです」

「それだけというわりには、物々しいわね。そのホウキで私を殴るの？」

「あなたが則祐さんをぶん殴ったように、ですか」

そう言って竹ボウキを投げ捨てると、和子は傷ついたような顔をした。

「私は暴力など振るっていません。むしろ逆ね。振るわれるところだった。カンゲン先生に会いたいと言ったのよ。そうしたらこの家で待っているように言われたわけ。玄関先で待っていたら、則祐さんの運転するバイクが私めがけて突っ込んできたの。仲枝さんが割って入ってくれなかったら、今ごろ私は亜紀に再会してたわね。則祐さんは仲枝さんを轢くまいとバイクごと転倒したけど、そんなの私のせいじゃないわ」

和子はそう言いながら出刃包丁でソファの背を突いた。咳き込むたびに刃が揺れ、カンゲン先生が身をこわばらせた。慌てて口をはさんだ。

「あなたは月曜日には施設を出ましたよね。そこにいる則祐さんと伸枝さんに連れ出されて」

「このひとたちはカンゲン先生の使いだと言ったの。施設のひとたちをどう言いくるめたのか知らないけど、施設長は私に彼らと一緒に行きなさいと言った。イヤだと言っても聞いてもらえなかった。最後は強引に追い出され、車でここに連れてこられた」

和子はぼんやりと笑みを浮かべた。

「待遇は悪くなかったわよ。バスルームがついているステキな客室をあてがわれたんだから。白い漆喰《しっくい》の壁にいちご泥棒のカーテンとおそろいのベッドカバー。ミニ冷蔵庫がついていて、お水も飲み放題なの。ここにいた三日間、三度三度、伸枝さんがおいしい食事を出してくれた。部屋には鍵もかかっていなかったし、逃げようと思えば逃げられたでしょうね。ただいろいろと疲れちゃって。だって伸枝さんたら日に何度も部屋に来て謝るのよ。息子が本当に申し訳ないことをした、許してくれって」

「……息子？」

わたしは長椅子のふたりを凝視した。言われた途端に、則祐を見下ろす伸枝の表情が母親のそれに見えた。

初めてここで会ったとき、則祐は伸枝を呼び捨てにしていた。だから母と息子だなんて思わなかったわけだが、そういえばカンゲン先生は仲枝を「姪」と呼んでいた。表向き、先生に兄弟はいない。妻ミツキの側の姪でもない。仲枝は大友家の食事会にも香苗の話にも出てきていないのだ。

その奥山香苗の話を思い出した。現理事長の匡勝は若い頃かなりのやんちゃで、同級生の女の子を妊娠させたこともあったという。

「則祐さんは匡勝理事長と仲枝さんの間に生まれたんですか。ふたりともまだ高校生だったから、則祐さんは匡勝理事長の両親の籍に入った。それで先生は仲枝さんのことを姪と呼んでらしたんですか、甥と呼んでいる匡勝さんの子どもを産んだ女性だから」

カンゲン先生は軽く頭を動かした。うなずいたようにも首を振ったようにも見えた。それでか、とわたしは考えた。大友治朗がカンゲン先生や匡勝理事長に厚遇されていた理由だ。匡勝の悪さ仲間で、仲枝をヨネクラと呼び捨てていた治朗さんは、当然この件を知っていた。先生としては、仲枝や則祐を、というより学園をスキャンダルから守るため、治朗さんの口を封じておきたかった。ゲタを履かせて大学へ進学させたのも、家に不法侵入され、絵を持ち出されても大目にみてきたのは、そのためだったのだ。

「仲枝さんに恨みはないと言ったら嘘になる。息子が亜紀をはめたことを知っていたんだから。けれど、何度も謝られているうちに、怒りが削られていったのも確かなの。それにね」

和子がどこか遠くを見ながら言った。

「このひとたちが私を施設から連れ出したのは、要するに口封じよね。私を黙らせたかったら殺すしかない、そう言ったら仲枝さんが言った。でもアタシは息子を人殺しにするつもりはない、亜紀さんが死んだのは本当に予定外のことだった、誰も死なせたかったわけじゃない、亜紀さんを学園から追い出せればそれでいいと言われてた、追い出したらそのあとちゃんと新しい仕事も紹介するって、そう言ったって――カンゲン先生が」

へ、とわたしの口からマヌケな声が漏れた。和子がくすっと笑った。

「最初に聞かされたとき、私も同じような反応だったんじゃないかしら。だって、先生は正義の味方で、悪いのは匡勝理事長だとずっと思ってたんだもの。でも違った。亜紀を追い出すように則祐に命じたのはカンゲン先生だった」

わたしは先生を見た。先生は背中を丸め、薄汚い俗世間から身を遠ざけているかのように、目を閉じていた。真っ白い髪が後光のように顔を縁取っていた。魁星学園創立者で先生の祖父でもある乾聡哲の肖像を背景にすると、先生は乾聡哲の生まれ変わりのように見えた。

「いや、でもなぜ。則祐さんは匡勝理事長の息子なんですよね」

わたしは口走った。仲枝がこちらをちらっと見て一気に言った。

「匡勝が則祐を息子と認めたことはない。アタシを人間扱いしたこともない。アタシたちをまともに扱ってくれたのは、乾の家では先生だけ。アタシをここで暮らさせてくれて、則祐を学園で働かせてくれ、会えるようにしてくれた。匡勝はアタシたちのために指一本動かしたことはない。自分の汚物を拭いたティッシュみたいに見下して、顔をはたくように生活費をよこし、先生の動向を報せるようにと命じてきた。言うことを聞かないと則祐を学園から追い出すって」

仲枝が顔を歪めた。それが彼女の笑顔だということに、いまさら気がついた。

「そう言われたことは先生にもすぐ伝えた。先生も面白がって、身辺に監視カメラや盗聴器をしかけるのを許可してくれた。編集した映像を見て、アタシたちが言われたとおりりマジメにスパイしてるんだと信じてたわ、あの男は」

わたしがこの家の書斎を調べ始め、停電が解消してすぐ則祐が現れたことや、稲本和子の居所を先生に伝えてすぐ則祐親子が府中の施設に駆けつけて和子を連れ出したことにもそれで説明がつく。先生がわたしへの調査依頼を打ち切ったのは、和子を施設から連れ出したのが則祐親子だと気づいたせいだ。彼らが和子に危害を加えないことは先生にはわかっていた。しかし、

「仲枝さんたちはなぜ和子さんをここに連れてきたんですか。先生には無断でしたことですよね」

仲枝が爪を噛みながら言った。

「去年、先生が入院している間に、亜紀さんが学園から出て行くように仕向けてほしい。則祐は先生にそう頼まれていた。だから、則祐は亜紀さんを説得するためにこの家に呼

んだ。ここで話をすれば、則祐が先生側の人間だとわかってもらえると思ったから。でも亜紀さんは則祐が匡勝側の人間だと思い込んで、先生から頼まれたと伝えても嘘だと決めつけた。しかもそのとき、亜紀さんは則祐とアタシが親子と気づいた。それで調べて、則祐が匡勝の弟ではなく息子だと見当をつけたのよ」

はっ、と則祐が横になったまま声をあげた。

「あの女、天下をとったみたいな顔でオレを呼び出したよ。そりゃそうだよな。尊尚親愛を旨とする教育機関のトップが、高校生だってのに同級生を妊娠させ、その子を弟と偽ってきたんだから。理事長にはふさわしくない行状……あの女、そう言った。このこと公にさせてもらいますからとも言った。そんなことされたら伸枝がどんだけ傷つくか、だからやめてくれ。そう頼んだけど、事実は事実だからってさ。こうなったら公表される前に、公表する側を貶めとく他ないだろ」

則祐は身体を起こし、和子を見据えた。

「だからオレはあの女をはめた。オレがうまく説得できてればよかったのにと今でも思ってる。だけど、あの女がコロナに感染したのも糖尿だったのもオレのせいじゃない。それでもあの女の母親には謝りたかった。でもって説得もしたかった。これ以上カンゲンの叔父貴に迷惑をかける前に、すべてはオレのせいだから恨むのはオレだけにしてくれって。な、オレ謝ったよな」

「確かに謝ってくれましたよ」

和子は包丁の先でソファの背をむしるようにしながら言った。

「則祐さんは言いましたよ。それでアンタの気がすむなら、亜紀に濡れ衣を着せたことを公表してもいいと。それでこの二人のことは許してもいいっていう気になった。このひとたちが学園から追い出されても、亜紀が戻ってくるわけでもない。でも、公表されれば少なくとも匡勝理事長を失脚させられる――そのときはまだ、則祐さんの背後にいるのが匡勝理事長だと信じていましたからね。だけどその直後に伸枝さんが口を滑らせた。亜紀を学園から追い出そうとしたのが本当は誰だったのか。それですべてが変わりました」

先生は目を閉じてうつむいたままだった。和子は長いこと咳き込んでいたが、やがて顔をしかめながらも強く言った。

「このひとたちにカンゲン先生は絶対に煩わせないと誓って、河口湖の部屋まで送ってもらった。そのあと、賀津彦兄さんと連絡をとろうとしたんだけど、とれなかった。覚悟が決まったのはそのとき。賀津彦兄さんはきっともうこの世にいない。訴えを起こしたくてもお金はない。私には誰もいない、先もない。だけど最後に、先生と差し違えてでも知りたかった。きっと向こうで亜紀も知りたがってる。亜紀だって先生を信頼し、尊敬してた。なのになぜ。先生はなぜ亜紀を」

突然、パトカーのサイレンが鳴り響いた。カンゲン先生を除く、その場にいた全員が飛び上がった。わたしもだ。庭にいるうちに急いで通報し、包丁を持った女性は興奮しているから静かに来てくれと頼んだのに、なんでサイレン鳴らすんだよ。

仲枝が則祐をかばい、則祐は母親を抱きかかえようとしていた。和子はわたしをにらみつけながら庭へ顔を突き出した。先生だけは泰然自若としてうつむいていた。和子がソファにけつまずき、ソファが動いた。先生は目を閉じたまま傾いた。いびきのような大きな呼吸音が聞こえてきた。

「先生」

大声で呼びかけた。反応はなかった。庭の方から足音が聞こえてきた。わたしは和子に言った。

「先生の様子がおかしい。そっちに行きますよ。いいですね」

「ダメよ」

和子は大声で叫ぶと、片方の手で先生の髪をわしづかみにした。ほぼ同時に制服姿の警察官が二人、庭に現れた。彼らはひと目で状況を察したらしい。その場に立ち止まり、落ち着いた声で、やめましょうか、と和子に呼びかけた。

和子は泣きそうな目でわたしを見た。わたしは言った。

「ねえ、和子さんも知りたいんですよね。なぜカンゲン先生が亜紀さんを学園から追い出そうとしたのか。いま先生に死なれたら、その答えは永遠にわからなくなってしまいます。先生を病院に運びましょう。いま、そっちに行きますから」

「いやよ」

「和子さんはまだ終わりじゃないんです。江口摩子さんと会いました。和子さんのことを心配してた。先生の手当てをして、本当のことを聞き出しましょう。ね」

和子はわたしをまっすぐに見たまま、先生の髪から手を離した。ホッとして、わたしは緊張を解いた。その瞬間、和子はすばやく包丁を自分の首に当てた。大声で叫んだが、間に合わなかった。

噴き出した血はソファに降り注ぎ、先生の髪を赤く染めた。

27

三日後、わたしは発熱した。

ケガの後遺症か、いろんなことが起きた末の知恵熱かと思っていたがあまかった。やがて胸が苦しくなり、激しい咳が出始めた。和子の傷に手を当てて必死に止血を試みたあのとき、和子もわたしもマスクをしていなかった。おまけに、おそらく当時わたしの免疫力は内閣支持率並みに低下していた。物事には原因があり、結果がある。

熱は一時、三十九度七分まであがったが、痛み止めでもらったカロナールが効いたらしく、その後は三十七度五分界隈に収まり、次第に平熱に戻った。だが聞きしに勝る喉の痛みはなかなかとれず、毎度、決死の覚悟で水を飲んだ。その水や食料は、富山と土橋が交代でドアの外まで届けてくれた。必要なモノは届けるからとキツく言われて二週間、ウィルスが検出されなくなるまで外に出してもらえなかった。富山は前期高齢者、土橋は要介護者持ち、当然の処置だったが、といって休ませてもらえたわけでもない。

熱が三十七度台までさがると、富山からひっきりなしに電話がかかってくるようになった。

「〈磯谷亘のお別れの会〉ですが、いまのところ出席者は十八人です。データ送りますから名札の準備しといてください。材料はドアノブにかけとくのでよろしく」

「角田港大先生も出席してくださるそうで、となるとケーキよりスコッチがいいと思うんですよ。磯谷先生は下戸でしたが、コーヒーで献杯というのもしまりませんから。というわけで葉村さん、スコッチ注文しといてください。それにふさわしいグラスも調達してもらえますか。金はかけずによろしく」

「武田さんのご主人が磯谷先生のミニ講演会のときに作ったパネルをとりにいってくれました。ただ、デビューしたての若くてイケメンだった先生の写真とか、海外赴任時のや晩年のものなどバリエーションが必要ですね。世奈さんと連絡とって、データもらって美術屋さんに発注してください。よろしく」

声が思うように出せず、うええ、などと言っているうちに富山は用事をぽんぽん投げてよこし、返事も聞かずに電話を切った。

ひどい扱いだったには違いないが、なにもすることがなく、天井をにらむだけの二週間を過ごしていたら、その間わたしは自分を責め続けていただろう。わたしがもっと早く稲本和子を見つけ出していたら、あそこまでひどいことにならずにすんだかもしれない。または、あの場に訪ねていかなかったら。

あのときカンゲン先生は和子に、二人だけで話しませんか、と言っていた。もしかしたら先生は、則祐や仲枝には知られたくないが、和子には伝えたいことがあったのかもしれない。それは、カンゲン先生が稲本亜紀を学園から追い出そうとした理由そのものだったのではないか。わたしがおらず、警察を呼ばなかったら、和子は先生から理由を聞くことができ、それである程度満足して自分で自分の首を切ろうなんて思わなかった……隔離の二週間、その考えはわたしの頭から離れなかった。

稲本和子は、しかし一命を取り留めた。出刃包丁をカンゲン邸に持ち込んだ件については不起訴となったらしいが、その後どうしているかはわからない。江口摩子か大野さんに連絡をとれば、あるいは状況がわかるかもしれないが、彼女はきっとわたしを恨んでいるだろう。和子の想像とは違う形だったが、どのみち賀津彦は死んでいた。富士五湖署が発見した人骨が和子の母親のものかは依然不明だが、可能性は高いらしい。稲本カナは急速に衰え、土地の権利書が盗まれた件についても反応らしい反応は示さなかった、と富士五湖署の望月は言っていた。稲本和子には誰も、なんにも残されていないのだ。江口摩子や大野さん以外には。心配してくれる友人がいるというだけで、たぶんわたしよりも恵まれているのだが。

救急搬送されたカンゲン先生のほうは、意識が戻らないまま数日後に息を引き取った。

死因は脳梗塞で、昨年の秋からの転倒、肺塞栓、リハビリ、胆のう摘出、あげく包丁を振り回されたストレスが原因……か、どうかはわからない。乾聡哲も脳梗塞で亡くなったそうだから、体質遺伝という面もあったのかもしれない。

魁星学園はカンゲン先生の死をホームページ上で伝えた。葬儀は親族ですでに執り行った、お別れの会は予定しておらず、献花台や記帳台を設けるつもりもない、というそっけない内容だった。

だが、生前の先生と交流のあった人々——魁星学園のOBや在校生、その保護者たち、『カム川に吹く風』の映画に出演した俳優、監督、文筆家仲間、教育関係者、イギリス大使館などが先生を悼んで次々にコメントを発表した。目黒校や国分寺校の校門前には献花がうずたかく積まれ、多くの関係者やファンが訪れ手を合わせた。メディアにも大きく取り上げられ、その著作はあらためて注目を集め再版された。首都圏の大型書店や目黒、国分寺などゆかりの地にある本屋では、売り上げランキングの仲間入りをしたとも聞く。魁星学園は急遽、ホームページ上のコメントを書き直したそうだ。

「葉村さんが、先生が亡くなる前にエッセイ集出版のメドをつけてくれていたらねえ」

ゴールデンウィークに突入し、わたしが表に出られるようになり、二日後に迫った〈磯谷亘のお別れの会〉で配るパンフレットの製本作業をしていると、富山が言った。

「いまなら〈乾巌先生ミステリエッセイ選集〉、ベストセラーになったかもしれない。惜しいことをしました」

「ベストセラーですか。うちから」

そんなことになったら、天変地異が起きかねない。

「驚くことじゃないですよ。ほら、周極出版の社長が、先生の自伝の原稿を預かっていると言いましたよね。周極出版だって、いつもは多くても千部のミニプレスだけど、今回は万部いくんじゃないかって言われてるんだから」

「自伝？　カンゲン先生の新作って自伝なんですか」

「葉村さん、コロナで脳が沸騰しちゃったんじゃないですか。言いましたよ、ちゃんと」

「先生の新作が周極出版から出るかもとは聞きましたけど、自伝は初耳です」

「あれ、そうでしたか。でも、高齢で入院生活を送っていた文化人が書いた新作ですよ。人生の総決算、つまり自伝の可能性が高いと気づきません？　葉村さん探偵なんだし」

だから探偵関係ないわ。

「磯谷先生も自伝を書いておいてくれたらよかったんですけどね」

富山はパンフレットを折る手を止め、のんびりと言った。

「E賞の内幕とか悪口言ってきた評論家のこととか、アフリカの日本人社会のこととか、歯に衣着せずに書きたい放題書けて、面白いものになったんじゃないかなあ」

「父は自伝なんてじいさんの暇つぶしだって言ってましたぁ」

同じくパンフレットを折りながら、磯谷世奈が笑った。

「前期高齢者になっても自分を年寄りだと思ってなかったひとが、自伝なんて書くわけないですよぉ」

「もし自伝を書いていたら、アタシのことも書いてくれたかな」

世奈の隣でパンフレットの頁をそろえていた茂木春菜が小声で言った。隔離から解放され店に出てみると、春菜がお別れの会の準備に加わっていた。すでに周囲は春菜の存在に慣れ切っており、春菜は世奈のふりをして騙したことを謝るでもなく、あたりまえのようにそこにいて、その日の夜、近所の中華料理屋で開かれたわたしの快気祝いでは隣に座り、わたしのエビチリを勝手に食べた。

「ミステリ作家の自伝といったら『アガサ・クリスティー自伝』が入手しやすいですが、クリスティーのファンには興味深いけど、読みものとしてはフツーですかね」

富山は完全に作業の手を止めて、言った。

「デビッド・スーシェの『ポワロと私』のほうがずっと面白い。日本ではいまだにエラい人の自慢話か宣伝広告みたいにとる向きがあるせいか、自伝はジャンルとして確立してませんけど、欧米の本屋に行くとバイオグラフィー・コーナーがありますよね。ミステリ作家の自伝もいろいろ出てるしなあ。コナン・ドイル、エリック・アンブラー、フランク・グルーバー、セシル・デイ・ルイス、スー・グラフトン……そうだ葉村さん。次のイベントは自伝にしましょう」

「仕入れるの大変なんですけど」

「自伝だけだと縛りがキツいから、評伝も入れようかな。そうすると伝記のゴーストライターを主人公にした話も入れられる。デイヴィッド・ハンドラーとか、ウェストレイクとか。あと、日本で映画化された……殺人鬼のインタビュー記事を書くことになったライターの話、なんてったっけな」

「遠藤さんみたい」

春菜が面白くもなさそうに言った。

「遠藤さんって、遠藤秀靖？　彼ゴーストライターもやってるの？」

「文章には自信があるって。お父さんの自伝、自分が書くから、春菜が原稿を預かってたことにして出版しようって言われた」

わたしと世奈は春菜の頭越しに目を見交わした。世奈は驚き腹を立てていたが、同時にすまなそうにも見えた。遠藤を放っておいてはいけない、と強弁したわたしが正しかったとようやく気づいたのだ。

「世奈さんの弁護士から連絡があったときにはそのインチキ自伝、書きあがってたの？」

「知らない」

春菜はそっけなく答えたが、その場の注目を集めているのに気づいて続けた。

「世奈ネエの弁護士が〈天運機堂〉にも話したじゃん。それで松前社長が怒って、お別れの会ができなくなってさ。ホントはあの会で儲けるつもりだったんだよ、遠藤。香典だけでも三百万はかたいって楽しみにしてた。なのに全部ぶち壊しにしやがって、葉村晶のバカヤローってアタシのこと蹴飛ばして、逃げなきゃってアタシの財布から金抜いてった」

　春菜はスカートをめくって見せた。太ももには巨大なアザの痕跡が残っていた。

「つまりわたしの代わりに蹴られたわけだ」

「うん。だからあいこってことで」

　春菜はしれっと言った。一瞬、なにを言っているのかわからなかったが、どうやら世奈の名を騙《かた》った件もこれで相殺だよね、という意味らしい。冗談じゃないと思ったが、なにがどう冗談じゃないのか説明するとなると長くなりそうだったので、話を変えた。

「遠藤が逃げなきゃって言ったのは、誰から」

「うーん。借金？」

「なんの借金よ」

「ギャンブル？　スマホでやるヤツ」

　そういえば、吉祥寺パルコのスタバで会ったとき、はじめのうち遠藤はスマホに夢中でこちらに見向きもしなかった。

「あいつビョーキだよ。ヘタしたらアタシと寝てるときまでスマホ見てんだもん。全然やめらんなくて有り金全部、アタシの金まで使っちゃうんだよ。絶対返すって返してくれたためしないし、貸す金なんかないっていうと怒るしサイアク。またそういう人に、マイナカード持ってる画像送ったら金貸してくれるサイトもあるんだよね。そいで借りて賭けて借りて賭けて、負けて負けて負けてたまに儲けて舞い上がんの」

うわー。

「遠藤の借金って全部でいくら?」

「うーん。五百万?」

春菜が見せてくれた遠藤からのLINEには、腐りかけたウインナーにも切り落とされた小指にも見える画像があり、先々週の日時と〈500万〉とだけあった。この〈500万〉のメッセージは十回近く送られてきたのち〈350万〉になり〈200万〉になり、最新のメッセセージではウインナーもしくは小指は二本に増え、〈600万〉となっていた。デフレもはなはだしい。あれ、インフレ? どっちだ?

どちらにしても春菜に返信する気はなさそうだ。わたしはスマホを春菜に返した。

磯谷亘の命日、五月五日には〈磯谷亘のお別れの会〉が予定通り〈MURDER BEAR BOOKSHOP〉二階のサロンで開かれた。

集まったのは磯谷先生と親交があった学友、元同僚、編集者、イラストレーター、ジャズプレイヤー、ミステリマニア。前日になって、E賞受賞時に選考委員を務めた大御所から「なぜ私に招待がない」とお叱りがあって急遽ご臨席を仰ぐこととなったり、我こそは磯谷亘のナンバーワン・ファンと主張するヤツが舞い込んできたりと、最終参加人数は三十人を超えたが、全員をなんとか会場に押し込んだ。磯谷先生の写真パネルに白菊を一本ずつ供え、角田先生に音頭をとってもらい、スコッチで献杯。参加者がひとりずつ自己紹介をし、先生との思い出話を語った。最後に『グリッサンドで三重密室』

の初版の装幀をプリントした特別注文のチョコレートケーキを切り、磯谷先生行きつけだった西荻窪の喫茶店で買ってきた豆で世奈がコーヒーをいれて、みんなで味わった。

いい会だった。お開きになっても誰も帰りたがらなかった。店にあった磯谷亘の本は完売。大御所や角田港大先生の本も飛ぶように売れ、あやうく西新宿署の吉住に頼まれていたサイン本がなくなるところだった。世奈と春菜は参加者を送り出しながら感極まって泣き出した。

というわけで会は成功裏に終わったが、世の中には神経質な人間もいる。その時点ではまだ五類に移行したわけでもなかったから、苦情が来るかもと身構えていたが、案に相違して、村松さんちのご主人すらなにも言ってこなかった。それもどうやらドーナッツ屋のおかげらしかった。連休中にシュガージャンキーが押し寄せてきたため、うちのイベントなど騒ぎのうちに入らなかったらしい。少なくとも、奥山香苗はそう言っていた。

「たぶん村松さんちのご主人がやったんじゃないかと思うんだけど」

香苗はクロがはねまわるのをおさえながら、小声で言った。

「誰かが連休明け早々に、ドーナッツ屋さんの衛生状態がひどすぎるって保健所に告げ口したらしいのよ。確かに紙ゴミだけならともかく、いろんな種類を一口ずつ食べて、残りは道ばたに捨てていく客もいたもんだから、鳩だのネズミだの虫もわいてたけど。その写真がアップされたんですって」

うわー。

「だから今日は行列がないんですね」

「市からも町内会からも改善を言われてたのに、なにもしなかったでしょうあの店。ゴミ箱くらい設置しておけばよかったのに。でも、あそこまで繁盛してたのがつぶれたら、それはそれで気の毒だわ」

つぶれると言えば、村松さんちの桜につぶされた車はどれも新しくなり、〈MURDER BEAR BOOKSHOP〉にも前のとほぼ同じ白のワゴン車が入った。次の土曜にはその新車で奥山香苗を羽田まで送ることになっていた。香苗はわたしがコロナで倒れている間に福岡に出向き、施設を見学。気に入ったところが見つかってそこに入ることにしたのだった。

「母はまだまだ元気だし」

香苗と一緒に店に来た北原瑛子は博多土産の明太子をくれて、礼を言っているさなかに羽田まで母を送ってくれるひとがいるといいんだけど、と言い出し、うむを言わせない勢いでわたしに承諾させると付け加えた。

「もう少しひとり暮らしを楽しんでもらおうと思っていたんですけど、また放火騒ぎに巻き込まれても怖いし、再来週には竹市さんが退院するっていうし、高齢の怪我人だから収監されないかもしれないって話も出ているし。なので福岡に来てもらうことにしたんです。世の中には逃げるにしかずってこともありますもの」

「そういえば、章子さんはどうされてます？」

「さあ。あれっきり音沙汰ないですけど。彼女も家財道具売り払ってさっさと逃げちゃえばいいのに。それで行き先のなくなった本家がきても、ウチは誰もいなくなってるから関係ないし。いずれ折を見て、母は例のおりんと家を売ったお金で施設に入りました、皆様お元気でご活躍をお祈りいたしますってハガキ、みんなに出しておくつもりです。それで大友とは縁が切れるでしょうからね。言っちゃなんだけど、国分寺の叔父様のとこがお葬式をしなかったのは正解だったわ。してたら大友一族が大挙して押しかけたでしょうからね。さっそく治朗さんが、国分寺のお屋敷に飾ってある絵は自分にくれると生前叔父さんが言ってたって、あちらにねじ込んだらしいから」

「絵はすべて学園のものだって先生……叔父様はそうおっしゃってましたけど」

「そう言っておかないと治朗さんに盗まれると思ったんじゃないの」

瑛子はクロの首をかいてやりながら、つまらなそうに言った。

「国分寺の叔父様って意外とひとが悪いとこありましたからね。私がまだ高校生だった頃、お正月に国分寺に呼ばれてみんなでトランプしたんですよ。なんかヘンだと思ったら、カードを一枚、叔父様が隠してらしたの。勝てそうもないときは試合そのものをなかったことにする手もあるって言ってたわ。そういうとこ案外子どもっぽかったのよね」

「叔父様は亡くなられたんですから」

香苗が落ち着かなげに娘をたしなめた。瑛子は肩をすくめて、

「悪口じゃないわよ。事実を言っただけ。治朗さんなんか遺産をもらえるって期待してたと思うのよね。あれだけ優しくされてたんだから。それが蓋開けてみたら、遺言書に名前もなかったそうじゃない」

「叔父様の財産は従弟だか甥だか、どっちだか忘れちゃったけど、そのひとがすべて継ぐことになったんですって」

クロが舌を出して、ハアハア言った。水をやるとおとなしく寝そべって、尻尾を地面に打ち付けている。

「前に一度会ったことがあるけど、頭の大きな福助みたいなひと。不動産から貯金から著作権まですべてそのひとに遺したんだそうよ」

その噂はわたしのところにも届いていた。そこで、あの騒ぎの際には渡せなかった、四日分の報酬の請求書と経費の明細書をつけて、預かった百万のうちの残金を現金書留で国分寺のカンゲン邸へ則祐宛で送った。しばらくすると、伸枝から電話があった。金は届いた、手続きが面倒なので返金してほしくなかった、則祐は学園を辞めることになったがあのコも自分も元気だ、と言った。それきりわたしは乾家のひとたちとはいっさい関わり合っていない。

受け取るべき料金だけを受け取ったことになって、わたし自身は満足したが、それも数日後、羽鳥さんちの娘さんの歯医者に行くまでのことだった。問題の左上顎の歯はやはり抜かねばならず、抜いたら土台を作ってかぶせものを作らねばならず、健保を使えば七千円で済むが歯を食いしばりがちなわたしは耐久性を重視せざるをえず、となると銀歯になってしまい、歯の位置からいって笑った途端に口元から虫歯、じゃなかった銀歯がキラリン、ということになる。セラミックを勧められたが、全部で十五万円ほどかかるという。

考えてみれば、これもカンゲン先生の依頼時に起こったアクシデントによるものなので、経費として申請することができたし、そうしたとしても、誰も文句は言わなかっただろうが、再請求できるはずもない。結局は持ち出しということになりそうだった。

「ところで葉村さん」

瑛子はわたしに向き直った。

「実は問題があるの。クロよ。施設には連れて行けない、でもうちで引き取るのは母が気に入らないわけ。ああいう」瑛子は奥山家の庭を指さした。「もさもさに草木が生い茂った庭じゃないとって言うの」

「自由に土も掘れないようじゃ、クロがかわいそうだと言っただけよ」

「いまさら福岡に行くのが嫌だなんて言い出すんじゃないでしょうね。あの施設は値段も安いし設備もいいし、すごくいいとこなのよ」

「じゃあクロはどうするのよ」

香苗が涙目になって振り返った。

「コンクリートの庭で、誰も知らない場所で死ぬまでしょんぼり暮らさなくちゃならないわけ？　それともまさか、安楽死……」

瑛子が舌打ちをした。

「誰もそんなこと言ってないじゃない。この家だって売るまでしばらくかかるだろうし、売り手に引き渡すまでクロはこの庭で過ごせるわよ。食事をやって、ちゃんと散歩させて、洗って、獣医に連れてってくれるひとさえいれば。そういうひとならきっと、家が売却された後も引き取ってくれるわよ。ねえジャン＝クロード」

北原瑛子はそう言って、わたしを見た。クロが尻尾を振りながら起き直り、一声吠えてまた尻尾を振った。

……はい？

a dog in the manger

新暦七月のお盆が終わって梅雨が明け、東京はうだるような暑さとなった。午前中、気温はすでに三十度を超え、銀座はまばゆい陽のなかにあった。夏空はどこまでも青く、雲は白い。後部座席のクロが窓から前足とつんと尖った顔を出し、笑うしかないといった表情で熱風を浴びていた。

富山が意地と大金をかけて甦らせた毒ガエルだが、この暑さでは、いつはかなくなってもおかしくない。地球温暖化対策としては、むしろそのほうがいいのではないかと思いつつ、晴海通りを築地に向かって直進した。

途中、渋滞に巻き込まれた。見るともなしに周囲を眺めていると、高級ブランド店から女が出てきた。〈グランローズ・ハイライフ馬事公苑〉のアンドロイドだった。大きなサングラスをかけて、紙袋をたくさん抱えている。最敬礼する店員を尻目に、店前に駐車した高級スポーツカーに荷物を放り込み、乗り込んでいる。

はは あ、と思った。彼女なら施設内どこにでも盗聴器くらい仕掛けられるし、通話内容を盗み聞きもできる。誰の依頼でやったとしても謝礼自体は微々たるものだろうが、得られた情報を賢く使えば一般投資家よりもはるかに有利な投資ができる。

そんなの、結局はバレるけどね。

車列が動き始めた。彼女のスポーツカーが車列に割り込むと、すぐ後ろをワークブーツをはいた男が乗り込んだＳＵＶがついていった。彼らの車はまばゆい夏の光の中を瞬時に流れ去った。


周極出版のオフィスは築地の裏通りの雑居ビルの三階にあった。社長は魁星学園でカンゲン先生の薫陶を受け、信頼も厚かったそうだが、山羊鬚《ひげ》にくたびれたアロハにショートパンツ姿で、とてもそんなふうには見えなかった。

わたしに気づくと社長はにやっと笑って、連絡くれた葉村さん？　と言った。

「富山さんから聞いてるよ。おたくのミステリ専門書店に、この本を積んでくれるって？　ありがたいけど返本は受け付けないよ。ホントに十冊も持ってくの」

「はい。一冊はわたしが買います」

「わざわざ取りに来るなんてさ。この暑いのに」

社長はアロハの胸元に手を突っ込み、ボリボリかきながら言った。

「魁星学園がカンゲン先生の自伝の出版に待ったをかけたとか、かけるって噂を聞いたもので」

「取り次ぎに圧力かけるって脅されたけど、うちみたいなミニプレスはネット直売だよ。先生が生前いろいろ手を打って出版差し止めはできないようにしてくれてたし。学園のほうじゃ自伝はオレがでっちあげたニセモノだって騒ぎ立てるつもりらしいけど、データじゃなくて万年筆の手書き原稿だからさ。ヘバーデン結節で変形した指で一文字一文字原稿用紙のマス目を埋めたわけで、原稿には先生の指紋がイヤってほど残ってる。他にも先生直筆の指示書があるし」

「指示書ってどんな」

「自分が死んで、一ヶ月以内に特定の人物から特別の指示がないかぎり、即刻出版準備にかかるべし」

「特定の人物……？」

「それは口外できないんだよね。じゃコレ。刷り立てのできたてだよ」

ひょいと差し出された薄い四六判の本を受け取った。表紙は白地。真っ赤な文字のタイトルで『深遠』。作者は乾巖。帯のコピーがイヤでも目に飛び込んできた。

〈ボクは魁星学園創立者の隠し子だった〉

はあ？　と思わず声が出た。社長が笑い出した。

「いいリアクションだ。カンゲン先生も喜んだだろう」

「……なんですか、これ」

「そこにある通りだよ。カンゲン先生は、魁星学園創立者・乾聡哲の孫で、三男・寛治の息子ってことになっていたけど、本当は乾聡哲と寛治の女房との間に生まれた息子だった。おかしいだろ」

「な、なにがです」

「そりゃアンタ、乾聡哲といえば『該博深遠』『尊尚親愛』『形影一如』を座右の銘にしていたんだぜ。尊尚親愛の意味、わかるか」

「字面通りですよね。尊重し親しみ愛すること……」

「そうだよ。でもって形影一如といったら、そのひとの善悪が行動に表れること、心と行動がぴったりとあってるって意味だ。夫婦が睦まじいって意味もある。それがどうだよ。そんなこと言ってたくせに、その実、嫁と不倫してたんだぜ。当時の妻や息子、その嫁の人格を尊重してたらそんな真似できるわけないだろ。なのに、それをやった。自分の息子を自分の息子の息子ってことにして世間をごまかした。女房や三男がこのインチキを飲み込まなければ成立しないようなことを。なにが夫婦は睦まじいだよ。笑っちゃうよな」

表紙を開いた。乾聡哲と、背筋を伸ばしてその脇に立つまだ十歳かそこらのカンゲン先生の白黒写真があった。カンゲン邸の廊下に飾られていたのと同じものだ。聡哲の手は先生の肩を抱き、先生の手は聡哲の膝に添えられていた。そして、ふたりとも同じ方向を見ていた。

「聡哲にとっては先妻も後妻も、学園のための政略結婚みたいなものだった。それが晩年近くになって若い嫁に狂った。その結果、誰も彼もが不幸になった」

社長はわたしに麦茶を、クロには水を出してくれながらそう言った。

「先生の母親は先生が生まれてまもなく死んでるんだが、自殺だったみたいだな。聡哲の死後にオヤジ、つまり聡哲の三男で戸籍上の父親である寛治にそう教えられたそうだ。寛治は周囲に嫌われていたそうだけど、若い頃は勉強熱心な若者だったらしいから、父親に女房を寝取られたショックでぶっ壊れてしまったのかもな。しかも結局このひとも自殺した。最愛の奥さんに死なれた後、先生が再婚する気になれなかったのもわかるね」

クロが足下でピチャピチャと水をなめていた。いろんなことが腑に落ち始めていた。カンゲン邸で、先生は乾聡哲の肖像画の下にいた。先生はまるで聡哲の生まれ変わりのようだった。祖父と孫だし、おかしなことだとは思わなかったが。

カンゲン先生は匡勝や則祐を「甥」と呼んでいた。カンゲン先生が寛治の息子なら彼らは「従弟」になるのに、甥と呼ぶのは匡勝や則祐が自分よりかなり年下だからだろうと思っていたが、先生が聡哲の息子なら、彼らはやっぱり「甥」なのだ。

思い当たることは他にもあった。稲本和子が、亜紀が寛治の娘であることをカンゲン先生に告げたとき、先生は「オヤジは子種がないと言い張っていた」と和子に言った。自分自身がその「オヤジ」の息子なのにだ。それに先生は、和子が亜紀とのDNA検査を言い出すと、慌てて亜紀のために便宜をはかることにしたのだった。

DNA検査。

稲本亜紀は自分が乾寛治の娘だということをオープンにしたがっていた。それにより魁星学園内で確固たる地位を占められると考えて。だが、亜紀が自分は寛治の娘だと言い張っても、誰もそんなことは信じないだろう。ただしDNA検査で先生と自分が異母兄妹であることを証明できれば話は別だ。

亜紀は先生に検査を受けてくれるように迫ったのではないだろうか。だが、その結果、自分と亜紀が兄妹ではないことが証明されてしまうかもしれない。先生はそれを恐れたのではないか。和子の口ぶりでは、亜紀は学園に固執し出世に相当な執念を燃やしていた。検査をあきらめるわけがない。先生が拒否し続けていたら、頭の良い亜紀はやがて真相に気づいてしまうかもしれない。先生が自分の兄ではなく叔父で、学園の創立者であった乾聡哲が世間に見せていた教育者としての姿が、ひどいインチキだという事実に。

切羽詰まった先生は則祐に命じて亜紀を学園から追い出そうとした。それが悲劇を招いた。

「だけど、いままで必死に隠してきたことを、死んでからとはいえなんで公表したんですかね、先生は」

わたしがつぶやくと、社長が言った。

「そりゃ生きているうちに公表はできなかったんだろ。そんなことしたら大スキャンダルになって、ヘタしたら学園はつぶれちまう。いくらいまの理事長のやり口が気に食わないからって、父親の愛した、自分の後半生をかけた学園を、その頃はまだ破滅させる気はなかったんだと思うよ」

「だったらこの秘密もお墓まで持っていけばよかったのに」

この自伝が世に出れば、どのみち学園はつぶれる——とまではいかなくても、経営はさらに厳しくなっていくに違いない。

自伝執筆のきっかけは亜紀の死だったのだろう。先生は亜紀の死にショックを受けた。いったんは和子からの訴えを退けたが、その後、自分にできる最大限の償いはなにかを考えた。そして自分の知るすべてを書き残すことにして、痛む指で万年筆を握った。これを公表すれば学園は滅びる。少なくとも乾聡哲の名誉は地に墜《お》ちるだろう。先生は自分の生きてきた証《あかし》、意味、すべてを失うことになるかもしれない。

先生は完成したこの自伝を稲本和子に託すつもりだったのではないか。社長が言っていた「特定の人物」が稲本和子だとすると納得がいく。わたしを雇って稲本和子を探した理由も、それを親戚や学園に知られないように気を配ったわけも。

もし稲本和子を先生に会わせることができていたら。先生は和子に謝罪し、亜紀を学園から追い出そうとした理由の一片でも和子に話していたかもしれない。自分の出生の秘密その他を書いた自伝がある、もし自分を許せないなら自分の死後、アナタが出版してくれていい、それで亜紀を死なせたことを許してほしい……。

「まあ、かもしれないけどさ」

そういうことだったのではないかと尋ねると、社長は首をかしげた。

「カンゲン先生は立派な人だった。でも引退して後進に道を譲っても、学園は自分のものだと思ってたふしがあった。正確には自分と聡哲のものだとね。なにかというと聡哲の考えを持ち出した。いろんな意味で時代にあわなくなっていたっておかまいなしだった。入院している間に理事を解任されただろ。年齢的なこともあったから、解任に賛成したのは現理事長一派だけじゃなかった。先生はあれにすごくショックを受けてたよ。だからアイツらに大切な学園を牛耳らせるくらいだったら、いっそ破滅してほしかったのかもしれない。自分とともに魁星学園が終わりを告げることを望んだのかも」

要するに、とわたしは思った。カンゲン先生、あなたも、いえ、あなたこそが、秣桶の犬だったということでしょうか……。

第五回・富山店長のミステリ紹介

ミステリファンの皆様、お久しぶりです。〈MURDER BEAR BOOKSHOP〉店長の富山泰之です。読書量が収入とともに低下してきた昨今、高価な新刊をよそに昔のミステリの再読にふける日々ですが、こちらの記憶はまっさらになっており、初読並みに楽しめております。ミステリガイドを書くには苦労するけど。『死の味』の犯人って誰だっけ。

p.9　ハヤカワ・ポケット・ミステリ……　あとで聞いたら、ポケミスはマスル『ビッグ・マネー』、マイクル・アヴァロン『アンクルから来た女』、〈ペリー・メイスン〉シリーズなど、白水Uブックスは『笑いの新大陸』『笑いの錬金術』、世界推理小説全集からはレックス・スタウト『毒蛇』があったそうで、カビだらけとは残念……ってほどでもないか。

p.10　ピーター・トレメインの新刊　七世紀アイルランドの法廷に弁護士として立つ

王女にして修道女〝肩書き多いよ〟フィデルマのシリーズ。創元推理文庫で陸続と翻訳出版されておりますが、二〇二三年春に葉村さんが読んでいたのは長篇第九弾『昏き聖母』でしょう。フィデルマの相棒エイダルフが殺人の疑いで牢に入れられてしまいます。

p.20『七破風の屋敷』　他に『七破風の家』や『呪いの館』の訳題があります。『緋文字』で知られるアメリカの作家ナサニエル・ホーソーンの第二長篇。ニュー・イングランドのセイラムにモデルと思しき建物がありますが、最初の持ち主の建築家が増改築を繰り返して異様な外観となり、いまでは観光の目玉なのだそう。

p.43　栗本薫の『ぼくら』シリーズとか……　栗本薫は若者のリアルな生態をトリックに利用した『ぼくらの時代』で江戸川乱歩賞を受賞。小峰元は高校生活が背景の『アルキメデスは手を汚さない』を、樋口有介は高校生の一人称ミステリ『ぼくと、ぼくらの夏』を、辻真先は技巧に富んだ『仮題・中学殺人事件』を、世に送り出しています。昭和の後半に出版されたこうした青春推理が若者たちにミステリに親しみを持たせ、平成以降、若手の作家が多く世に出るきっかけのひとつとなったのかもしれません。

p.48『反逆者の財布』　状態が良ければ古書価格三万円以上することもある稀覯本。特に面白くはないけどさ……などと「オレは読んだぜ」感を出すには便利な本ですね。

作者マージェリー・アリンガムは「黄金期ミステリ四大女流作家」のひとりながら長年日本では冷遇されていましたが、最近では創元推理文庫から探偵アルバート・キャンピオン氏の事件簿、論創ミステリからも長篇が翻訳出版されています。

p.57 **「魁星附属のチップス先生」**　新潮文庫から出ていたジェームズ・ヒルトンの『チップス先生さようなら』。イギリスのパブリックスクールの元教師が十九世紀から二十世紀をまたぐ教員生活を思い起こす物語で、〈チップス先生〉が昔気質の教師の代名詞になっていた時代もありましたっけ。

p.58 **イアン・ランキンのサイン会……**　イアン・ランキンはエディンバラが舞台の警察小説リーバス警部シリーズの作者。スコットランドの歴史風土を物語に組み込んだ〈タータン・ノワール〉として人気を博し、二〇二三年にも『刑事ジョン・リーバス』としてイギリスで連続ドラマが作られました。ただしリーバス警部が長篇デビューしたのは一九九〇年代後半。カンゲン先生がサイン会に並んだのはイギリス校時代よりあとのことでしょう。

p.58 **アガサ・クリスティーの……**　ブッククラブ版とは、読書クラブのために作られた廉価本。元版と装丁などソックリのものが多いのですが、『もの言えぬ証人』はなぜかブッククラブ版にだけ、死体のふりしたクリスティーの写真が載っているそうな。

p.59 **『荒涼館』** 相続を巡る長ーい裁判を背景にしたディケンズの大長篇メロドラマですが、途中で重要な登場人物が「人体自然発火」で死んでビックリ。なわけないだろ、と再登場するかと思いきや、遺産を裁判費用として使い切るラストになってても出てこず話は終わり。おいおい。ディケンズは人体自然発火現象を信じていたそうですけどね。

p.75 **ラブスン錠** 詳しくは集英社文庫のローレンス・ブロック『泥棒はスプーンを数える』所載「泥棒はテイクアウトを楽しむ」をどうぞ……って、前にも書いた気が。ちなみに二〇二四年、泥棒バーニー・シリーズと並ぶ、ブロックの代表的なハードボイルド・シリーズ完結編『マット・スカダー　わが探偵人生』が翻訳出版。過ぎ去りし日々を思う八十歳のスカダーに往年のファンは涙しました。

p.86 **ジョイス・ポーター「ドーヴァー6／逆襲」** いや、読んでるんですよ私。カンゲン先生の仰る通り下品な話だった。たぶん。どんな話だったたか？　えーと……。

p.86 **「死の競歩」** ピーター・ラヴゼイ『死の競歩』はオリンピック競技ではなく、六日間で最長距離を歩いた者が多額の賞金を得られるヴィクトリア朝時代のレース。出場者は場内の小屋で仮眠をとりながら歩き続けるわけですが、そのさなか優勝候補が殺される。しかしレースは続行、捜査も続くというハードなスポーツミステリです。読むだけでカロリーを消費しそう。あ、今度〈ダイエットミステリ・フェア〉やろうかな。サイモン・ブレットの『ダイエット中の死体』、スティーヴン・キングの『痩せゆく男』、クリスティーの短編にもダイエットの話がありました。

p.112　**ジョージ・オーウェルの予想**　子どもの頃一九八四年は遠い未来でした。それが今では遠い過去……。

p.114　**〈音楽ミステリ・フェア〉**　映画『砂の器』で和賀英良は感動的な交響曲を作曲指揮しますが、原作で作曲したのはギャオスみたいな音楽でした。由良三郎の『運命交響曲殺人事件』では、ジャジャジャジャーン！と指揮者が爆死。奥泉光といえば、指を切断したピアニストが後にシューマンを完璧に演奏していたエピソードから始まる『シューマンの指』。シリル・ヘアーの『風が吹く時』は素人管弦楽団内で起きる殺人事件を扱った作品。クラシック愛好家としても知られる鮎川哲也から一冊選ぶなら、中古レコード店店長の首が、本人が発送した荷物から現れる『沈黙の函』を。クレイグ・ライスの『こびと殺人事件』では死体がコントラバスのケースに入れられ、S・J・ローザン『ピアノ・ソナタ』では私立探偵ビルの記憶にショパンの『ノクターン』が甦り、渡辺康蔵の『ジャズ・エチカ　ジャズメガネの事件簿』の帯には坂田明の「ジャズ推理ボイルド小説」というコピーが載り、半七親分の妹は文字房という常磐津の師匠で、仁木悦子は音大生の頃、兄の雄太郎と一緒にオペラ歌手夫妻の豪邸の留守番してたとか……ふう。確かに音楽ミステリの間口は広いわ。

p.146　**ダニー・トレホ**　メキシコ系アメリカ人の映画俳優。服役経験もある薬物中毒者でしたがリハビリ後俳優となり、『フロム・ダスク・ティル・ドーン』や『デスペラード』などに出演、ひと目見たら忘れられない強面と存在感で大人気に。自伝『世界でいちばん殺された男』を出版する一方、タコスのレシピ本でも知られています。

p.181　**ターキッシュ・ディライト**　トルコ菓子ロクムの英語名。ディケンズが『エドウィン・ドルードの謎』でヒロインの好物にし、ナルニア国物語ではプリンと訳され、ドロシー・L・セイヤーズが『毒を食らわば』でひどい目的に使い、クリスティーの『死への旅』や『さあ、あなたの暮らしぶりを話して』にも登場。英国ミステリファンなら一度は食べるべきですが激甘で超ネットトリ、差し歯がとれても責任は負えません。

p.181　**『ソーンダイク博士短篇全集』**……　R・オースティン・フリーマンが生み出した科学捜査探偵ソーンダイク博士。このホームズ最大のライヴァルの短篇を集めた分厚い全集三巻が二〇二〇年から二一年にかけて国書刊行会から刊行され、ファンを小躍りさせました。寝転がって読む自信のないむきには『短編ミステリの二百年』全六巻がオススメ。きら星のごとき作家の代表的短編がみっちりつまって一万円でお釣りがきます。持ってけドロボー。

p.188　**プドレンカ**　チェコの作家カレル・チャペックに『ふしぎ猫プドレンカ』という作品があります。ここからとった店名でしょう。

p.211　**ハンギングロック**　一九八六年に日本で公開されたオーストラリア映画『ピクニックatハンギング・ロック』。女学院の生徒三人と教師がピクニックに訪れたハンギングロックで失踪。なにがあったかわからぬまま、学院も静かに歪み始めていくというオハナシで、クッキー付きの楽しいピクニックではありませんって。ちなみにジョーン・リンジーが一九六七年に発表した原作は、二〇一八年になって突如、創元推理文庫から翻訳出版されました。

p.220　**ロッテンマイヤー**　児童小説『ハイジ』に登場する、やたら厳格な家庭教師。

p.228　**P・D・ジェイムズ**　詩人にして警察官、アダム・ダルグリッシュが登場する

『ナイチンゲールの屍衣』『死の味』『女には向かない職業』で知られる英国ミステリ作家。二〇一四年に逝去されましたが、二〇二一年にダルグリッシュの新作ドラマができるなど（日本でもCSミステリチャンネルで放映）、根強い人気を誇っています。

p. 305 **スー・グラフトンの……**　ABC順のタイトルで知られる女探偵キンジー・ミルホーンシリーズは『ロマンスのR』で翻訳が中断。SからYまであと七作、出してもらえませんかねえ。チャンドラーの詩集は"Chandler before Marlowe"。『レイモンド・チャンドラーの生涯』に清水俊二による詩の訳が一部出てますが、著者フランク・マクシェインの言うように「あまり語らぬ方がよい」かと。ロス・マクドナルドの大判のカラー本は"The Illustrated ROSS MACDONALD Archives"。本人、妻マーガレット・ミラーとの写真、原稿や草稿、書影などがカラーで掲載、ファン垂涎の一冊。

p. 373 **『猫は知っていた』**　仁木悦子のミステリデビュー作にして大傑作。舞台は世田谷っぽい東京郊外の住宅地にある、病室八つの個人病院です。

p. 375 **畦地梅太郎**　一九〇二年生まれの版画家。ひと目見たら忘れられない画風、愉快な山岳エッセイで知られます。ところで山岳文学と言っても、海外のそれが冒険小説寄りなのに、日本のは原初的な恐怖をはらんで湿気たっぷり。山岳アンソロジー『闇冥』

の選者・馳星周の言うように「大自然の中、卑小な人間が心の奥に抱える深い闇を描」けるところが山岳物の魅力で、だから松本清張、新田次郎、梓林太郎、大倉崇裕など多様な作家を輩出しているのかもしれません。ちなみにこのジャンルでは、山画家・上田哲農のエッセイ「岳妖——本当にあった話である——」（中公文庫『日翳の山ひなたの山』所載）がハンパなく怖くてオススメ。

p.398　**松本清張の小説……**　樹海に死体遺棄って話、清張にあった？『黒い樹海』に樹海出ないし。「危険な斜面」で男が愛人を埋めたのは山陰本線沿線だし。『波の塔』のヒロインは樹海をめざすけど。葉村さん、二時間ドラマと混同してません？

p.424　**デビッド・スーシェの……**　回顧録『ポワロと私』はドラマの裏話やクリスティー作品の読解、スーシェ本人の魅力など読みどころ満載で多くの読者を獲得。版元・原書房はその後も、『シャーロック・ホームズとジェレミー・ブレット』、『アガサ・クリスティー　とらえどころのないミステリの女王』と立派な単行本を刊行。いずれも増刷がかかる売れ行きだったとか。こういう良本が売れると心温まります。

p.424　**コナン・ドイル……**　『わが思い出と冒険：コナン・ドイル自伝』が新潮文庫から出てました。セシル・デイ＝ルイスとは、もちろん『野獣死すべし』で有名なミステリ作家ニコラス・ブレイクのことで自伝『埋もれた時代　若き詩人の自画像』（南雲堂）があります。松本清張にも『半生の記』という「回想的自叙伝」がありましたね。

p.425　デイヴィッド・ハンドラーとか……　『フィッツジェラルドをめざした男』『殺人小説家』などに登場するホーギーは、有名人のゴーストライターとして「自伝」を執筆。猫缶好きの愛犬ルルが印象的でした。ウェストレイクの名前が出たのは『聖なる怪物』のことでしょうか。映画化された「殺人鬼のインタビュー記事を書くことになったライターの話」ってデイヴィッド・ゴードンの『二流小説家』のことかな。

ちなみにアンドリュー・ウィルソンの評伝『パトリシア・ハイスミスの華麗なる人生』によれば、ハイスミスの『水の墓碑銘（原題“Deep Water”）』は、元々“The Dog in the Manger”つまり『まぐさ桶の犬』というタイトルだったそうです。ビックリ。

以上、富山泰之がお送りいたしました。

（執筆協力・小山正）

MURDER BEAR BOOKSHOP
イベントのお知らせ

残酷シャンソンとフレンチ・ミステリの夕べ

フランスのミステリ（ロマン・ポリシエ Roman Policier）を語り合いながら、グラン・ギニョールなシャンソンを生歌唱で聴く読書イベントです。

凱旋門をイメージした創作せんべいや、何種類ものチーズもご用意します。

食べて読んで歌って、残酷な夜をお過ごしください。

角田港大先生の最新暴力小説の告知と朗読もあります。

開催日時　2025年10月11日（土）19：00～

ゲスト　フレンチ・ポリシエ同好会〈黒い太陽〉メンバー
角田港大（ハードボイルド作家）
カトリーヌ・ポリテ＝リヴェール（歌手・歌と解説）

司会　富山泰之（Murder Bear Bookshop 店長）

参加費　12,000円
（食材費・諸経費高騰につき、イベント参加費を値上げしました）

本書は文春文庫オリジナルの書き下ろしです。
DTP制作　言語社
扉カット　杉田比呂美

文春文庫

まぐさ桶《おけ》の犬《いぬ》

定価はカバーに
表示してあります

2025年3月10日　第1刷

著　者　若《わか》竹《たけ》七《なな》海《み》
発行者　大沼貴之
発行所　株式会社 文藝春秋

東京都千代田区紀尾井町 3-23　〒102-8008
TEL 03・3265・1211㈹
文藝春秋ホームページ　https://www.bunshun.co.jp

落丁、乱丁本は、お手数ですが小社製作部宛お送り下さい。送料小社負担でお取替致します。

印刷製本・TOPPANクロレ

Printed in Japan
ISBN978-4-16-792341-9

（　）内は解説者。品切の節はご容赦下さい。

若竹七海
依頼人は死んだ
婚約者の自殺に苦しむみのり。受けていないガン検診の結果通知に当惑するまどか。決して手加減をしない女探偵・葉村晶に持ちこまれる事件の真相は少し切なく、少し怖い。（重里徹也）
わ-10-1

若竹七海
悪いうさぎ
家出した女子高生ミチルを連れ戻す仕事を引き受けたわたしは、ミチルの友人の少女たちが次々に行方不明になっていると知って調査を始める。好評の女探偵・葉村晶シリーズ、待望の長篇。
わ-10-2

若竹七海
さよならの手口
有能だが不運すぎる女探偵・葉村晶が帰ってきた！　ミステリ専門店でバイト中の晶は元女優に二十年前に家出した娘探しを依頼される。当時娘を調査した探偵は失踪していた。（霜月　蒼）
わ-10-3

若竹七海
静かな炎天
持ち込まれる依頼が全て順調に解決する真夏の日。不運な女探偵・葉村晶にも遂に運が向いてきたのだろうか？「このミス」2位、決してへこたれない葉村の魅力満載の短編集。（大矢博子）
わ-10-4

若竹七海
錆びた滑車
尾行中の老女梅子とミツエの喧嘩に巻き込まれ、ミツエの持ち家の古いアパートに住むことになった女探偵・葉村晶。ミツエの孫ヒロトは交通事故で記憶を一部失っていた……。（戸川安宣）
わ-10-5

若竹七海
不穏な眠り
相続で引き継いだ家にいつのまにか居座り、死んだ女の知人を捜してほしいという依頼を受ける表題作ほか三篇。満身創痍のタフで不運な女探偵・葉村晶シリーズ。NHKドラマ化。（辻　真先）
わ-10-6

（　）内は解説者。品切の節はご容赦下さい。

赤川次郎
赤川次郎クラシックス
幽霊列車
山間の温泉町へ向う列車から八人の乗客が蒸発。中年警部・宇野は推理マニアの女子大生・永井夕子と謎を追う――。オール讀物推理小説新人賞受賞作を含む記念碑的作品集。（山前　譲）
あ-1-39

赤川次郎
マリオネットの罠
私はガラスの人形と呼ばれていた――。森の館に幽閉された美少女、都会の空白に起こる連続殺人。複雑に絡み合った人間の欲望を鮮やかに描いた、赤川次郎の処女長篇。（権田萬治）
あ-1-27

麻生　幾
観月
消された「第一容疑者」
大分の城下町で善良な市民が殺された。必死に犯人を追う警察だったが、同時期に東京で起きた殺人との関連が指摘され事態は急変する。「日本警察のタブー」に切り込む圧巻の警察小説。
あ-38-2

有栖川有栖
火村英生に捧げる犯罪
臨床犯罪学者・火村英生のもとに送られてきた犯罪予告めいたファックス。術策の小さな綻びから犯罪が露呈する表題作他、哀切でエレガントな珠玉の作品が並ぶ人気シリーズ。（柄刀　一）
あ-59-1

有栖川有栖
菩提樹荘の殺人
少年犯罪、お笑い芸人の野望、学生時代の火村英生の名推理、アンチエイジングのカリスマの怪事件とアリスの悲恋。「若さ」をモチーフにした人気シリーズ作品集。（円堂都司昭）
あ-59-2

阿部智里
発現
「おかしなものが見える」心の病に苦しむ兄を気遣う大学生のさつき。しかし自分の眼にも、少女と彼岸花が映り始め――「八咫烏シリーズ」著者が放つ戦慄の物語。（対談・中島京子）
あ-65-8

天祢　涼
希望が死んだ夜に
14歳の少女が同級生殺害容疑で緊急逮捕された。少女は犯行を認めたが動機を全く語らない。彼女は何を隠しているのか？　捜査を進めると意外な真実が明らかになり……。（細谷正充）
あ-78-1

（　）内は解説者。品切の節はご容赦下さい。

天祢　涼
あの子の殺人計画
母子家庭で育つ小学五年生の椎名きさらには、誰にも言えない「我が家の秘密」があった——。少年事件を得意とする仲田蛍巡査が真相に迫る、社会派ミステリーシリーズ第二弾。
あ-78-3

天祢　涼
葬式組曲
喧嘩別れした父の遺言、火葬を嫌がる遺族、息子の遺体が霊安室で消失……社員4名の北条葬儀社に、故人が遺した様々な〝謎〟が待ち受ける。葬式を題材にしたミステリー連作短編集。
あ-78-2

秋吉理香子
サイレンス
深雪は婚約者の俊亜貴と故郷の島を訪れるが、彼には秘密があった。結婚をして普通の幸せを手に入れたい深雪の運命が狂い始める。一気読み必至のサスペンス小説。（澤村伊智）
あ-80-1

彩坂美月
柘榴パズル
十九歳の美緒、とぼけた祖父、明るい母、冷静な兄、甘えん坊の妹。仲良し家族の和やかな日常に差す不気味な影——。繊細なコージーミステリにして大胆な本格推理連作集。（千街晶之）
あ-87-1

彩坂美月
double～彼岸荘の殺人～
少女の頃念動力で世間を騒がせて以来ひきこもる紗良を、ひなたは見守ってきた。富豪から「幽霊屋敷」の謎を解いて欲しいとの依頼が入る。そこには様々な超能力者と惨劇が待っていた！
あ-87-2

芦沢　央
カインは言わなかった
公演直前に失踪したダンサーと美しい画家の弟。代役として主役「カイン」に選ばれたルームメイト。芸術の神に魅入られた男と、なぶられ続けた魂。心が震える衝撃の結末。（角田光代）
あ-90-1

芦沢　央
汚れた手をそこで拭かない
平穏に夏休みを終えたい小学校教諭、元不倫相手を見返したい料理研究家。きっかけはほんの些細な秘密や欺瞞だった……。第164回直木賞候補作となった「最恐」ミステリ短編集。（彩瀬まる）
あ-90-2

（　）内は解説者。品切の節はご容赦下さい。

秋木　真
助手が予知できると、探偵が忙しい
暇な探偵の貝瀬歩をたずねてきた女子高生の桐野柚葉。彼女は「私は2日後に殺される」と自分には予知能力があることを明かすが……。ちょっと異色で一癖ある探偵×バディ小説の誕生！
あ-97-1

伊集院　静
日傘を差す女
ビルの屋上で銛が刺さった血まみれの老人の遺体がみつかった。「伝説の砲手」と呼ばれたこの男の死の裏に隠された悲しき女たちの記憶。『星月夜』に連なる抒情派推理小説。（池上冬樹）
い-26-27

石田衣良
うつくしい子ども
閑静なニュータウンの裏山で惨殺された9歳の少女。〝犯人〟は、13歳の〈ぼく〉の弟だった。絶望と痛みの先に少年が辿りつく真実とは――。40万部突破の傑作ミステリー。（五十嵐律人）
い-47-37

池井戸　潤
株価暴落
連続爆破事件に襲われた巨大スーパーの緊急追加支援要請を巡って白水銀行審査部の板東は企画部の二戸と対立する。日本経済の闇と向き合うバンカー達を描く傑作金融ミステリー。
い-64-1

池井戸　潤
シャイロックの子供たち
現金紛失事件の後、行員が失踪!?　上がらない成績、叩き上げの誇り、社内恋愛、家族への思い……事件の裏に透ける行員たちの葛藤。圧巻の金融クライム・ノベル！（霜月　蒼）
い-64-3

乾《いぬい》　くるみ
イニシエーション・ラブ
甘美で、ときにほろ苦い青春のひとときを瑞々しい筆致で描いた青春小説――と思いきや、最後の二行で全く違った物語に！「必ず二回読みたくなる」と絶賛の傑作ミステリ。（大矢博子）
い-66-1

乾　くるみ
セカンド・ラブ
一九八三年元旦、春香と出会った。僕たちは幸せだった。春香とそっくりな美奈子が現れるまでは。『イニシエーション・ラブ』の衝撃、ふたたび。究極の恋愛ミステリ第二弾。（円堂都司昭）
い-66-5

（　）内は解説者。品切の節はご容赦下さい。

冲方 丁
十二人の死にたい子どもたち
安楽死をするために集まった十二人の少年少女。全員一致で決を採り実行に移されるはずのところへ、謎の十三人目の死体が!? 彼らは推理と議論を重ねて実行を目指すが。（吉田伸子）
う-36-1

江戸川乱歩・湊 かなえ 編
江戸川乱歩傑作選　鏡
湊かなえ編の傑作選は、謎めくパズラー「湖畔亭事件」、ドンデン返し冴える「赤い部屋」他、挑戦的なミステリ作家・乱歩に焦点を当てる。（解題／新保博久・解説／湊 かなえ）
え-15-2

江戸川乱歩・辻村深月 編
江戸川乱歩傑作選　蟲
没後50年を記念する傑作選。辻村深月が厳選した妖しく恐ろしい名作。恋に破れた男の妄執を描く「蟲」。四肢を失った軍人と妻の関係を描く「芋虫」他全9編。（解題／新保博久・解説／辻村深月）
え-15-3

榎田ユウリ
この春、とうに死んでるあなたを探して
妻と別れ仕事にも疲れた矢口は中学の同級生・小日向と再会する。舞い込んできたのは恩師の死をめぐる謎——事故死か自殺か。切なくも温かいラストが胸を打つ、大人の青春ミステリ。
え-17-1

折原 一《いち》
異人たちの館
樹海で失踪した息子の伝記の執筆を母親から依頼された売れない作家・島崎の周辺で次々に変事が。五つの文体で書き分けられた目くるめく謎のモザイク。著者畢生の傑作!（小池啓介）
お-26-17

折原 一
傍聴者
複数の交際相手を騙し、殺害したとして起訴されている牧村花音。初公判の日、傍聴席から被告を見つめる四人の女がいた——。鮮やかなトリックが炸裂する、傑作ミステリ!（高橋ユキ）
お-26-20

大沢在昌
闇先案内人（上下）
「逃がし屋」葛原に下った指令は、「日本に潜入した隣国の重要人物を生きて故国へ帰せ」。工作員、公安が入り乱れ、陰謀と裏切りが渦巻く中、壮絶な死闘が始まった。（吉田伸子）
お-32-3

（　）内は解説者。品切の節はご容赦下さい。

大沢在昌
心では重すぎる（上下）
失踪した人気漫画家の行方を追う探偵・佐久間公の前に、謎の女子高生が立ちはだかる。渋谷を舞台に描く、社会の闇を炙り出す著者渾身の傑作長篇。新装版にて登場。（福井晴敏）
お-32-12

大沢在昌
冬芽の人
警視庁捜査一課に所属していた牧しずりは、捜査中の事故で亡くなった同僚の息子、岬人と出会う。彼がもたらしたものは事故の意外な情報。事件は再び動き始めるが……。（細谷正充）
お-32-14

恩田　陸
夏の名残りの薔薇
沢渡三姉妹が山奥のホテルで毎秋、開催する豪華なパーティ。不穏な雰囲気の中、関係者の変死事件が起きる。犯人は誰なのか、そもそもこの事件は真実なのか幻なのか――。（杉江松恋）
お-42-2

恩田　陸
木洩れ日に泳ぐ魚
アパートの一室で語り合う男女。過去を懐かしむ二人の言葉に、意外な真実が混じり始める。初夏の風、大きな柱時計、あの男の背中。心理戦が冴える舞台型ミステリー。（鴻上尚史）
お-42-3

大山誠一郎
赤い博物館
警視庁付属犯罪資料館の美人館長・緋色冴子が部下の寺田聡と共に、過去の事件の遺留品や資料を元に難事件に挑む。超ハイレベルで予測不能なトリック駆使のミステリー！（飯城勇三）
お-68-2

大山誠一郎
記憶の中の誘拐　赤い博物館
赤い博物館こと犯罪資料館に勤める緋色冴子。殺人や誘拐などの過去の事件の遺留品や資料を元に、未解決の難事件に挑む!? シリーズ第二弾。文庫オリジナルで登場。（佳多山大地）
お-68-3

織守きょうや
花束は毒
芳樹はかつての憧れの家庭教師・真壁が結婚を前に脅迫されていると知り、尻込みする彼にかわり探偵に調査を依頼する。気鋭のミステリ作家による衝撃の傑作長編！　未来屋小説大賞受賞。
お-82-1

（　）内は解説者。品切の節はご容赦下さい。

垣根涼介
午前三時のルースター
旅行代理店勤務の長瀬は、得意先の社長に孫のベトナム行きの付き添いを依頼される。少年の本当の目的は失踪した父親を探すことだった。サントリーミステリー大賞受賞作。（川端裕人）
か-30-1

垣根涼介
ヒート アイランド
渋谷のストリートギャング雅《みやび》の頭《ヘッド》、アキとカオルは仲間が持ち帰った大金に驚愕する。少年たちと裏金強奪のプロフェッショナルたちの息詰まる攻防を描いた傑作ミステリー。
か-30-2

加藤　廣
信長の血脈
信長の傅役・平手政秀自害の真の原因は？　秀頼は淀殿の不倫で生まれた子？　島原の乱の黒幕は？　『信長の棺』のサイドストーリーともいうべき、スリリングな歴史ミステリー。
か-39-9

香納諒一
贄《にえ》の夜会（上下）
《犯罪被害者家族の集い》に参加した女性二人が惨殺された。容疑者は少年時代に同級生を殺害した弁護士！　サイコサスペンス＋警察小説＋犯人探しの傑作ミステリー。（吉野　仁）
か-41-1

神永　学
ガラスの城壁
父がネット犯罪に巻き込まれて逮捕された。悠馬は真犯人を捕まえるため、唯一の理解者である友人の暁斗と調べ始めることに――。果たして真相にたどり着けるのか!?（細谷正充）
か-81-1

北村　薫
街の灯
昭和七年、士族出身の上流家庭・花村家にやってきた若い女性運転手〈ベッキーさん〉。令嬢・英子は、武道をたしなみ博識な彼女に魅かれてゆく。そして不思議な事件が……。（貫井徳郎）
き-17-4

北村　薫
鷺《さぎ》と雪《ゆき》
日本にいないはずの婚約者がなぜか写真に映っていた。英子が解き明かしたそのからくりとは――。そして昭和十一年二月、物語は結末を迎える。第百四十一回直木賞受賞作。（佳多山大地）
き-17-7

文春文庫　最新刊

英雄の悲鳴　ラストライン7　堂場瞬一
殺された男に持ち上がったストーカー疑惑の真相とは？

スタッフロール　深緑野分
映画に魅せられ、創作に人生を賭した女性の情熱と葛藤

まぐさ桶の犬　若竹七海
仕事は出来るが不運すぎる女探偵・葉村晶が帰ってきた！

新しい星　彩瀬まる
愛する者を喪い、傷ついた青子を支えてくれたのは友だった

SLやまぐち号殺人事件　十津川警部シリーズ　西村京太郎
走行中の客車が乗客ごと消えた！　十津川警部、最後の事件

マリコ、東奔西走　林真理子
昼間は理事長室に通い、夜には原稿…人気エッセイ34弾

おあげさん　油揚げ365日　平松洋子
油揚げへの愛がさく裂！　美味しく味わい深いお得エッセイ

やなせたかしの生涯　アンパンマンとぼく　梯久美子
愛と勇気に生きた「アンパンマン」作者の評伝決定版！

死神の浮力〈新装版〉　伊坂幸太郎
娘を殺された小説家の元に〝死神〟が現れ…シリーズ続巻

発達障害者が旅をすると世界はどう見えるのか　イスタンブールで青に溺れる　横道誠
稀代の文学研究者が放つ、ハイパートラベル当事者研究！

名探偵と海の悪魔　スチュアート・タートン　三角和代訳
海上の帆船で起こる怪事件に屈強な助手と貴婦人が挑む